鲁迅全集

第二卷

鲁迅 著

王德领 钱振文 葛涛 等审订

热风

彷徨

朝花夕拾

故事新编

中国科学技术出版社

·北 京·

图书在版编目（CIP）数据

鲁迅全集. 第二卷 / 鲁迅著. -- 北京 : 中国科学
技术出版社, 2024.3

ISBN 978-7-5236-0206-5

Ⅰ.①鲁… Ⅱ.①鲁… Ⅲ.①鲁迅著作—全集 Ⅳ.
①I210.1

中国国家版本馆CIP数据核字（2023）第073755号

目 录

热风

彷徨

朝花夕拾

故事新编

热风

题记

　　现在有谁经过西长安街一带的,总可以看见几个衣履破碎的穷苦孩子叫卖报纸。记得三四年前,在他们身上偶而[1]还剩有制服模样的残余;再早,就更体面,简直是童子军的拟态。

　　那是中华民国八年,即西历一九一九年,五月四日北京学生对于山东问题的示威运动以后,因为当时散传单的是童子军,不知怎的竟惹了投机家的注意,童子军式的卖报孩子就出现了。其年十二月,日本公使小幡酉吉抗议排日运动,情形和今年大致相同;只是我们的卖报孩子却穿破了第一身新衣以后,便不再做,只见得年不如年地显出穷苦。

　　我在《新青年》的《随感录》中做些短评,还在这前一年,因为所评论的多是小问题,所以无可道,原因也大都忘却了。但就现在的文字看起来,除几条泛论之外,有的是对于扶乩、静坐、打拳而发的;有的是对于所谓"保存国粹"而发的;有的是对于那时旧官僚的以经验自豪而发的;有的是对于上海《时报》的讽刺画而发的。记得当时的《新青年》是正在四面受敌之中,我所对付的不过一小部分;其他大事,则本志具在,无须我多言。

　　五四运动之后,我没有写什么文字,现在已经说不清是不做,还是散失消灭的了。但那时革新运动,表面上却颇有些成功,于是主张革新的也就蓬蓬勃勃,而且有许多还就是在先讥笑,嘲骂《新青年》的人们,但他们却是另起了一个冠冕堂皇的名目:新文化运动。这也就是后来又将这名目反套在《新青年》身上,而又加以嘲

1　现代汉语常用"偶尔"。——编者注

骂讥笑的，正如笑骂白话文的人，往往自称最得风气之先，早经主张过白话文一样。

再后，更无可道了。只记得一九二一年中的一篇是对于所谓"虚无哲学"而发的；更后一年则大抵对于上海之所谓"国学家"而发，不知怎的那时忽而有许多人都自命为国学家了。

自《新青年》出版以来，一切应之而嘲骂改革，后来又赞成改革，后来又嘲骂改革者，现在拟态的制服早已破碎，显出自身的本相来了，真所谓"事实胜于雄辩"，又何待于纸笔喉舌的批评。所以我的应时的浅薄的文字，也应该置之不顾，一任其消灭的；但几个朋友却以为现状和那时并没有大两样，也还可以存留，给我编辑起来了。这正是我所悲哀的。我以为凡对于时弊的攻击，文字须与时弊同时灭亡，因为这正如白血轮之酿成疮疖一般，倘非自身也被排除，则当它的生命的存留中，也即证明着病菌尚在。

但如果凡我所写，的确都是冷的呢？则它的生命原来就没有，更谈不到中国的病证究竟如何。然而，无情的冷嘲和有情的讽刺相去本不及一张纸，对于周围的感受和反应，又大概是所谓"如鱼饮水冷暖自知"的；我却觉得周围的空气太寒冽了，我自说我的话，所以反而称之曰《热风》。

一九二五年十一月三日之夜，鲁迅。

一九一八年

随感录二十五

我一直从前曾见严又陵在一本什么书上发过议论，书名和原文都忘记了。大意是："在北京道上，看见许多孩子，辗转于车轮、马足之间，很怕把他们碰死了，又想起他们将来怎样得了，很是害怕。"其实别的地方，也都如此，不过车马多少不同罢了。现在到了北京，这情形还未改变，我也时时发起这样的忧虑；一面又佩服严又陵究竟是"做"过赫胥黎《天演论》的，的确与众不同：是一个十九世纪末年中国感觉锐敏的人。

穷人的孩子蓬头垢面的[1]在街上转，阔人的孩子妖形妖势娇声娇气的在家里转。转得大了，都昏天黑地的在社会上转，同他们的父亲一样，或者还不如。

所以看十来岁的孩子，便可以逆料二十年后中国的情形；看二十多岁的青年，——他们大抵有了孩子，尊为爹爹了，——便可以推测他儿子、孙子，晓得五十年后七十年后中国的情形。

中国的孩子，只要生，不管他好不好，只要多，不管他才不才。生他的人，不负教他的责任。虽然"人口众多"这一句话，很可以闭了眼睛自负，然而这许多人口，便只在尘土中辗转，小的时候，不把他当人，大了以后，也做不了人。

中国娶妻早是福气，儿子多也是福气。所有小孩，只是他父母福气的材料，并非将来的"人"的萌芽，所以随便辗转，没人管他，因为无论如何，数目和材料的资格，总还存在。即使偶尔送进学

1　现代汉语常用"地"。——编者注

堂，然而社会和家庭的习惯，尊长和伴侣的脾气，却多与教育反背，仍然使他与新时代不合。大了以后，幸而生存，也不过"仍旧贯如之何"，照例是制造孩子的家伙，不是"人"的父亲，他生了孩子，便仍然不是"人"的萌芽。

最看不起女人的奥国²人魏宁格（Otto Weininger）曾把女人分成两大类：一是"母妇"，一是"娼妇"。照这分法，男人便也可以分作"父男"和"嫖男"两类了。但这父男一类，却又可以分成两种：其一是孩子之父，其一是"人"之父。第一种只会生，不会教，还带点嫖男的气息。第二种是生了孩子，还要想怎样教育，才能使这生下来的孩子，将来成一个完全的人。

前清末年，某省初开师范学堂的时候，有一位老先生听了，很为诧异，便发愤说："师何以还须受教，如此看来，还该有父范学堂了！"这位老先生，便以为父的资格，只要能生。能生这件事，自然便会，何须受教呢，却不知中国现在，正须父范学堂；这位先生便须编入初等第一年级。

因为我们中国所多的是孩子之父，所以以后是只要"人"之父！

---

2 即"奥地利"。——编者注

随感录三十三

现在有一班好讲鬼话的人，最恨科学，因为科学能教道理明白，能教人思路清楚，不许鬼混，所以自然而然的成了讲鬼话的人的对头。于是讲鬼话的人，便须想一个方法排除他。

其中最巧妙的是捣乱。先把科学东扯西拉，羼进鬼话，弄得是非不明，连科学也带了妖气：例如一位大官做的卫生哲学，里面说——

吾人初生之一点，实自脐始，故人之根本在脐。……故脐下腹部最为重要，道书所以称之曰丹田。

用植物来比人，根须是胃，脐却只是一个蒂，离了便罢，有什么重要。但这还不过比喻奇怪罢了，尤其可怕的是——

精神能影响于血液，昔日德国科布博士发明霍乱（虎列拉）病菌，有某某二博士反对之，取其所培养之病菌，一口吞入，而竟不病。

据我所晓得的，是 Koch 博士发见[1]（查出了前人未知的事物叫发见，创出了前人未知的器具和方法才叫发明）了真虎列拉菌；别人也发见了一种，Koch 说他不是，把他的菌吞了，后来没有病，便证明了那人所发见的，的确不是病菌。如今颠倒转来，当作"精神

1　现代汉语常用"发现"。——编者注

能改造肉体"的例证，岂不危险已极么？

捣乱得更凶的，是一位神童做的《三千大千世界图说》。他拿了儒、道士、和尚、耶教的糟粕，乱作一团，又密密的插入鬼话。他说能看见天上地下的情形，他看见的"地球星"，虽与我们所晓得的无甚出入，一到别的星系，可是五花八门了。因为他有天眼通，所以本领在科学家之上。他先说道——

> 今科学家之发明，欲观天文则用天文镜……然犹不能持此以观天堂、地狱也。究之学问之道如大海然，万不可入海饮一滴水，即自足也。

他虽然也分不出发见和发明的不同，论学问却颇有理。但学问的大海，究竟怎样情形呢？他说——

> 赤精天……有毒火坑，以水晶盖压之。若遇某星球将坏之时，即去某星球之水晶盖，则毒火大发，焚毁民物。
>
> 众星……大约分为三种，曰恒星、行星、流星。……据西学家言，恒星有三十五千万，以小子视之，不下七千万万也。……行星共计一百千万大系。……流星之多，倍于行星。……其绕日者，约三十三年一周，每秒能行六十五里。
>
> 日面纯为大火。……因其热力极大，人不能生，故太阳星君居焉。

其余怪话还多；但讲天堂的远不及六朝方士的《十洲记》，讲地狱的也不过抄袭《玉历钞传》。这神童算是糟了！另外还有感慨的话，说科学害了人。上面一篇"嗣汉六十二代天师正一真人张元旭"的序文,尤为单刀直入,明明白白道出——

> 自拳匪假托鬼神,致招联军之祸,几至国亡种灭,识者痛心疾首,固已极矣。又适值欧化东渐,专讲物质文明之秋,遂本科学家世界无帝神管辖,人身无魂魄轮回之说,奉为国是,俾播印于人人脑髓中,自是而人心之敬畏绝矣。敬畏绝,而道德无根柢以发生矣!放僻邪侈,肆无忌惮,争权夺利,日相战杀,其祸将有甚于拳匪者!……

这简直说是万恶都由科学,道德全靠鬼话;而且与其科学,不如拳匪了。从前的排斥外来学术和思想,大抵专靠皇帝;自六朝至唐、宋,凡攻击佛教的人,往往说他不拜君、父,近乎造反。现在没有皇帝了,却寻出一个"道德"的大帽子,看他何等利害[2]。不提防想不到的一本绍兴《教育杂志》里面,也有一篇仿古先生的《教育偏重科学无甯偏重道德》(甯字原文如此,疑是避讳)的论文,他说——

> 西人以数百年科学之心力,仅酿成此次之大战争。……科学云乎哉?多见其为残贼人道矣!
>
> 偏重于科学,则相尚于知能;偏重于道德,则相尚于欺伪。相尚于欺伪,则祸止于欺伪,相尚于知能,则欺伪莫由得而明矣!

虽然不说鬼神为道德根本,至于向科学宣告死刑,却居然两教同心了。所以"拳匪"的传单上,明白写着——

---

2 现代汉语常用"厉害"。——编者注

^{孔圣人}^{张天师}傅言由山东来，赶紧急傅，并无虚言！（傅字原文如此，疑傅字之误。）

照他们看来，这般可恨可恶的科学世界，怎样挽救呢？《灵学杂志》内俞复先生答吴稚晖先生书里说过："鬼神之说不张，国家之命遂促！"可知最好是张鬼神之说了。鬼神为道德根本，也与张天师和仿古先生的意见毫不冲突。可惜近来北京乩坛，又印出一本《感显利冥录》，内有前任北京城隍白知和谛闲法师的问答——

师云："发愿一事，的确要紧。……此次由南方来，闻某处有济公临坛，所说之话，殊难相信。济祖是阿罗汉，见思惑已尽，断不为此。……不知某会临坛者，是济祖否？请示。"

乩云："承谕发愿，……谨记斯言。某处坛，灵鬼附之耳。须知灵鬼，即魔道也。知此后当发愿驱除此等之鬼。"

"师云"的发愿，城隍竟不能懂；却先与某会力争正统。照此看来，国家之命未延，鬼兵先要打仗；道德仍无根柢，科学也还该活命了。

其实中国自所谓维新以来，何尝真有科学。现在儒道诸公，却径把历史上一味捣鬼不治人事的恶果，都移到科学身上，也不问什么叫道德，怎样是科学，只是信口开河，造谣生事；使国人格外惑乱，社会上罩满了妖气。以上所引的话，不过随手拈出的几点黑影；此外自大埠以至僻地，还不知有多少奇谈。但即此几条，已足可推测我们周围的空气，以及将来的情形，如何黑暗可怕了。

据我看来，要救治这"几至国亡种灭"的中国，那种"^{孔圣人}^{张天师}傅言由山东来"的方法，是全不对症的，只有这鬼话的对头的科学！——不是皮毛的真正科学！——这是什么缘故呢？陈正敏《遯斋闲览》有一段故事（未见原书，据《本草纲目》所引写出，但这也全是道士所编造的谣言，并非事实，现在只当他比喻用）说得好——

　　杨勔中年得异疾；每发语，腹中有小声应之，久渐声大。有道士见之，曰：此应声虫也！但读《本草》取不应者治之。读至雷丸，不应，遂顿服数粒而愈。

　　关于吞食病菌的事，我上文所说的大概也是错的，但现在手头无书可查。也许是 Koch 博士发见了虎列拉菌时，Pfeffer 博士以为不是真病菌，当面吞下去了，后来病得几乎要死。总之，无论如何，这一案决不[3]能作"精神能改造肉体"的例证。

　　一九二五年九月二十四日补记。

3　现代汉语常用"绝不"。——编者注

随感录三十五

从清朝末年，直到现在，常常听人说"保存国粹"这一句话。

前清末年说这话的人，大约有两种：一是爱国志士，一是出洋游历的大官。他们在这题目的背后，各各[1]藏着别的意思。志士说保存国粹，是光复旧物的意思；大官说保存国粹，是教留学生不要去剪辫子的意思。

现在成了民国了。以上所说的两个问题，已经完全消灭，所以我不能知道现在说这话的是那一流人，这话的背后藏着什么意思了。

可是保存国粹的正面意思，我也不懂。

什么叫"国粹"？照字面看来，必是一国独有，他国所无的事物了。换一句话，便是特别的东西，但特别未必定是好，何以应该保存？

譬如一个人，脸上长了一个瘤，额上肿出一颗疮，的确是与众不同，显出他特别的样子，可以算他的"粹"。然而据我看来，还不如将这"粹"割去了，同别人一样的好。

倘说：中国的国粹，特别而且好；又何以现在糟到如此情形，新派摇头，旧派也叹气。

倘说：这便是不能保存国粹的缘故，开了海禁的缘故，所以必须保存。但海禁未开以前，全国都是"国粹"，理应好了；何以春秋、战国、五胡十六国闹个不休，古人也都叹气。

倘说：这是不学成汤、文、武、周公的缘故；何以真正成汤、

1　现代汉语常用"各个"。——编者注

文、武、周公时代，也先有桀、纣暴虐，后有殷顽作乱；后来仍旧弄出春秋、战国、五胡十六国闹个不休，古人也都叹气。

我有一位朋友说得好："要我们保存国粹，也须国粹能保存我们。"

保存我们，的确是第一义。只要问他有无保存我们的力量，不管他是否国粹。

随感录三十六

现在许多人有大恐惧；我也有大恐惧。

许多人所怕的，是"中国人"这名目要消灭；我所怕的，是中国人要从"世界人"中挤出。

我以为"中国人"这名目，决不会消灭；只要人种还在，总是中国人。譬如埃及、犹太人，无论他们还有"国粹"没有，现在总叫他埃及、犹太人，未尝改了称呼。可见保存名目，全不必劳力费心。

但是想在现今的世界上，协同生长，挣¹一地位，即须有相当的进步的智识²、道德、品格、思想，才能够站得住脚：这事极须劳力费心。而"国粹"多的国民，尤为劳力费心，因为他的"粹"太多。粹太多，便太特别。太特别，便难与种种人协同生长，挣得地位。

有人说："我们要特别生长；不然，何以为中国人！"

于是乎要从"世界人"中挤出。

于是乎中国人失了世界，却暂时仍要在这世界上住！——这便是我的大恐惧。

1　现代汉语常用"争"。——编者注
2　现代汉语常用"知识"。——编者注

随感录三十七

近来很有许多人，在那里竭力提倡打拳。记得先前也曾有过一回，但那时提倡的，是满清王公大臣，现在却是民国的教育家，位分略有不同。至于他们的宗旨，是一是二，局外人便不得而知。

现在那班教育家，把"九天玄女传与轩辕黄帝，轩辕黄帝传与尼姑"的老方法，改称"新武术"，又是"中国式体操"，叫青年去练习。听说其中好处甚多，重要的举出两种来，是——

一，用在体育上。据说中国人学了外国体操，不见效验；所以须改习本国式体操（即打拳）才行。依我想来：两手拿着外国铜锤或木棍，把手脚左伸右伸的，大约于筋肉发达上，也该有点"效验"。无如竟不见效验！那自然只好改途去练"武松脱铐"那些把戏了。这或者因为中国人生理上与外国人不同的缘故。

二，用在军事上。中国人会打拳，外国人不会打拳：有一天见面对打，中国人得胜，是不消说的了。即使不把外国人"板油扯下"，只消一阵"乌龙扫地"，也便一齐扫倒，从此不能爬起。无如现在打仗，总用枪炮。枪炮这件东西，中国虽然"古时也已有过"，可是此刻没有了。藤牌操法，又不练习，怎能御得枪炮？我想（他们不曾说明，这是我的"管窥蠡测"）：打拳打下去，总可达到"枪炮打不进"的程度（即内功？）。这件事从前已经试过一次，在一千九百年。可惜那一回真是名誉的完全失败了。且看这一回如何。

随感录三十八

中国人向来有点自大。——只可惜没有"个人的自大"，都是"合群的爱国的自大"。这便是文化竞争失败之后，不能再见振拔改进的原因。

"个人的自大"就是独异，是对庸众宣战。除精神病学上的夸大狂外，这种自大的人，大抵有几分天才，——照 Nordau 等说，也可说就是几分狂气。他们必定自己觉得思想见识高出庸众之上，又为庸众所不懂，所以愤世疾俗[1]，渐渐变成厌世家，或"国民之敌"。但一切新思想，多从他们出来，政治上、宗教上、道德上的改革，也从他们发端，所以多有这"个人的自大"的国民，真是多福气！多幸运！

"合群的自大""爱国的自大"是党同伐异，是对少数的天才宣战；——至于对别国文明宣战，却尚在其次。他们自己毫无特别才能，可以夸示于人，所以把这国拿来做个影子；他们把国里的习惯制度抬得很高，赞美的了不得；他们的国粹，既然这样有荣光，他们自然也有荣光了！倘若遇见攻击，他们也不必自去应战，因为这种蹲在影子里张目摇舌的人，数目极多，只须用 mob 的长技，一阵乱噪，便可制胜。胜了，我是一群中的人，自然也胜了；若败了时，一群中有许多人，未必是我受亏：大凡聚众滋事时，多具这种心理，也就是他们的心理。他们举动，看似猛烈，其实却很卑怯。至于所生结果，则复古、尊王、扶清灭洋等等[2]，已领教得多了。所以多有这"合群的爱国的自大"的国民，真是可哀，真是不幸！

1　现代汉语常用"愤世嫉俗"。——编者注
2　此句式在现代汉语中常用一个"等"。——编者注

不幸中国偏只多这一种自大：古人所作所说的事，没一件不好，遵行还怕不及，怎敢说到改革？这种爱国的自大家的意见，虽各派略有不同，根柢总是一致，计算起来，可分作下列五种：

甲云："中国地大物博，开化最早；道德天下第一。"这是完全自负。

乙云："外国物质文明虽高，中国精神文明更好。"

丙云："外国的东西，中国都已有过；某种科学，即某子所说的云云"，这两种都是"古今中外派"的支流；依据张之洞的格言，以"中学为体西学为用"的人物。

丁云："外国也有叫化子，——（或云）也有草舍，——娼妓，——臭虫。"这是消极的反抗。

戊云："中国便是野蛮的好，"又云："你说中国思想昏乱，那正是我民族所造成的事业的结晶。从祖先昏乱起，直要昏乱到子孙；从过去昏乱起，直要昏乱到未来。……（我们是四万万人），你能把我们灭绝么？"这比"丁"更进一层，不去拖人下水，反以自己的丑恶骄人；至于口气的强硬，却很有《水浒传》中牛二的态度。

五种之中，甲、乙、丙、丁的话，虽然已很荒谬，但同戊比较，尚觉情有可原，因为他们还有一点好胜心存在。譬如衰败人家的子弟，看见别家兴旺，多说大话，摆出大家架子；或寻求人家一点破绽，聊给自己解嘲。这虽然极是可笑，但比那一种掉了鼻子，还说是祖传老病，夸示于众的人，总要算略高一步了。

戊派的爱国论最晚出，我听了也最寒心；这不但因其居心可怕，实因他所说的更为实在的缘故。昏乱的祖先，养出昏乱的子孙，正是遗传的定理。民族根性造成之后，无论好坏，改变都不容易的。法国 G. Le Bon 著《民族进化的心理[3]》中，说及此事道（原文已忘，

3　现译"民族进化的心理定律"。——编者注

今但举其大意）——"我们一举一动，虽似自主，其实多受死鬼的牵制。将我们一代的人，和先前几百代的鬼比较起来，数目上就万不能敌了。"我们几百代的祖先里面，昏乱的人，定然不少：有讲道学的儒生，也有讲阴阳五行的道士，有静坐炼丹的仙人，也有打脸打把子的戏子。所以我们现在虽想好好做"人"，难保血管里的昏乱分子不来作怪，我们也不由自主，一变而为研究丹田脸谱的人物：这真是大可寒心的事。但我总希望这昏乱思想遗传的祸害，不至于有梅毒那样猛烈，竟至百无一免。即使同梅毒一样，现在发明了六百零六，肉体上的病，既可医治；我希望也有一种七百零七的药，可以医治思想上的病。这药原来也已发明，就是"科学"一味。只希望那班精神上掉了鼻子的朋友，不要又打着"祖传老病"的旗号来反对吃药，中国的昏乱病，便也总有全愈[4]的一天。祖先的势力虽大，但如从现代起，立意改变：扫除了昏乱的心思，和助成昏乱的物事（儒道两派的文书），再用了对症的药，即使不能立刻奏效，也可把那病毒略略羼淡。如此几代之后待我们成了祖先的时候，就可以分得昏乱祖先的若干势力，那时便有转机，Le Bon 所说的事，也不足怕了。

以上是我对于"不长进的民族"的疗救方法；至于"灭绝"一条，那是全不成话，可不必说。"灭绝"这两个可怕的字，岂是我们人类应说的？只有张献忠这等人曾有如此主张，至今为人类唾骂；而且于实际上发生出什么效验呢？但我有一句话，要劝戊派诸公。"灭绝"这句话，只能吓人，却不能吓倒自然。他是毫无情面：他看见有自向灭绝这条路走的民族，便请他们灭绝，毫不客气。我们自己想活，也希望别人都活；不忍说他人的灭绝，又怕他们自己走到灭绝的路上，把我们带累了也灭绝，所以在此着急。倘使不改现状，反能兴旺，能得真实自由的幸福生活，那就是做野蛮也很好。——但可有人敢答应说"是"么？

4　现代汉语常用"痊愈"。——编者注

一九一九年

随感录三十九

《新青年》的五卷四号，隐然是一本戏剧改良号，我是门外汉，开口不得；但见《再论戏剧改良》这一篇中，有"中国人说到理想，便含着轻薄的意味，觉得理想即是妄想，理想家即是妄人"一段话，却令我发生了追忆，不免又要说几句空谈。

据我的经验，这理想价值的跌落，只是近五年以来的事。民国以前，还未如此，许多国民，也肯认理想家是引路的人。到了民国元年前后，理论上的事情，著著实现，于是理想派——深浅真伪现在姑且弗论——也格外举起头来。一方面却有旧官僚的攘夺政权，以及遗老受冷不过，预备下山，都痛恨这一类理想派，说什么闻所未闻的学理法理，横亘在前，不能大踏步摇摆。于是沉思三日三夜，竟想出了一种兵器，有了这利器，才将"理"字排行的元恶大憝，一律肃清。这利器的大名，便叫"经验"。现在又添上一个雅号，便是高雅之至的"事实"。

经验从那里[1]得来，便是从清朝得来的。经验提高了他的喉咙含含糊糊说："狗有狗道理，鬼有鬼道理，中国与众不同，也自有中国道理。道理各各不同，一味理想，殊堪痛恨。"这时候，正是上下一心理财强种的时候，而且带着理字的，又大半是洋货，爱国之士，义当排斥。所以一转眼便跌了价值；一转眼便遭了嘲骂；又一转眼，便连他的影子，也同拳民时代的教民一般，竟犯了与众共弃的大罪了。

1　现代汉语常用"哪里"。——编者注

但我们应该明白，人格的平等，也是一种外来的旧理想；现在"经验"既已登坛，自然株连着化为妄想，理合不分首从，全踏在朝靴底下，以符列祖列宗的成规。这一踏不觉过了四五年，经验家虽然也增加了四五岁，与素未经验的生物学学理——死——渐渐接近，但这与众不同的中国，却依然不是理想的住家。一大批踏在朝靴底下的学习诸公，早经竭力大叫，说他也得了经验了。

但我们应该明白，从前的经验，是从皇帝脚底下学得；现在与将来的经验，是从皇帝的奴才的脚底下学得。奴才的数目多，心传的经验家也愈多。待到经验家二世的全盛时代，那便是理想单被轻薄，理想家单当妄人，还要算是幸福侥幸了。

现在的社会，分不清理想与妄想的区别。再过几时，还要分不清"做不到"与"不肯做到"的区别，要将扫除庭园与劈开地球混作一谈。理想家说，这花园有秽气，须得扫除，——到那时候，说这宗话的人，也要算在理想党里，——他却说道，他们从来在此小便，如何扫除？万万不能，也断乎不可！

那时候，只要从来如此，便是宝贝。即使无名肿毒，倘若生在中国人身上，也便"红肿之处，艳若桃花；溃烂之时，美如乳酪"。国粹所在，妙不可言。那些理想学理法理，既是洋货，自然完全不在话下了。

但最奇怪的，是七年十月下半，忽有许多经验家、理想经验双全家、经验理想未定家，都说公理战胜了强权；还向公理颂扬了一番，客气了一顿。这事不但溢出了经验的范围，而且又添上一个理字排行的厌物。将来如何收场，我是毫无经验，不敢妄谈。经验诸公，想也未曾经验，开口不得。

没有法，只好在此提出，请教受人轻薄的理想家了。

随感录四十

终日在家里坐，至多也不过看见窗外四角形惨黄色的天，还有什么感？只有几封信，说道，"久违芝宇，时切葭思"；有几个客，说道，"今天天气很好"：都是祖传老店的文字、语言。写的说的，既然有口无心，看的听的，也便毫无所感了。

有一首诗，从一位不相识的少年寄来，却对于我有意义。——

爱情

我是一个可怜的中国人。爱情！我不知道你是什么。

我有父、母，教我育我，待我很好；我待他们，也还不差。我有兄、弟、姊[1]、妹，幼时共我玩耍，长来同我切磋，待我很好；我待他们，也还不差。但是没有人曾经"爱"过我，我也不曾"爱"过他。

我年十九，父母给我讨老婆。于今数年，我们两个，也还和睦。可是这婚姻，是全凭别人主张，别人撮合：把他们一日戏言，当我们百年的盟约。仿佛两个牲口听着主人的命令："咄，你们好好的住在一块儿罢[2]！"

爱情！可怜我不知道你是什么！

诗的好歹，意思的深浅，姑且勿论；但我说，这是血的蒸气，醒

1　现代汉语常用"姐"。——编者注
2　现代汉语常用"吧"。——编者注

过来的人的真声音。

爱情是什么东西？我也不知道。中国的男女大抵一对或一群——一男多女——的住着，不知道有谁知道。

但从前没有听到苦闷的叫声。即使苦闷，一叫便错；少的老的，一齐摇头，一齐痛骂。

然而无爱情结婚的恶结果，却连续不断的进行。形式上的夫妇，既然都全不相关，少的男去姘人宿娼，老的再来买妾：麻痹了良心，各有妙法。所以直到现在，不成问题。但也曾造出一个"妒"字，略表他们曾经苦心经营的痕迹。

可是东方发白，人类向各民族所要的是"人"——自然也是"人之子"——我们所有的是单是人之子，是儿媳妇与儿媳之夫，不能献出于人类之前。

可是魔鬼手上，终有漏光的处所，掩不住光明：人之子醒了；他知道了人类间应有爱情；知道了从前一班少的老的所犯的罪恶；于是起了苦闷，张口发出这叫声。

但在女性一方面，本来也没有罪，现在是做了旧习惯的牺牲。我们既然自觉着人类的道德，良心上不肯犯他们少的老的的罪，又不能责备异性，也只好陪着做一世牺牲，完结了四千年的旧账。

做一世牺牲，是万分可怕的事；但血液究竟干净，声音究竟醒而且真。

我们能够大叫，是黄莺便黄莺般叫；是鸱鸮便鸱鸮般叫。我们不必学那才从私窝子里跨出脚，便说"中国道德第一"的人的声音。

我们还要叫出没有爱的悲哀，叫出无所可爱的悲哀。……我们要叫到旧账勾消³的时候。

旧账如何勾消？我说："完全解放了我们的孩子！"

3　现代汉语常用"勾销"。——编者注

随感录四十一

从一封匿名信里看见一句话，是"数麻石片"（原注江苏方言），大约是没有本领便不必提倡改革，不如去数石片的好的意思。因此又记起了本志通信栏内所载四川方言的"洗煤炭"。想来别省方言中，相类的话还多；守着这专劝人自暴自弃的格言的人，也怕并不少。

凡中国人说一句话，做一件事，倘与传来的积习有若干抵触，须一个斤斗便告成功，才有立足的处所；而且被恭维得烙铁一般热。否则免不了标新立异的罪名，不许说话；或者竟成了大逆不道，为天地所不容。这一种人，从前本可以夷到九族，连累邻居；现在却不过是几封匿名信罢了。但意志略略薄弱的人便不免因此萎缩，不知不觉的也入了"数麻石片"党。

所以现在的中国，社会上毫无改革，学术上没有发明，美术上也没有创作；至于多人继续的研究，前仆后继的探险，那更不必提了。国人的事业，大抵是专谋时式的成功的经营，以及对于一切的冷笑。

但冷笑的人，虽然反对改革，却又未必有保守的能力：即如文字一面，白话固然看不上眼，古文也不甚提得起笔。照他的学说，本该去"数麻石片"了；他却又不然，只是莫名其妙的冷笑。

中国的人，大抵在如此空气里成功，在如此空气里萎缩腐败，以至老死。

我想，人、猿同源的学说，大约可以毫无疑义了。但我不懂，何以从前的古猴子，不都努力变人，却到现在还留着子孙，变把戏给人看。还是那时竟没有一匹想站起来学说人话呢？还是虽然有了几匹，却终被猴子社会攻击他标新立异，都咬死了；所以终于不能进化呢？

尼采式的超人，虽然太觉渺茫，但就世界现有人种的事实看来，却可以确信将来总有尤为高尚尤近圆满的人类出现。到那时候，类人猿上面，怕要添出"类猿人"这一个名词。

所以我时常害怕，愿中国青年都摆脱冷气，只是向上走，不必听自暴自弃者流的话。能做事的做事，能发声的发声。有一分热，发一分光，就令萤火一般，也可以在黑暗里发一点光，不必等候炬火。

此后如竟没有炬火：我便是唯一的光。倘若有了炬火，出了太阳，我们自然心悦诚服的消失，不但毫无不平，而且还要随喜赞美这炬火或太阳；因为他照了人类，连我都在内。

我又愿中国青年都只是向上走，不必理会这冷笑和暗箭。尼采说：

> 真的，人是一个浊流。应该是海了，能容这浊流使他干净。
> 咄，我教你们超人：这便是海，在他这里，能容下你们的大侮蔑。（《札拉图如是说[1]》的《序言》第三节）

纵令不过一洼浅水，也可以学学大海；横竖都是水，可以相通。几粒石子，任他们暗地里掷来；几滴秽水，任他们从背后泼来就是了。

这还算不到"大侮蔑"——因为大侮蔑也须有胆力。

1　现译"扎拉图斯特拉如是说"。——编者注

随感录四十二

听得朋友说，杭州英国教会里的一个医生，在一本医书上做一篇序，称中国人为土人；我当初颇不舒服，仔细再想，现在也只好忍受了。土人一字，本来只说生在本地的人，没有什么恶意。后来因其所指，多系野蛮民族，所以加添了一种新意义，仿佛成了野蛮人的代名词。他们以此称中国人，原不免有侮辱的意思；但我们现在，却除承受这个名号以外，实是别无方法。因为这类是非，都凭事实，并非单用口舌可以争得的。试看中国的社会里，吃人、劫掠、残杀、人身买卖、生殖器崇拜、灵学、一夫多妻，凡有所谓国粹，没一件不与蛮人的文化（？）恰合。拖大辫、吸鸦片，也正与土人的奇形怪状的编发及吃印度麻一样。至于缠足，更要算在土人的装饰法中，第一等的新发明了。他们也喜欢在肉体上做出种种装饰：剜空了耳朵嵌上木塞；下唇剜开一个大孔，插上一支兽骨，像鸟嘴一般；面上雕出兰花；背上刺出燕子；女人胸前做成许多圆的长的疙瘩。可是他们还能走路，还能做事；他们终是未达一间，想不到缠足这好法子。……世上有如此不知肉体上的苦痛的女人，以及如此以残酷为乐、丑恶为美的男子，真是奇事怪事。

自大与好古，也是土人的一个特性。英国人乔治·格雷任纽西兰总督的时候，做了一部《多岛海神话》，序里说他著书的目的，并非全为学术，大半是政治上的手段。他说，纽西兰土人是不能同他说理的。只要从他们的神话的历史里，抽出一条相类的事来做一个例，讲给酋长、祭师们听，一说便成了。譬如要造一条铁路，倘若对他们说这事如何有益，他们决不肯听；我们如果根据神话，说从前某某大仙，曾推着独轮车在虹霓上走，现在要仿他造一条路，那便无所不可了。（原文已经忘却，以上所说只是大意）。中国《十三经》《二十五史》，正是酋长、祭师们一心崇奉的治国平天下的谱，此后凡与土人有交涉的"西哲"，倘能人手一编，便助成了我们的"东学西渐"，很使土人高兴；但不知那译本的序上写些什么呢？

随感录四十三

进步的美术家——这是我对于中国美术界的要求。

美术家固然须有精熟的技工，但尤须有进步的思想与高尚的人格。他的制作，表面上是一张画或一个雕像，其实是他的思想与人格的表现。令我们看了，不但欢喜赏玩，尤能发生感动，造成精神上的影响。

我们所要求的美术家，是能引路的先觉，不是"公民团"的首领。我们所要求的美术品，是表记中国民族知能最高点的标本，不是水平线以下的思想的平均分数。

近来看见上海什么报的增刊《泼克》上，有几张讽刺画。他的画法，倒也模仿西洋；可是我很疑惑，何以思想如此顽固，人格如此卑劣，竟同没有教育的孩子只会在好好的白粉墙上写几个"某某是我而子[1]"一样。可怜外国事物，一到中国，便如落在黑色染缸里似的，无不失了颜色。美术也是其一：学了体格还未匀称的裸体画，便画猥亵画；学了明暗还未分明的静物画，只能画招牌。皮毛改新，心思仍旧，结果便是如此。至于讽刺画之变为人身攻击的器具，更是无足深怪了。

说起讽刺画，不禁想到美国画家勃拉特来（L. D. Bradley 1853—1917）了。他专画讽刺画，关于欧战的画，尤为有名：只可惜前年死掉了。我见过他一张《秋收时之月》（*The Harvest Moon*）的画。上面是一个形如骷髅的月亮，照着荒田；田里一排一排的都是兵的死尸。唉唉，这才算得真的进步的美术家的讽刺画。我希望将来中国也能有一日，出这样一个进步的讽刺画家。

1　现代汉语常用"儿子"。——编者注

随感录四十六

民国八年正月间，我在朋友家里见到上海一种什么报的星期增刊讽刺画，正是开宗明义第一回；画着几方小图，大意是骂主张废汉文的人的；说是给外国医生换上外国狗的心了，所以读罗马字时，全是外国狗叫。但在小图的上面，又有两个双钩大字"泼克"，似乎便是这增刊的名目；可是全不像中国话。我因此很觉这美术家可怜：他——对于个人的人身攻击姑且不论——学了外国画，来骂外国话，然而所用的名目又仍然是外国话。讽刺画本可以针砭社会的锢疾[1]；现在施针砭的人的眼光，在一方尺大的纸片上，尚且看不分明，怎能指出确当的方向，引导社会呢？

这几天又见到一张所谓《泼克》，是骂提倡新文艺的人了。大旨是说凡所崇拜的，都是外国的偶像。我因此愈觉这美术家可怜：他学了画，而且画了"泼克"，竟还未知道外国画也是文艺之一。他对于自己的本业，尚且罩在黑坛子里，摸不清楚，怎能有优美的创作，贡献于社会呢？

但"外国偶像"四个字，却亏他想了出来。

不论中外，诚然都有偶像。但外国是破坏偶像的人多；那影响所及，便成功了宗教改革、法国革命。旧像愈摧破，人类便愈进步；所以现在才有比利时的义战，与人道的光明。那达尔文、易卜生、托尔斯泰、尼采诸人，便都是近来偶像破坏的大人物。

在这一流偶像破坏者，《泼克》却完全无用；因为他们都有确固不拔的自信，所以决不理会偶像保护者的嘲骂。易卜生说：

---

1 现代汉语常用"痼疾"。——编者注

　　我告诉你们，是这个——世界上最强壮有力的人，就是那孤立的人。（见《国民之敌 [2]》）

但也不理会偶像保护者的恭维。尼采说：

　　他们又拿着称赞，围住你嗡嗡的叫：他们的称赞是厚脸皮。他们要接近你的皮肤和你的血。（《札拉图如是说》第二卷《市场之蝇》）

这样，才是创作者。——我辈即使才力不及，不能创作，也该当学习；即使所崇拜的仍然是新偶像，也总比中国陈旧的好。与其崇拜孔丘、关羽，还不如崇拜达尔文、易卜生；与其牺牲于瘟将军、五道神，还不如牺牲于 Apollo。

2　现译"人民公敌"。——编者注

随感录四十七

有人做了一块象牙片，半寸方，看去也没有什么；用显微镜一照，却看见刻着一篇行书的《兰亭序》。我想：显微镜的所以制造，本为看那些极细微的自然物的；现在既用人工，何妨便刻在一块半尺方的象牙板上，一目了然，省却用显微镜的工夫呢？

张三、李四是同时人。张三记了古典来做古文；李四又记了古典，去读张三做的古文。我想：古典是古人的时事，要晓得那时的事，所以免不了翻着古典；现在两位既然同时，何妨老实说出，一目了然，省却你也记古典，我也记古典的工夫呢？

内行的人说：什么话！这是本领，是学问！

我想，幸而中国人中，有这一类本领学问的人还不多。倘若谁也弄这玄虚：农夫送来了一粒粉，用显微镜照了，却是一碗饭；水夫挑来用水湿过的土，想喝茶的又须挤出湿土里的水：那可真要支撑不住了。

随感录四十八

中国人对于异族，历来只有两样称呼：一样是禽兽，一样是圣上，从没有称他朋友，说他也同我们一样的。

古书里的弱水，竟是骗了我们：闻所未闻的外国人到了，交手几回，渐知道"子曰诗云"似乎无用，于是乎要维新。

维新以后，中国富强了，用这学来的新，打出外来的新，关上大门，再来守旧。

可惜维新单是皮毛，关门也不过一梦。外国的新事理，却愈来愈多，愈优胜，"子曰诗云"也愈挤愈苦，愈看愈无用。于是从那两样旧称呼以外，别想了一样新号——"西哲"，或曰"西儒"。

他们的称号虽然新了，我们的意见却照旧。因为"西哲"的本领虽然要学，"子曰诗云"也更要昌明。换几句话，便是学了外国本领，保存中国旧习。本领要新，思想要旧。要新本领旧思想的新人物，驮了旧本领旧思想的旧人物，请他发挥多年经验的老本领。一言以蔽之：前几年谓之"中学为体，西学为用"，这几年谓之"因时制宜，折衷至当"。

其实世界上决没有这样如意的事。即使一头牛，连生命都牺牲了，尚且祀了孔便不能耕田，吃了肉便不能榨乳。何况一个人先须自己活着，又要驮了前辈先生活着；活着的时候，又须恭听前辈先生的折衷：早上打拱，晚上握手；上午"声光化电"，下午"子曰诗云"呢？

社会上最迷信鬼神的人，尚且只能在赛会这一日抬一回神舆。不知那些学"声光化电"的"新进英贤"，能否驮着山野隐逸，海滨遗老，折衷一世？

"西哲"易卜生盖以为不能，以为不可。所以借了 Brand 的嘴说："All or nothing！"

随感录四十九

凡有高等动物，倘没有遇着意外的变故，总是从幼到壮，从壮到老，从老到死。

我们从幼到壮，既然毫不为奇的过去了；自此以后，自然也该毫不为奇的过去。

可惜有一种人，从幼到壮，居然也毫不为奇的过去了；从壮到老，便有点古怪；从老到死，却更奇想天开，要占尽了少年的道路，吸尽了少年的空气。

少年在这时候，只能先行萎黄，且待将来老了，神经血管一切变质以后，再来活动。所以社会上的状态，先是"少年老成"；直待弯腰曲背时期，才更加"逸兴遄飞"，似乎从此以后，才上了做人的路。

可是究竟也不能自忘其老；所以想求神仙。大约别的都可以老，只有自己不肯老的人物，总该推中国老先生算一甲一名。

万一当真成了神仙，那便永远请他主持，不必再有后进，原也是极好的事。可惜他又究竟不成，终于个个死去，只留下造成的老天地，教少年驼着吃苦。

这真是生物界的怪现象！

我想种族的延长——便是生命的连续——的确是生物界事业里的一大部分。何以要延长呢？不消说是想进化了。但进化的途中总须新陈代谢。所以新的应该欢天喜地的向前走去，这便是壮，旧的也应该欢天喜地的向前走去，这便是死；各各如此走去，便是进化的路。

老的让开道，催促着，奖励着，让他们走去。路上有深渊，便用那个死填平了，让他们走去。

少的感谢他们填了深渊，给自己走去；老的也感谢他们从我填平的深渊上走去。——远了远了。

明白这事，便从幼到壮到老到死，都欢欢喜喜的过去；而且一步一步，多是超过祖先的新人。

这是生物界正当开阔的路！人类的祖先，都已这样做了。

随感录五十三

上海盛德坛扶乩，由"孟圣"主坛；在北京便有城隍白知降坛，说他是"邪鬼"。盛德坛后来却又有什么真人下降，谕别人不得擅自扶乩。

北京议员王讷提议推行新武术，以"强国强种"；中华武士会便率领了一班天罡拳、阴截腿之流，大分冤单，说他"抑制暴弃祖性相传之国粹"。

绿帜社提倡"爱世语"，专门崇拜"柴圣"，说别种国际语（如Ido等）是冒牌的。

上海有一种单行的《泼克》，又有一种报上增刊的《泼克》；后来增刊《泼克》登广告声明要将送错的单行《泼克》的信件撕破。

上海有许多"美术家"；其中的一个美术家，不知如何散了伙，便在《泼克》上大骂别的美术家"盲目盲心"，不知道新艺术真艺术。

以上五种同业的内讧，究竟是什么原因，局外人本来不得而知。但总觉现在时势不很太平，无论新的、旧的，都各各起哄：扶乩、打拳那些鬼画符的东西，倒也罢了；学几句世界语，画几笔花，也是高雅的事，难道也要同行嫉妒，必须声明鱼目混珠，雷击火焚么？

我对于那"美术家"的内讧又格外失望。我于美术虽然全是门外汉，但很望中国有新兴美术出现。现在上海那班美术家所做的，是否算得美术，原是难说；但他们既然自称美术家，即使幼稚，也可以希望长成：所以我期望有个美术家的幼虫，不要是似是而非的木叶蝶。如今见了他们两方面的成绩，不免令我对于中国美术前途发生一种怀疑。

画《泼克》的美术家说他们盲目盲心，所研究的只是十九世纪的美术，不晓得有新艺术、真艺术。我看这些美术家的作品，不是剥制的鹿，便是畸形的美人，的确不甚高明，恐怕连十"八"世纪，也未必有这类绘画；说到底，只好算是中国的所谓美术罢了。但那一位画《泼克》的美术家的批评，却又不甚可解：研究十九世纪的美术，何以便是盲目盲心？十九世纪以后的新艺术、真艺术，又是怎样？我听人说：后期印象派（Postimpressionism）的绘画，在今日总还不算十分陈旧；其中的大人物如 Cézanne 与 Van Gogh 等，都是十九世纪后半的人，最迟的到一九○六年也故去了。二十世纪才是十九年初头，好像还没有新派兴起。立方派（Cubism）、未来派（Futurism）的主张，虽然新奇，却尚未能确立基础；而且在中国，又怕未必能够理解。在那《泼克》上面，也未见有这一派的绘画；不知那《泼克》美术家的所谓新艺术、真艺术，究竟是指着什么？现在的中国美术家诚然心盲目盲，但其弊却不在单研究十九世纪的美术，——因为据我看来，他们并不研究什么世纪的美术，——所以那《泼克》美术家的话，实在令人难解。

《泼克》美术家满口说新艺术、真艺术，想必自己懂得这新艺术、真艺术的了。但我看他所画的讽刺画，多是攻击新文艺、新思想的。——这是二十世纪的美术么？这是新艺术、真艺术么？

随感录五十四

中国社会上的状态，简直是将几十世纪缩在一时：自油松片以至电灯，自独轮车以至飞机，自镖枪以至机关炮，自不许"妄谈法理"以至护法，自"食肉寝皮"的吃人思想以至人道主义，自迎尸拜蛇以至美育代宗教，都摩肩挨背[1]的存在。

这许多事物挤在一处，正如我辈约了燧人氏以前的古人，拼开饭店一般，即使竭力调和，也只能煮个半熟；伙计们既不会同心，生意也自然不能兴旺，——店铺总要倒闭。

黄郛氏做的《欧战之教训与中国之将来》中，有一段话，说得很透澈：

> 七年以来，朝野有识之士，每腐心于政教之改良，不注意于习俗之转移；庸讵知旧染不去，新运不生：事理如此，无可勉强者也。外人之评我者，谓中国人有一种先天的保守性，即或迫于时势，各种制度有改革之必要时，而彼之所谓改革者，决不将旧日制度完全废止，乃在旧制度之上，更添加一层新制度。试览前清之兵制变迁史，可以知吾言之不谬焉。最初命八旗兵驻防各地，以充守备之任；及年月既久，旗兵已腐败不堪用，洪秀全起，不得已，征募湘、淮两军以应急：从此旗兵绿营，并肩存在，遂变成二重兵制。甲午战后，知绿营兵力又不可恃，乃复编练新式军队：于是并前二者而变成三重兵制矣。今旗兵虽已消灭，而变面换形之绿营，依然存在，总是二重兵

1　现代汉语常用"摩肩接踵"。——编者注

制也。从可知吾国人之无澈底[2]改革能力，实属不可掩之事实。他若贺阳历新年者复贺阴历新年；奉民国正朔者，仍存宣统年号。一察社会各方面，兼无往而非二重制。即今日政局之所以不宁，是非之所以无定者，简括言之，实亦不过一种'二重思想'在其间作祟而已。

此外如既许信仰自由，却又特别尊孔；既自命"胜朝遗老"，却又在民国拿钱；既说是应该革新，却又主张复古：四面八方几乎都是二三重以至多重的事物，每重又各各自相矛盾。一切人便都在这矛盾中间，互相抱怨着过活，谁也没有好处。

要想进步，要想太平，总得连根的拔去了"二重思想"。因为世界虽然不小，但彷徨的人种，是终竟寻不出位置的。

2　现代汉语常用"彻底"。——编者注

五十六 "来了"

近来时常听得人说，"过激主义来了"；报纸上也时常写着，"过激主义来了"。

于是有几文钱的人，很不高兴。官员也着忙，要防华工，要留心俄国人；连警察厅也向所属发出了严查"有无过激党设立机关"的公事。

着忙是无怪的，严查也无怪的；但先要问：什么是过激主义呢？

这是他们没有说明，我也无从知道，我虽然不知道，却敢说一句话："过激主义"不会来，不必怕他；只有"来了"是要来的，应该怕的。

我们中国人，决不能被洋货的什么主义引动，有抹杀他扑灭他的力量。军国民主义么，我们何尝会同别人打仗；无抵抗主义么，我们却是主战参战的；自由主义么，我们连发表思想都要犯罪，讲几句话也为难；人道主义么，我们人身还可以买卖呢。

所以无论什么主义，全扰乱不了中国；从古到今的扰乱，也不听说因为什么主义。试举目前的例，便如陕西学界的布告，湖南灾民的布告，何等可怕，与比利时公布的德兵苛酷情形，俄国别党宣布的列宁政府残暴情形，比较起来，他们简直是太平天下了。德国还说是军国主义，列宁不消说还是过激主义哩！

这便是"来了"来了。来的如果是主义，主义达了还会罢；倘若单是"来了"，他便来不完，来不尽，来的怎样也不可知。

民国成立的时候，我住在一个小县城里，早已挂过白旗。有一日，忽然见许多男女，纷纷乱逃：城里的逃到乡下，乡下的逃进城里。问他们什么事，他们答道，"他们说要来了。"

可见大家都单怕"来了"，同我一样。那时还只有"多数主义"，没有"过激主义"哩。

五十七　现在的屠杀者

高雅的人说："白话鄙俚浅陋，不值识者一哂之者也。"

中国不识字的人，单会讲话，"鄙俚浅陋"，不必说了。"因为自己不通，所以提倡白话，以自文其陋"如我辈的人，正是"鄙俚浅陋"，也不在话下了。最可叹的是几位雅人，也还不能如《镜花缘》里说的君子国的酒保一般，满口"酒要一壶乎，两壶乎，菜要一碟乎，两碟乎"的终日高雅，却只能在呻吟古文时，显出高古品格；一到讲话，便依然是"鄙俚浅陋"的白话了。四万万中国人嘴里发出来的声音，竟至总共"不值一哂"，真是可怜煞人。

做了人类想成仙；生在地上要上天；明明是现代人，吸着现在的空气，却偏要勒派朽腐的名教，僵死的语言，侮蔑尽现在，这都是"现在的屠杀者"，杀了"现在"，也便杀了"将来"。——将来是子孙的时代。

五十八　人心很古

慷慨激昂的人说："世道浇漓，人心不古，国粹将亡，此吾所为仰天扼腕切齿三叹息者也！"

我初听这话，也曾大吃一惊；后来翻翻旧书，偶然看见《史记·赵世家》里面记着公子成反对主父改胡服的一段话：

> 臣闻中国者，盖聪明徇智之所居也，万物财用之所聚也，贤圣之所教也，仁义之所施也，《诗》《书》礼乐之所用也，异敏技能之所试也，远方之所观赴也，蛮夷之所义行也；今王舍此而袭远方之服，变古之教，易古之道，逆人之心，而怫学者，离中国，故臣愿王图之也。

这不是与现在阻抑革新的人的话，丝毫无异么？后来又在《北史》里看见记周静帝的司马后的话：

> 后性尤妒忌，后宫莫敢进御。尉迟迥女孙有美色，先在宫中，帝于仁寿宫见而悦之，因得幸。后伺帝听朝，阴杀之。上大怒，单骑从苑中出，不由径路，入山谷间三十余里；高颎、杨素等追及，扣马谏，帝太息曰："吾贵为天子，不得自由。"

这又不是与现在信口主张自由和反对自由的人，对于自由所下的解释，丝毫无异么？别的例证，想必还多，我见闻狭隘，不能多举了。但即此看来，已可见虽然经过了这许多年，意见还是一样。

现在的人心，实在古得很呢。

中国人倘能努力再古一点，也未必不能有古到三皇五帝以前的希望，可惜时时遇着新潮流新空气激荡着，没有工夫了。

在现存的旧民族中，最合中国式理想的，总要推锡兰岛的Vedda族[1]。他们和外界毫无交涉，也不受别民族的影响，还是原始的状态，真不愧所谓"羲皇上人"。

但听说他们人口年年减少，现在快要没有了：这实在是一件万分可惜的事。

1　即"维达族"，南亚斯里兰卡的少数民族。——编者注

五十九 "圣武"

我前回已经说过"什么主义都与中国无干"的话了；今天忽然又有些意见，便再写在下面：

我想，我们中国本不是发生新主义的地方，也没有容纳新主义的处所，即使偶然有些外来思想，也立刻变了颜色，而且许多论者反要以此自豪。我们只要留心译本上的序跋，以及各样对于外国事情的批评议论，便能发见我们和别人的思想中间，的确还隔着几重铁壁。他们是说家庭问题的，我们却以为他鼓吹打仗；他们是写社会缺点的，我们却说他讲笑话；他们以为好的，我们说来却是坏的。若再留心看看别国的国民性格、国民文学，再翻一本文人的评传，便更能明白别国著作里写出的性情、作者的思想，几乎全不是中国所有，所以不会了解，不会同情，不会感应；甚至彼我间的是非爱憎，也免不了得到一个相反的结果。

新主义宣传者是放火人么，也须别人有精神的燃料，才会着火；是弹琴人么，别人的心上也须有弦索，才会出声；是发声器么，别人也必须是发声器，才会共鸣。中国人都有些不很像，所以不会相干。

几位读者怕要生气，说："中国时常有将性命去殉他主义的人，中华民国以来，也因为主义上死了多少烈士，你何以一笔抹杀？吓！"这话也是真的。我们从旧的外来思想说罢，六朝的确有许多焚身的和尚，唐朝也有过砍下臂膊布施无赖的和尚；从新的说罢，自然也有过几个人的。然而与中国历史，仍不相干。因为历史结帐[1]，不能像数学一般精密，写下许多小数，却只能学粗人算帐[2]的四舍五入法门，记一笔整数。

中国历史的整数里面，实在没有什么思想主义在内。这整数只是两种物质，——是刀与火，"来了"便是他的总名。

火从北来便逃向南，刀从前来便退向后，一大堆流水帐簿[3]，只有这一个模型。倘嫌"来了"的名称不很庄严，"刀与火"也触目，我们也可以别想花样，奉献一个谥法，称作"圣武"，便好看了。

古时候，秦始皇帝很阔气，刘邦和项羽都看见了；邦说："嗟乎！大丈夫当如此也！"羽说："彼可取而代也！"羽要"取"什么呢？便是取邦所说的"如此"。"如此"的程度，虽有不同，可是谁也想取；被取的是"彼"，取的是"丈夫"。所有"彼"与"丈夫"的心中，便都是这"圣武"的产生所，受纳所。

何谓"如此"？说起来话长，现在简单地说，便只是人类中的纯粹兽性方面的欲望的满足——威福、子女、玉帛——罢了。然而在一切大小丈夫，却要算最高理想（？）了。我怕现在的人，还被这理想支配着。

大丈夫"如此"之后，欲望没有衰，身体却疲敝了；而且觉得暗中有一个黑影——死——到了身边了。于是无法，只好求神仙。这在中国，也要算最高理想了。我怕现在的人，也还被这理想支配着。

求了一通神仙，终于没有见，忽然有些疑惑了。于是要造坟，来保存死尸，想用自己的尸体，永远占据着一块地面。这在中国，也要算一种没奈何的最高理想了。我怕现在的人，也还被这理想支配着。

1　现代汉语常用"结账"。——编者注
2　现代汉语常用"算账"。——编者注
3　现代汉语常用"账簿"。——编者注

现在的外来思想，无论如何，总不免有些自由平等的气息，互助共存的气息，在我们这单有"我"，单想"取彼"，单要由我喝尽了一切空间时间的酒的思想界上，实没有插足的余地。

因此，只须防那"来了"便够了。看看别国，抗拒这"来了"的便是有主义的人民。他们因为所信的主义，牺牲了别的一切，用骨肉碰钝了锋刃，血液浇灭了烟焰。在刀光火色衰微中，看出一种薄明的天色，便是新世纪的曙光。

曙光在头上，不抬起头，便永远只能看见物质的闪光。

六十一　不满

欧战才了的时候，中国很抱着许多希望，因此现在也发出许多悲观绝望的声音，说"世界上没有人道""人道这句话是骗人的"。有几位评论家，还引用了他们外国论者自己责备自己的文字，来证明所谓文明人者，比野蛮尤其野蛮。

这诚然是痛快淋漓的话，但要问：照我们的意见，怎样才算有人道呢？那答话，想来大约是"收回治外法权，收回租界，退还庚子赔款……"现在都很渺茫，实在不合人道。

但又要问：我们中国的人道怎么样？那答话，想来只能"……"。对于人道只能"……"的人的头上，决不会掉下人道来。因为人道是要各人竭力挣来、培植、保养的，不是别人布施、捐助的。

其实近于真正的人道，说的人还不很多，并且说了还要犯罪。若论皮毛，却总算略有进步了。这回虽然是一场恶战，也居然没有"食肉寝皮"，没有"夷其社稷"，而且新兴了十八个小国。就是德国对待比国[1]，都说残暴绝伦，但看比国的公布，也只是囚徒不给饮食、村长挨了打骂、平民送上战线之类。这些事情，在我们中国自己对自己也常有，算得什么希奇[2]？

人类尚未长成，人道自然也尚未长成，但总在那里发荣滋长。我们如果问问良心，觉得一样滋长，便什么都不必忧愁；将来总要走同一的路。看罢，他们是战胜军国主义的，他们的评论家还是自己责备自己，有许多不满。不满是向上的车轮，能够载着不自满的人类，向人道前进。

多有不自满的人的种族，永远前进，永远有希望。

多有只知责人不知反省的人的种族，祸哉祸哉！

1　即"比利时"。——编者注
2　现代汉语常用"稀奇"。——编者注

六十二 恨恨而死

古来很有几位恨恨而死的人物。他们一面说些"怀才不遇""天道宁论"的话，一面有钱的便狂嫖滥赌，没钱的便喝几十碗酒，——因为不平的缘故，于是后来就恨恨而死了。

我们应该趁他们活着的时候问他：诸公！您知道北京离昆仑山几里，弱水去黄河几丈么？火药除了做鞭爆，罗盘除了看风水，还有什么用处么？棉花是红的，还是白的？谷子是长在树上，还是长在草上？桑间濮上如何情形，自由恋爱怎样态度？您在半夜里可忽然觉得有些羞，清早上可居然有点悔么？四斤的担，您能挑么？三里的道，您能跑么？

他们如果细细的想，慢慢的悔了，这便很有些希望。万一越发不平，越发愤怒，那便"爱莫能助"。——于是他们终于恨恨而死了。

中国现在的人心中，不平和愤恨的分子太多了。不平还是改造的引线，但必须先改造了自己，再改造社会，改造世界；万不可单是不平。至于愤恨，却几乎全无用处。

愤恨只是恨恨而死的根苗，古人有过许多，我们不要蹈他们的覆辙。

我们更不要借了"天下无公理，无人道"这些话，遮盖自暴自弃的行为，自称"恨人"，一副恨恨而死的脸孔，其实并不恨恨而死。

六十三 "与幼者"

做了《我们现在怎样做父亲》的后两日，在有岛武郎《著作集》里看到《与幼者》这一篇小说，觉得很有许多好的话。

时间不住的移过去。你们的父亲的我，到那时候，怎样映在你们（眼）里，那是不能想像的了。大约像我在现在，嗤笑可怜那过去的时代一般，你们也要嗤笑可怜我的古老的心思，也未可知的。我为你们计，但愿这样子。你们若不是毫不客气的拿我做一个踏脚，超越了我，向着高的远的地方进去，那便是错的。

人间很寂寞。我单能这样说了就算么？你们和我，像尝过血的兽一样，尝过爱了。去罢，为要将我的周围从寂寞中救出，竭力做事罢。我爱过你们，而且永远爱着。这并不是说，要从你们受父亲的报酬，我对于"教我学会了爱你们的你们"的要求，只是受取我的感谢罢了……像吃尽了亲的死尸，贮着力量的小狮子一样，刚强勇猛，舍了我，踏到人生上去就是了。

我的一生就令怎样失败，怎样胜不了诱惑；但无论如何，使你们从我的足迹上寻不出不纯的东西的事，是要做的，是一定做的。你们该从我的倒毙的所在，跨出新的脚步去。但那里走，怎么走的事，你们也可以从我的足迹上探索出来。

幼者呵！将又不幸又幸福的你们的父母的祝福，浸在胸中，上人生的旅路罢。前途很远，也很暗。然而不要怕。不怕的人的面前才有路。

　　走罢！勇猛着！幼者呵！

　　有岛氏是白桦派，是一个觉醒的，所以有这等话；但里面也免不了带些眷恋凄怆的气息。

　　这也是时代的关系。将来便不特没有解放的话，并且不起解放的心，更没有什么眷恋和凄怆；只有爱依然存在。——但是对于一切幼者的爱。

六十四　有无相通

南北的官僚虽然打仗，南北的人民却很要好，一心一意的在那里"有无相通"。

北方人可怜南方人太文弱，便教给他们许多拳脚：什么"八卦拳""太极拳"，什么"洪家""侠家"，什么"阴截腿""抱桩腿""谭腿""戳脚"，什么"新武术""旧武术"，什么"实为尽美尽善之体育""强国保种尽在于斯"。

南方人也可怜北方人太简单了，便送上许多文章：什么"……梦""……魂""……痕""……影""……泪"，什么"外史""趣史""秽史""秘史"，什么"黑幕""现形"，什么"淌牌""吊膀""拆白"，什么"嘻嘻卿卿我我""呜呼燕燕莺莺""吁嗟风风雨雨""耐阿是勒浪要勿面孔哉！"

直隶山东的侠客们，勇士们呵！诸公有这许多筋力，大可以做一点神圣的劳作；江苏、浙江、湖南的才子们，名士们呵！诸公有这许多文才，大可以译几页有用的新书。我们改良点自己，保全些别人；想些互助的方法，收了互害的局面罢！

六十五　暴君的臣民

从前看见清朝几件重案的记载，"臣工"拟罪很严重，"圣上"常常减轻，便心里想：大约因为要博仁厚的美名，所以玩这些花样罢了。后来细想，殊不尽然。

暴君治下的臣民，大抵比暴君更暴；暴君的暴政，时常还不能餍足暴君治下的臣民的欲望。

中国不要提了罢。在外国举一个例：小事件则如 Gogol 的剧本《按察使》，众人都禁止他，俄皇却准开演；大事件则如巡抚想放耶稣，众人却要求将他钉上十字架。

暴君的臣民，只愿暴政暴在他人的头上，他却看着高兴，拿"残酷"做娱乐，拿"他人的苦"做赏玩，做慰安[1]。

自己的本领只是"幸免"。

从"幸免"里又选出牺牲，供给暴君治下的臣民的渴血的欲望，但谁也不明白。死的说"阿呀[2]"，活的高兴着。

1　现代汉语常用"安慰"。——编者注
2　现代汉语常用"哎呀"。——编者注

六十六　生命的路

想到人类的灭亡是一件大寂寞大悲哀的事；然而若干人们的灭亡，却并非寂寞悲哀的事。

生命的路是进步的，总是沿着无限的精神三角形的斜面向上走，什么都阻止他不得。

自然赋与人们的不调和还很多，人们自己萎缩堕落退步的也还很多，然而生命决不因此回头。无论什么黑暗来防范思潮，什么悲惨来袭击社会，什么罪恶来亵渎人道，人类的渴仰完全的潜力，总是踏了这些铁蒺藜向前进。

生命不怕死，在死的面前笑着跳着，跨过了灭亡的人们向前进。

什么是路？就是从没路的地方践踏出来的，从只有荆棘的地方开辟出来的。

以前早有路了，以后也该永远有路。

人类总不会寂寞，因为生命是进步的，是乐天的。

昨天，我对我的朋友 L 说："一个人死了，在死者自身和他的眷属是悲惨的事，但在一村一镇的人看起来不算什么；就是一省一国一种……"

L 很不高兴，说，"这是 Natur（自然）的话，不是人们的话。你应该小心些。"

我想，他的话也不错。

知识即罪恶

我本来是一个四平八稳，给小酒馆打杂，混一口安稳饭吃的人，不幸认得几个字，受了新文化运动的影响，想求起知识来了。

那时我在乡下，很为猪、羊不平；心里想，虽然苦，倘也如牛、马一样，可以有一件别的用，那就免得专以卖肉见长了。然而猪、羊满脸呆气，终生胡涂[1]，实在除了保持现状之外，没有别的法。所以，诚然，知识是要紧的！

于是我跑到北京，拜老师，求知识。地球是圆的。元质[2]有七十多种。x+y=z。闻所未闻，虽然难，却也以为是人所应该知道的事。

有一天，看见一种日报，却又将我的确信打破了。报上有一位虚无哲学家说：知识是罪恶、赃物……。虚无哲学，多大的权威呵，而说道知识是罪恶。我的知识虽然少，而确实是知识，这倒反而坑了我了。我于是请教老师去。

老师道："呸，你懒得用功，便胡说，走！"

我想："老师贪图束脩罢。知识倒也还不如没有的稳当，可惜粘在我脑里，立刻抛不去，我赶快忘了他罢。"

然而迟了。因为这一夜里，我已经死了。

半夜，我躺在公寓的床上，忽而走进两个东西来，一个"活无常"，一个"死有分"。但我却并不诧异，因为他们正如城隍庙里塑着的一般。然而跟在后面的两个怪物，却使我吓得失声，因为并非牛头、马面，而却是羊面、猪头！我便悟到，牛、马还太聪明，犯了

1　现代汉语常用"糊涂"。——编者注
2　现代汉语常用"元素"，现有一百余种。——编者注

罪，换上这诸公了，这可见知识是罪恶……。我没有想完，猪头便用嘴将我一拱，我于是立刻跌入阴府里，用不着久等烧车、马。

到过阴间的前辈先生多说，阴府的大门是有匾额和对联的，我留心看时，却没有，只见大堂上坐着一位阎罗王。希奇，他便是我的隔壁的大富豪朱朗翁。大约钱是身外之物，带不到阴间的，所以一死便成为清白鬼了，只是不知道怎么又做了大官。他只穿一件极俭朴的爱国布的龙袍，但那龙颜却比活的时候胖得多了。

"你有知识么？"朗翁脸上毫无表情的问。

"没……"我是记得虚无哲学家的话的，所以这样答。

"说没有便是有——带去！"

我刚想：阴府里的道理真奇怪……却又被羊角一叉，跌出阎罗殿去了。

其时跌在一座城池里，其中都是青砖绿门的房屋，门顶上大抵是洋灰做的两个所谓狮子，门外面都挂一块招牌。倘在阳间，每一所机关外总挂五六块牌，这里却只一块，足见地皮的宽裕了。这瞬息间，我又被一位手执钢叉的猪头夜叉用鼻子拱进一间屋子里去，外面有牌额是：

"油豆滑跌小地狱"。

进得里面，却是一望无边的平地，满铺了白豆拌着桐油。只见无数的人在这上面跌倒又起来，起来又跌倒。我也接连的摔了十二交[3]，头上长出许多疙瘩来。但也有竟在门口坐着躺着，不想爬起，虽然浸得油汪汪的，却毫无一个疙瘩的人，可惜我去问他，他们都瞠着眼不说话。我不知道他们是不听见呢还是不懂，不愿意说呢还是无话可谈。

我于是跌上前去，去问那些正在乱跌的人们。其中的一个道：

"这就是罚知识的，因为知识是罪恶、赃物……。我们还算是轻的

3　现代汉语常用"摔跤"。——编者注

呢。你在阳间的时候，怎么不昏一点？……"他气喘吁吁的断续的说。

"现在昏起来罢。"

"迟了。"

"我听得人说，西医有使人昏睡的药，去请他注射去，好么？"

"不成，我正因为知道医药，所以在这里跌，连针也没有了。"

"那么……有专给人打吗啡针的，听说多是没知识的人……我寻他们去。"

在这谈话时，我们本已滑跌了几百交了。我一失望，便更不留神，忽然将头撞在白豆稀薄的地面上。地面很硬，跌势又重，我于是胡里胡涂 [4] 的发了昏……

阿 [5]！自由！我忽而在平野上了，后面是那城，前面望得见公寓。我仍然胡里胡涂的走，一面想：我的妻和儿子，一定已经上京了，他们正围着我的死尸哭呢。我于是扑向我的躯壳去，便直坐起来，他们吓跑了，后来竭力说明，他们才了然，都高兴得大叫道：你还阳了，呵呀！我的老天爷哪……

我这样胡里胡涂的想时，忽然活过来了……

没有我的妻和儿子在身边，只有一个灯在桌上，我觉得自己睡在公寓里。间壁的一位学生已经从戏园回来，正哼着"先帝爷唤唉唉"哩，可见时候是不早了。

这还阳还得太冷静，简直不像还阳，我想，莫非先前也并没有死么？

倘若并没死，那么，朱朗翁也就并没有做阎罗王。

解决这问题，用知识究竟还怕是罪恶，我们还是用感情来决一决罢。

十月二十三日

4　现代汉语常用"糊里糊涂"。——编者注
5　现代汉语常用"啊"。——编者注

事实胜于雄辩

西哲说：事实胜于雄辩。我当初很以为然，现在才知道在我们中国，是不适用的。

去年我在青云阁的一个铺子里买过一双鞋，今年破了，又到原铺子去照样的买一双。

一个胖伙计，拿出一双鞋来，那鞋头又尖又浅了。

我将一只旧式的和一只新式的都排在柜上，说道：

"这不一样……"

"一样，没有错。"

"这……"

"一样，您瞧！"

我于是买了尖头鞋走了。

我顺便有一句话奉告我们中国的某爱国大家，您说，攻击本国的缺点，是拾某国人的唾余的，试在中国上，加上我们二字，看看通不通。

现在我敬谨加上了，看过了，然而通的。

您瞧！

十一月四日

一九二二年

估《学衡》

我在二月四日的《晨报副刊》上看见式芬先生的杂感，很诧异天下竟有这样拘迂的老先生，竟不知世故到这地步，还来同《学衡》诸公谈学理。夫所谓《学衡》者，据我看来，实不过聚在"聚宝之门"左近的几个假古董所放的假毫光；虽然自称为"衡"，而本身的称星尚且未曾钉好，更何论于他所衡的轻重的是非。所以，决用不着较准，只要估一估就明白了。

《弁言》说："籀绎之作必趋雅音以崇文。""籀绎"如此，述作可知。夫文者，即使不能"载道"，却也应该"达意"，而不幸诸公虽然张皇国学，笔下却未免欠亨，不能自了，何以"衡"人。这实在是一个大缺点。看罢，诸公怎么说：

《弁言》云，"杂志迻例弁以宣言"，按宣言即布告，而弁者，周人戴在头上的瓜皮小帽一般的帽子，明明是顶上的东西，所以"弁言"就是序，异于"杂志迻例"的宣言，并为一谈，太汗漫了。《评提倡新文化者》文中说："或操笔以待。每一新书出版。必为之序。以尽其领袖后进之责。顾亭林曰。人之患在好为人序。其此之谓乎。故语彼等以学问之标准与良知。犹语商贾以道德。娼妓以贞操也。"原来做一篇序"以尽其领袖后进之责"，便有这样的大罪案。然而诸公又何以也"突而弁兮"的"言"了起来呢？照前文推论，那便是我的质问，却正是"语商贾以道德。娼妓以贞操也"了。

《中国提倡社会主义之商榷》中说："凡理想学说之发生。皆有其历史上之背影。决非悬空虚构。造乌托之邦。作无病之呻者也。"

查"英吉之利"的摩耳，并未做 Pia of Uto，虽曰之乎者也，欲罢不能，但别寻古典，也非难事，又何必当中加楦呢。于古未闻"睹史之陀"，在今不云"宁古之塔"，奇句如此，真可谓"有病之呻"了。

《国学摭谭》中说："虽三皇寥廓而无极。五帝搢绅先生难言之。"人而能"寥廓"，已属奇闻，而第二句尤为费解，不知是三皇之事，五帝和搢绅先生皆难言之，抑是五帝之事，搢绅先生也难言之呢？推度情理，当从后说，然而太史公所谓"搢绅先生难言之"者，乃指"百家言黄帝"而并不指五帝，所以翻开《史记》，便是赫然的一篇《五帝本纪》，又何尝"难言之"。难道太史公在汉朝，竟应该算是下等社会中人么？

《记白鹿洞谈虎》中说："诸父老能健谈。谈多称虎。当其摹示抉噬之状。闻者鲜不色变。退而记之。亦资诙噱之类也。"姑不论其"能""健""谈""称"，床上安床，"抉噬之状"，终于未记，而"变色"的事，但"资诙噱"，也可谓太远于事情。倘使但"资诙噱"，则先前的闻而色变者，简直是呆子了。记又云："伥者。新鬼而膏虎牙者也。"刚做新鬼，便"膏虎牙"，实在可悯。那么，虎不但食人，而且也食鬼了。这是古来未知的新发见。

《渔丈人行》的起首道："楚王无道杀伍奢。覆巢之下无完家。"这"无完家"虽比"无完卵"新奇，但未免颇有语病。假如"家"就是鸟巢，那便犯了复，而且"之下"二字没有着落，倘说是人家，则掉下来的鸟巢未免太沉重了。除了大鹏金翅鸟（出《说岳全传》），断没有这样的大巢，能够压破彼等的房子。倘说是因为押韵，不得不然，那我敢说：这是"挂脚韵"。押韵至于如此，则翻开《诗韵合璧》的"六麻"来，写道"无完蛇""无完瓜""无完叉"，都无所不可的。

还有《浙江采集植物游记》，连题目都不通了。采集有所务，并非漫游，所以古人作记，务与游不并举，地与游才相连。匡庐峨眉，山也，则曰纪游，采硫访碑，务也，则曰日记。虽说采集时候，也兼游览，但这应该包举在主要的事务里，一列举便不"古"了。例如这记中也说起吃饭睡觉的事，而题目不可作《浙江采集植物游食眠记》。

以上不过随手拾来的事，毛举起来，更要费笔费墨费时费力，犯不上，中止了。因此诸公的说理，便没有指正的必要，文且未亨，理将安托，穷乡僻壤的中学生的成绩，恐怕也不至于此的了。

总之，诸公掊击新文化而张皇旧学问，倘不自相矛盾，倒也不失其为一种主张。可惜的是于旧学并无门径，并主张也还不配。倘使字句未通的人也算是国粹的知己，则国粹更要惭惶煞人！"衡"了一顿，仅仅"衡"出了自己的铢两来，于新文化无伤，于国粹也差得远。

我所佩服诸公的只有一点，是这种东西也居然会有发表的勇气。

为"俄国歌剧团"

我不知道，——其实是可以算知道的，然而我偏要这样说，——俄国歌剧团何以要离开他的故乡，却以这美妙的艺术到中国来博一点茶水喝。你们还是回去罢！

我到第一舞台看俄国的歌剧，是四日的夜间，是开演的第二日。

一入门，便使我发生异样的心情了：中央三十多人，旁边一大群兵，但楼上四五等中还有三百多的看客。

有人初到北京的，不久便说："我似乎住在沙漠里了。"

是的，沙漠在这里。

没有花，没有诗，没有光，没有热。没有艺术，而且没有趣味，而且至于没有好奇心。

沉重的沙……

我是怎么一个怯弱的人呵。这时我想：倘使我是一个歌人，我的声音怕要销沉[1]了罢。

沙漠在这里。

然而他们舞蹈了，歌唱了，美妙而且诚实的，而且勇猛的。

流动而且歌吟的云……

兵们拍手了，在接吻的时候——兵们又拍手了，又在接吻的时候。

非兵们也有几个拍手了，也在接吻的时候，而一个最响，超出于兵们的。

我是怎么一个褊狭的人呵。这时我想：倘使我是一个歌人，我

1　现代汉语常用"消沉"。——编者注

怕要收藏了我的竖琴，沉默了我的歌声罢。倘不然，我就要唱我的反抗之歌。

而且真的，我唱了我的反抗之歌了！

沙漠在这里，恐怖的……

然而他们舞蹈了，歌唱了，美妙而且诚实的，而且勇猛的。

你们漂流转徙的艺术者，在寂寞里歌舞，怕已经有了归心了罢。你们大约没有复仇的意思，然而一回去，我们也就被复仇了。

比沙漠更可怕的人世在这里。

呜呼！这便是我对于沙漠的反抗之歌，是对于相识以及不相识的同感的朋友的劝诱，也就是为流转在寂寞中间的歌人们的广告。

四月九日

无题

私立学校游艺大会的第二日，我也和几个朋友到中央公园去走一回。

我站在门口帖着[1]"昆曲"两字的房外面，前面是墙壁，而一个人用了全力要从我的背后挤上去，挤得我喘不出气。他似乎以为我是一个没有实质的灵魂了，这不能不说他有一点错。

回去要分点心给孩子们，我于是乎到一个制糖公司里去买东西。买的是"黄枚朱古律三文治"。

这是盒子上写着的名字，很有些神秘气味了。然而不的，用英文，不过是 Chocolate apricot sandwich。

我买定了八盒这"黄枚朱古律三文治"，付过钱，将他们装入衣袋里。不幸而我的眼光忽然横溢了，于是看见那公司的伙计正揸开了五个指头，罩住了我所未买的别的一切"黄枚朱古律三文治"。

这明明是给我的一个侮辱！然而，其实，我可不应该以为这是一个侮辱，因为我不能保证他如不罩住，也可以在纷乱中永远不被偷。也不能证明我决不是一个偷儿，也不能自己保证我在过去、现在以至未来决没有偷窃的事。

但我在那时不高兴了，装出虚伪的笑容，拍着这伙计的肩头说："不必的，我决不至于多拿一个……"

他说："那里那里……"赶紧掣回手去，于是惭愧了。这很出我意外，——我预料他一定要强辩，——于是我也惭愧了。

这种惭愧，往往成为我的怀疑人类的头上的一滴冷水，这于我

1　现代汉语常用"贴着"。——编者注

是有损的。

　　夜间独坐在一间屋子里，离开人们至少也有一丈多远了。吃着分剩的"黄枚朱古律三文治"；看几叶 [2] 托尔斯泰的书，渐渐觉得我的周围，又远远地包着人类的希望。

　　　　　　　　　　　　　　　　　　四月十二日

2　现代汉语常用"页"。——编者注

"以震其艰深"

上海租界上的"国学家"，以为做白话文的大抵是青年，总该没有看过古董书的，于是乎用了所谓"国学"来吓唬他们。

《时报》上载着一篇署名涵秋的《文字感想》，其中有一段说：

> 新学家薄国学为不足道故为钩辀格磔之文以震其艰深也一读之欲呕再读之昏昏睡去矣。

领教。我先前只以为"钩辀格磔"是古人用他来形容鹧鸪的啼声，并无别的深意思；亏得这《文字感想》，才明白这是怪鹧鸪啼得"艰深"了，以此责备他的。但无论如何，"艰深"却不能令人"欲呕"，闻鹧鸪啼而呕者，世固无之，即以文章论，"粤若稽古"，注释纷纭，"绛即东雍"，圈点不断，这总该可以算是艰深的了，可是也从未听说，有人因此反胃。呕吐的原因决不在乎别人文章的"艰深"，是在乎自己的身体里的，大约因为"国学"积蓄得太多，笔不及写，所以涌出来了罢。

"以震其艰深也"的"震"字，从国学的门外汉看来也不通，但也许是为手民所误的，因为排字印报也是新学，或者也不免要"以震其艰深"。

否则，如此"国学"，虽不艰深，却是恶作，真是"一读之欲呕"，再读之必呕矣。

国学国学，新学家既"薄为不足道"，国学家又道而不能亨，你真要道尽途穷了！

九月二十日

所谓"国学"

现在暴发的"国学家"之所谓"国学"是什么？

一是商人遗老们翻印了几十部旧书赚钱，二是洋场上的文豪又做了几篇鸳鸯蝴蝶体小说出版。

商人遗老们的印书是书籍的古董化，其置重不在书籍而在古董。遗老有钱，或者也不过聊以自娱罢了，而商人便大吹大擂的借此获利。还有茶商、盐贩，本来是不齿于"士类"的，现在也趁着新旧纷扰的时候，借刻书为名，想挨进遗老、遗少的"士林"里去。他们所刻的书都无民国年月，辨不出是元版是清版，都是古董性质，至少每本两三元，绵连，锦帙，古色古香，学生们是买不起的。这就是他们之所谓"国学"。

然而巧妙的商人可也决不肯放过学生们的钱的，便用坏纸、恶墨别印什么"菁华"、什么"大全"之类来搜括。定价并不大，但和纸、墨一比较却是大价了。至于这些"国学"书的校勘，新学家不行，当然是出于上海的所谓"国学家"的了，然而错字迭出，破句连篇（用的并不是新式圈点），简直是拿少年来开玩笑。这是他们之所谓"国学"。

洋场上的往古所谓文豪，"卿卿我我""蝴蝶鸳鸯"诚然做过一小堆，可是自有洋场以来，从没有人称这些文章（？）为国学，他们自己也并不以"国学家"自命的。现在不知何以，忽而奇想天开，也学了盐贩、茶商，要凭空挨进"国学家"队里去了。然而事实很可惨，他们之所谓国学，是"拆白之事各处皆有而以上海一隅为最甚（中略）余于课余之暇不惜浪费笔墨编纂事实作一篇小说以饷阅者想亦阅者所乐闻也。"（原本每句都密圈，今从略，以省排工，阅者谅之。）

"国学"乃如此而已乎？

试去翻一翻历史里的《儒林》和《文苑传》罢，可有一个将旧书当古董的鸿儒，可有一个以拆白饷阅者的文士？

倘说，从今年起，这些就是"国学"，那又是"新"例了。你们不是讲"国学"的么？

儿歌的"反动"

一　儿歌

胡怀琛

"月亮！月亮！
还有半个那里去了？"
"被人家偷去了。"
"偷去做甚么[1]？"
"当镜子照。"

二　反动歌

小孩子

天上半个月亮，
我道是"破镜飞上天"，
原来却是被人偷下地了。
有趣呀，有趣呀，成了镜子了！
可是我见过圆的方的长方的八角六角的菱花式的宝相花式的
镜子矣，
没有见过半月形的镜子也。

1　现代汉语常用"什么"。——编者注

我于是乎很不有趣也!

  谨案小孩子略受新潮,辄敢妄行诘难,人心不古,良足慨然!然拜读原诗,亦存小失,倘能改第二句为"两半个都那里去了",即成全璧矣。胡先生夙擅改削,当不以鄙言为河汉也。夏历中秋前五日,某生者谨注。

十月九日

"一是之学说"

我从《学灯》上看见驳吴宓君《新文化运动之反应》这一篇文章之后，才去寻《中华新报》来看他的原文。

那是一篇浩浩洋洋的长文，该有一万多字罢，——而且还有作者吴宓君的照相。记者又在论前介绍说："泾阳吴宓君美国哈佛大学硕士现为国立东南大学西洋文学教授，君既精通西方文学得其神髓而国学复涵养甚深，近主撰学衡杂志以提倡实学为任时论崇之。"[1]

但这篇大文的内容是很简单的。说大意，就是新文化本也可以提倡的，但提倡者"当思以博大之眼光。宽宏之态度。肆力学术。深窥精研。观其全体。而贯通澈悟。然后平情衡理。执中驭物。造成一是之学说。融合中西之精华。以为一国一时之用。"而可恨"近年有所谓新文化运动者。本其偏激之主张。佐以宣传之良法。……加之喜新盲从者之多。"便忽而声势浩大起来。殊不知"物极必反。理有固然。"于是"近顷于新文化运动怀疑而批评之书报渐多"了。这就谓之"新文化运动之反应"。然而"又所谓反应者非反抗之谓……读者幸勿因吾论列于此。而遂疑其为不赞成新文化者"云。

反应的书报一共举了七种，大体上都是"执中驭物"，宣传"正轨"的新文化的。现在我也来介绍一回：一《民心周报》，二《经世报》，三《亚洲学术杂志》，四《史地学报》，五《文哲学报》，六《学衡》，七《湘君》。

1　原文此处引用无标点。——编者注

此外便是吴君对于这七种书报的"平情衡理"的批评（？）了。例如《民心周报》，"自发刊以至停版。除小说及一二来稿外。全用文言。不用所谓新式标点。即此一端。在新潮方盛之时。亦可谓砥柱中流矣。"至于《湘君》之用白话及标点，却又别有道理，那是"《学衡》本事理之真。故拒斥粗劣白话及英文标点。《湘君》求文艺之美，故兼用通妥白话及新式标点"的。总而言之，主张偏激，连标点也就偏激，那白话自然更不"通妥"了。即如我的白话，离通妥就很远；而我的标点则是"英文标点"。

但最"贯通澈悟"的是拉《经世报》来做"反应"，当《经世报》出版的时候，还没有"万恶孝为先"的谣言，而他们却早已发过许多崇圣的高论，可惜现在从日报变了月刊，实在有些萎缩现象了。至于"其于君臣之伦。另下新解""《亚洲学术杂志》议其牵强附会。必以君为帝王"，实在并不错，这才可以算得"新文化之反应"，而吴君又以为"则过矣"，那可是自己"则过矣"了。因为时代的关系，那时的君，当然是帝王而不是大总统。又如民国以前的议论，也因为时代的关系，自然多含革命的精神，《国粹学报》便是其一，而吴君却怪他谈学术而兼涉革命，也就是过于"融合"了时间的先后的原因。

此外还有一个太没见识处，就是遗漏了《长青》《红》《快活》《礼拜六》等近顷风起云涌的书报，这些实在都是"新文化运动的反应"，而且说"通妥白话"的。

十一月三日

不懂的音译

一

凡有一件事，总是永远缠夹不清的，大约莫过于在我们中国了。

翻外国人的姓名用音译，原是一件极正当、极平常的事，倘不是毫无常识的人们，似乎决不至于还会说费话[1]。然而在上海报（我记不清楚什么报了，总之不是《新申报》便是《时报》）上，却又有伏在暗地里掷石子的人来嘲笑了。他说，做新文学家的秘诀，其一是要用些"屠介纳夫[2]""郭歌里[3]"之类使人不懂的字样的。

凡有旧来音译的名目：靴、狮子、葡萄、萝卜、佛、伊犁等……都毫不为奇的使用，而独独对于几个新译字来作怪；若是明知的，便可笑；倘不，更可怜。

其实是，现在的许多翻译者，比起往古的翻译家来，已经含有加倍的顽固性的了。例如南北朝人译印度的人名：阿难陀、实叉难陀、鸠摩罗什婆……决不肯附会成中国的人名模样，所以我们到了现在，还可以依了他们的译例推出原音来。不料直到光绪末年，在留学生的书报上，说是外国出了一个"柯伯坚[4]"，倘使粗粗一看，大约总不免要疑心他是柯府上的老爷柯仲软的令兄的罢，但幸而还有照相在，可知道并不如此，其实是俄国的 Kropotkin。那书上又有一个"陶斯道"，我已经记不清是 Dostoievski 呢，还是 Tolstoi 了。

1　现代汉语常用"废话"。——编者注
2　现译"屠格涅夫"。——编者注
3　现译"果戈里"。——编者注
4　现译"克鲁泡特金"。——编者注

　　这"屠介纳夫"和"郭歌里",虽然古雅赶不上"柯伯坚",但于外国人的氏姓上定要加一个《百家姓》里所有的字,却几乎成了现在译界的常习,比起六朝和尚来,已可谓很"安本分"的了。然而竟还有人从暗中来掷石子、装鬼脸,难道真所谓"人心不古"么?

　　我想,现在的翻译家倒大可以学学"古之和尚",凡有人名、地名,什么音便怎么译,不但用不着白费心思去嵌镶,而且还须去改正。即如"柯伯坚",现在虽然改译"苦鲁巴金"了,但第一音既然是 K 不是 Ku,我们便该将"苦"改作"克",因为 K 和 Ku 的分别,在中国字音上是办得到的。

　　而中国却是更没有注意到,所以去年 Kropotkin 死去的消息传来的时候,上海《时报》便用日俄战争时旅顺败将 Kuropatkin 的照相,把这位无治主义老英雄的面目来顶替了。

十一月四日

二

　　自命为"国学家"的对于译音也加以嘲笑,确可以算得一种古今的奇闻;但这不特显示他的昏愚,实在也足以看出他的悲惨。

　　倘如他的尊意,则怎么办呢?我想,这只有三条计。上策是凡有外国的事物都不谈;中策是凡有外国人都称之为洋鬼子,例如屠介纳夫的《猎人日记》,郭歌里的《巡按使》,都题为"洋鬼子著";下策是,只好将外国人名改为王羲之、唐伯虎、黄三太之类,例如进化论是唐伯虎提倡的,相对论是王羲之发明的,而发见美洲的则为黄三太。

　　倘不能,则为自命为国学家所不懂的新的音译语,可是要侵入真的国学的地域里来了。

中国有一部《流沙坠简》，印了将有十年了。要谈国学，那才可以算一种研究国学的书。开首有一篇长序，是王国维先生做的，要谈国学，他才可以算一个研究国学的人物。而他的序文中有一段说："案古简所出为地凡三（中略）其三则和阗东北之尼雅城及马咱托拉拔拉滑史德三地也"。

这些译音，并不比"屠介纳夫"之类更古雅，更易懂。然而何以非用不可呢？就因为有三处地方，是这样的称呼；即使上海的国学家怎样冷笑，他们也仍然还是这样的称呼。当假的国学家正在打牌喝酒，真的国学家正在稳坐高斋读古书的时候，莎士比亚的同乡斯坦因博士却已经在甘肃、新疆这些地方的沙碛里，将汉、晋简牍掘去了；不但掘去，而且做出书来了。所以真要研究国学，便不能不翻回来；因为真要研究，所以也就不能行我的三策：或绝口不提，或但云"得于华夏"，或改为"获之于春申浦畔"了。

而且不特这一事。此外如真要研究元朝的历史，便不能不懂"屠介纳夫"的国文，因为单用些"鸳鸯""蝴蝶"这些字样，实在是不够敷衍的。所以中国的国学不发达则已，万一发达起来，则敢请恕我直言，可是断不是洋场上的自命为国学家"所能厕足其间者也"的了。

但我于序文里所谓三处中的"马咱托拉拔拉滑史德"，起初却实在不知道怎样断句，读下去才明白二是"马咱托拉"，三是"拔拉滑史德"。

所以要清清楚楚的讲国学，也仍然须嵌外国字，须用新式的标点的。

十一月六日

对于批评家的希望

前两三年的书报上，关于文艺的大抵只有几篇创作（姑且这样说）和翻译，于是读者颇有批评家出现的要求，现在批评家已经出现了，而且日见其多了。

以文艺如此幼稚的时候，而批评家还要发掘美点，想扇起文艺的火焰来，那好意实在很可感。即不然，或则叹息现代作品的浅薄，那是望著作家更其深，或则叹息现代作品之没有血泪，那是怕著作界复归于轻佻。虽然似乎微辞[1]过多，其实却是对于文艺的热烈的好意，那也实在是很可感谢的。

独有靠了一两本"西方"的旧批评论，或则捞一点头脑板滞的先生们的唾余，或则仗着中国固有的什么天经地义之类的，也到文坛上来践踏，则我以为委实太滥用了批评的权威。试将粗浅的事来比罢：譬如厨子做菜，有人品评他坏，他固不应该将厨刀、铁釜交给批评者，说道你试来做一碗好的看：但他却可以有几条希望，就是望吃菜的没有"嗜痂之癖"，没有喝醉了酒，没有害着热病，舌苔厚到二三分。

我对于文艺批评家的希望却还要小。我不敢望他们于解剖裁判别人的作品之前，先将自己的精神来解剖裁判一回，看本身有无浅薄卑劣荒谬之处，因为这事情是颇不容易的。我所希望的不过愿其有一点常识，例如知道裸体画和春画的区别，接吻和性交的区别，尸体解剖和戮尸的区别，出洋留学和"放诸四夷"的区别，笋和竹的区别，猫和老虎的区别，老虎和番菜馆的区别……。更进一

1　现代汉语常用"微词"。——编者注

步，则批评以英、美的老先生学说为主，自然是悉听尊便的，但尤希望知道世界上不止英、美两国；看不起托尔斯泰，自然也自由的，但尤希望先调查一点他的行实，真看过几本他所做的书。

还有几位批评家，当批评译本的时候，往往诋为不足齿数的劳力，而怪他何不去创作。创作之可尊，想来翻译家该是知道的，然而他竟止于翻译者，一定因为他只能翻译，或者偏爱翻译的缘故。所以批评家若不就事论事，而说些应当去如此如彼，是溢出于事权以外的事，因为这类言语，是商量、教训而不是批评。现在还将厨子来比，则吃菜的只要说出品味如何就尽够，若于此之外，又怪他何以不去做裁缝或造房子，那是无论怎样的呆厨子，也难免要说这位客官是痰迷心窍的了。

十一月九日

反对"含泪"的批评家

现在对于文艺的批评日见其多了，是好现象；然而批评日见其怪了，是坏现象，愈多反而愈坏。

我看了很觉得不以为然的是胡梦华君对于汪静之君《蕙的风》的批评，尤其觉得非常不以为然的是胡君答复章鸿熙君的信。

一，胡君因为《蕙的风》里有一句"一步一回头瞟我意中人"，便科以和《金瓶梅》一样的罪：这是锻炼周纳的。《金瓶梅》卷首诚然有"意中人"三个字，但不能因为有三个字相同，便说这书和那书是一模样。例如胡君要青年去忏悔，而《金瓶梅》也明明说是一部"改过的书"，若因为这一点意思偶合，而说胡君的主张也等于《金瓶梅》，我实在没有这样的粗心和大胆。我以为中国之所谓道德家的神经，自古以来，未免过敏而又过敏了，看见一句"意中人"，便即想到《金瓶梅》，看见一个"瞟"字，便即穿凿到别的事情上去。然而一切青年的心，却未必都如此不净；倘竟如此不净，则即使"授受不亲"，后来也就会"瞟"，以至于瞟以上的等等事，那时便是一部《礼记》，也即等于《金瓶梅》了，又何有于《蕙的风》？

二，胡君因为诗里有"一个和尚悔出家"的话，便说是诬蔑了普天下和尚，而且大呼释迦牟尼佛：这是近于宗教家而且援引多数来恫吓，失了批评的态度的。其实一个和尚悔出家，并不是怪事，若普天下的和尚没有一个悔出家的，那倒是大怪事。中国岂不是常有酒肉和尚，还俗和尚么？非"悔出家"而何？倘说那些是坏和尚，则那诗里的便是坏和尚之一，又何至诬蔑了普天下的和尚呢？这正如胡君说一本诗集是不道德，并不算诬蔑了普天下的诗人。至于释迦牟尼，可更与文艺界"风马牛"了，据他老先生的教训，则做诗便犯了"绮语戒"，无论道德或不道德，都不免受些孽报，可怕得很的！

三，胡君说汪君的诗比不上歌德和雪利，我以为是对的。但后来又说："论到人格，歌德一生而十九娶，为世诟病，正无可讳。然而歌德所以垂世不朽者，乃五十岁以后忏悔的歌德，我们也知道么？"这可奇特了。雪利我不知道，若歌德即 Goethe，则我敢替他呼几句冤，就是他并没有"一生而十九娶"，并没有"为世诟病"，并没有"五十岁以后忏悔"。而且对于胡君所说的"自'耳食'之风盛，歌德、雪利之真人格遂不为国人所知，无识者流，更妄相援引，可悲亦复可笑！"这一段话，也要请收回一些去。

我不知道汪君可曾过了五十岁，倘没有，则即使用了胡君的论调来裁判，似乎也还不妨做"一步一回头瞟我意中人"的诗，因为以歌德为例，也还没有到"忏悔"的时候。

临末，则我对于胡君的"悲哀的青年，我对于他们只有不可思议的眼泪！""我还想多写几句，我对于悲哀的青年底不可思议的泪已盈眶了。"这一类话，实在不明白"其意何居"。批评文艺，万不能以眼泪的多少来定是非。文艺界可以收到创作家的眼泪，而沾了批评家的眼泪却是污点。胡君的眼泪的确洒得非其地，非其时，未免万分可惜了。

起稿已完，才看见《青光》上的一段文章，说近人用先生和君，含有尊敬和小觑的差别意见。我在这文章里正用君，但初意却不过贪图少写一个字，并非有什么《春秋》笔法。现在声明于此，却反而多写了许多字了。

十一月十七日

即小见大

北京大学的反对讲义收费风潮，芒硝火焰似的起来，又芒硝火焰似的消灭了，其间就是开除了一个学生冯省三。

这事很奇特，一回风潮的起灭，竟只关于一个人。倘使诚然如此，则一个人的魄力何其太大，而许多人的魄力又何其太无呢。

现在讲义费已经取消，学生是得胜了，然而并没有听得有谁为那做了这次的牺牲者祝福。

即小见大，我于是竟悟出一件长久不解的事来，就是：三贝子花园里面，有谋刺良弼和袁世凯而死的四烈士坟，其中有三块墓碑，何以直到民国十一年还没有人去刻一个字。

凡有牺牲在祭坛前沥血之后，所留给大家的，实在只有"散胙"这一件事了。

十一月十八日

望勿"纠正"

汪原放君已经成了古人了，他的标点和校正小说，虽然不免小谬误，但大体是有功于作者和读者的。谁料流弊却无穷，一班效颦的便随手拉一部书，你也标点，我也标点，你也作序，我也作序，他也校改，这也校改，又不肯好好的做，结果只是糟蹋了书。

《花月痕》本不必当作宝贝书，但有人要标点付印，自然是各随各便。这书最初是木刻的，后有排印本；最后是石印，错字很多，现在通行的多是这一种。至于新标点本，则陶乐勤君序云："本书所取的原本，虽属佳品，可是错误尚多。余虽都加以纠正，然失检之处，势必难免。……"我只有错字很多的石印本，偶然对比了第二十五回中的三四叶，便觉得还是石印本好，因为陶君于石印本的错字多未纠正，而石印本的不错字儿却多纠歪了。

"钗黛直是个子虚乌有，算不得什么。……"

这"直是个"就是"简直是一个"之意，而纠正本却改作"真是个"，便和原意很不相同了。

"秋痕头上包着绉帕……突见痴珠，便含笑低声说道，'我料得你挨不上十天，其实何苦呢？'"

"……痴珠笑道：'往后再商量罢。'……"

他们俩虽然都沦落，但其时却没有什么大悲哀，所以还都笑。而纠正本却将两个"笑"字都改成"哭"字了。教他们一见就哭，看眼泪似乎太不值钱，况且"含哭"也不成话。

我因此想到一种要求，就是印书本是美事，但若自己于意义不甚了然时，不可便以为是错的，而奋然"加以纠正"，不如"过而存之"，或者倒是并不错。

我因此又起了一个疑问，就是有些人攻击译本小说"看不懂"，但他们看中国人自作的旧小说，当真看得懂么？

一月二十八日

这一篇短文发表之后，曾记得有一回遇见胡适之先生，谈到汪先生的事，知道他很康健。胡先生还以为我那"成了古人"云云，是说他做过许多工作，已足以表见于世的意思。这实在使我"诚惶诚恐"，因为我本意实不如此，直白地说，就是说已经"死掉了"。可是直到那时候，我才知这先前所听到的竟是一种毫无根据的谣言。现在我在此敬向汪先生谢我的粗疏之罪，并且将旧文的第一句订正，改为："汪原放君未经成了古人了。"

一九二五年九月二十四日，身热头痛之际，书。

彷徨

朝发轫于苍梧兮，夕余至乎县圃；
欲少留此灵琐兮，日忽忽其将暮。
吾令羲和弭节兮，望崦嵫而勿迫；
路漫漫其修远兮，吾将上下而求索。

屈原《离骚》

祝福

　　旧历的年底毕竟最像年底，村镇上不必说，就在天空中也显出将到新年的气象来。灰白色的沉重的晚云中间时时发出闪光，接着一声钝响，是送灶的爆竹；近处燃放的可就更强烈了，震耳的大音还没有息，空气里已经散满了幽微的火药香。我是正在这一夜回到我的故乡鲁镇的。虽说故乡，然而已没有家，所以只得暂寓在鲁四老爷的宅子里。他是我的本家，比我长一辈，应该称之曰"四叔"，是一个讲理学的老监生。他比先前并没有什么大改变，单是老了些，但也还未留胡子，一见面是寒暄，寒暄之后说我"胖了"，说我"胖了"之后即大骂其新党。但我知道，这并非借题在骂我：因为他所骂的还是康有为。但是，谈话是总不投机的了，于是不多久，我便一个人剩在书房里。

　　第二天我起得很迟，午饭之后，出去看了几个本家和朋友；第三天也照样。他们也都没有什么大改变，单是老了些；家中却一律忙，都在准备着"祝福"。这是鲁镇年终的大典，致敬尽礼，迎接福神，拜求来年一年中的好运气的。杀鸡、宰鹅，买猪肉，用心细细的洗，女人的臂膊都在水里浸得通红，有的还带着绞丝银镯子。煮熟之后，横七竖八的插些筷子在这类东西上，可就称为"福礼"了，五更天陈列起来，并且点上香烛，恭请福神们来享用；拜的却只限于男人，拜完自然仍然是放爆竹。年年如此，家家如此，——只要买得起福礼和爆竹之类的，——今年自然也如此。天色愈阴暗了，下午竟下起雪来，雪花大的有梅花那么大，满天飞舞，夹着烟霭和忙碌的气色，将鲁镇乱成一团糟。我回到四叔的书房里时，瓦楞上已经雪白，房里也映得较光明，极分明的显出壁上挂着的朱拓的大"壽"字，陈抟老祖写的；一边的对联已经脱落，松松的卷了放在长桌上，一边的还在，道是"事理通达心气和平"。我又无聊赖的到窗下的案头去一翻，只见一堆似乎未必完全的《康熙字典》，一部《近思录集注》和一部《四书衬》。无论如何，我明天决计要走了。

　　况且，一想到昨天遇见祥林嫂的事，也就使我不能安住。那是下午，我到镇的东头访过一个朋友，走出来，就在河边遇见她；而且见她瞪着的眼睛的视线，就知道明明是向我走来的。我这回在鲁镇所见的人们中，改变之大，可以说无过于她的了：五年前的花白的头发，即今已经全白，全不像四十上下的人；脸上瘦削不堪，黄中带黑，而且消尽了先前悲哀的神色，仿佛是木刻似的；只有那眼珠间或一轮，还可以表示她是一个活物。她一手提着竹篮，内中一个破碗，空的；一手拄着一支比她更长的竹竿，下端开了裂：她分明已经纯乎是一个乞丐了。

　　我就站住，预备她来讨钱。

　　"你回来了？"她先这样问。

　　"是的。"

　　"这正好。你是识字的，又是出门人，见识得多。我正要问你一件事——"她那没有精采[1]的眼睛忽然发光了。

　　我万料不到她却说出这样的话来，诧异的站着。

　　"就是——"她走近两步，放低了声音，极秘密似的切切的说，"一个人死了之后，究竟有没有魂灵的？"

　　我很悚然，一见她的眼钉[2]着我的，背上也就遭了芒刺一般，比在学校里遇到不及预防的临时考，教师又偏是站在身旁的时候，惶

1　现代汉语常用"精彩"。——编者注
2　现代汉语常用"盯"。——编者注

急得多了。对于魂灵的有无，我自己是向来毫不介意的；但在此刻，怎样回答她好呢？我在极短期的踌蹰[3]中，想，这里的人照例相信鬼，然而她，却疑惑了，——或者不如说希望：希望其有，又希望其无……。人何必增添末路的人的苦恼，为她起见，不如说有罢。

"也许有罢，——我想。"我于是吞吞吐吐的说。

"那么，也就有地狱了？"

"阿！地狱？"我很吃惊，只得支梧[4]着，"地狱？——论理，就该也有。——然而也未必，……谁来管这等事……。"

"那么，死掉的一家的人，都能见面的？"

"唉唉，见面不见面呢？……"这时我已知道自己也还是完全一个愚人，什么踌蹰，什么计画[5]，都挡不住三句问。我即刻胆怯起来了，便想全翻过先前的话来："那是，……实在，我说不清……。其实，究竟有没有魂灵，我也说不清。"

我乘她不再紧接的问，迈开步便走，匆匆的逃回四叔的家中，心里很觉得不安逸。自己想，我这答话怕于她有些危险。她大约因为在别人的祝福时候，感到自身的寂寞了，然而会不会含有别的什么意思的呢？——或者是有了什么预感了？倘有别的意思，又因此发生别的事，则我的答话委实该负若干的责任……。但随后也就自笑，觉得偶尔的事，本没有什么深意义，而我偏要细细推敲，正无怪教育家要说是生着神经病；而况明明说过"说不清"，已经推翻了答话的全局，即使发生什么事，于我也毫无关系了。

"说不清"是一句极有用的话。不更事的勇敢的少年，往往敢于给人解决疑问，选定医生，万一结果不佳，大抵反成了怨府，然而用这说不清来作结束，便事事逍遥自在了。我在这时，更感到

3　现代汉语常用"踌躇"。——编者注
4　现代汉语常用"支吾"。——编者注
5　现代汉语常用"计划"。——编者注

这一句话的必要，即使和讨饭的女人说话，也是万不可省的。

但是我总觉得不安，过了一夜，也仍然时时记忆起来，仿佛怀着什么不祥的预感；在阴沉的雪天里，在无聊的书房里，这不安愈加强烈了。不如走罢，明天进城去。福兴楼的清炖鱼翅，一元一大盘，价廉物美，现在不知增价了否？往日同游的朋友，虽然已经云散，然而鱼翅是不可不吃的，即使只有我一个……。无论如何，我明天决计要走了。

我因为常见些但愿不如所料，以为未必竟如所料的事，却每每恰如所料的起来，所以很恐怕这事也一律。果然，特别的情形开始了。傍晚，我竟听到有些人聚在内室里谈话，仿佛议论什么事似的，但不一会 [6]，说话声也就止了，只有四叔且走而且高声的说：

"不早不迟，偏偏要在这时候，——这就可见是一个谬种！"

我先是诧异，接着是很不安，似乎这话于我有关系。试望门外，谁也没有。好容易待到晚饭前他们的短工来冲茶，我才得了打听消息的机会。

"刚才，四老爷和谁生气呢？"我问。

"还不是和祥林嫂？"那短工简捷的说。

"祥林嫂？怎么了？"我又赶紧的问。

"老了。"

"死了？"我的心突然紧缩，几乎跳起来，脸上大约也变了色。但他始终没有抬头，所以全不觉。我也就镇定了自己，接着问：

"什么时候死的？"

"什么时候？——昨天夜里，或者就是今天罢。——我说不清。"

"怎么死的？"

---

6 现代汉语常用"一会儿"。——编者注

"怎么死的？——还不是穷死的？"他淡然的回答，仍然没有抬头向我看，出去了。

然而我的惊惶却不过暂时的事，随着就觉得要来的事，已经过去，并不必仰仗我自己的"说不清"和他之所谓"穷死的"的宽慰，心地已经渐渐轻松；不过偶然之间，还似乎有些负疚。晚饭摆出来了，四叔俨然的陪着。我也还想打听些关于祥林嫂的消息，但知道他虽然读过"鬼神者二气之良能也"，而忌讳仍然极多，当临近祝福时候，是万不可提起死亡疾病之类的话的；倘不得已，就该用一种替代的隐语，可惜我又不知道，因此屡次想问，而终于中止了。我从他俨然的脸色上，又忽而疑他正以为我不早不迟，偏要在这时候来打搅他，也是一个谬种，便立刻告诉他明天要离开鲁镇，进城去，趁早放宽了他的心。他也不很留。这样闷闷的吃完了一餐饭。

冬季日短，又是雪天，夜色早已笼罩了全市镇。人们都在灯下匆忙，但窗外很寂静。雪花落在积得厚厚的雪褥上面，听去似乎瑟瑟有声，使人更加感得沉寂。我独坐在发出黄光的菜油灯下，想，这百无聊赖的祥林嫂，被人们弃在尘芥堆中的，看得厌倦了的陈旧的玩物，先前还将形骸露在尘芥里，从活得有趣的人们看来，恐怕要怪讶她何以还要存在，现在总算被无常打扫得干干净净了。魂灵的有无，我不知道；然而在现世，则无聊生者不生，即使厌见者不见，为人为己，也还都不错。我静听着窗外似乎瑟瑟作响的雪花声，一面想，反而渐渐的舒畅起来。

然而先前所见所闻的她的半生事迹的断片，至此也联成一片了。

她不是鲁镇人。有一年的冬初，四叔家里要换女工，做中人的卫老婆子带她进来了，头上扎着白头绳，乌裙，蓝夹袄，月白背心，年纪大约二十六七，脸色青黄，但两颊却还是红的。卫老婆子叫她祥林嫂，说是自己母家的邻舍，死了当家人，所以出来做工了。四叔皱了皱眉，四婶已经知道了他的意思，是在讨厌她是一个寡妇。但看她模样还周正，手脚都壮大，又只是顺着眼，不开一句口，很像一个安分耐劳的人，便不管四叔的皱眉，将她留下了。试工期内，她整天的做，似乎闲着就无聊，又有力，简直抵得过一个男子，所以第三天就定局，每月工钱五百文。

大家都叫她祥林嫂；没问她姓什么，但中人是卫家山人，既说是邻居，那大概也就姓卫了。她不很爱说话，别人问了才回答，答的也不多。直到十几天之后，这才陆续的知道她家里还有严厉的婆婆；一个小叔子，十多岁，能打柴了；她是春天没了丈夫的；他本来也打柴为生，比她小十岁：大家所知道的就只是这一点。

日子很快的过去了，她的做工却毫没有懈，食物不论，力气是不惜的。人们都说鲁四老爷家里雇着了女工，实在比勤快的男人还勤快。到年底，扫尘，洗地，杀鸡，宰鹅，彻夜的煮福礼，全是一人担当，竟没有添短工。然而她反满足，口角边渐渐的有了笑影，脸上也白胖了。

新年才过，她从河边淘米回来时，忽而失了色，说刚才远远地看见一个男人在对岸徘徊，很像夫家的堂伯，恐怕是正为寻她而来的。四婶很惊疑，打听底细，她又不说。四叔一知道，就皱一皱眉，道：

"这不好。恐怕她是逃出来的。"

她诚然是逃出来的，不多久，这推想就证实了。

此后大约十几天，大家正已渐渐忘却了先前的事，卫老婆子忽而带了一个三十多岁的女人进来了，说那是祥林嫂的婆婆。那女人虽是山里人模样，然而应酬很从容，说话也能干，寒暄之后，就赔罪，说她特来叫她的儿媳回家去，因为开春事务忙，而家中只有老的和小的，人手不够了。

"既是她的婆婆要她回去，那有什么话可说呢。"四叔说。

于是算清了工钱，一共一千七百五十文，她全存在主人家，一文也还没有用，便都交给她的婆婆。那女人又取了衣服，道过谢，出去了。其时已经是正午。

"阿呀，米呢？祥林嫂不是去淘米的么？……"好一会，四婶这才惊叫起来。她大约有些饿，记得午饭了。

于是大家分头寻淘箩。她先到厨下，次到堂前，后到卧房，全不见淘箩的影子。四叔踱出门外，也不见，直到河边，才见平平正正的放在岸上，旁边还有一株菜。

看见的人报告说，河里面上午就泊了一只白篷船，篷是全盖起来的，不知道什么人在里面，但事前也没有人去理会他。待到祥林嫂出来淘米，刚刚要跪下去，那船里便突然跳出两个男人来，像是山里人，一个抱住她，一个帮着，拖进船去了。祥林嫂还哭喊了几声，此后便再没有什么声息，大约给用什么堵住了罢。接着就走上两个女人来，一个不认识，一个就是卫婆子。窥探舱里，不很分明，她像是捆了躺在船板上。

"可恶！然而……"四叔说。

这一天是四婶自己煮午饭；他们的儿子阿牛烧火。

午饭之后，卫老婆子又来了。

"可恶！"四叔说。

"你是什么意思？亏你还会再来见我们。"四婶洗着碗，一见面就愤愤的说，"你自己荐她来，又合伙劫她去，闹得沸反盈天的，大家看了成个什么样子？你拿我们家里开玩笑么？"

"阿呀阿呀，我真上当。我这回，就是为此特地来说说清楚的。

她来求我荐地方，我那里料得到是瞒着她的婆婆的呢。对不起，四老爷，四太太。总是我老发昏不小心，对不起主顾。幸而府上是向来宽洪大量[7]，不肯和小人计较的。这回我一定荐一个好的来折罪……"

"然而……"四叔说。

于是祥林嫂事件便告终结，不久也就忘却了。

只有四婶，因为后来雇用的女工，大抵非懒即馋，或者馋而且懒，左右不如意，所以也还提起祥林嫂。每当这些时候，她往往自言自语的说："她现在不知道怎么样了？"意思是希望她再来。但到第二年的新正，她也就绝了望。

新正将尽，卫老婆子来拜年了，已经喝得醉醺醺的，自说因为回了一趟卫家山的娘家，住下几天，所以来得迟了。她们问答之间，自然就谈到祥林嫂。

"她么？"卫老婆子高兴的说，"现在是交了好运了。她婆婆来抓她回去的时候，是早已许给了贺家墺的贺老六的，所以回家之后不几天，也就装在花轿里抬去了。"

"阿呀，这样的婆婆！……"四婶惊奇的说。

"阿呀，我的太太！你真是大户人家的太太的话。我们山里人，小户人家，这算得什么？她有小叔子，也得娶老婆。不嫁了她，那有这一注钱来做聘礼？她的婆婆倒是精明强干的女人呵，很有打算，所以就将她嫁到里山去。倘许给本村人，财礼就不多；惟独肯嫁进深山野墺里去的女人少，所以她就到手了八十千。现在第二个儿子的媳妇也娶进了，财礼只花了五十，除去办喜事的费用，还剩十多千。吓，你看，这多么好打算？……"

"祥林嫂竟肯依？……"

---

7 现代汉语常用"宽宏大量"。——编者注

　　"这有什么依不依。——闹是谁也总要闹一闹的；只要用绳子一捆，塞在花轿里，抬到男家，捺上花冠，拜堂，关上房门，就完事了。可是祥林嫂真出格，听说那时实在闹得利害，大家还都说大约因为在念书人家做过事，所以与众不同呢。太太，我们见得多了：回头人出嫁，哭喊的也有，说要寻死觅活的也有，抬到男家闹得拜不成天地的也有，连花烛都砸了的也有。祥林嫂可是异乎寻常，他们说她一路只是嚎，骂，抬到贺家墺，喉咙已经全哑了。拉出轿来，两个男人和她的小叔子使劲的擒住她也还拜不成天地。他们一不小心，一松手，阿呀，阿弥陀佛，她就一头撞在香案角上，头上碰了一个大窟窿，鲜血直流，用了两把香灰，包上两块红布还止不住血呢。直到七手八脚的将她和男人反关在新房里，还是骂，阿呀呀，这真是……"她摇一摇头，顺下眼睛，不说了。

　　"后来怎么样呢？"四婶还问。

　　"听说第二天也没有起来。"她抬起眼来说。

　　"后来呢？"

　　"后来？——起来了。她到年底就生了一个孩子，男的，新年就两岁了。我在娘家这几天，就有人到贺家墺去，回来说看见他们娘儿俩，母亲也胖，儿子也胖；上头又没有婆婆；男人所有的是力气，会做活；房子是自家的。——唉唉，她真是交了好运了。"

　　从此之后，四婶也就不再提起祥林嫂。

　　但有一年的秋季，大约是得到祥林嫂好运的消息之后的又过了两个新年，她竟又站在四叔家的堂前了。桌上放着一个荸荠式的圆篮，檐下一个小铺盖。她仍然头上扎着白头绳，乌裙，蓝夹袄，月白背心，脸色青黄，只是两颊上已经消失了血色，顺着眼，眼角上带些泪痕，眼光也没有先前那样精神了。而且仍然是卫老婆子领着，显出慈悲模样，絮絮的对四婶说：

"……这实在是叫作'天有不测风云'，她的男人是坚实人，谁知道年纪青青[8]，就会断送在伤寒上？本来已经好了的，吃了一碗冷饭，复发了。幸亏有儿子；她又能做，打柴、摘茶、养蚕都来得，本来还可以守着，谁知道那孩子又会给狼衔去的呢？春天快完了，村上倒反来了狼，谁料到？现在她只剩了一个光身了。大伯来收屋，又赶她。她真是走投无路了，只好来求老主人。好在她现在已经再没有什么牵挂，太太家里又凑巧要换人，所以我就领她来。——我想，熟门熟路，比生手实在好得多……。"

"我真傻，真的。"祥林嫂抬起她没有神采的眼睛来，接着说。"我单知道下雪的时候野兽在山墺里没有食吃，会到村里来；我不知道春天也会有。我一清早起来就开了门，拿小篮盛了一篮豆，叫我们的阿毛坐在门槛上剥豆去。他是很听话的，我的话句句听。他出去了，我就在屋后劈柴、淘米，米下了锅，要蒸豆。我叫阿毛，没有应，出去一看，只见豆撒得一地，没有我们的阿毛了。他是不到别家去玩的；各处去一问，果然没有。我急了，央人出去寻。直到下半天，寻来寻去寻到山墺里，看见刺柴上挂着一只他的小鞋。大家都说，糟了，怕是遭了狼了。再进去；他果然躺在草窠里，肚里的五脏已经都给吃空了，手上还紧紧的捏着那只小篮呢。……"她接着但是呜咽，说不出成句的话来。

四婶起初还踌蹰，待到听完她自己的话，眼圈就有些红了。她想了一想，便教拿圆篮和铺盖到下房去。卫老婆子仿佛卸了一肩重担似的嘘一口气；祥林嫂比初来时候神气舒畅些，不待指引，自己驯熟的安放了铺盖。她从此又在鲁镇做女工了。

大家仍然叫她祥林嫂。

---

8 现代汉语常用"年纪轻轻"。——编者注

然而这一回，她的境遇却改变得非常大。上工之后的两三天，主人们就觉得她手脚已没有先前一样灵活，记性也坏得多，死尸似的脸上又整日没有笑影，四婶的口气上，已颇有些不满了。当她初到的时候，四叔虽然照例皱过眉，但鉴于向来雇用女工之难，也就并不大反对，只是暗暗地告诫四婶说，这种人虽然似乎很可怜，但是败坏风俗的，用她帮忙还可以，祭祀时候可用不着她沾手，一切饭菜，只好自己做，否则，不干不净，祖宗是不吃的。

四叔家里最重大的事件是祭祀，祥林嫂先前最忙的时候也就是祭祀，这回她却清闲了。桌子放在堂中央，系上桌帏，她还记得照旧的去分配酒杯和筷子。

"祥林嫂，你放着罢！我来摆。"四婶慌忙的说。

她讪讪的缩了手，又去取烛台。

"祥林嫂，你放着罢！我来拿。"四婶又慌忙的说。

她转了几个圆圈，终于没有事情做，只得疑惑的走开。她在这一天可做的事是不过坐在灶下烧火。

镇上的人们也仍然叫她祥林嫂，但音调和先前很不同；也还和她讲话，但笑容却冷冷的了。她全不理会那些事，只是直着眼睛，和大家讲她自己日夜不忘的故事——

"我真傻，真的。"她说，"我单知道雪天是野兽在深山里没有食吃，会到村里来；我不知道春天也会有。我一大早起来就开了门，拿小篮盛了一篮豆，叫我们的阿毛坐在门槛上剥豆去。他是很听话的孩子，我的话句句听；他就出去了。我就在屋后劈柴、淘米，米下了锅，打算蒸豆。我叫：'阿毛！'没有应。出去一看，只见豆撒得满地，没有我们的阿毛了。各处去一问，都没有。我急了，央人去寻去。直到下半天，几个人寻到山墺里，看见刺柴上挂着一只他的小鞋。大家都说，完了，怕是遭了狼了。再进去；果然，他躺在草窠里,肚里的五脏已经都给吃空了,可怜他手里还紧紧的捏着那只小篮呢。……"她于是淌下眼泪来,声音也呜咽了。

这故事倒颇有效,男人听到这里,往往敛起笑容,没趣的走了开去;女人们却不独宽恕了她似的,脸上立刻改换了鄙薄的神气,还要陪出许多眼泪来。有些老女人没有在街头听到她的话,便特意寻来,要听她这一段悲惨的故事。直到她说到呜咽,她们也就一齐流下那停在眼角上的眼泪,叹息一番,满足的去了,一面还纷纷的评论着。

她就只是反复的向人说她悲惨的故事,常常引住了三五个人来听她。但不久,大家也都听得纯熟了,便是最慈悲的念佛的老太太们,眼里也再不见有一点泪的痕迹。后来全镇的人们几乎都能背诵她的话,一听到就烦厌得头痛。

"我真傻,真的。"她开首说。

"是的,你是单知道雪天野兽在深山里没有食吃,才会到村里来的。"他们立即打断她的话,走开去了。

她张着口怔怔的站着,直着眼睛看他们,接着也就走了,似乎自己也觉得没趣。但她还妄想,希图从别的事,如小篮、豆、别人的孩子上,引出她的阿毛的故事来。倘一看见两三岁的小孩子,她就说:

"唉唉,我们的阿毛如果还在,也就有这么大了。……"

孩子看见她的眼光就吃惊,牵着母亲的衣襟催她走。于是又只剩下她一个,终于没趣的也走了。后来大家又都知道了她的脾气,只要有孩子在眼前,便似笑非笑的先问她,道:

"祥林嫂,你们的阿毛如果还在,不是也就有这么大了么?"

她未必知道她的悲哀经大家咀嚼赏鉴了许多天,早已成为渣滓,只值得烦厌和唾弃;但从人们的笑影上,也仿佛觉得这又冷又尖，自己再没有开口的必要了。她单是一瞥他们，并不回答一句话。

鲁镇永远是过新年，腊月二十以后就忙起来了。四叔家里这回须雇男短工，还是忙不过来，另叫柳妈做帮手。杀鸡，宰鹅；然而柳妈是善女人，吃素，不杀生的，只肯洗器皿。祥林嫂除烧火之外，没有别的事，却闲着了，坐着只看柳妈洗器皿。微雪点点的下来了。

"唉唉，我真傻。"祥林嫂看了天空，叹息着，独语似的说。

"祥林嫂，你又来了。"柳妈不耐烦的看着她的脸，说，"我问你：你额角上的伤疤，不就是那时撞坏的么？"

"唔唔。"她含胡[9]的回答。

"我问你：你那时怎么后来竟依了呢？"

"我么？……"

"你呀。我想：这总是你自己愿意了，不然……"

"阿阿，你不知道他力气多么大呀。"

"我不信。我不信你这么大的力气，真会拗他不过。你后来一定是自己肯了，倒推说他力气大。"

"阿阿，你……你倒自己试试看。"她笑了。

柳妈的打皱的脸也笑起来，使她蹙缩得像一个核桃；干枯的小眼睛一看祥林嫂的额角，又钉住她的眼。祥林嫂似乎很局促了，立刻敛了笑容，旋转眼光，自去看雪花。

"祥林嫂，你实在不合算。"柳妈诡秘的说，"再一强，或者索性撞一个死，就好了。现在呢，你和你的第二个男人过活不到两年，倒落了一件大罪名。你想，你将来到阴司去，那两个死鬼的男人还要争，你给了谁好呢？阎罗大王只好把你锯开来，分给他们。我

9 现代汉语常用"含糊"。——编者注

想，这真是……"

她脸上就显出恐怖的神色来，这是在山村里所未曾知道的。

"我想，你不如及早抵当。你到土地庙里去捐一条门槛，当作你的替身，给千人踏，万人跨，赎了这一世的罪名，免得死了去受苦。"

她当时并不回答什么话，但大约非常苦闷了，第二天早上起来的时候，两眼上便都围着大黑圈。早饭之后，她便到镇的西头的土地庙里去求捐门槛。庙祝起初执意不允许，直到她急得流泪，才勉强答应了。价目是大钱十二千。

她久已不和人们交口，因为阿毛的故事是早被大家厌弃了的；但自从和柳妈谈了天，似乎又即传扬开去，许多人都发生了新趣味，又来逗她说话了。至于题目，那自然是换了一个新样，专在她额上的伤疤。

"祥林嫂，我问你：你那时怎么竟肯了？"一个说。

"唉，可惜，白撞了这一下。"一个看着她的疤，应和道。

她大约从他们的笑容和声调上，也知道是在嘲笑她，所以总是瞪着眼睛，不说一句话，后来连头也不回了。她整日紧闭了嘴唇，头上带着大家以为耻辱的记号的那伤痕，默默的跑街、扫地、洗菜、淘米。快够一年，她才从四婶手里支取了历来积存的工钱，换算了十二元鹰洋，请假到镇的西头去。但不到一顿饭时候，她便回来，神气很舒畅，眼光也分外有神，高兴似的对四婶说，自己已经在土地庙捐了门槛了。

冬至的祭祖时节，她做得更出力，看四婶装好祭品，和阿牛将桌子抬到堂屋中央，她便坦然的去拿酒杯和筷子。

"你放着罢，祥林嫂！"四婶慌忙大声说。

她像是受了炮烙似的缩手，脸色同时变作灰黑，也不再去取烛台，只是失神的站着。直到四叔上香的时候，教她走开，她才走开。这一回她的变化非常大，第二天，不但眼睛窈陷下去，连精神也更不济了，而且很胆怯，不独怕暗夜，怕黑影，即使看见人，虽是自己的主人，也总惴惴的，有如在白天出穴游行的小鼠；否则呆坐着，直是一个木偶人。不半年，头发也花白起来了，记性尤其坏，甚而至于常常忘却了去淘米。

"祥林嫂怎么这样了？倒不如那时不留她。"四婶有时当面就这样说，似乎是警告她。

然而她总如此，全不见有怜悯起来的希望。他们于是想打发她走了，教她回到卫老婆子那里去。但当我还在鲁镇的时候，不过单是这样说；看现在的情状，可见后来终于实行了。然而她是从四叔家出去就成了乞丐的呢，还是先到卫老婆子家然后再成乞丐的呢？那我可不知道。

我给那些因为在近旁而极响的爆竹声惊醒，看见豆一般大的黄色的灯火光，接着又听得毕毕剥剥的鞭炮，是四叔家正在"祝福"了；知道已是五更将近时候。我在蒙胧中，又隐约听到远处的爆竹声联绵不断，似乎合成一天音响的浓云，夹着团团飞舞的雪花，拥抱了全市镇。我在这繁响的拥抱中，也懒散而且舒适，从白天以至初夜的疑虑，全给祝福的空气一扫而空了，只觉得天地圣众歆享了牲醴和香烟，都醉醺醺的在空中蹒跚，预备给鲁镇的人们以无限的幸福。

一九二四年二月七日

在酒楼上

我从北地向东南旅行，绕道访了我的家乡，就到 S 城。这城离我的故乡不过三十里，坐了小船，小半天可到，我曾在这里的学校里当过一年的教员。深冬雪后，风景凄清，懒散和怀旧的心绪联结起来，我竟暂寓在 S 城的洛思旅馆里了；这旅馆是先前所没有的。城圈本不大，寻访了几个以为可以会见的旧同事，一个也不在，早不知散到那里去了；经过学校的门口，也改换了名称和模样，于我很生疏。不到两个时辰，我的意兴早已索然，颇悔此来为多事了。

我所住的旅馆是租房不卖饭的，饭菜必须另外叫来，但又无味，入口如嚼泥土。窗外只有溃痕斑驳的墙壁，帖着枯死的莓苔；上面是铅色的天，白皑皑的绝无精采，而且微雪又飞舞起来了。我午餐本没有饱，又没有可以消遣的事情，便很自然的想到先前有一家很熟识的小酒楼，叫一石居的，算来离旅馆并不远。我于是立即锁了房门，出街向那酒楼去。其实也无非想姑且逃避客中的无聊，并不专为买醉。一石居是在的，狭小阴湿的店面和破旧的招牌都依旧；但从掌柜以至堂倌却已没有一个熟人，我在这一石居中也完全成了生客。然而我终于跨上那走熟的屋角的扶梯去了，由此径到小楼上。上面也依然是五张小板桌；独有原是木棂的后窗却换嵌了玻璃。

"一斤绍酒。——菜？十个油豆腐，辣酱要多！"

我一面说给跟我上来的堂倌听，一面向后窗走，就在靠窗的一张桌旁坐下了。楼上"空空如也"，任我拣得最好的座位：可以眺望楼下的废园。这园大概是不属于酒家的，我先前也曾眺望过许多回，有时也在雪天里，但现在从惯于北方的眼睛看来，却很值得惊异：几株老梅竟斗雪开着满树的繁花，仿佛毫不以深冬为意；倒塌的亭子边还有一株山茶树，从暗绿的密叶里显出十几朵红花来，赫赫的在雪中明得如火，愤怒而且傲慢，如蔑视游人的甘心于远行。我这时又忽地想到这里积雪的滋润，著物不去，晶莹有光，不比朔雪的粉一般干，大风一吹，便飞得满空如烟雾。……

"客人，酒。……"

堂倌懒懒的说着，放下杯、筷、酒壶和碗碟，酒到了。我转脸向了板桌，排好器具，斟出酒来。觉得北方固不是我的旧乡，但南来又只能算一个客子，无论那边的干雪怎样纷飞，这里的柔雪又怎样的依恋，于我都没有什么关系了。我略带些哀愁，然而很舒服的呷了一口酒。酒味很纯正；油豆腐也煮得十分好；可惜辣酱太淡薄，本来 S 城人是不懂得吃辣的。

大概是因为正在下午的缘故罢，这虽说是酒楼，却毫无酒楼气，我已经喝下三杯酒去了，而我以外还是四张空板桌。我看着废园，渐渐的感到孤独，但又不愿有别的酒客上来。偶然听得楼梯上脚步响，便不由的[1]有些懊恼，待到看见是堂倌，才又安心了，这样的又喝了两杯酒。

我想，这回定是酒客了，因为听得那脚步声比堂倌的要缓得多。约略料他走完了楼梯的时候，我便害怕似的抬头去看这无干的同伴，同时也就吃惊的站起来。我竟不料在这里意外的遇见朋友了，——假如他现在还许我称他为朋友。那上来的分明是我的旧同窗，也是做教员时代的旧同事，面貌虽然颇有些改变，但一见也就认识，独有行动却变得格外迂缓，很不像当年敏捷精悍的吕纬甫了。

1　现代汉语常用"不由得"。——编者注

"阿，——纬甫，是你么？我万想不到会在这里遇见你。"

"阿阿，是你？我也万想不到……"

我就邀他同坐，但他似乎略略踌躇之后，方才坐下来。我起先很以为奇，接着便有些悲伤，而且不快了。细看他相貌，也还是乱蓬蓬的须发；苍白的长方脸，然而衰瘦了。精神很沉静，或者却是颓唐；又浓又黑的眉毛底下的眼睛也失了精采，但当他缓缓的四顾的时候，却对废园忽地闪出我在学校时代常常看见的射人的光来。

"我们"，我高兴的，然而颇不自然的说，"我们这一别，怕有十年了罢。我早知道你在济南，可是实在懒得太难，终于没有写一封信。……"

"彼此都一样。可是现在我在太原了，已经两年多，和我的母亲。我回来接她的时候，知道你早搬走了，搬得很干净。"

"你在太原做什么呢？"我问。

"教书，在一个同乡的家里。"

"这以前呢？"

"这以前么？"他从衣袋里掏出一支烟卷来，点了火衔在嘴里，看着喷出的烟雾，沉思似的说，"无非做了些无聊的事情，等于什么也没有做。"

他也问我别后的景况；我一面告诉他一个大概，一面叫堂倌先取杯箸来，使他先喝着我的酒，然后再去添二斤。其间还点菜，我们先前原是毫不客气的，但此刻却推让起来了，终于说不清那一样是谁点的，就从堂倌的口头报告上指定了四样菜：茴香豆、冻肉、油豆腐、青鱼干。

"我一回来，就想到我可笑。"他一手擎着烟卷，一只手扶着酒杯，似笑非笑的向我说，"我在少年时，看见蜂子或蝇子停在一个地方，给什么来一吓，即刻飞去了，但是飞了一个小圈子，便又回来停在原地点，便以为这实在很可笑，也可怜。可不料现在我自己也飞回来了，不过绕了一点小圈子。又不料你也回来了。你不能飞得更远些么？"

"这难说，大约也不外乎绕点小圈子罢。"我也似笑非笑的说，"但是你为什么飞回来的呢？"

"也还是为了无聊的事。"他一口喝干了一杯酒，吸几口烟，眼睛略为张大了，"无聊的。——但是我们就谈谈罢。"

堂倌搬上新添的酒菜来，排满了一桌，楼上又添了烟气和油豆腐的热气，仿佛热闹起来了；楼外的雪也越加纷纷的下。

"你也许本来知道，"他接着说，"我曾经有一个小兄弟，是三岁上死掉的，就葬在这乡下。我连他的模样都记不清楚了，但听母亲说，是一个很可爱念的孩子，和我也很相投，至今她提起来还似乎要下泪。今年春天，一个堂兄就来了一封信，说他的坟边已经渐渐的浸了水，不久怕要陷入河里去了，须得赶紧去设法。母亲一知道就很着急，几乎几夜睡不着，——她又自己能看信的。然而我能有什么法子呢？没有钱，没有工夫：当时什么法也没有。

"一直挨到现在，趁着年假的闲空，我才得回南给他来迁葬。"他又喝干一杯酒，看着窗外，说，"这在那边那里能如此呢？积雪里会有花，雪地下会不冻。就在前天，我在城里买了一口小棺材，——因为我预料那地下的应该早已朽烂了，——带着棉絮和被褥，雇了四个土工，下乡迁葬去。我当时忽而很高兴，愿意掘一回坟，愿意一见我那曾经和我很亲睦的小兄弟的骨殖：这些事我生平都没有经历过。到得坟地，果然，河水只是咬进来，离坟已不到二尺远。可怜的坟，两年没有培土，也平下去了。我站在雪中，决然的指着他对土工说：'掘开来！'我实在是一个庸人，我这时觉得我的声音有些希奇，这命令也是一个在我一生中最为伟大的命令。但土工们却毫不骇怪，就动手掘下去了。待到掘着圹穴，我便过去看，果然，棺木已经快要烂尽了，只剩下一堆木丝和小木片。我的心颤动着，自去拨开这些，很小心的，要看一看我的小兄弟。然而出乎意外！被褥、衣服、骨骼，什么也没有。我想，这些都消尽了，向来听说最难烂的是头发，也许还有罢。我便伏下去，在该是枕头所在的泥土里仔仔细细的看，也没有。踪影全无！"

我忽而看见他眼圈微红了，但立即知道是有了酒意，他总不很吃菜，单是把酒不停的喝，早喝了一斤多，神情和举动都活泼起来，渐近于先前所见的吕纬甫了。我叫堂倌再添二斤酒，然后回转身，也拿着酒杯，正对面默默的听着。

"其实，这本已可以不必再迁，只要平了土，卖掉棺材，就此完事了的。我去卖棺材虽然有些离奇，但只要价钱极便宜，原铺子就许要，至少总可以捞回几文酒钱来。但我不这样，我仍然铺好被褥，用棉花裹了些他先前身体所在的地方的泥土，包起来，装在新棺材里，运到我父亲埋着的坟地上，在他坟旁埋掉了。因为外面用砖墩，昨天又忙了我大半天：监工。但这样总算完结了一件事，足够去骗骗我的母亲，使她安心些。——阿阿，你这样的看我，你怪我何以和先前太不相同了么？是的，我也还记得我们同到城隍庙里去拔掉神像的胡子的时候，连日议论些改革中国的方法以至于打起来的时候。但我现在就是这样了，敷敷衍衍、模模胡胡[2]。我有时自己也想到，倘若先前的朋友看见我，怕会不认我做朋友了。——然而我现在就是这样。"

他又掏出一支烟卷来，衔在嘴里，点了火。

"看你的神情，你似乎还有些期望我，——我现在自然麻木得多了，但是有些事也还看得出。这使我很感激，然而也使我很不

---

2 现代汉语常用"模模糊糊"。——编者注

安：怕我终于辜负了至今还对我怀着好意的老朋友。……"他忽而停住了，吸几口烟，才又慢慢的说，"正在今天，刚在我到这一石居来之前，也就做了一件无聊事，然而也是我自己愿意做的。我先前的东边的邻居叫长富，是一个船户。他有一个女儿叫阿顺，你那时到我家里来，也许见过的，但你一定没有留心，因为那时她还小。后来她也长得并不好看，不过是平常的瘦瘦的瓜子脸，黄脸皮；独有眼睛非常大，睫毛也很长，眼白又青得如夜的晴天，而且是北方的无风的晴天，这里的就没有那么明净了。她很能干，十多岁没了母亲，招呼两个小弟妹都靠她；又得服侍父亲，事事都周到；也经济，家计倒渐渐的稳当起来了。邻居几乎没有一个不夸奖她，连长富也时常说些感激的话。这一次我动身回来的时候，我的母亲又记得她了，老年人记性真长久。她说她曾经知道顺姑因为看见谁的头上戴着红的剪绒花，自己也想有一朵，弄不到，哭了，哭了小半夜，就挨了她父亲的一顿打，后来眼眶还红肿了两三天。这种剪绒花是外省的东西，S城里尚且买不出，她那里想得到手呢？趁我这一次回南的便，便叫我买两朵去送她。

"我对于这差使倒并不以为烦厌，反而很喜欢；为阿顺，我实在还有些愿意出力的意思的。前年，我回来接我母亲的时候，有一天，长富正在家，不知怎的我和他闲谈起来了。他便要请我吃点心，荞麦粉，并且告诉我所加的是白糖。你想，家里能有白糖的船户，可见决不是一个穷船户了，所以他也吃得很阔绰。我被劝不过，答应了，但要求只要用小碗。他也很识世故，便嘱咐阿顺说：'他们文人，是不会吃东西的。你就用小碗，多加糖！'然而等到调好端来的时候，仍然使我吃一吓，是一大碗，足够我吃一天。但是和长富吃的一碗比起来，我的也确乎算小碗。我生平没有吃过荞麦粉，这回一尝，实在不可口，却是非常甜。我漫然的吃了几口，就想不吃了，然而无意中，忽然间看见阿顺远远的站在屋角里，就使我立刻消失了放下碗筷的勇气。我看她的神情，是害怕而且希望，大约怕自己调得不好，愿我们吃得有味。我知道如果剩下大半碗来，一定要使她很失望，而且很抱歉。我于是同时决心，放开喉咙灌下去了，几乎吃得和长富一样快。我由此才知道硬吃的苦痛，我只记得还做孩子时候的吃尽一碗拌着驱除蛔虫药粉的沙糖才有这样难。然而我毫不抱怨，因为她过来收拾空碗时候的忍着的得意的笑容，已尽够赔偿我的苦痛而有余了。所以我这一夜虽然饱胀得睡不稳，又做了一大串恶梦，也还是祝赞她一生幸福，愿世界为她变好。然而这些意思也不过是我的那些旧日的梦的痕迹，即刻就自笑，接着也就忘却了。

"我先前并不知道她曾经为了一朵剪绒花挨打，但因为母亲一说起，便也记得了荞麦粉的事，意外的勤快起来了。我先在太原城里搜求了一遍，都没有；一直到济南……"

窗外沙沙的一阵声响，许多积雪从被他压弯了的一枝山茶树上滑下去了，树枝笔挺的伸直，更显出乌油油的肥叶和血红的花来。天空的铅色来得更浓；小鸟雀啾唧的叫着，大概黄昏将近，地面又全罩了雪，寻不出什么食粮，都赶早回巢来休息了。

"一直到了济南，"他向窗外看了一回，转身喝干一杯酒，又吸几口烟，接着说，"我才买到剪绒花。我也不知道使她挨打的是不是这一种，总之是绒做的罢了。我也不知道她喜欢深色还是浅色，就买了一朵大红的，一朵粉红的，都带到这里来。

"就是今天午后，我一吃完饭，便去看长富，我为此特地耽搁了一天。他的家倒还在，只是看去很有些晦气色了，但这恐怕不过是我自己的感觉。他的儿子和第二个女儿——阿昭，都站在门口，大了。阿昭长得全不像她姊姊[3]，简直像一个鬼，但是看见我走向她家，便飞奔的逃进屋里去。我就问那小子，知道长富不在家。'你的大姊呢？'他立刻瞪起眼睛，连声问我寻她什么事，而且恶狠狠的似乎就要扑过来，咬我。我支吾着退走了，我现在是敷敷衍衍……

"你不知道，我可是比先前更怕去访人了。因为我已经深知道自己之讨厌，连自己也讨厌，又何必明知故犯的去使人暗暗地不快呢？'然而这回的差使是不能不办妥的，所以想了一想，终于回到就在斜对门的柴店里。店主的母亲，老发奶奶，倒也还在，而且也还认识我，居然将我邀进店里坐去了。我们寒暄几句之后，我就说明了回到 S 城和寻长富的缘故。不料她叹息说：

"'可惜顺姑没有福气戴这剪绒花了。'

"她于是详细的告诉我，说是'大约从去年春天以来，她就见得黄瘦，后来忽而常常下泪了，问她缘故又不说；有时还整夜的哭，哭得长富也忍不住生气，骂她年纪大了，发了疯。可是一到秋初，起先不过小伤风，终于躺倒了，从此就起不来。直到咽气的前几天，才肯对长富说，她早就像她母亲一样，不时的吐红和流夜汗。但是瞒着，怕他因此要担心。有一夜，她的伯伯长庚又来硬借钱，——这是常有的事，——她不给，长庚就冷笑着说：你不要骄气，你的男人比我还不如！她从此就发了愁，又怕羞，不好问，只好哭。长富赶紧将她的男人怎样的挣气[4]的话说给她听，那里还来得及？况且她也不信，反而说：好在我已经这样，什么也不要紧了。'

"她还说，'如果她的男人真比长庚不如，那就真可怕呵！比不上一个偷鸡贼，那是什么东西呢？然而他来送殓的时候，我是亲眼

3　现代汉语常用"姐姐"。——编者注
4　现代汉语常用"争气"。——编者注

看见他的，衣服很干净，人也体面；还眼泪汪汪的说，自己撑了半世小船，苦熬苦省的积起钱来聘了一个女人，偏偏又死掉了。可见他实在是一个好人，长庚说的全是诳。只可惜顺姑竟会相信那样的贼骨头的诳话，白送了性命。——但这也不能去怪谁，只能怪顺姑自己没有这一份好福气．'

"那倒也罢，我的事情又完了。但是带在身边的两朵剪绒花怎么办呢？好，我就托她送了阿昭。这阿昭一见我就飞跑，大约将我当作一只狼或是什么，我实在不愿意去送她。——但是我也就送她了，对母亲只要说阿顺见了喜欢的了不得就是。这些无聊的事算什么？只要模模胡胡。模模胡胡的过了新年，仍旧教我的'子曰诗云'去。"

"你教的是'子曰诗云'么？"我觉得奇异，便问。

"自然。你还以为教的是 ABCD 么？我先是两个学生，一个读《诗经》，一个读《孟子》。新近又添了一个，女的，读《女儿经》。连算学也不教，不是我不教，他们不要教。"

"我实在料不到你倒去教这类的书，……"

"他们的老子要他们读这些；我是别人，无乎不可的。这些无聊的事算什么？只要随随便便，……"

他满脸已经通红，似乎很有些醉，但眼光却又消沉下去了。我微微的叹息，一时没有话可说。楼梯上一阵乱响，拥上几个酒客来：当头的是矮子，臃肿的圆脸；第二个是长的，在脸上很惹眼的显出一个红鼻子；此后还有人，一迭连的走得小楼都发抖。我转眼去看吕纬甫，他也正转眼来看我，我就叫堂倌算酒账。

"你借此还可以支持生活么？"我一面准备走，一面问。

"是的。——我每月有二十元，也不大能够敷衍。"

"那么，你以后预备怎么办呢？"

"以后？——我不知道。你看我们那时预想的事可有一件如意？我现在什么也不知道，连明天怎样也不知道，连后一分……"

堂倌送上账来，交给我；他也不像初到时候的谦虚了，只向我看了一眼，便吸烟，听凭我付了账。

我们一同走出店门，他所住的旅馆和我的方向正相反，就在门口分别了。我独自向着自己的旅馆走，寒风和雪片扑在脸上，倒觉得很爽快。见天色已是黄昏，和屋宇和街道都织在密雪的纯白而不定的罗网里。

一九二四年二月一六日

幸福的家庭

——拟许钦文

　　"……做不做全由自己的便;那作品,像太阳的光一样,从无量的光源中涌出来,不像石火,用铁和石敲出来,这才是真艺术。那作者,也才是真的艺术家。——而我,……这算是什么? ……"他想到这里,忽然从床上跳起来了。以先他早已想过,须得捞几文稿费维持生活了;投稿的地方,先定为幸福月报社,因为润笔似乎比较的丰。但作品就须有范围,否则,恐怕要不收的。范围就范围,……现在的青年的脑里的大问题是? ……大概很不少,或者有许多是恋爱、婚姻、家庭之类罢。……是的,他们确有许多人烦闷着,正在讨论这些事。那么,就来做家庭。然而怎么做做呢? ……否则,恐怕要不收的,何必说些背时的话,然而……他跳下卧床之后,四五步就走到书桌面前,坐下去,抽出一张绿格纸,毫不迟疑,但又自暴自弃似的写下一行题目道:《幸福的家庭》。

　　他的笔立刻停滞了;他仰了头,两眼瞪着房顶,正在安排那安置这"幸福的家庭"的地方。他想:"北京? 不行,死气沉沉,连空气也是死的。假如在这家庭的周围筑一道高墙,难道空气也就隔断了么? 简直不行! 江苏、浙江天天防要开仗;福建更无须说。四川、广东? 都正在打。山东、河南之类? ——阿阿,要绑票的,倘使绑去一个,那就成为不幸的家庭了。上海、天津的租界上房租贵……假如在外国,笑话。云南、贵州不知道怎样,但交通也太不便……"他想来想去,想不出好地方,便要假定为 A 了,但又想,"现有不少的人是反对用西洋字母来代人地名的,说是要减少读者的兴味。我这回的投稿,似乎也不如不用,安全些。那么,在那里好呢?——湖南也打仗;大连仍然房租贵;察哈尔、吉林、黑龙江罢,——听说有马贼,也不行!……"他又想来想去,又想不出好地方,于是终于决心,假定这"幸福的家庭"所在的地方叫作 A。

"总之,这幸福的家庭一定须在 A,无可磋商。家庭中自然是两夫妇,就是主人和主妇,自由结婚的。他们订有四十多条条约,非常详细,所以非常平等,十分自由。而且受过高等教育,优美高尚……。东洋留学生已经不通行,——那么,假定为西洋留学生罢。主人始终穿洋服,硬领始终雪白;主妇是前头的头发始终烫得蓬蓬松松像一个麻雀窠,牙齿是始终雪白的露着,但衣服却是中国装,……"

"不行不行,那不行!二十五斤!"

他听得窗外一个男人的声音,不由的回过头去看,窗幔垂着,日光照着,明得眩目,他的眼睛昏花了;接着是小木片撒在地上的声响。"不相干,"他又回过头来想,"什么'二十五斤'?——他们是优美高尚,很爱文艺的。但因为都从小生长在幸福里,所以不爱俄国的小说……。俄国小说多描写下等人,实在和这样的家庭也不合。'二十五斤'?不管他。那么,他们看看什么书呢?——裴伦的诗?吉支的?不行,都不稳当。——哦,有了,他们都爱看《理想之良人》。我虽然没有见过这部书,但既然连大学教授也那么称赞他,想来他们也一定都爱看,你也看,我也看,——他们一人一本,这家庭里一共有两本,……"他觉得胃里有点空虚了,放下笔,用两只手支着头,教自己的头像地球仪似的在两个柱子间挂着。

"……他们两人[1]正在用午餐,"他想,"桌上铺了雪白的布;厨子送上菜来,——中国菜。什么'二十五斤'?不管他。为什么倒

1 现代汉语常用"二人""俩人""两个人"。——编者注

是中国菜？西洋人说，中国菜最进步，最好吃，最合于卫生：所以他们采用中国菜。送来的是第一碗，但这第一碗是什么呢？……"

"劈柴……"

他吃惊的回过头去看，靠左肩，便立着他自己家里的主妇，两只阴凄凄的眼睛恰恰钉住他的脸。

"什么？"他以为她来搅扰了他的创作，颇有些愤怒了。

"劈柴，都用完了，今天买了些。前一回还是十斤两吊四，今天就要两吊六。我想给他两吊五，好不好？"

"好好，就是两吊五。"

"称得太吃亏了。他一定只肯算二十四斤半；我想就算他二十三斤半，好不好？"

"好好，就算他二十三斤半。"

"那么，五五二十五，三五一十五……"

"唔唔，五五二十五，三五一十五……"他也说不下去了，停了一会，忽而奋然的抓起笔来，就在写着一行"幸福的家庭"的绿格纸上起算草，起了好久，这才仰起头来说道：

"五吊八！"

"那是，我这里不够了，还差八九个……"

他抽开书桌的抽屉，一把抓起所有的铜元，不下二三十，放在她摊开的手掌上，看她出了房，才又回过头来向书桌。他觉得头里面很胀满，似乎桠桠叉叉的全被木柴填满了，五五二十五，脑皮质上还印着许多散乱的亚剌伯数目字[2]。他很深的吸一口气，又用力的呼出，仿佛要藉此赶出脑里的劈柴，五五二十五和亚剌伯数字来。果然，吁气之后，心地也就轻松不少了，于是仍复恍恍忽忽[3]

2　现译"阿拉伯数字"。——编者注
3　现代汉语常用"恍恍惚惚"。——编者注

的想——

"什么菜? 菜倒不妨奇特点。滑溜里脊, 虾子海参, 实在太凡庸。我偏要说他们吃的是'龙虎斗', 但'龙虎斗'又是什么呢? 有人说是蛇和猫, 是广东的贵重菜, 非大宴会不吃的。但我在江苏饭馆的菜单上就见过这名目, 江苏人似乎不吃蛇和猫, 恐怕就如谁所说, 是蛙和鳝鱼了。现在假定这主人和主妇为那里人呢? ——不管他。总而言之, 无论那里人吃一碗蛇和猫或者蛙和鳝鱼, 于幸福的家庭是决不会有损伤的。总之这第一碗一定是'龙虎斗', 无可磋商。

"于是一碗'龙虎斗'摆在桌子中央了, 他们两人同时捏起筷子, 指着碗沿, 笑迷迷⁴的你看我, 我看你……

"'My dear, please.'

"'Please you eat first, my dear.'

"'Oh no, please you!'

"于是他们同时伸下筷子去, 同时夹出一块蛇肉来, ——不不, 蛇肉究竟太奇怪, 还不如说是鳝鱼罢。那么, 这碗'龙虎斗'是蛙和鳝鱼所做的了。他们同时夹出一块鳝鱼来, 一样大小, 五五二十五, 三五……不管他, 同时放进嘴里去……"他不能自制的只想回过头去看, 因为他觉得背后很热闹, 有人来来往往的走了两三回。但他还熬着, 乱嘈嘈⁵的接着想:"这似乎有点肉麻, 那有这样的家庭? 唉唉, 我的思路怎么会这样乱, 这好题目怕是做不完篇的了。——或者不必定用留学生, 就在国内受了高等教育的也可以。他们都是大学毕业的, 高尚优美, 高尚……男的是文学家; 女的也是文学家, 或者文学崇拜家。或者女的是诗人; 男的是诗人崇

4　现代汉语常用"笑眯眯"。——编者注
5　现代汉语常用"乱糟糟"。——编者注

拜者，女性尊重者。或者……"他终于忍耐不住，回过头去了。

就在他背后的书架的旁边，已经出现了一座白菜堆，下层三株，中层两株，顶上一株，向他叠成一个很大的 A 字。

"唉唉！"他吃惊的叹息，同时觉得脸上骤然发热了，脊梁上还有许多针轻轻的刺着。"叮……"他很长的嘘一口气，先斥退了脊梁上的针，仍然想，"幸福的家庭的房子要宽绰。有一间堆积房，白菜之类都到那边去。主人的书房另一间，靠壁满排着书架，那旁边自然决没有什么白菜堆；架上满是中国书、外国书，《理想之良人》自然也在内，——一共有两部。卧室又一间；黄铜床，或者质朴点，第一监狱工场做的榆木床也就够，床底下很干净……"他当即一瞥自己的床下，劈柴已经用完了，只有一条稻草绳，却还死蛇似的懒懒的躺着。

"二十三斤半……"他觉得劈柴就要向床下"川流不息"的进来，头里面又有些桠桠叉叉了，便急忙起立，走向门口去想关门。但两手刚触着门，却又觉得未免太暴躁了，就歇了手，只放下那积着许多灰尘的门幕。他一面想，这既无闭关自守之操切，也没有开放门户之不安：是很合于"中庸之道"的。

"……所以主人的书房门永远是关起来的。"他走回来，坐下，想，"有要事要商量先敲门，得了许可才能进来，这办法实在对。现在假如主人坐在自己的书房里，主妇来谈文艺了，也就先敲门。——这可以放心，她必不至于捧着白菜的。

"'Come in, please, my dear.'

"然而主人没有工夫谈文艺的时候怎么办呢？那么，不理她，听她站在外面老是剥剥的敲？这大约不行罢。或者《理想之良人》里面都写着，——那恐怕确是一部好小说，我如果有了稿费，也得去买他一部来看看……"

拍[6]！

他腰骨笔直了，因为他根据经验，知道这一声"拍"是主妇的手掌打在他们的三岁的女儿的头上的声音。

"幸福的家庭……"他听到孩子的呜咽了，但还是腰骨笔直的想，"孩子是生得迟的，生得迟。或者不如没有，两个人干干净净。——或者不如住在客店里，什么都包给他们，一个人干干……"他听得呜咽声高了起来，也就站了起来，钻过门幕，想着，"马克思在儿女的啼哭声中还会做《资本论》，所以他是伟人……"走出外间，开了风门，闻得一阵煤油气。孩子就躺倒在门的右边，脸向着地，一见他，便"哇"的哭出来了。

"阿阿，好好，莫哭莫哭，我的好孩子。"他弯下腰去抱她。

他抱了她回转身，看见门左边还站着主妇，也是腰骨笔直，然而两手插腰，怒气冲冲的似乎预备开始练体操。

"连你也来欺侮我！不会帮忙，只会捣乱，——连油灯也要翻了他。晚上点什么？……"

"阿阿，好好，莫哭莫哭，"他把那些发抖的声音放在脑后，抱她进房，摩着她的头，说，"我的好孩子。"于是放下她，拖开椅子，坐下去，使她站在两膝的中间，擎起手来道，"莫哭了呵，好孩子。爹爹做'猫洗脸'给你看。"他同时伸出颈子，伸出舌头，远远的对着手掌舔了两舔，就用这手掌向了自己的脸上画圆圈。

"呵呵呵，花儿。"她就笑起来了。

"是的是的，花儿。"他又连画上几个圆圈，这才歇了手，只见她还是笑迷迷的挂着眼泪对他看。他忽而觉得，她那可爱的天真的脸，正像五年前的她的母亲，通红的嘴唇尤其像，不过缩小了轮廓。那时也是晴朗的冬天，她听得他说决计反抗一切阻碍，为她牺牲的时候，也就这样笑迷迷的挂着眼泪对他看。他惘然的坐着，仿佛有些醉了。

"阿阿，可爱的嘴唇……"他想。

门幕忽然挂起，劈柴运进来了。

他也忽然惊醒，一定睛，只见孩子还是挂着眼泪，而且张开了通红的嘴唇对他看。"嘴唇……"他向旁边一瞥，劈柴正在进来，"……恐怕将来也就是五五二十五，九九八十一！……而且两只眼睛阴凄凄的……。"他想着，随即粗暴的抓起那写着一行题目和一堆算草的绿格纸来，揉了几揉，又展开来给她拭去了眼泪和鼻涕。"好孩子，自己玩去罢。"他一面推开她，说；一面就将纸团用力的掷在纸篓里。

但他又立刻觉得对于孩子有些抱歉了，重复回头，目送着她独自茕茕的出去；耳朵里听得木片声。他想要定一定神，便又回转头，闭了眼睛，息了杂念，平心静气的坐着。他看见眼前浮出一朵扁圆的乌花，橙黄心，从左眼的左角漂[7]到右，消失了；接着一朵明绿花，墨绿色的心；接着一座六株的白菜堆，屹然的向他叠成一个很大的 A 字。

一九二四年三月十八日

7　现代汉语常用"飘"。——编者注

肥皂

　　四铭太太正在斜日光中背着北窗和她八岁的女儿秀儿糊纸锭，忽听得又重又缓的布鞋底声响，知道四铭进来了，并不去看他，只是糊纸锭。但那布鞋底声却愈响愈逼近，觉得终于停在她的身边了，于是不免转过眼去看，只见四铭就在她面前耸肩曲背的狠命掏着布马褂底下的袍子的大襟后面的口袋。

　　他好容易曲曲折折的汇出手来，手里就有一个小小的长方包，葵绿色的，一径递给四太太。她刚接到手，就闻到一阵似橄榄非橄榄的说不清的香味，还看见葵绿色的纸包上有一个金光灿烂的印子和许多细簇簇的花纹。秀儿即刻跳过来要抢着看，四太太赶忙推开她。

　　"上了街？……"她一面看，一面问。

　　"唔唔。"他看着她手里的纸包，说。

　　于是这葵绿色的纸包被打开了，里面还有一层很薄的纸，也是葵绿色，揭开薄纸，才露出那东西的本身来，光滑坚致，也是葵绿色，上面还有细簇簇的花纹，而薄纸原来却是米色的，似橄榄非橄榄的说不清的香味也来得更浓了。

　　"唉唉，这实在是好肥皂。"她捧孩子似的将那葵绿色的东西送到鼻子下面去，嗅着说。

　　"唔唔，你以后就用这个……"

　　她看见他嘴里这么说，眼光却射在她的脖子上，便觉得颧骨以下的脸上似乎有些热。她有时自己偶然摸到脖子上，尤其是耳朵后，指面上总感着些粗糙，本来早就知道是积年的老泥，但向来倒也并不很介意。现在在他的注视之下，对着这葵绿异香的洋肥皂，可不禁脸上有些发热了，而且这热又不绝的蔓延开去，即刻一径到耳根。她于是就决定晚饭后要用这肥皂来拼命的洗一洗。

"有些地方，本来单用皂荚子是洗不干净的。"她自对自的说。

"妈，这给我！"秀儿伸手来抢葵绿纸；在外面玩耍的小女儿招儿也跑到了。四太太赶忙推开她们，裹好薄纸，又照旧包上葵绿纸，欠过身去搁在洗脸台上最高的一层格子上，看一看，翻身仍然糊纸锭。

"学程！"四铭记起了一件事似的，忽而拖长了声音叫，就在她对面的一把高背椅子上坐下了。

"学程！"她也帮着叫。

她停下糊纸锭，侧耳一听，什么响应也没有，又见他仰着头焦急的等着，不禁很有些抱歉了，便尽力提高了喉咙，尖利的叫：

"绘儿呀！"

这一叫确乎有效，就听到皮鞋声橐橐的近来，不一会，绘儿已站在她面前了，只穿短衣，肥胖的圆脸上亮晶晶的流着油汗。

"你在做什么？怎么爹叫也不听见？"她谴责的说。

"我刚在练八卦拳……"他立即转身向了四铭，笔挺的站着，看着他，意思是问他什么事。

"学程，我就要问你：'恶毒妇'是什么？"

"'恶毒妇'？……那是，'很凶的女人'罢？……"

"胡说！胡闹！"四铭忽而怒得可观。"我是'女人'么！？"

学程吓得倒退了两步，站得更挺了。他虽然有时觉得他走路很像上台的老生，却从没有将他当作女人看待，他知道自己答的很错了。

"'恶毒妇'是'很凶的女人'，我倒不懂，得来请教你？——这不是中国话，是鬼子话，我对你说。这是什么意思，你懂么？"

"我，……我不懂。"学程更加局促起来。

"吓，我白化钱[1]送你进学堂，连这一点也不懂。亏煞你的学堂还夸什么'口耳并重'，倒教得什么也没有。说这鬼话的人至多不过十四五岁，比你还小些呢，已经叽叽咕咕的能说了，你却连意思也说不出，还有这脸说'我不懂'！——现在就给我去查出来！"

学程在喉咙底里答应了一声"是"，恭恭敬敬的退出去了。

"这真叫作不成样子，"过了一会，四铭又慷慨的说，"现在的学生是。其实，在光绪年间，我就是最提倡开学堂的，可万料不到学堂的流弊竟至于如此之大：什么解放咧，自由咧，没有实学，只会胡闹。学程呢，为他化了的钱也不少了，都白化。好容易给他进了中西折中的学堂，英文又专是'口耳并重'的，你以为这该好了罢，哼，可是读了一年，连'恶毒妇'也不懂，大约仍然是念死书。吓，什么学堂，造就了些什么？我简直说：应该统统关掉！"

"对咧，真不如统统关掉的好。"四太太糊着纸锭，同情的说。

"秀儿她们也不必进什么学堂了。'女孩子，念什么书？'九公公先前这样说，反对女学的时候，我还攻击他呢；可是现在看起来，究竟是老年人的话对。你想，女人一阵一阵的在街上走，已经很不雅观的了，她们却还要剪头发。我最恨的就是那些剪了头发的女学生，我简直说，军人土匪倒还情有可原，搅乱天下的就是她们，应该很严的办一办……"

"对咧，男人都像了和尚还不够，女人又来学尼姑了。"

"学程！"

学程正捧着一本小而且厚的金边书快步进来，便呈给四铭，指着一处说：

1　现代汉语常用"花钱"。——编者注

"这倒有点像。这个……"

四铭接来看时,知道是字典,但文字非常小,又是横行的。他眉头一皱,擎向窗口,细着眼睛,就学程所指的一行念过去:

"'第十八世纪创立之共济讲社之称'。——唔,不对。——这声音是怎么念的?"他指着前面的"鬼子"字,问。

"恶特拂罗斯(Oddfellows)。"

"不对,不对,不是这个。"四铭又忽而愤怒起来了。"我对你说:那是一句坏话,骂人的话,骂我这样的人的。懂了么?查去!"

学程看了他几眼,没有动。

"这是什么闷胡芦2,没头没脑的?你也先得说说清,教他好用心的查去。"她看见学程为难,觉得可怜,便排解而且不满似的说。

"就是我在大街上广润祥买肥皂的时候,"四铭呼出了一口气,向她转过脸去,说,"店里又有三个学生在那里买东西。我呢,从他们看起来,自然也怕太噜苏一点了罢。我一气看了六七样,都要四角多,没有买;看一角一块的,又太坏,没有什么香。我想,不如中通的好,便挑定了那绿的一块,两角四分。伙计本来是势利鬼,眼睛生在额角上的,早就撅着狗嘴的了;可恨那学生这坏小子又都挤眉弄眼的说着鬼话笑。后来,我要打开来看一看才付钱:洋纸包着,怎么断得定货色的好坏呢?谁知道那势利鬼不但不依,还蛮不讲理,说了许多可恶的废话;坏小子们又附和着说笑。那一句是顶小的一个说的,而且眼睛看着我,他们就都笑起来了;可见一定是一句坏话。"他于是转脸对着学程道,"你只要在'坏话类'里去查去!"

学程在喉咙底里答应了一声"是",恭恭敬敬的退去了。

"他们还嚷什么'新文化新文化','化'到这样了,还不够?"

---

2 现代汉语常用"闷葫芦"。——编者注

他两眼钉着屋梁，尽自说下去。"学生也没有道德，社会上也没有道德，再不想点法子来挽救，中国这才真个要亡了。你想，那多么可叹？……"

"什么？"她随口的问，并不惊奇。

"孝女。"他转眼对着她，郑重的说，"就在大街上，有两个讨饭的。一个是姑娘，看去该有十八九岁了。——其实这样的年纪，讨饭是很不相宜的了，可是她还讨饭。——和一个六七十岁的老的，白头发，眼睛是瞎的，坐在布店的檐下求乞。大家多说她是孝女，那老的是祖母。她只要讨得一点什么，便都献给祖母吃，自己情愿饿肚皮。可是这样的孝女，有人肯布施么？"他射出眼光来钉住她，似乎要试验她的识见。

她不答话，也只将眼光钉住他，似乎倒是专等他来说明。

"哼，没有。"他终于自己回答说，"我看了好半天，只见一个人给了一文小钱；其余的围了一大圈，倒反去打趣。还有两个光棍，竟肆无忌惮的说：'阿发，你不要看得这货色脏。你只要去买两块肥皂来，咯支咯支³遍身洗一洗，好得很哩！'哪，你想，这成什么话？"

"哼，"她低下头去了，久之，才又懒懒的问，"你给了钱么？"

"我么？——没有。一两个钱，是不好意思拿出去的。她不是平常的讨饭，总得……"

"嗡。"她不等说完话，便慢慢地站起来，走到厨下去。昏黄只显得浓密，已经是晚饭时候了。

四铭也站起身，走出院子去。天色比屋子里还明亮，学程就在墙角落上练习八卦拳：这是他的"庭训"，利用昼夜之交的时间的经济法，学程奉行了将近大半年了。他赞许似的微微点一点头，便反

3　现代汉语常用"咯吱咯吱"。——编者注

背着两手在空院子里来回的踱方步。不多久，那惟一的盆景万年青的阔叶又已消失在昏暗中，破絮一般的白云间闪出星点，黑夜就从此开头。四铭当这时候，便也不由的感奋起来，仿佛就要大有所为，与周围的坏学生以及恶社会宣战。他意气渐渐勇猛，脚步愈跨愈大，布鞋底声也愈走愈响，吓得早已睡在笼子里的母鸡和小鸡也都唧唧足足的叫起来了。

堂前有了灯光就是号召晚餐的烽火，合家的人们便都齐集在中央的桌子周围。灯在下横；上首是四铭一人居中，也是学程一般肥胖的圆脸，但多两撇细胡子，在菜汤的热气里，独据一面[4]，很像庙里的财神。左横是四太太带着招儿；右横是学程和秀儿一列。碗筷声雨点似的响，虽然大家不言语，也就是很热闹的晚餐。

招儿带翻了饭碗了，菜汤流得小半桌。四铭尽量的睁大了细眼睛瞪着看得她要哭，这才收回眼光，伸筷自去夹那早先看中了的一个菜心去。可是菜心已经不见了，他左右一瞥，就发见学程刚刚夹着塞进他张得很大的嘴里去，他于是只好无聊的吃了一筷黄菜叶。

“学程，”他看着他的脸说，“那一句查出了没有？”

“那一句？——那还没有。”

“哼，你看，也没有学问，也不懂道理，单知道吃！学学那个孝女罢，做了乞丐，还是一味孝顺祖母，自己情愿饿肚子。但是你们这些学生那里知道这些，肆无忌惮，将来只好像那光棍……”

“想倒想着了一个，但不知可是。——我想，他们说的也许是‘阿尔特肤尔’。”

“哦哦，是的！就是这个！他们说的就是这样一个声音：‘恶毒夫咧。’这是什么意思？你也就是他们这一党：你知道的。”

“意思，——意思我不很明白。”

---

4 现代汉语常用“独当一面”。——编者注

"胡说！瞒我。你们都是坏种！"

"'天不打吃饭人'，你今天怎么尽闹脾气，连吃饭时候也是打鸡骂狗的。他们小孩子们知道什么。"四太太忽而说。

"什么？"四铭正想发话，但一回头，看见她陷下的两颊已经鼓起，而且很变了颜色，三角形的眼里也发着可怕的光，便赶紧改口说，"我也没有闹什么脾气，我不过教学程应该懂事些。"

"他那里懂得你心里的事呢。"她可是更气忿⁵了，"他如果能懂事，早就点了灯笼火把，寻了那孝女来了。好在你已经给她买好了一块肥皂在这里，只要再去买一块……"

"胡说！那话是那光棍说的。"

"不见得。只要再去买一块，给她咯支咯支的遍身洗一洗，供起来，天下也就太平了。"

"什么话？那有什么相干？我因为记起了你没有肥皂……"

"怎么不相干？你是特诚买给孝女的，你咯支咯支的去洗去。我不配，我不要，我也不要沾孝女的光。"

"这真是什么话？你们女人……"四铭支吾着，脸上也像学程练了八卦拳之后似的流出油汗来，但大约大半也因为吃了太热的饭。

"我们女人怎么样？我们女人，比你们男人好得多。你们男人不是骂十八九岁的女学生，就是称赞十八九岁的女讨饭：都不是什么好心思。'咯支咯支'简直是不要脸！"

"我不是已经说过了？那是一个光棍……"

"四翁！"外面的暗中忽然起了极响的叫喊。

"道翁么？我就来！"四铭知道那是高声有名的何道统，便遇赦似的，也高兴的大声说，"学程，你快点灯照何老伯到书房去！"

5　现代汉语常用"气愤"。——编者注

学程点了烛，引着道统走进西边的厢房里，后面还跟着卜薇园。

"失迎失迎，对不起。"四铭还嚼着饭，出来拱一拱手，说，"就在舍间用便饭，何如？……"

"已经偏过了。"薇园迎上去，也拱一拱手，说，"我们连夜赶来，就为了那移风文社的第十八届征文题目，明天不是'逢七'么？"

"哦！今天十六？"四铭恍然的说。

"你看，多么胡涂！"道统大嚷道。

"那么，就得连夜送到报馆去，要他明天一准登出来。"

"文题我已经拟下了。你看怎样，用得用不得？"道统说着，就从手巾包里挖出一张纸条来交给他。

四铭踱到烛台面前，展开纸条，一字一字的读下去：

"'恭拟全国人民合词吁请贵大总统特颁明令专重圣经崇祀孟母以挽颓风而存国粹文'。——好极好极。可是字数太多了罢？"

"不要紧的，"道统大声说。"我算过了，还无须乎多加广告费。但是诗题呢？"

"诗题么？"四铭忽而恭敬之状可掬了，"我倒有一个在这里：《孝女行》。那是实事，应该表彰表彰她。我今天在大街上……"

"哦哦，那不行。"薇园连忙摇手，打断他的话，"那是我也看见的。她大概是'外路人'，我不懂她的话，她也不懂我的话，不知道她究竟是那里人。大家倒都说她是孝女，然而我问她可能做诗，她摇摇头。要是能做诗，那就好了。"

"然而忠孝是大节，不会做诗也可以将就……"

"那倒不然，而孰知不然！"薇园摊开手掌，向四铭连摇带推的奔过去，力争说，"要会做诗，然后有趣。"

"我们，"四铭推开他，"就用这个题目，加上说明，登报去。一来可以表彰表彰她，二来可以借此针砭社会。现在的社会还成个什么样子，我从旁考察了好半天，竟不见有什么人给一个钱，这岂不是全无心肝……"

"阿呀，四翁！"薇园又奔过来，"你简直是在'对着和尚骂贼秃'了。我就没有给钱，我那时恰恰身边没有带着。"

"不要多心，薇翁。"四铭又推开他，"你自然在外，又作别论。你听我讲下去：她们面前围了一大群人，毫无敬意，只是打趣。还有两个光棍，那是更其肆无忌惮了，有一个简直说，'阿发，你去买两块肥皂来，咯支咯支遍身洗一洗，好得很哩。'你想，这……"

"哈哈哈！两块肥皂！"道统的响亮的笑声突然发作了，震得人耳朵嗡嗡的叫，"你买，哈哈，哈哈！"

"道翁，道翁，你不要这么嚷。"四铭吃了一惊，慌张的说。

"咯支咯支，哈哈！"

"道翁！"四铭沉下脸来了，"我们讲正经事，你怎么只胡闹，闹得人头昏。你听，我们就用这两个题目，即刻送到报馆去，要他明天一准登出来。这事只好偏劳你们两位了。"

"可以可以，那自然。"薇园极口应承说。

"呵呵，洗一洗，咯支……嘻嘻[6]……"

"道翁！！！"四铭愤愤的叫。

道统给这一喝，不笑了。他们拟好了说明，薇园誊在信笺上，就和道统跑往报馆去。四铭拿着烛台，送出门口，回到堂屋的外面，心里就有些不安逸，但略一踌躇，也终于跨进门槛去了。他一进门，迎头就看见中央的方桌中间放着那肥皂的葵绿色的小小的长方包，包中央的金印子在灯光下明晃晃的发闪，周围还有细小的花纹。

秀儿和招儿都蹲在桌子下横的地上玩；学程坐在右横查字典。

6　现代汉语常用"嘻嘻"。——编者注

最后在离灯最远的阴影里的高背椅子上发见了四太太，灯光照处，见她死板板的脸上并不显出什么喜怒，眼睛也并不看着什么东西。

"咯支咯支，不要脸不要脸……"

四铭微微的听得秀儿在他背后说，回头看时，什么动作也没有了，只有招儿还用了她两只小手的指头在自己脸上抓。

他觉得存身不住，便熄了烛，踱出院子去。他来回的踱，一不小心，母鸡和小鸡又唧唧足足的叫了起来，他立即放轻脚步，并且走远些。经过许多时，堂屋里的灯移到卧室里去了。他看见一地月光，仿佛满铺了无缝的白纱，玉盘似的月亮现在白云间，看不出一点缺。

他很有些悲伤，似乎也像孝女一样，成了"无告之民"，孤苦零丁⁷了。他这一夜睡得非常晚。

但到第二天的早晨，肥皂就被录用了。这日他比平日起得迟，看见她已经伏在洗脸台上擦脖子，肥皂的泡沫就如大螃蟹嘴上的水泡一般，高高的堆在两个耳朵后，比起先前用皂荚时候的只有一层极薄的白沫来，那高低真有霄壤之别了。从此之后，四太太的身上便总带着些似橄榄非橄榄的说不清的香味；几乎小半年，这才忽而换了样，凡有闻到的都说那可似乎是檀香。

一九二四年三月二二日

7　现代汉语常用"孤苦伶仃"。——编者注

长明灯

春阴的下午，吉光屯唯一的茶馆子里的空气又有些紧张了，人们的耳朵里，仿佛还留着一种微细沉实的声息——

"熄掉他罢！"

但当然并不是全屯的人们都如此。这屯上的居民是不大出行的，动一动就须查黄历，看那上面是否写着"不宜出行"；倘没有写，出去也须先走喜神方，迎吉利。不拘禁忌地坐在茶馆里的不过几个以豁达自居的青年人，但在蛰居人的意中却以为个个都是败家子。

现在也无非就是这茶馆里的空气有些紧张。

"还是这样么？"三角脸的拿起茶碗，问。

"听说，还是这样，"方头说，"还是尽说'熄掉他熄掉他'。眼光也越加发闪了。见鬼！这是我们屯上的一个大害，你不要看得微细。我们倒应该想个法子来除掉他！"

"除掉他，算什么一回事。他不过是一个……什么东西！造庙的时候，他的祖宗就捐过钱，现在他却要来吹熄长明灯。这不是不肖子孙？我们上县去，送他忤逆！"阔亭捏了拳头，在桌上一击，慷慨地说。一只斜盖着的茶碗盖子也嘤的一声，翻了身。

"不成。要送忤逆，须是他的父母，母舅……"方头说。

"可惜他只有一个伯父……"阔亭立刻颓唐了。

"阔亭！"方头突然叫道，"你昨天的牌风可好？"

阔亭睁着眼看了他一会，没有便答；胖脸的庄七光已经放开喉咙嚷起来了：

"吹熄了灯，我们的吉光屯还成什么吉光屯，不就完了么？老年人不都说么：这灯还是梁武帝点起的，一直传下来，没有熄过；连长毛造反的时候也没有熄过……你看，啧，那火光不是绿莹莹的么？外路人经过这里的都要看一看，都称赞……啧，多么好……他现在这么胡闹，什么意思？……"

"他不是发了疯么？你还没有知道？"方头带些藐视的神气说。

"哼，你聪明！"庄七光的脸上就走了油。

"我想：还不如用老法子骗他一骗，"灰五婶，本店的主人兼工人，本来是旁听着的，看见形势有些离了她专注的本题了，便赶忙来岔开纷争，拉到正经事上去。

"什么老法子？"庄七光诧异地问。

"他不是先就发过一回疯么，和现在一模一样。那时他的父亲还在，骗了他一骗，就治好了。"

"怎么骗？我怎么不知道？"庄七光更其诧异地问。

"你怎么会知道？那时你们都还是小把戏呢，单知道喝奶拉矢[1]。便是我，那时也不这样。你看我那时的一双手呵，真是粉嫩粉嫩……"

"你现在也还是粉嫩粉嫩……"方头说。

"放你妈的屁！"灰五婶怒目地笑了起来，"莫胡说了。我们讲正经话。他那时也还年青[2]哩；他的老子也就有些疯的。听说：有一天他的祖父带他进社庙去，教他拜社老爷、瘟将军、王灵官老爷，他就害怕了，硬不拜，跑了出来，从此便有些怪。后来就像现在一样，一见人总和他们商量吹熄正殿上的长明灯。他说熄了便再不会有蝗虫和病痛，真是像一件天大的正事似的。大约那是邪祟附了

---

1 现代汉语常用"拉屎"。——编者注
2 现代汉语常用"年轻"。——编者注

体,怕见正路神道了。要是我们,会怕见社老爷么?你们的茶不冷了么?对一点热水罢。好,他后来就自己闯进去,要去吹。他的老子又太疼爱他,不肯将他锁起来。呵,后来不是全屯动了公愤,和他老子去吵闹了么?可是,没有办法,——幸亏我家的死鬼³那时还在,给想了一个法:将长明灯用厚棉被一围,漆漆黑黑地,领他去看,说是已经吹熄了。"

"唉唉,这真亏他想得出。"三角脸吐一口气,说,不胜感服之至似的。

"费什么这样的手脚,"阔亭愤愤地说,"这样的东西,打死了就完了,吓!"

"那怎么行?"她吃惊地看着他,连忙摇手道,"那怎么行!他的祖父不是捏过印靶子⁴的么?"

阔亭们立刻面面相觑,觉得除了"死鬼"的妙法以外,也委实无法可想了。

"后来就好了的!"她又用手背抹去一些嘴角上的白沫,更快地说,"后来全好了的!他从此也就不再走进庙门去,也不再提起什么来,许多年。不知道怎么这回看了赛会之后不多几天,又疯了起来了。哦,同先前一模一样。午后他就走过这里,一定又上庙里去了。你们和四爷商量商量去,还是再骗他一骗好。那灯不是梁五弟点起来的么?不是说,那灯一灭,这里就要变海,我们就都要变泥鳅么?你们快去和四爷商量商量罢,要不……"

"我们还是先到庙前去看一看,"方头说着,便轩昂地出了门。

阔亭和庄七光也跟着出去了。三角脸走得最后,将到门口,回过头来说道:

---

3 该屯的粗女人有时以此称自己的亡夫。——作者原注
4 做过实缺官的意思。——作者原注

"这回就记了我的账！入他……。"

灰五婶答应着，走到东墙下拾起一块木炭来，将在墙上画有一个小三角形和一串短短的细线的下面，划添了两条线。

他们望见社庙的时候，果然一并看到了几个人：一个正是他，两个是闲看的，三个是孩子。

但庙门却紧紧地关着。

"好！庙门还关着。"阔亭高兴地说。

他们一走近，孩子们似乎也都胆壮，围近去了。本来对了庙门立着的他，也转过脸来对他们看。

他也还如平常一样，黄的方脸和蓝布破大衫，只在浓眉底下的大而且长的眼睛中，略带些异样的光闪，看人就许多工夫不眨眼，并且总含着悲愤疑惧的神情。短的头发上粘着两片稻草叶，那该是孩子暗暗地从背后给他放上去的，因为他们向他头上一看之后，就都缩了颈子，笑着将舌头很快地一伸。

他们站定了，各人都互看着别个的脸。

"你干什么？"但三角脸终于走上一步，诘问了。

"我叫老黑开门，"他低声、温和地说。"就因为那一盏灯必须吹熄。你看，三头六臂的蓝脸，三只眼睛，长帽，半个的头，牛头和猪牙齿，都应该吹熄……吹熄。吹熄，我们就不会有蝗虫，不会有猪嘴瘟……"

"唏唏，胡闹！"阔亭轻蔑地笑了出来，"你吹熄了灯，蝗虫会还要多，你就要生猪嘴瘟！"

"唏唏！"庄七光也陪着笑[5]。

一个赤膊孩子擎起他玩弄着的苇子，对他瞄准着，将樱桃似的

---

5 现代汉语常用"赔笑""赔笑脸"。——编者注

小口一张，道：

"吧！"

"你还是回去罢！倘不，你的伯伯会打断你的骨头！灯么，我替你吹。你过几天来看就知道。"阔亭大声说。

他两眼更发出闪闪的光来，钉一般看定阔亭的眼，使阔亭的眼光赶紧辟易了。

"你吹？"他嘲笑似的微笑，但接着就坚定地说，"不能！不要你们。我自己去熄，此刻去熄！"

阔亭便立刻颓唐得酒醒之后似的无力；方头却已站上去了，慢慢地说道：

"你是一向懂事的，这一回可是太胡涂了。让我来开导你罢，你也许能够明白。就是吹熄了灯，那些东西不是还在么？不要这么傻头傻脑了，还是回去！睡觉去！"

"我知道的，熄了也还在。"他忽又现出阴鸷的笑容，但是立即收敛了，沉实地说道，"然而我只能姑且这么办。我先来这么办，容易些。我就要吹熄他，自己熄！"他说着，一面就转过身去竭力地推庙门。

"喂！"阔亭生气了，"你不是这里的人么？你一定要我们大家变泥鳅么？回去！你推不开的，你没有法子开的！吹不熄的！还是回去好！"

"我不回去！我要吹熄他！"

"不成！你没法开！"

"…………"

"你没法开！"

"那么，就用别的法子来。"他转脸向他们一瞥，沉静地说。

"哼，看你有什么别的法。"

"…………"

"看你有什么别的法！"

"我放火。"

"什么？"阔亭疑心自己没有听清楚。

"我放火！"

沉默像一声清磬，摇曳着尾声，周围的活物都在其中凝结了。但不一会，就有几个人交头接耳，不一会，又都退了开去；两三人又在略远的地方站住了。庙后门的墙外就有庄七光的声音喊道：

"老黑呀，不对了！你庙门要关得紧！老黑呀，你听清了么？关得紧！我们去想了法子就来！"

但他似乎并不留心别的事，只闪烁着狂热的眼光，在地上，在空中，在人身上，迅速地搜查，仿佛想要寻火种。

方头和阔亭在几家的大门里穿梭一般出入了一通之后，吉光屯全局顿然扰动了。许多人们的耳朵里，心里，都有了一个可怕的声音："放火！"但自然还有多少更深的蛰居人的耳朵里心里是全没有。然而全屯的空气也就紧张起来，凡有感得这紧张的人们，都很不安，仿佛自己就要变成泥鳅，天下从此毁灭。他们自然也隐约知道毁灭的不过是吉光屯，但也觉得吉光屯似乎就是天下。

这事件的中枢，不久就凑在四爷的客厅上了。坐在首座上的是年高德韶的郭老娃，脸上已经皱得如风干的香橙，还要用手将着下颏上的白胡须，似乎想将他们拔下。

"上半天，"他放松了胡子，慢慢地说，"西头，老富的中风，他的儿子，就说是：因为，社神不安，之故。这样一来，将来，万一有，什么，鸡犬不宁，的事，就难免要到，府上……是的，都要来到府上，麻烦。"

"是么，"四爷也捋着上唇的花白的鲇鱼须，却悠悠然，仿佛全不在意模样，说，"这也是他父亲的报应呵。他自己在世的时候，不就是不相信菩萨么？我那时就和他不合，可是一点也奈何他不得。现在，叫我还有什么法？"

"我想，只有，一个。是的，有一个。明天，捆上城去，给他在那个，那个城隍庙里，搁一夜，是的，搁一夜，赶一赶，邪祟。"

阔亭和方头以守护全屯的劳绩，不但第一次走进这一个不易瞻仰的客厅，并且还坐在老娃之下和四爷之上，而且还有茶喝。他们跟着老娃进来，报告之后，就只是喝茶，喝干之后，也不开口，但此时阔亭忽然发表意见了：

"这办法太慢！他们两个还管着呢。最要紧的是马上怎么办。如果真是烧将起来……"

郭老娃吓了一跳，下巴有些发抖。

"如果真是烧将起来……"方头抢着说。

"那么，"阔亭大声道，"就糟了！"

一个黄头发的女孩子又来冲上茶。阔亭便不再说话，立即拿起茶来喝。浑身一抖，放下了，伸出舌尖来舐了一舐上嘴唇，揭去碗盖嘘嘘地吹着。

"真是拖累煞人！"四爷将手在桌上轻轻一拍，"这种子孙，真该死呵！唉！"

"的确，该死的。"阔亭抬起头来了，"去年，连各庄就打死一个：这种子孙。大家一口咬定，说是同时同刻，大家一齐动手，分不出打第一下的是谁，后来什么事也没有。"

"那又是一回事。"方头说，"这回，他们管着呢。我们得赶紧想法子。我想……"

老娃和四爷都肃然地看着他的脸。

"我想：倒不如姑且将他关起来。"

"那倒也是一个妥当的办法。"四爷微微地点一点头。

"妥当！"阔亭说。

"那倒，确是，一个妥当的，办法。"老娃说，"我们，现在，就将他，拖到府上来。府上，就赶快，收拾出，一间屋子来。还，准备着，锁。"

"屋子？"四爷仰了脸，想了一会，说，"舍间可是没有这样的闲房。他也说不定什么时候才会好……"

"就用，他，自己的……"老娃说。

"我家的六顺，"四爷忽然严肃而且悲哀地说，声音也有些发抖了。"秋天就要娶亲……。你看，他年纪这么大了，单知道发疯，不肯成家立业。舍弟也做了一世人，虽然也不大安分，可是香火总归是绝不得的……"

"那自然！"三个人异口同音地说。

"六顺生了儿子，我想第二个就可以过继给他。但是，——别人的儿子，可以白要的么？"

"那不能！"三个人异口同音地说。

"这一间破屋，和我是不相干；六顺也不在乎此。可是，将亲生的孩子白白给人，做母亲的怕不能就这么松爽罢？"

"那自然！"三个人异口同音地说。

四爷沉默了。三个人交互看着别人的脸。

"我是天天盼望他好起来，"四爷在暂时静穆之后，这才缓缓地说，"可是他总不好。也不是不好，是他自己不要好。无法可想，就照这一位所说似的关起来，免得害人，出他父亲的丑，也许倒反好，倒是对得起他的父亲……"

"那自然，"阔亭感动的说，"可是，房子……"

"庙里就没有闲房？……"四爷慢腾腾地问道。

"有！"阔亭恍然道，"有！进大门的西边那一间就空着，又只有一个小方窗，粗木直栅的，决计挖不开。好极了！"

老娃和方头也顿然都显了欢喜的神色；阔亭吐一口气，尖着嘴唇就喝茶。

未到黄昏时分，天下已经泰平，或者竟是全都忘却了，人们的脸上不特已不紧张，并且早褪尽了先前的喜悦的痕迹。在庙前，人们的足迹自然比平日多，但不久也就稀少了。只因为关了几天门，孩子们不能进去玩，便觉得这一天在院子里格外玩得有趣，吃过了晚饭，还有几个跑到庙里去游戏，猜谜。

"你猜。"一个最大的说，"我再说一遍：

> 白篷船，红划楫，
> 摇到对岸歇一歇，
> 点心吃一些，
> 戏文唱一出。"

"那是什么呢？'红划楫'的。"一个女孩说。

"我说出来罢，那是……"

"慢一慢！"生癞头疮的说，"我猜着了：航船。"

"航船。"赤膊的也道。

"哈，航船？"最大的道，"航船是摇橹的。他会唱戏文么？你们猜不着。我说出来罢……"

"慢一慢，"癞头疮还说。

"哼，你猜不着。我说出来罢，那是：鹅。"

"鹅!"女孩笑着说,"红划楫的。"

"怎么又是白篷船呢?"赤膊的问。

"我放火!"

孩子们都吃惊,立时记起他来,一齐注视西厢房,又看见一只手扳着木栅,一只手撕着木皮,其间有两只眼睛闪闪地发亮。

沉默只一瞬间,癞头疮忽而发一声喊,拔步就跑;其余的也都笑着嚷着跑出去了。赤膊的还将苇子向后一指,从喘吁吁的樱桃似的小嘴唇里吐出清脆的一声道:

"吧!"

从此完全静寂了,暮色下来,绿莹莹的长明灯更其分明地照出神殿、神龛,而且照到院子,照到木栅里的昏暗。

孩子们跑出庙外也就立定,牵着手,慢慢地向自己的家走去,都笑吟吟地,合唱着随口编派的歌:

> 白篷船,对岸歇一歇。
> 此刻熄,自己熄。
> 戏文唱一出。
> 我放火!哈哈哈!
> 火火火,点心吃一些。
> 戏文唱一出。
> ················
> ·······
> ·······

一九二五年三月一日

示众

首善之区的西城的一条马路上，这时候什么扰攘也没有。火焰焰的太阳虽然还未直照，但路上的沙土仿佛已是闪烁地生光；酷热满和在空气里面，到处发挥着盛夏的威力。许多狗都拖出舌头来，连树上的乌老鸦也张着嘴喘气，——但是，自然也有例外的。远处隐隐有两个铜盏相击的声音，使人忆起酸梅汤，依稀感到凉意，可是那懒懒的单调的金属音的间作，却使那寂静更其深远了。

只有脚步声，车夫默默地前奔，似乎想赶紧逃出头上的烈日。

"热的包子咧！刚出屉的……"

十一二岁的胖孩子，细着眼睛，歪了嘴在路旁的店门前叫喊。声音已经嘶嗄了，还带些睡意，如给夏天的长日催眠。他旁边的破旧桌子上，就有二三十个馒头包子，毫无热气，冷冷地坐着。

"荷阿！馒头包子咧，热的……"

像用力掷在墙上而反拨过来的皮球一般，他忽然飞在马路的那边了。在电杆旁和他对面，正向着马路，其时也站定了两个人：一个是淡黄制服的挂刀的面黄肌瘦的巡警，手里牵着绳头，绳的那头就拴在别一个穿蓝布大衫上罩白背心的男人的臂膊上。这男人戴一顶新草帽，帽檐四面下垂，遮住了眼睛的一带。但胖孩子身体矮，仰起脸来看时，却正撞见这人的眼睛了。那眼睛也似乎正在看他的脑壳。他连忙顺下眼，去看白背心，只见背心上一行一行地写着些大大小小的什么字。

刹时间[1]，也就围满了大半圈的看客。待到增加了秃头的老头

1　现代汉语常用"霎时间"。——编者注

子之后，空缺已经不多，而立刻又被一个赤膊的红鼻子胖大汉补满了。这胖子过于横阔，占了两人的地位，所以续到的便只能屈在第二层，从前面的两个脖子之间伸进脑袋去。

秃头站在白背心的略略正对面，弯了腰，去研究背心上的文字，终于读起来——

"嗡，都，哼，八，而……"

胖孩子却看见那白背心正研究着这发亮的秃头，他也便跟着去研究，就只见满头光油油的，耳朵左近还有一片灰白色的头发，此外也不见得有怎样新奇。但是后面的一个抱着孩子的老妈子却想乘机挤进来了；秃头怕失了位置，连忙站直，文字虽然还未读完，然而无可奈何，只得另看白背心的脸：草帽檐下半个鼻子，一张嘴，尖下巴。

又像用了力掷在墙上而反拨过来的皮球一般，一个小学生飞奔上来，一手按住了自己头上的雪白的小布帽，向人丛中直钻进去。但他钻到第三——也许是第四——层，竟遇见一件不可动摇的伟大的东西了，抬头看时，蓝裤腰上面有一座赤条条的很阔的背脊，背脊上还有汗正在流下来。他知道无可措手，只得顺着裤腰右行，幸而在尽头发见了一条空处，透着光明。他刚刚低头要钻的时候，只听得一声"什么"，那裤腰以下的屁股向右一歪，空处立刻闭塞，光明也同时不见了。

但不多久，小学生却从巡警的刀旁边钻出来了。他诧异地四顾：外面围着一圈人，上首是穿白背心的，那对面是一个赤膊的胖小孩，胖小孩后面是一个赤膊的红鼻子胖大汉。他这时隐约悟出先前的伟大的障碍物的本体了，便惊奇而且佩服似的只望着红鼻子。胖小孩本是注视着小学生的脸的，于是也不禁依了他的眼光，回转头去了，在那里是一个很胖的奶子，奶头四近有几枝很长的毫毛。

"他，犯了什么事啦？……"

大家都愕然看时，是一个工人似的粗人，正在低声下气地请教那秃头老头子。

秃头不作声，单是睁起了眼睛看定他。他被看得顺下眼光去，过一会再看时，秃头还是睁起了眼睛看定他，而且别的人也似乎都睁了眼睛看定他。他于是仿佛自己就犯了罪似的局促起来，终至于慢慢退后，溜出去了。一个挟洋伞的长子就来补了缺；秃头也旋转脸去再看白背心。

长子弯了腰，要从垂下的草帽檐下去赏识白背心的脸，但不知道为什么忽又站直了。于是他背后的人们又须竭力伸长了脖子；有一个瘦子竟至于连嘴都张得很大，像一条死鲈鱼。

巡警，突然间，将脚一提，大家又愕然，赶紧都看他的脚；然而他又放稳了，于是又看白背心。长子忽又弯了腰，还要从垂下的草帽檐下去窥测，但即刻也就立直，擎起一只手来拼命搔头皮。

秃头不高兴了，因为他先觉得背后有些不太平，接着耳朵边就有唧咕唧咕的声响。他双眉一锁，回头看时，紧挨他右边，有一只黑手拿着半个大馒头正在塞进一个猫脸的人的嘴里去。他也就不说什么，自去看白背心的新草帽了。

忽然，就有暴雷似的一击，连横阔的胖大汉也不免向前一踉跄。同时，从他肩膊上伸出一只胖得不相上下的臂膊来，展开五指，拍的一声正打在胖孩子的脸颊上。

"好快活！你妈的……"同时，胖大汉后面就有一个弥勒佛似的更圆的胖脸这么说。

胖孩子也踉跄了四五步，但是没有倒，一手按着脸颊，旋转身，就想从胖大汉的腿旁的空隙间钻出去。胖大汉赶忙站稳，并且将屁股一歪，塞住了空隙，恨恨地问道：

"什么？"

胖孩子就像小鼠子落在捕机里似的，仓皇了一会，忽然向小学生那一面奔去，推开他，冲出去了。小学生也返身跟出去了。

"吓，这孩子……"总有五六个人都这样说。

待到重归平静，胖大汉再看白背心的脸的时候，却见白背心正在仰面看他的胸脯；他慌忙低头也看自己的胸脯时，只见两乳之间的洼下的坑里有一片汗，他于是用手掌拂去了这些汗。

然而形势似乎总不甚太平了。抱着小孩的老妈子因为在骚扰时四顾，没有留意，头上梳着的喜鹊尾巴似的"苏州俏"便碰了站在旁边的车夫的鼻梁。车夫一推，却正推在孩子上；孩子就扭转身去，向着圈外，嚷着要回去了。老妈子先也略略一跄踉，但便即站定，旋转孩子来使他正对白背心，一手指点着，说道：

"阿，阿，看呀！多么好看哪！……"

空隙间忽而探进一个戴硬草帽的学生模样的头来，将一粒瓜子之类似的东西放在嘴里，下颚向上一磕，咬开，退出去了。这地方就补上了一个满头油汗而粘着灰土的椭圆脸。

挟洋伞的长子也已经生气，斜下了一边的肩膊，皱眉疾视着肩后的死鲈鱼。大约从这么大的大嘴里呼出来的热气，原也不易招架的，而况又在盛夏。秃头正仰视那电杆上钉着的红牌上的四个白字，仿佛很觉得有趣。胖大汉和巡警都斜了眼研究着老妈子的钩刀般的鞋尖。

"好！"

什么地方忽有几个人同声喝采[2]。都知道该有什么事情起来了，一切头便全数回转去。连巡警和他牵着的犯人也都有些摇动了。

"刚出屉的包子咧！荷阿，热的……"

2　现代汉语常用"喝彩"。——编者注

路对面是胖孩子歪着头，瞌睡似的长呼；路上是车夫们默默地前奔，似乎想赶紧逃出头上的烈日。大家都几乎失望了，幸而放出眼光去四处搜索，终于在相距十多家的路上，发见了一辆洋车停放着，一个车夫正在爬起来。

圆阵立刻散开，都错错落落地走过去。胖大汉走不到一半，就歇在路边的槐树下；长子比秃头和椭圆脸走得快，接近了。车上的坐客依然坐着，车夫已经完全爬起，但还在摩自己的膝髁。周围有五六个人笑嘻嘻地看他们。

"成么？"车夫要来拉车时，坐客便问。

他只点点头，拉了车就走；大家就惘惘然目送他。起先还知道那一辆是曾经跌倒的车，后来被别的车一混，知不清了。

马路上就很清闲，有几只狗伸出了舌头喘气；胖大汉就在槐阴下看那很快地一起一落的狗肚皮。

老妈子抱了孩子从屋檐阴下蹩过去了。胖孩子歪着头，挤细了眼睛，拖长声音，瞌睡地叫喊——

"热的包子咧！荷阿！……刚出屉的……"

一九二五年三月一八日

高老夫子

这一天，从早晨到午后，他的工夫全费在照镜，看《中国历史教科书》和查《袁了凡纲鉴》里；真所谓"人生识字忧患始"，顿觉得对于世事很有些不平之意了。而且这不平之意，是他从来没有经验过的。

首先就想到往常的父母实在太不将儿女放在心里。他还在孩子的时候，最喜欢爬上桑树去偷桑椹吃，但他们全不管，有一回竟跌下树来磕破了头，又不给好好地医治，至今左边的眉棱上还带着一个永不消灭的尖劈形的瘢痕。他现在虽然格外留长头发，左右分开，又斜梳下来，可以勉强遮住了，但究竟还看见尖劈的尖，也算得一个缺点，万一给女学生发见，大概是免不了要看不起的。他放下镜子，怨愤地吁一口气。

其次，是《中国历史教科书》的编纂者竟太不为教员设想。他的书虽然和《了凡纲鉴》也有些相合，但大段又很不相同，若即若离，令人不知道讲起来应该怎样拉在一处。但待到他瞥着那夹在教科书里的一张纸条，却又怨起中途辞职的历史教员来了，因为那纸条上写的是：

从第八章《东晋之兴亡》起。

如果那人不将三国的事情讲完，他的预备就决不至于这么困苦。他最熟悉的就是三国，例如桃园三结义、孔明借箭、三气周瑜、黄忠定军山斩夏侯渊以及其他种种，满肚子都是，一学期也许讲不完。到唐朝，则有秦琼卖马之类，便又较为擅长了，谁料偏偏是东晋。他又怨愤地吁一口气，再拉过《了凡纲鉴》来。

"唅，你怎么外面看看还不够，又要钻到里面去看了？"

一只手同时从他背后弯过来，一拨他的下巴。但他并不动，因为从声音和举动上，便知道是暗暗蹩进来的打牌的老朋友黄三。他虽然是他的老朋友，一礼拜以前还一同打牌、看戏、喝酒、跟女人，但自从他在《大中日报》上发表了《论中华国民皆有整理国史之义务》这一篇脍炙人口的名文，接着又得了贤良女学校的聘书之后，就觉得这黄三一无所长，总有些下等相了。所以他并不回头，板着脸正正经经地回答道：

"不要胡说！我正在预备功课……"

"你不是亲口对老钵说的么：你要谋一个教员做，去看看女学生。"

"你不要相信老钵的狗屁！"

黄三就在他桌旁坐下，向桌面上一瞥，立刻在一面镜子和一堆乱书之间，发见了一个翻开着的大红纸的帖子。他一把抓来，瞪着眼睛一字一字地看下去：

```
　　　　今敦请
　　尔础高老夫子为本校历史教员每周授课四
　　小时每小时敬送修金大洋三角正按时
　　间计算此约
　　　　贤良女学校校长何万淑贞敛衽谨订
　　中华民国十三年夏历菊月吉旦　　　　立
```

"'尔础高老夫子'？谁呢？你么？你改了名字了么？"黄三一看完，就性急地问。

但高老夫子只是高傲地一笑；他的确改了名字了。然而黄三只会打牌，到现在还没有留心新学问、新艺术。他既不知道有一个俄国大文豪高尔基，又怎么说得通这改名的深远的意义呢？所以他只是高傲地一笑，并不答复他。

"喂喂，老杆，你不要闹这些无聊的玩意儿了！"黄三放下聘书，说，"我们这里有了一个男学堂，风气已经闹得够坏了；他们还要开什么女学堂，将来真不知道要闹成什么样子才罢。你何苦也去闹，犯不上……"

"这也不见得。况且何太太一定要请我，辞不掉……"因为黄三毁谤了学校，又看手表上已经两点半，离上课时间只有半点了，所以他有些气忿，又很露出焦躁的神情。

"好！这且不谈。"黄三是乖觉的，即刻转帆，说，"我们说正经事罢：今天晚上我们有一个局面。毛家屯毛资甫的大儿子在这里了，来请阳宅先生看坟地去的，手头现带着二百番。我们已经约定，晚上凑一桌，一个我，一个老钵，一个就是你。你一定来罢，万不要误事。我们三个人扫光他！"

老杆——高老夫子——沉吟了，但是不开口。

"你一定来，一定！我还得和老钵去接洽一回。地方还是在我的家里。那傻小子是'初出茅庐'，我们准可以扫光他！你将那一副竹纹清楚一点的交给我罢！"

高老夫子慢慢地站起来，到床头取了马将牌盒，交给他；一看手表，两点四十分了。他想：黄三虽然能干，但明知道我已经做了教员，还来当面毁谤学堂，又打搅别人的预备功课，究竟不应该。他于是冷淡地说道：

"晚上再商量罢。我要上课去了。"

他一面说，一面恨恨地向《了凡纲鉴》看了一眼，拿起教科书，装在新皮包里，又很小心地戴上新帽子，便和黄三出了门。他一出门，就放开脚步，像木匠牵着的钻子似的，肩膀一扇一扇地直走，不多久，黄三便连他的影子也望不见了。

高老夫子一跑到贤良女学校，即将新印的名片交给一个驼背的老门房。不一忽，就听到一声"请"，他于是跟着驼背走，转过两个弯，已到教员预备室了，也算是客厅。何校长不在校；迎接他的是花白胡子的教务长，大名鼎鼎的万瑶圃，别号"玉皇香案吏"的，新近正将他自己和女仙赠答的诗《仙坛酬唱集》陆续登在《大中日报》上。

"阿呀！础翁！久仰久仰！……"万瑶圃连连拱手，并将膝关节和腿关节接连弯了五六弯，仿佛想要蹲下去似的。

"阿呀！瑶翁！久仰久仰！……"础翁夹着皮包照样地做，并且说。

他们于是坐下；一个似死非死的校役便端上两杯白开水来。高老夫子看看对面的挂钟，还只两点四十分，和他的手表要差半点。

"阿呀！础翁的大作，是的，那个……是的，那——'中国国粹义务论'，真真要言不烦，百读不厌！实在是少年人们的座右铭，座右铭座右铭！兄弟也颇喜欢文学，可是，玩玩而已，怎么比得上础翁。"他重行拱一拱手，低声说，"我们的盛德乩坛天天请仙，兄弟也常常去唱和。础翁也可以光降光降罢。那乩仙，就是蕊珠仙子，从她的语气上看来，似乎是一位谪降红尘的花神。她最爱和名人唱和，也很赞成新党，像础翁这样的学者，她一定大加青眼的。哈哈哈哈！"

但高老夫子却不很能发表什么崇论宏议，因为他的预备——

《东晋之兴亡》——本没有十分足，此刻又并不足的几分也有些忘却了。他烦躁愁苦着；从繁乱的心绪中，又涌出许多断片的思想来：上堂的姿势应该威严；额角的瘢痕总该遮住；教科书要读得慢；看学生要大方。但同时还模模胡胡听得瑶圃说着话：

"……赐了一个荸荠……'醉倚青鸾上碧霄'，多么超脱……那邓孝翁叩求了五回，这才赐了一首五绝……'红袖拂天河，莫道……'蕊珠仙子说……础翁还是第一回……这就是本校的植物园！"

"哦哦！"尔础忽然看见他举手一指，这才从乱头思想中惊觉，依着指头看去，窗外一小片空地，地上有四五株树，正对面是三间小平房。

"这就是讲堂。"瑶圃并不移动他的手指，但是说。

"哦哦！"

"学生是很驯良的。她们除听讲之外，就专心缝纫……"

"哦哦！"尔础实在颇有些窘急了，他希望他不再说话，好给自己聚精会神，赶紧想一想《东晋之兴亡》。

"可惜内中也有几个想学学做诗，那可是不行的。维新固然可以，但做诗究竟不是大家闺秀所宜。蕊珠仙子也不很赞成女学，以为淆乱两仪，非天曹所喜。兄弟还很同她讨论过几回……"

尔础忽然跳了起来，他听到铃声了。

"不，不。请坐！那是退班铃。"

"瑶翁公事很忙罢，可以不必客气……"

"不，不！不忙，不忙！兄弟以为振兴女学是顺应世界的潮流，但一不得当，即易流于偏，所以天曹不喜，也许不过是防微杜渐的意思。只要办理得人，不偏不倚，合乎中庸，一以国粹为归宿，那是决无流弊的。础翁，你想，可对？这是蕊珠仙子也以为'不无可采'的话。哈哈哈哈！"

校役又送上两杯白开水来；但是铃声又响了。

瑶圃便请尔础喝了两口白开水，这才慢慢地站起来，引导他穿过植物园，走进讲堂去。

他心头跳着，笔挺地站在讲台旁边，只看见半屋子都是蓬蓬松松的头发。瑶圃从大襟袋里掏出一张信笺，展开之后，一面看，一面对学生们说道：

"这位就是高老师，高尔础高老师，是有名的学者，那一篇有名的《论中华国民皆有整理国史之义务》，是谁都知道的。《大中日报》上还说过，高老师是：骤慕俄国文豪高君尔基之为人，因改字尔础，以示景仰之意，斯人之出，诚吾中华文坛之幸也！现在经何校长再三敦请，竟惠然肯来，到这里来教历史了……"

高老师忽而觉得很寂然，原来瑶翁已经不见，只有自己站在讲台旁边了。他只得跨上讲台去，行了礼，定一定神，又记起了态度应该威严的成算，便慢慢地翻开书本，来开讲《东晋之兴亡》。

"嘻嘻！"似乎有谁在那里窃笑了。

高老夫子脸上登时一热，忙看书本，和他的话并不错，上面印着的的确是"东晋之偏安"。书脑的对面，也还是半屋子蓬蓬松松的头发，不见有别的动静。他猜想这是自己的疑心，其实谁也没有笑；于是又定一定神，看住书本，慢慢地讲下去。当初，是自己的耳朵也听到自己的嘴说些什么的，可是逐渐胡涂起来，竟至于不再知道说什么，待到发挥"石勒之雄图"的时候，便只听得吃吃地窃笑的声音了。

他不禁向讲台下一看，情形和原先已经很不同：半屋子都是眼睛，还有许多小巧的等边三角形，三角形中都生着两个鼻孔，这些连成一气，宛然是流动而深邃的海，闪烁地汪洋地正冲着他的眼光。但当他瞥见时，却又骤然一闪，变了半屋子蓬蓬松松的头发了。

他也连忙收回眼光，再不敢离开教科书，不得已时，就抬起眼来看看屋顶。屋顶是白而转黄的洋灰，中央还起了一道正圆形的棱线；可是这圆圈又生动了，忽然扩大，忽然收小，使他的眼睛有些昏花。他预料倘将眼光下移，就不免又要遇见可怕的眼睛和鼻孔联合的海，只好再回到书本上，这时已经是"淝水之战"，符坚快要骇得"草木皆兵"了。

他总疑心有许多人暗暗地发笑，但还是熬着讲，明明已经讲了大半天，而铃声还没有响，看手表是不行的，怕学生要小觑；可是讲了一会，又到"拓跋氏之勃兴"了，接着就是"六国兴亡表"，他本以为今天未必讲到，没有预备的。

他自己觉得讲义忽而中止了。

"今天是第一天，就是这样罢……"他惶惑了一会之后，才断续地说，一面点一点头，跨下讲台去，也便出了教室的门。

"嘻嘻嘻！"

他似乎听到背后有许多人笑，又仿佛看见这笑声就从那深邃的鼻孔的海里出来。他便悄悄然，跨进植物园，向着对面的教员预备室大踏步走。

他大吃一惊，至于连《中国历史教科书》也失手落在地上了，因为脑壳上突然遭了什么东西的一击。他倒退两步，定睛看时，一枝夭斜的树枝横在他面前，已被他的头撞得树叶都微微发抖。他赶紧弯腰去拾书本，书旁边竖着一块木牌，上面写道——

他似乎听到背后有许多人笑，又仿佛看见这笑声就从那深邃的鼻孔的海里出来。于是也就不好意思去抚摩头上已经疼痛起来的皮肤，只一心跑进教员预备室里去。

那里面，两个装着白开水的杯子依然，却不见了似死非死的校役，瑶翁也踪影全无了。一切都黯淡，只有他的新皮包和新帽子在黯淡中发亮。看壁上的挂钟，还只有三点四十分。

高老夫子回到自家的房里许久之后，有时全身还骤然一热；又无端的愤怒；终于觉得学堂确也要闹坏风气，不如停闭的好，尤其是女学堂，——有什么意思呢，喜欢虚荣罢了！

"嘻嘻！"

他还听到隐隐约约的笑声。这使他更加愤怒，也使他辞职的决心更加坚固了。晚上就写信给何校长，只要说自己患了足疾。但是，倘来挽留，又怎么办呢？——也不去。女学堂真不知道要闹到什么样子，自己又何苦去和她们为伍呢？犯不上的。他想。

他于是决绝地将《了凡纲鉴》搬开；镜子推在一旁；聘书也合上了。正要坐下，又觉得那聘书实在红得可恨，便抓过来和《中国历史教科书》一同塞入抽屉里。

一切大概已经打叠停当，桌上只剩下一面镜子，眼界清净得多了。然而还不舒适，仿佛欠缺了半个魂灵，但他当即省悟，戴上红结子的秋帽，径向黄三的家里去了。

"来了，尔础高老夫子！"老钵大声说。

"狗屁！"他眉头一皱，在老钵的头顶上打了一下，说。

"教过了罢？怎么样，可有几个出色的？"黄三热心地问。

"我没有再教下去的意思。女学堂真不知道要闹成什么样子。我辈正经人，确乎犯不上酱在一起……"

毛家的大儿子进来了，胖到像一个汤圆。

"阿呀！久仰久仰！……"满屋子的手都拱起来，膝关节和腿关节接二连三地屈折，仿佛就要蹲了下去似的。

"这一位就是先前说过的高干亭兄。"老钵指着高老夫子，向毛家的大儿子说。

"哦哦！久仰久仰！……"毛家的大儿子便特别向他连连拱手，并且点头。

这屋子的左边早放好一顶斜摆的方桌，黄三一面招呼客人，一面和一个小鸦头布置着座位和筹马[1]。不多久，每一个桌角上都点起一枝细瘦的洋烛来，他们四人便入座了。

万籁无声。只有打出来的骨牌拍在紫檀桌面上的声音，在初夜的寂静中清彻地作响。

高老夫子的牌风并不坏，但他总还抱着什么不平。他本来是什么都容易忘记的，惟独这一回，却总以为世风有些可虑：虽然面前的筹马渐渐增加了，也还不很能够使他舒适，使他乐观。但时移俗易，世风也终究觉得好了起来；不过其时很晚，已经在打完第二圈，他快要凑成"清一色"的时候了。

一九二五年五月一日

1　现代汉语常用"筹码"。——编者注

孤独者

一

　　我和魏连殳相识一场，回想起来倒也别致，竟是以送殓始，以送殓终。

　　那时我在 S 城，就时时听到人们提起他的名字，都说他很有些古怪：所学的是动物学，却到中学堂去做历史教员；对人总是爱理不理的，却常喜欢管别人的闲事；常说家庭应该破坏，一领薪水却一定立即寄给他的祖母，一日也不拖延。此外还有许多零碎的话柄：总之，在 S 城里也算是一个给人当作谈助的人。有一年的秋天，我在寒石山的一个亲戚家里闲住；他们就姓魏，是连殳的本家。但他们却更不明白他，仿佛将他当作一个外国人看待，说是"同我们都异样的"。

　　这也不足为奇，中国的兴学虽说已经二十年了，寒石山却连小学也没有。全山村中，只有连殳是出外游学的学生，所以从村人看来，他确是一个异类；但也很妒羡，说他挣得许多钱。

　　到秋末，山村中痢疾流行了；我也自危，就想回到城中去。那时听说连殳的祖母就染了病，因为是老年，所以很沉重；山中又没有一个医生。所谓他的家属者，其实就只有一个这祖母，雇一名女工简单地过活；他幼小失了父母，就由这祖母抚养成人的。听说她先前也曾经吃过许多苦，现在可是安乐了。但因为他没有家小，家中究竟非常寂寞，这大概也就是大家所谓异样之一端罢。

　　寒石山离城是旱道一百里，水道七十里，专使人叫连殳去，往返至少就得四天。山村僻陋，这些事便算大家都要打听的大新闻，第二天便轰传她病势已经极重，专差也出发了；可是到四更天竟咽了气，最后的话，是："为什么不肯给我会一会连殳的呢？……"

族长，近房，他的祖母的母家的亲丁，闲人，聚集了一屋子，预计连殳的到来，应该已是入殓的时候了。寿材寿衣早已做成，都无须筹画；他们的第一大问题是在怎样对付这"承重孙"，因为逆料他关于一切丧葬仪式，是一定要改变新花样的。聚议之后，大概商定了三大条件，要他必行。一是穿白，二是跪拜，三是请和尚道士做法事。总而言之：是全都照旧。

他们既经议妥，便约定在连殳到家的那一天，一同聚在厅前，排成阵势，互相策应，并力作一回极严厉的谈判。村人们都咽着唾沫，新奇地听候消息；他们知道连殳是"吃洋教"的"新党"，向来就不讲什么道理，两面的争斗，大约总要开始的，或者还会酿成一种出人意外的奇观。

传说连殳的到家是下午，一进门，向他祖母的灵前只是弯了一弯腰。族长们便立刻照预定计画进行，将他叫到大厅上，先说过一大篇冒头，然后引入本题，而且大家此唱彼和，七嘴八舌，使他得不到辩驳的机会。但终于话都说完了，沉默充满了全厅，人们全数悚然地紧看着他的嘴。只见连殳神色也不动，简单地回答道：

"都可以的。"

这又很出于他们的意外，大家的心的重担都放下了，但又似乎反加重，觉得太"异样"，倒很有些可虑似的。打听新闻的村人们也很失望，口口相传道，"奇怪！他说'都可以'哩！我们看去罢！"都可以就是照旧，本来是无足观了，但他们也还要看，黄昏之后，便欣欣然聚满了一堂前。

我也是去看的一个，先送了一份香烛；待到走到他家，已见连殳在给死者穿衣服了。原来他是一个短小瘦削的人，长方脸，蓬松的头发和浓黑的须眉占了一脸的小半，只见两眼在黑气里发光。那穿衣也穿得真好，井井有条，仿佛是一个大殓的专家，使旁观者不觉叹服。寒石山老例，当这些时候，无论如何，母家的亲丁是总要挑剔的；他却只是默默地，遇见怎么挑剔便怎么改，神色也不动。站在我前面的一个花白头发的老太太，便发出羡慕感叹的声音。

其次是拜；其次是哭，凡女人们都念念有词。其次入棺；其次又是拜；又是哭，直到钉好了棺盖。沉静了一瞬间，大家忽而扰动了，很有惊异和不满的形势。我也不由的突然觉到：连殳就始终没有落过一滴泪，只坐在草荐上，两眼在黑气里闪闪地发光。

大殓便在这惊异和不满的空气里面完毕。大家都怏怏地，似乎想走散，但连殳却还坐在草荐上沉思。忽然，他流下泪来了，接着就失声，立刻又变成长嚎，像一匹受伤的狼，当深夜在旷野中嗥叫，惨伤里夹杂着愤怒和悲哀。这模样，是老例上所没有的，先前也未曾预防到，大家都手足无措了，迟疑了一会，就有几个人上前去劝止他，愈去愈多，终于挤成一大堆。但他却只是兀坐着号啕，铁塔似的动也不动。

大家又只得无趣地散开；他哭着，哭着，约有半点钟，这才突然停了下来，也不向吊客招呼，径自往家里走。接着就有前去窥探的人来报告：他走进他祖母的房里，躺在床上，而且，似乎就睡熟了。

隔了两日，是我要动身回城的前一天，便听到村人都遭了魔似的发议论，说连殳要将所有的器具大半烧给他祖母，余下的便分赠生时侍奉，死时送终的女工，并且连房屋也要无期地借给她居住了。亲戚本家都说到舌敝唇焦，也终于阻当[1]不住。

恐怕大半也还是因为好奇心，我归途中经过他家的门口，便又顺便去吊慰。他穿了毛边的白衣出见，神色也还是那样，冷冷的。我很劝慰了一番；他却除了唯唯诺诺之外，只回答了一句话，是：

---

1 现代汉语常用"阻挡"。——编者注

"多谢你的好意。"

二

我们第三次相见就在这年的冬初，S 城的一个书铺子里，大家同时点了一点头，总算是认识了。但使我们接近起来的，是在这年底我失了职业之后。从此，我便常常访问连殳去。一则，自然是因为无聊赖；二则，因为听人说，他倒很亲近失意的人的，虽然素性这么冷。但是世事升沉无定，失意人也不会长是失意人，所以他也就很少长久的朋友。这传说果然不虚，我一投名片，他便接见了。两间连通的客厅，并无什么陈设，不过是桌椅之外，排列些书架，大家虽说他是一个可怕的"新党"，架上却不很有新书。他已经知道我失了职业；但套话一说就完，主客便只好默默地相对，逐渐沉闷起来。我只见他很快地吸完一枝 [2] 烟，烟蒂要烧着手指了，才抛在地面上。

"吸烟罢。"他伸手取第二枝烟时，忽然说。

我便也取了一枝，吸着，讲些关于教书和书籍的，但也还觉得沉闷。我正想走时，门外一阵喧嚷和脚步声，四个男女孩子闯进来了。大的八九岁，小的四五岁，手脸和衣服都很脏，而且丑得可以。但是连殳的眼里却即刻发出欢喜的光来了，连忙站起，向客厅间壁的房里走，一面说道：

"大良，二良，都来！你们昨天要的口琴，我已经买来了。"

孩子们便跟着一齐拥进去，立刻又各人吹着一个口琴一拥而出，一出客厅门，不知怎的便打将起来。有一个哭了。

"一人一个，都一样的。不要争呵！"他还跟在后面嘱咐。

"这么多的一群孩子都是谁呢？"我问。

2　现代汉语常用"支"。——编者注

"是房主人的。他们都没有母亲，只有一个祖母。"

"房东只一个人么？"

"是的。他的妻子大概死了三四年了罢，没有续娶。——否则，便要不肯将余屋租给我似的单身人。"他说着，冷冷地微笑了。

我很想问他何以至今还是单身，但因为不很熟，终于不好开口。

只要和连殳一熟识，是很可以谈谈的。他议论非常多，而且往往颇奇警。使人不耐的倒是他的有些来客，大抵是读过《沉沦》的罢，时常自命为"不幸的青年"或是"零余者"，螃蟹一般懒散而骄傲地堆在大椅子上，一面唉声叹气，一面皱着眉头吸烟。还有那房主的孩子们，总是互相争吵，打翻碗碟，硬讨点心，乱得人头昏。但连殳一见他们，却再不像平时那样的冷冷的了，看得比自己的性命还宝贵。听说有一回，三良发了红斑痧，竟急得他脸上的黑气愈见其黑了；不料那病是轻的，于是后来便被孩子们的祖母传作笑柄。

"孩子总是好的。他们全是天真……"他似乎也觉得我有些不耐烦了，有一天特地乘机对我说。

"那也不尽然。"我只是随便回答他。

"不。大人的坏脾气，在孩子们是没有的。后来的坏，如你平日所攻击的坏，那是环境教坏的。原来却并不坏，天真……我以为中国的可以希望，只在这一点。"

"不。如果孩子中没有坏根苗，大起来怎么会有坏花果？譬如一粒种子，正因为内中本含有枝叶花果的胚，长大时才能够发出这些东西来。何尝是无端……"我因为闲着无事，便也如大人先生们一下野，就要吃素谈禅一样，正在看佛经。佛理自然是并不懂得的，但竟也不自检点，一味任意地说。

然而连殳气忿了，只看了我一眼，不再开口。我也猜不出他是无话可说呢，还是不屑辩。但见他又显出许久不见的冷冷的态度来，默默地连吸了两枝烟；待到他再取第三枝时，我便只好逃走了。

这仇恨是历了三月之久才消释的。原因大概是一半因为忘却，一半则他自己竟也被"天真"的孩子所仇视了，于是觉得我对于孩子的冒渎的话倒也情有可原。但这不过是我的推测。其时是在我的寓里的酒后，他似乎微露悲哀模样，半仰着头道：

"想起来真觉得有些奇怪。我到你这里来时，街上看见一个很小的小孩，拿了一片芦叶指着我道：杀！他还不很能走路……"

"这是环境教坏的。"

我即刻很后悔我的话，但他却似乎并不介意，只竭力地喝酒，其间又竭力地吸烟。

"我倒忘了，还没有问你，"我便用别的话来支梧，"你是不大访问人的，怎么今天有这兴致来走走呢？我们相识有一年多了，你到我这里来却还是第一回。"

"我正要告诉你呢：你这几天切莫到我寓里来看我了。我的寓里正有很讨厌的一大一小在那里，都不像人！"

"一大一小？这是谁呢？"我有些诧异。

"是我的堂兄和他的小儿子。哈哈，儿子正如老子一般。"

"是上城来看你，带便玩玩的罢？"

"不。说是来和我商量，就要将这孩子过继给我的。"

"呵！过继给你？"我不禁惊叫了，"你不是还没有娶亲么？"

"他们知道我不娶的了。但这都没有什么关系。他们其实是要过继给我那一间寒石山的破屋子。我此外一无所有，你是知道的；钱一到手就花完。只有这一间破屋子。他们父子的一生的事业是在逐出那一个借住着的老女工。"

他那词气的冷峭，实在又使我悚然。但我还慰解他说：

"我看你的本家也还不至于此。他们不过思想略旧一点罢了。"

譬如，你那年大哭的时候，他们就都热心地围着使劲来劝你……"

"我父亲死去之后，因为夺我屋子，要我在笔据上画花押，我大哭着的时候，他们也是这样热心地围着使劲来劝我……"他两眼向上凝视，仿佛要在空中寻出那时的情景来。

"总而言之：关键就全在你没有孩子。你究竟为什么老不结婚的呢？"我忽而寻到了转舵的话，也是久已想问的话，觉得这时是最好的机会了。

他诧异地看着我，过了一会，眼光便移到他自己的膝髁上去了，于是就吸烟，没有回答。

三

但是，虽在这一种百无聊赖的境地中，也还不给连殳安住。渐渐地，小报上有匿名人来攻击他，学界上也常有关于他的流言，可是这已经并非先前似的单是话柄，大概是于他有损的了。我知道这是他近来喜欢发表文章的结果，倒也并不介意。S城人最不愿意有人发些没有顾忌的议论，一有，一定要暗暗地来叮他，这是向来如此的，连殳自己也知道。但到春天，忽然听说他已被校长辞退了。这却使我觉得有些兀突；其实，这也是向来如此的，不过因为我希望着自己认识的人能够幸免，所以就以为兀突罢了，S城人倒并非这一回特别恶。

其时我正忙着自己的生计，一面又在接洽本年秋天到山阳去当教员的事，竟没有工夫去访问他。待到有些余暇的时候，离他被辞退那时大约快有三个月了，可是还没有发生访问连殳的意思。有一天，我路过大街，偶然在旧书摊前停留，却不禁使我觉到震悚，因为在那里陈列着的一部汲古阁初印本《史记索隐》，正是连殳的书。他喜欢书，但不是藏书家，这种本子，在他是算作贵重的善本，非万不得已，不肯轻易变卖的。难道他失业刚才两三月，就一贫至此么？虽然他向来一有钱即随手散去，没有什么贮蓄。于是我便决意访问连殳去，顺便在街上买了一瓶烧酒、两包花生米、两个熏鱼头。

他的房门关闭着，叫了两声，不见答应。我疑心他睡着了，更加大声地叫，并且伸手拍着房门。

"出去了罢！"大良们的祖母，那三角眼的胖女人，从对面的窗口探出她花白的头来了，也大声说，不耐烦似的。

"那里去了呢？"我问。

"那里去了？谁知道呢？——他能到那里去呢，你等着就是，一会儿总会回来的。"

我便推开门走进他的客厅去。真是"一日不见，如隔三秋"，满眼是凄凉和空空洞洞，不但器具所余无几了，连书籍也只剩了在 S 城决没有人会要的几本洋装书。屋中间的圆桌还在，先前曾经常常围绕着忧郁慷慨的青年，怀才不遇的奇士和腌臜吵闹的孩子们的，现在却见得很闲静，只在面上蒙着一层薄薄的灰尘。我就在桌上放了酒瓶和纸包，拖过一把椅子来，靠桌旁对着房门坐下。

的确不过是"一会儿"，房门一开，一个人悄悄地阴影似的进来了，正是连殳。也许是傍晚之故罢，看去仿佛比先前黑，但神情却还是那样。

"阿！你在这里？来得多久了？"他似乎有些喜欢。

"并没有多久。"我说，"你到那里去了？"

"并没有到那里去，不过随便走走。"

他也拖过椅子来。在桌旁坐下；我们便开始喝烧酒，一面谈些关于他的失业的事。但他却不愿意多谈这些；他以为这是意料中的事，也是自己时常遇到的事，无足怪，而且无可谈的。他照例只是一意喝烧酒，并且依然发些关于社会和历史的议论。不知怎地我此时看见空空的书架，也记起汲古阁初印本的《史记索隐》，忽而感到一种淡漠的孤寂和悲哀。

"你的客厅这么荒凉……近来客人不多了么？"

"没有了。他们以为我心境不佳，来也无意味。心境不佳，实在是可以给人们不舒服的。冬天的公园，就没有人去……。"他连喝两口酒，默默地想着，突然，仰起脸来看着我问道，"你在图谋的职业也还是毫无把握罢？……"

我虽然明知他已经有些酒意，但也不禁愤然，正想发话，只见他侧耳一听，便抓起一把花生米，出去了。门外是大良们笑嚷的声音。

但他一出去，孩子们的声音便寂然，而且似乎都走了。他还追上去，说些话，却不听得有回答。他也就阴影似的悄悄地回来，仍将一把花生米放在纸包里。

"连我的东西也不要吃了。"他低声，嘲笑似的说。

"连殳，"我很觉得悲凉，却强装着微笑，说，"我以为你太自寻苦恼了。你看得人间太坏……"

他冷冷的笑了一笑。

"我的话还没有完哩。你对于我们，偶而[3]来访问你的我们，也以为因为闲着无事，所以来你这里，将你当作消遣的资料的罢？"

"并不。但有时也这样想。或者寻些谈资。"

"那你可错误了。人们其实并不这样。你实在亲手造了独头茧，将自己裹在里面了。你应该将世间看得光明些。"我叹惜着说。

"也许如此罢。但是，你说：那丝是怎么来的？——自然，世上也尽有这样的人，譬如，我的祖母就是。我虽然没有分得她的血液，却也许会继承她的运命[4]。然而这也没有什么要紧，我早已预先

3　现代汉语常用"偶尔"。——编者注
4　现代汉语常用"命运"。——编者注

一起哭过了……"

我即刻记起他祖母大殓时候的情景来，如在眼前一样。

"我总不解你那时的大哭……"于是鹘突地问了。

"我的祖母入殓的时候罢？是的，你不解的。"他一面点灯，一面冷静地说，"你的和我交往，我想，还正因为那时的哭哩。你不知道，这祖母，是我父亲的继母；他的生母，他三岁时候就死去了。"他想着，默默地喝酒，吃完了一个熏鱼头。

"那些往事，我原是不知道的。只是我从小时候就觉得不可解。那时我的父亲还在，家景也还好，正月间一定要悬挂祖像，盛大地供养起来。看着这许多盛装的画像，在我那时似乎是不可多得的眼福。但那时，抱着我的一个女工总指了一幅像说：'这是你自己的祖母。拜拜罢，保佑你生龙活虎似的大得快。'我真不懂得我明明有着一个祖母，怎么又会有什么'自己的祖母'来。可是我爱这'自己的祖母'，她不比家里的祖母一般老；她年青，好看，穿着描金的红衣服，戴着珠冠，和我母亲的像差不多。我看她时，她的眼睛也注视我，而且口角上渐渐增多了笑影：我知道她一定也是极其爱我的。

"然而我也爱那家里的，终日坐在窗下慢慢地做针线的祖母。虽然无论我怎样高兴地在她面前玩笑，叫她，也不能引她欢笑，常使我觉得冷冷地，和别人的祖母们有些不同。但我还爱她。可是到后来，我逐渐疏远她了；这也并非因为年纪大了，已经知道她不是我父亲的生母的缘故，倒是看久了终日终年的做针线，机器似的，自然免不了要发烦。但她却还是先前一样，做针线，管理我，也爱护我，虽然少见笑容，却也不加呵斥。直到我父亲去世，还是这样；后来呢，我们几乎全靠她做针线过活了，自然更这样，直到我进学堂……"

灯火销沉下去了，煤油已经将涸，他便站起，从书架下摸出一个小小的洋铁壶来添煤油。

"只这一月里，煤油已经涨价两次了……"他旋好了灯头，慢慢地说，"生活要日见其困难起来。——她后来还是这样，直到我毕业，有了事做，生活比先前安定些；恐怕还直到她生病，实在打熬不住了，只得躺下的时候罢……

"她的晚年，据我想，是总算不很辛苦的，享寿也不小了，正无须我来下泪。况且哭的人不是多着么？连先前竭力欺凌她的人们也哭，至少是脸上很惨然。哈哈！……可是我那时不知怎地，将她的一生缩在眼前了，亲手造成孤独，又放在嘴里去咀嚼的人的一生。而且觉得这样的人还很多哩。这些人们，就使我要痛哭，但大半也还是因为我那时太过于感情用事……

"你现在对于我的意见，就是我先前对于她的意见。然而我的那时的意见，其实也不对的。便是我自己，从略知世事起，就的确逐渐和她疏远起来了……"

他沉默了，指间夹着烟卷，低了头，想着。灯火在微微地发抖。

"呵，人要使死后没有一个人为他哭，是不容易的事呵。"他自言自语似的说；略略一停，便仰起脸来向我道，"想来你也无法可想。我也还得赶紧寻点事情做……"

"你再没有可托的朋友了么？"我这时正是无法可想，连自己。

"那倒大概还有几个的，可是他们的境遇都和我差不多……"

我辞别连殳出门的时候，圆月已经升在中天了，是极静的夜。

四

山阳的教育事业的状况很不佳。我到校两月，得不到一文薪水，只得连烟卷也节省起来。但是学校里的人们，虽是月薪十五六元的小职员，也没有一个不是乐天知命的，仗着逐渐打熬成功的铜筋铁骨，面黄肌瘦地从早办公一直到夜，其间看见名位较高的人物，还得恭恭敬敬地站起，实在都是不必"衣食足而知礼节"的人民。我每看见这情状，不知怎的总记起连殳临别托付我的话来。他那时生计更其不堪了，窘相时时显露，看去似乎已没有往时的深沉，知道我就要动身，深夜来访，迟疑了许久，才吞吞吐吐地说道：

"不知道那边可有法子想？——便是钞写[5]，一月二三十块钱的也可以的。我……"

我很诧异了，还不料他竟肯这样的迁就，一时说不出话来。

"我……我还得活几天……"

"那边去看一看，一定竭力去设法罢。"

这是我当日一口承当的答话，后来常常自己听见，眼前也同时浮出连殳的相貌，而且吞吞吐吐地说道"我还得活几天"。到这些时，我便设法向各处推荐一番；但有什么效验呢，事少人多，结果是别人给我几句抱歉的话，我就给他几句抱歉的信。到一学期将完的时候，那情形就更加坏了起来。那地方的几个绅士所办的《学理周报》上，竟开始攻击我了，自然是决不指名的，但措辞很巧妙，使人一见就觉得我是在挑剔学潮，连推荐连殳的事，也算是呼朋引类。

我只好一动不动，除上课之外，便关起门来躲着，有时连烟卷的烟钻出窗隙去，也怕犯了挑剔学潮的嫌疑。连殳的事，自然更是无从说起了。这样地一直到深冬。

下了一天雪，到夜还没有止，屋外一切静极，静到要听出静的声音来。我在小小的灯火光中，闭目枯坐，如见雪花片片飘坠，来增补这一望无际的雪堆；故乡也准备过年了，人们忙得很；我自己还是一个儿童，在后园的平坦处和一伙小朋友塑雪罗汉。雪罗汉的眼睛是用两块小炭嵌出来的，颜色很黑，这一闪动，便变了连殳的眼睛。

5　现代汉语常用"抄写"。——编者注

"我还得活几天！"仍是这样的声音。

"为什么呢？"我无端地这样问，立刻连自己也觉得可笑了。

这可笑的问题使我清醒，坐直了身子，点起一枝烟卷来；推窗一望，雪果然下得更大了。听得有人叩门；不一会，一个人走进来，但是听熟的客寓杂役的脚步。他推开我的房门，交给我一封六寸多长的信，字迹很潦草，然而一瞥便认出"魏缄"两个字，是连殳寄来的。

这是从我离开 S 城以后他给我的第一封信。我知道他疏懒，本不以杳无消息为奇，但有时也颇怨他不给一点消息。待到接了这信，可又无端地觉得奇怪了，慌忙拆开来。里面也用了一样潦草的字体，写着这样的话——

申飞……

我称你什么呢？我空着。你自己愿意称什么，你自己添上去罢。我都可以的。

别后共得三信，没有复。这原因很简单：我连买邮票的钱也没有。

你或者愿意知道些我的消息，现在简直告诉你罢：我失败了。先前，我自以为是失败者，现在知道那并不，现在才真是失败者了。先前，还有人愿意我活几天，我自己也还想活几天的时候，活不下去；现在，大可以无须了，然而要活下去……

然而就活下去么？

愿意我活几天的，自己就活不下去。这人已被敌人诱杀了。谁杀的呢？谁也不知道。

人生的变化多么迅速呵！这半年来，我几乎求乞了，实际，也可以算得已经求乞。然而我还有所为，我愿意为此求乞，为此冻馁，为此寂寞，为此辛苦。但灭亡是不愿意的。你看，有一个愿意我活几天的，那力量就这么大。然而现在是没有了，连这一个也没有了。同时，我自己也觉得不配活下去；别人呢？也不配的。同时，我自己又觉得偏要为不愿意我活下去的人们而活下去；好在愿意我好好地活下去的已经没有了，再没有谁痛心。使这样的人痛心，我是不愿意的。然而现在是没有了，连这一个也没有了。快活极了，舒服极了；我已经躬行我先前所憎恶，所反对的一切，拒斥我先前所崇仰，所主张的一切了。我已经真的失败，——然而我胜利了。

你以为我发了疯么？你以为我成了英雄或伟人了么？不，不的。这事情很简单；我近来已经做了杜师长的顾问，每月的薪水就有现洋八十元了。

申飞……

你将以我为什么东西呢，你自己定就是，我都可以的。

你大约还记得我旧时的客厅罢，我们在城中初见和将别时候的客厅。现在我还用着这客厅。这里有新的宾客，新的馈赠，新的颂扬，新的钻营，新的磕头和打拱，新的打牌和猜拳，新的冷眼和恶心，新的失眠和吐血……

你前信说你教书很不如意。你愿意也做顾问么？可以告诉我，我给你办。其实是做门房也不妨，一样地有新的宾客和新的馈赠，新的颂扬……

我这里下大雪了。你那里怎样？现在已是深夜，吐了两口血，使我清醒起来。记得你竟从秋天以来陆续给了我三封信，这是怎样的可以惊异的事呵。我必须寄给你一点消息，你或者不至于倒抽一口冷气罢。

此后，我大约不再写信的了，我这习惯是你早已知道的。何时回来呢？倘早，当能相见。——但我想，我们大概究竟不是一路的；那么，请你忘记我罢。我从我的真心感谢你先前常替我筹划生计。但是现在忘记我罢；我现在已经'好'了。

连殳，十二月十四日

这虽然并不使我"倒抽一口冷气"，但草草一看之后，又细看了一遍，却总有些不舒服，而同时可又夹杂些快意和高兴；又想，他的生计总算已经不成问题，我的担子也可以放下了，虽然在我这一面始终不过是无法可想。忽而又想写一封信回答他，但又觉得没有话说，于是这意思也立即消失了。

我的确渐渐地在忘却他。在我的记忆中，他的面貌也不再时常出现。但得信之后不到十天，S 城的学理七日报社忽然接续着邮寄他们的《学理七日报》来了。我是不大看这些东西的，不过既经寄到，也就随手翻翻。这却使我记起连殳来，因为里面常有关于他的诗文，如《雪夜谒连殳先生》《连殳顾问高斋雅集》等等；有一回，《学理闲谭》里还津津地叙述他先前所被传为笑柄的事，称作"逸闻"，言外大有"且夫非常之人，必能行非常之事"的意思。

不知怎地虽然因此记起，但他的面貌却总是逐渐模胡；然而又似乎和我日加密切起来，往往无端感到一种连自己也莫明其妙的不安和极轻微的震颤。幸而到了秋季，这《学理七日报》就不寄来了；山阳的《学理周刊》上却又按期登起一篇长论文：《流言即事实论》。里面还说，关于某君们的流言，已在公正士绅间盛传了。这是专指几个人的，有我在内；我只好极小心，照例连吸烟卷的烟也谨防飞散。小心是一种忙的苦痛，因此会百事俱废，自然也无暇记得连殳。总之，我其实已经将他忘却了。

但我也终于敷衍不到暑假，五月底，便离开了山阳。

五

从山阳到历城，又到太谷，一总转了大半年，终于寻不出什么事情做，我便又决计回 S 城去了。到时是春初的下午，天气欲雨不雨，一切都罩在灰色中；旧寓里还有空房，仍然住下。在道上，就想起连殳的了，到后，便决定晚饭后去看他。我提着两包闻喜名产的煮饼，走了许多潮湿的路，让道给许多拦路高卧的狗，这才总算到了连殳的门前。里面仿佛特别明亮似的。我想，一做顾问，连寓里也格外光亮起来了，不觉在暗中一笑。但仰面一看，门旁却白白的，分明帖着一张斜角纸。我又想，大良们的祖母死了罢；同时也跨进门，一直向里面走。

微光所照的院子里，放着一具棺材，旁边站一个穿军衣的兵或是马弁，还有一个和他谈话的，看时却是大良的祖母；另外还闲站着几个短衣的粗人。我的心即刻跳起来了。她也转过脸来凝视我。

"阿呀！您回来了？何不早几天……"她忽而大叫起来。

"谁……谁没有了？"我其实是已经大概知道的了，但还是问。

"魏大人，前天没有的。"

我四顾，客厅里暗沉沉的，大约只有一盏灯；正屋里却挂着白的孝帏，几个孩子聚在屋外，就是大良、二良们。

"他停在那里，"大良的祖母走向前，指着说，"魏大人恭喜之后，我把正屋也租给他了；他现在就停在那里。"

孝帏上没有别的，前面是一张条桌，一张方桌；方桌上摆着十来碗饭菜。我刚跨进门，当面忽然现出两个穿白长衫的来拦住了，瞪了死鱼似的眼睛，从中发出惊疑的光来，钉住了我的脸。我慌忙说明我和连殳的关系，大良的祖母也来从旁证实，他们的手和眼光这才逐渐弛缓下去，默许我近前去鞠躬。

我一鞠躬，地下忽然有人呜呜的哭起来了，定神看时，一个十多岁的孩子伏在草荐上，也是白衣服，头发剪得很光的头上还络着一大绺苎麻丝。

我和他们寒暄后，知道一个是连殳的从堂兄弟，要算最亲的了；一个是远房侄子。我请求看一看故人，他们却竭力拦阻，说是"不敢当"的。然而终于被我说服了，将孝帏揭起。

这回我会见了死的连殳。但是奇怪！他虽然穿一套皱的短衫裤，大襟上还有血迹，脸上也瘦削得不堪，然而面目却还是先前那样的面目，宁静地闭着嘴，合着眼，睡着似的，几乎要使我伸手到他鼻子前面，去试探他可是其实还在呼吸着。

一切是死一般静，死的人和活的人。我退开了，他的从堂兄弟却又来周旋，说"舍弟"正在年富力强，前程无限的时候，竟遽尔"作古"了，这不但是"衰宗"不幸，也太使朋友伤心。言外颇有替连殳道歉之意；这样地能说，在山乡中人是少有的。但此后也就沉默了，一切是死一般静，死的人和活的人。

我觉得很无聊，怎样的悲哀倒没有，便退到院子里，和大良们的祖母闲谈起来。知道入殓的时候是临近了，只待寿衣送到；钉棺材钉时，"子午卯酉"四生肖是必须躲避的。她谈得高兴了，说话滔滔地泉流似的涌出，说到他的病状，说到他生时的情景，也带些关于他的批评。

"你可知道魏大人自从交运之后，人就和先前两样了，脸也抬高起来，气昂昂的。对人也不再先前那么迂。你知道，他先前不是像一个哑子，见我是叫老太太的么？后来就叫'老家伙'。唉唉，真是有趣。人送他仙居术，他自己是不吃的，就摔在院子里，——就是这地方，——叫道，'老家伙，你吃去罢。'他交运之后，人来人往，我把正屋也让给他住了，自己便搬在这厢房里。他也真是一走红运，就与众不同，我们就常常这样说笑。要是你早来一个月，还赶得上看这里的热闹，三日两头的猜拳行令，说的说，笑的笑，唱的唱，做诗的做诗，打牌的打牌……

"他先前怕孩子们比孩子们见老子还怕，总是低声下气的。近来可也两样了，能说能闹，我们的大良们也很喜欢和他玩，一有空，便都到他的屋里去。他也用种种方法逗着玩；要他买东西，他就要孩子装一声狗叫，或者磕一个响头。哈哈，真是过得热闹。前两月二良要他买鞋，还磕了三个响头哩，哪，现在还穿着，没有破呢。"

一个穿白长衫的人出来了，她就住了口。我打听连殳的病症，她却不大清楚，只说大约是早已瘦了下去的罢，可是谁也没理会，因为他总是高高兴兴的。到一个多月前，这才听到他吐过几回血，但似乎也没有看医生；后来躺倒了；死去的前三天，就哑了喉咙，说不出一句话。十三大人从寒石山路远遥遥地上城来，问他可有存款，他一声也不响。十三大人疑心他装出来的，也有人说有些生痨病死的人是要说不出话来的，谁知道呢……

"可是魏大人的脾气也太古怪，"她忽然低声说，"他就不肯积蓄一点，水似的化钱。十三大人还疑心我们得了什么好处。有什么屁好处呢？他就冤里冤枉胡里胡涂地化掉[6]了。譬如买东西，今天买进，明天又卖出，弄破，真不知道是怎么一回事。待到死了下来，什么也没有，都糟掉了。要不然，今天也不至于这样地冷静……

"他就是胡闹，不想办一点正经事。我是想到过的，也劝过他。这么年纪了，应该成家；照现在的样子，结一门亲很容易；如果没有门当户对的，先买几个姨太太也可以：人是总应该像个样子的。可是他一听到就笑起来，说道，'老家伙，你还是总替别人惦记着这

6　现代汉语常用"花掉"。——编者注

等事么？'你看，他近来就浮而不实，不把人的好话当好话听。要是早听了我的话，现在何至于独自冷清清地在阴间摸索，至少，也可以听到几声亲人的哭声……"

一个店伙背了衣服来了。三个亲人便检[7]出里衣，走进帏后去。不多久，孝帏揭起了，里衣已经换好，接着是加外衣。这很出我意外。一条土黄的军裤穿上了，嵌着很宽的红条，其次穿上去的是军衣，金闪闪的肩章，也不知道是什么品级，那里来的品级。到入棺，是连殳很不妥帖地躺着，脚边放一双黄皮鞋，腰边放一柄纸糊的指挥刀，骨瘦如柴的灰黑的脸旁，是一顶金边的军帽。

三个亲人扶着棺沿哭了一场，止哭拭泪；头上络麻线的孩子退出去了，三良也避去，大约都是属"子午卯酉"之一的。

粗人扛起棺盖来，我走近去最后看一看永别的连殳。

他在不妥帖的衣冠中，安静地躺着，合了眼，闭着嘴，口角间仿佛含着冰冷的微笑，冷笑着这可笑的死尸。

敲钉的声音一响，哭声也同时迸出来。这哭声使我不能听完，只好退到院子里；顺脚一走，不觉出了大门了。潮湿的路极其分明，仰看太空，浓云已经散去，挂着一轮圆月，散出冷静的光辉。

我快步走着，仿佛要从一种沉重的东西中冲出，但是不能够。耳朵中有什么挣扎着，久之，久之，终于挣扎出来了，隐约像是长嗥，像一匹受伤的狼，当深夜在旷野中嗥叫，惨伤里夹杂着愤怒和悲哀。

我的心地就轻松起来，坦然地在潮湿的石路上走，月光底下。

一九二五年十月十七日毕

7　现代汉语常用"捡"。——编者注

伤逝

——涓生的手记

如果我能够，我要写下我的悔恨和悲哀，为子君，为自己。

会馆里的被遗忘在偏僻里的破屋是这样地寂静和空虚。时光过得真快，我爱子君，仗着她逃出这寂静和空虚，已经满一年了。事情又这么不凑巧，我重来时，偏偏空着的又只有这一间屋。依然是这样的破窗，这样的窗外的半枯的槐树和老紫藤，这样的窗前的方桌，这样的败壁，这样的靠壁的板床。深夜中独自躺在床上，就如我未曾和子君同居以前一般，过去一年中的时光全被消灭，全未有过，我并没有曾经从这破屋子搬出，在吉兆胡同创立了满怀希望的小小的家庭。

不但如此。在一年之前，这寂静和空虚是并不这样的，常常含着期待；期待子君的到来。在久待的焦躁中，一听到皮鞋的高底尖触着砖路的清响，是怎样地使我骤然生动起来呵！于是就看见带着笑涡的苍白的圆脸，苍白的瘦的臂膊，布的有条纹的衫子，玄色的裙。她又带了窗外的半枯的槐树的新叶来，使我看见，还有挂在铁似的老干上的一房一房的紫白的藤花。

然而现在呢，只有寂静和空虚依旧，子君却决不再来了，而且永远、永远地！……

子君不在我这破屋里时，我什么也看不见。在百无聊赖中，随手抓过一本书来，科学也好，文学也好，横竖什么都一样；看下去，看下去，忽而自己觉得，已经翻了十多页了，但是毫不记得书上所说的事。只是耳朵却分外地灵，仿佛听到大门外一切往来的履声，从中便有子君的，而且橐橐地逐渐临近，——但是，往往又逐渐渺茫，终于消失在别的步声的杂沓中了。我憎恶那不像子君鞋声的穿布底鞋的长班的儿子，我憎恶那太像子君鞋声的常常穿着新皮鞋的邻院的搽雪花膏的小东西！

莫非她翻了车么？莫非她被电车撞伤了么？……

我便要取了帽子去看她，然而她的胞叔就曾经当面骂过我。

蓦然，她的鞋声近来了，一步响于一步，迎出去时，却已经走过紫藤棚下，脸上带着微笑的酒窝。她在她叔子的家里大约并未受气；我的心宁帖了，默默地相视片时之后，破屋里便渐渐充满了我的语声，谈家庭专制，谈打破旧习惯，谈男女平等，谈伊孛生，谈泰戈尔，谈雪莱……她总是微笑点头，两眼里弥漫着稚气的好奇的光泽。壁上就钉着一张铜板的雪莱半身像，是从杂志上裁下来的，是他的最美的一张像。当我指给她看时，她却只草草一看，便低了头，似乎不好意思了。这些地方，子君就大概还未脱尽旧思想的束缚，——我后来也想，倒不如换一张雪莱淹死在海里的记念像或是伊孛生的罢；但也终于没有换，现在是连这一张也不知那里去了。

"我是我自己的，他们谁也没有干涉我的权利！"

这是我们交际了半年，又谈起她在这里的胞叔和在家的父亲时，她默想了一会之后，分明地、坚决地、沉静地说了出来的话。其时是我已经说尽了我的意见、我的身世、我的缺点，很少隐瞒；她也完全了解的了。这几句话很震动了我的灵魂，此后许多天还在耳中发响，而且说不出的狂喜，知道中国女性，并不如厌世家所说那样的无法可施，在不远的将来，便要看见辉煌的曙色的。

送她出门，照例是相离十多步远；照例是那鲇鱼须的老东西的脸又紧帖在脏的窗玻璃上了，连鼻尖都挤成一个小平面；到外院，照例又是明晃晃的玻璃窗里的那小东西的脸，加厚的雪花膏。她目不邪视[1]地骄傲地走了，没有看见；我骄傲地回来。

"我是我自己的，他们谁也没有干涉我的权利！"这彻底的思想就在她的脑里，比我还透澈、坚强得多。半瓶雪花膏和鼻尖的小平面，于她能算什么东西呢？

我已经记不清那时怎样地将我的纯真热烈的爱表示给她。岂但现在，那时的事后便已模胡，夜间回想，早只剩了一些断片了；同居以后一两月，便连这些断片也化作无可追踪的梦影。我只记得那时以前的十几天，曾经很仔细地研究过表示的态度，排列过措辞的先后，以及倘或遭了拒绝以后的情形。可是临时似乎都无用，在慌张中，身不由己地竟用了在电影上见过的方法了。后来一想到，就使我很愧恧，但在记忆上却偏只有这一点永远留遗，至今还如暗室的孤灯一般，照见我含泪握着她的手，一条腿跪了下去……

不但我自己的，便是子君的言语举动，我那时就没有看得分明；仅知道她已经允许我了。但也还仿佛记得她脸色变成青白，后来又渐渐转作绯红，——没有见过，也没有再见的绯红；孩子似的眼里射出悲喜，但是夹着惊疑的光，虽然力避我的视线，张皇地似乎要破窗飞去。然而我知道她已经允许我了，没有知道她怎样说或是没有说。

她却是什么都记得：我的言辞，竟至于读熟了的一般，能够滔滔背诵；我的举动，就如有一张我所看不见的影片挂在眼下，叙述得如生，很细微，自然连那使我不愿再想的浅薄的电影的一闪。夜阑人静，是相对温习的时候了，我常是被质问、被考验，并且被命复

1　现代汉语常用"斜视"。——编者注

述当时的言语，然而常须由她补足，由她纠正，像一个丁等的学生。

这温习后来也渐渐稀疏起来。但我只要看见她两眼注视空中，出神似的凝想着，于是神色越加柔和，笑窝也深下去，便知道她又在自修旧课了，只是我很怕她看到我那可笑的电影的一闪。但我又知道，她一定要看见，而且也非看不可的。

然而她并不觉得可笑。即使我自己以为可笑，甚而至于可鄙的，她也毫不以为可笑。这事我知道得很清楚，因为她爱我，是这样地热烈，这样地纯真。

去年的暮春是最为幸福，也是最为忙碌的时光。我的心平静下去了，但又有别一部分和身体一同忙碌起来。我们这时才在路上同行，也到过几回公园，最多的是寻住所。我觉得在路上时时遇到探索、讥笑、猥亵和轻蔑的眼光，一不小心，便使我的全身有些瑟缩，只得即刻提起我的骄傲和反抗来支持。她却是大无畏的，对于这些全不关心，只是镇静地缓缓前行，坦然如入无人之境。

寻住所实在不是容易事，大半是被托辞拒绝，小半是我们以为不相宜。起先我们选择得很苛酷，——也非苛酷，因为看去大抵不像是我们的安身之所；后来，便只要他们能相容了。看了二十多处，这才得到可以暂且敷衍的处所，是吉兆胡同一所小屋里的两间南屋；主人是一个小官，然而倒是明白人，自住着正屋和厢房。他只有夫人和一个不到周岁的女孩子，雇一个乡下的女工，只要孩子不啼哭，是极其安闲幽静的。

我们的家具很简单，但已经用去了我的筹来的款子的大半；子君还卖掉了她唯一的金戒指和耳环。我拦阻她，还是定要卖，我也就不再坚持下去了；我知道不给她加入一点股份去，她是住不舒服的。

　　和她的叔子，她早经闹开，至于使他气愤到不再认她做侄女；我也陆续和几个自以为忠告，其实是替我胆怯，或者竟是嫉妒的朋友绝了交。然而这倒很清静。每日办公散后，虽然已近黄昏，车夫又一定走得这样慢，但究竟还有二人相对的时候。我们先是沉默的相视，接着是放怀而亲密的交谈，后来又是沉默。大家低头沉思着，却并未想着什么事。我也渐渐清醒地读遍了她的身体，她的灵魂，不过三星期，我似乎于她已经更加了解，揭去许多先前以为了解而现在看来却是隔膜，即所谓真的隔膜了。

　　子君也逐日活泼起来。但她并不爱花，我在庙会时买来的两盆小草花，四天不浇，枯死在壁角了，我又没有照顾一切的闲暇。然而她爱动物，也许是从官太太那里传染的罢，不一月，我们的眷属便骤然加得很多，四只小油鸡，在小院子里和房主人的十多只在一同走。但她们却认识鸡的相貌，各知道那一只是自家的。还有一只花白的叭儿狗，从庙会买来，记得似乎原有名字，子君却给它另起了一个，叫作阿随。我就叫它阿随，但我不喜欢这名字。

　　这是真的，爱情必须时时更新、生长、创造。我和子君说起这，她也领会地点点头。

　　唉唉，那是怎样的宁静而幸福的夜呵！

　　安宁和幸福是要凝固的，永久是这样的安宁和幸福。我们在会馆里时，还偶有议论的冲突和意思的误会，自从到吉兆胡同以来，连这一点也没有了；我们只在灯下对坐的怀旧谭中，回味那时冲突以后的和解的重生一般的乐趣。

　　子君竟胖了起来，脸色也红活了；可惜的是忙。管了家务便连谈天的工夫也没有，何况读书和散步。我们常说，我们总还得雇一个女工。

这就使我也一样地不快活，傍晚回来，常见她包藏着不快活的颜色，尤其使我不乐的是她要装作勉强的笑容。幸而探听出来了，也还是和那小官太太的暗斗，导火线便是两家的小油鸡。但又何必硬不告诉我呢？人总该有一个独立的家庭。这样的处所，是不能居住的。

我的路也铸定了，每星期中的六天，是由家到局，又由局到家。在局里便坐在办公桌前钞、钞、钞些公文和信件；在家里是和她相对或帮她生白炉子、煮饭、蒸馒头。我学会了煮饭[2]，就在这时候。

但我的食品却比在会馆里时好得多了。做菜虽不是子君的特长，然而她于此却倾注着全力；对于她的日夜的操心，使我也不能不一同操心，来算作分甘共苦。况且她又这样地终日汗流满面，短发都粘在脑额上；两只手又只是这样地粗糙起来。

况且还要饲阿随，饲油鸡……都是非她不可的工作。

我曾经忠告她：我不吃，倒也罢了；却万不可这样地操劳。她只看了我一眼，不开口，神色却似乎有点凄然；我也只好不开口。然而她还是这样地操劳。

我所预期的打击果然到来。双十节的前一晚，我呆坐着，她在洗碗。听到打门声，我去开门时，是局里的信差，交给我一张油印的纸条。我就有些料到了，到灯下去一看，果然，印着的就是：

奉
局长谕史涓生着毋庸到局办事

秘书处启　十月九号

2　此处原文为"我的学会了煮饭"，疑为原文多字，故更正。——编者注

这在会馆里时,我就早已料到了;那雪花膏便是局长的儿子的赌友,一定要去添些谣言,设法报告的。到现在才发生效验,已经要算是很晚的了。其实这在我不能算是一个打击,因为我早就决定,可以给别人去钞写,或者教读,或者虽然费力,也还可以译点书,况且《自由之友》的总编辑便是见过几次的熟人,两月前还通过信。但我的心却跳跃着。那么一个无畏的子君也变了色,尤其使我痛心;她近来似乎也较为怯弱了。

"那算什么。哼,我们干新的。我们……"她说。

她的话没有说完;不知怎地,那声音在我听去却只是浮浮的;灯光也觉得格外黯淡。人们真是可笑的动物,一点极微末的小事情,便会受着很深的影响。我们先是默默地相视,逐渐商量起来,终于决定将现有的钱竭力节省,一面登"小广告"去寻求钞写和教读,一面写信给《自由之友》的总编辑,说明我目下的遭遇,请他收用我的译本,给我帮一点艰辛时候的忙。

"说做,就做罢!来开一条新的路!"

我立刻转身向了书案,推开盛香油的瓶子和醋碟,子君便送过那黯淡的灯来。我先拟广告;其次是选定可译的书,迁移以来未曾翻阅过,每本的头上都满漫着灰尘了;最后才写信。

我很费踌蹰,不知道怎样措辞好,当停笔凝思的时候,转眼去一瞥她的脸,在昏暗的灯光下,又很见得凄然。我真不料这样微细的小事情,竟会给坚决的,无畏的子君以这么显著的变化。她近来实在变得很怯弱了,但也并不是今夜才开始的。我的心因此更缭乱,忽然有安宁的生活的影像——会馆里的破屋的寂静,在眼前一闪,刚刚想定睛凝视,却又看见了昏暗的灯光。

许久之后,信也写成了,是一封颇长的信;很觉得疲劳,仿佛近来自己也较为怯弱了。于是我们决定,广告和发信,就在明日一同实行。大家不约而同地伸直了腰肢，在无言中，似乎又都感到彼此的坚忍崛强的精神，还看见从新萌芽起来的将来的希望。

外来的打击其实倒是振作了我们的新精神。局里的生活，原如鸟贩子手里的禽鸟一般，仅有一点小米维系残生，决不会肥胖；日子一久，只落得麻痹了翅子，即使放出笼外，早已不能奋飞。现在总算脱出这牢笼了，我从此要在新的开阔的天空中翱翔，趁我还未忘却了我的翅子的扇动。

小广告是一时自然不会发生效力的；但译书也不是容易事，先前看过，以为已经懂得的，一动手，却疑难百出了，进行得很慢。然而我决计努力地做，一本半新的字典，不到半月，边上便有了一大片乌黑的指痕，这就证明着我的工作的切实。《自由之友》的总编辑曾经说过，他的刊物是决不会埋没好稿子的。

可惜的是我没有一间静室，子君又没有先前那么幽静，善于体贴了，屋子里总是散乱着碗碟，弥漫着煤烟，使人不能安心做事，但是这自然还只能怨我自己无力置一间书斋。然而又加以阿随，加以油鸡们。加以油鸡们又大起来了，更容易成为两家争吵的引线。

加以每日的"川流不息"的吃饭；子君的功业，仿佛就完全建立在这吃饭中。吃了筹钱，筹来吃饭，还要喂阿随，饲油鸡；她似乎将先前所知道的全都忘掉了，也不想到我的构思就常常为了这催促吃饭而打断。即使在坐中给看一点怒色，她总是不改变，仍然毫无感触似的大嚼起来。

使她明白了我的作工不能受规定的吃饭的束缚，就费去五星期。她明白之后，大约很不高兴罢，可是没有说。我的工作果然从此较为迅速地进行，不久就共译了五万言，只要润色一回，便可以和做好的两篇小品，一同寄给《自由之友》去。只是吃饭却依然给我苦恼。菜冷，是无妨的，然而竟不够；有时连饭也不够，虽然我因为终日坐在家里用脑，饭量已经比先前要减少得多。这是先去喂了阿随了，有时还并那近来连自己也轻易不吃的羊肉。她说，阿随实在瘦得太可怜，房东太太还因此嗤笑我们了，她受不住这样的奚落。

于是吃我残饭的便只有油鸡们。这是我积久才看出来的，但同时也如赫胥黎的论定"人类在宇宙间的位置"一般，自觉了我在这里的位置：不过是叭儿狗和油鸡之间。

后来，经多次的抗争和催逼，油鸡们也逐渐成为肴馔，我们和阿随都享用了十多日的鲜肥；可是其实都很瘦，因为它们早已每日只能得到几粒高粱了。从此便清静得多。只有子君很颓唐，似乎常觉得凄苦和无聊，至于不大愿意开口。我想，人是多么容易改变呵！

但是阿随也将留不住了。我们已经不能再希望从什么地方会有来信，子君也早没有一点食物可以引它打拱或直立起来。冬季又逼近得这么快，火炉就要成为很大的问题；它的食量，在我们其实早是一个极易觉得的很重的负担。于是连它也留不住了。

倘使插了草标到庙市去出卖，也许能得几文钱罢，然而我们都不能，也不愿这样做。终于是用包袱蒙着头，由我带到西郊去放掉了，还要追上来，便推在一个并不很深的土坑里。

我一回寓，觉得又清静得多多了；但子君的凄惨的神色，却使我很吃惊。那是没有见过的神色，自然是为阿随。但又何至于此呢？我还没有说起推在土坑里的事。

到夜间，在她的凄惨的神色中，加上冰冷的分子了。

"奇怪。——子君，你怎么今天这样儿了？"我忍不住问。

"什么？"她连看也不看我。

"你的脸色……"

"没有什么，——什么也没有。"

我终于从她言动上看出，她大概已经认定我是一个忍心的人。其实，我一个人，是容易生活的，虽然因为骄傲，向来不与世交来往，迁居以后，也疏远了所有旧识的人，然而只要能远走高飞，生路还宽广得很。现在忍受着这生活压迫的苦痛，大半倒是为她，便是放掉阿随，也何尝不如此。但子君的识见却似乎只是浅薄起来，竟至于连这一点也想不到了。

我拣了一个机会，将这些道理暗示她；她领会似的点头。然而看她后来的情形，她是没有懂，或者是并不相信的。

天气的冷和神情的冷，逼迫我不能在家庭中安身。但是往那里去呢？大道上，公园里，虽然没有冰冷的神情，冷风究竟也刺得人皮肤欲裂。我终于在通俗图书馆里觅得了我的天堂。

那里无须买票，阅书室里又装着两个铁火炉。纵使不过是烧着不死不活的煤的火炉，但单是看见装着它，精神上也就总觉得有些温暖。书却无可看：旧的陈腐，新的是几乎没有的。

好在我到那里去也并非为看书。另外时常还有几个人，多则十余人，都是单薄衣裳，正如我，各人看各人的书，作为取暖的口实。这于我尤为合式。道路上容易遇见熟人，得到轻蔑的一瞥，但此地却决无那样的横祸，因为他们是永远围在别的铁炉旁，或者靠在自家的白炉边的。

那里虽然没有书给我看，却还有安闲容得我想。待到孤身枯坐，回忆从前，这才觉得大半年来，只为了爱——盲目的爱——而将别的人生的要义全盘疏忽了。第一，便是生活。人必生活着，爱才有所附丽。世界上并非没有为了奋斗者而开的活路；我也还未忘却翅子的扇动，虽然比先前已经颓唐得多……

屋子和读者渐渐消失了，我看见怒涛中的渔夫、战壕中的兵士、摩托车中的贵人、洋场上的投机家、深山密林中的豪杰、讲台上的教授、昏夜的运动者和深夜的偷儿……子君，不在近旁。她的勇气都失掉了，只为着阿随悲愤，为着做饭出神；然而奇怪的是倒也并不怎样瘦损……

冷了起来，火炉里的不死不活的几片硬煤，也终于烧尽了，已是闭馆的时候。又须回到吉兆胡同，领略冰冷的颜色去了。近来也间或遇到温暖的神情，但这却反而增加我的苦痛。记得有一夜，子君的眼里忽而又发出久已不见的稚气的光来，笑着和我谈到还在会馆时候的情形，时时又很带些恐怖的神色。我知道我近来的超过她的冷漠，已经引起她的忧疑来，只得也勉力谈笑，想给她一点慰藉。然而我的笑貌一上脸，我的话一出口，却即刻变为空虚，这空虚又即刻发生反响，回向我的耳目里，给我一个难堪的、恶毒的冷嘲。

子君似乎也觉得的，从此便失掉了她往常的麻木似的镇静，虽然竭力掩饰，总还是时时露出忧疑的神色来，但对我却温和得多了。

我要明告她，但我还没有敢，当决心要说的时候，看见她孩子一般的眼色，就使我只得暂且改作勉强的欢容。但是这又即刻来冷嘲我，并使我失却那冷漠的镇静。

她从此又开始了往事的温习和新的考验，逼我做出许多虚伪的温存的答案来，将温存示给她，虚伪的草稿便写在自己的心上。

我的心渐被这些草稿填满了，常觉得难于呼吸。我在苦恼中常常想，说真实自然须有极大的勇气的；假如没有这勇气，而苟安于虚伪，那也便是不能开辟新的生路的人。不独不是这个，连这人也未尝有！

子君有怨色，在早晨，极冷的早晨，这是从未见过的，但也许是从我看来的怨色。我那时冷冷地气愤和暗笑了；她所磨炼的思想和豁达无畏的言论，到底也还是一个空虚，而对于这空虚却并未自觉。她早已什么书也不看，已不知道人的生活的第一着是求生，向着这求生的道路，是必须携手同行，或奋身孤往的了，倘使只知道捶着一个人的衣角，那便是虽战士也难于战斗，只得一同灭亡。

我觉得新的希望就只在我们的分离；她应该决然舍去，——我也突然想到她的死，然而立刻自责、忏悔了。幸而是早晨，时间正多，我可以说我的真实。我们的新的道路的开辟，便在这一遭。

我和她闲谈，故意地引起我们的往事，提到文艺，于是涉及外国的文人，文人的作品：《诺拉》《海的女人》。称扬诺拉的果决……也还是去年在会馆的破屋里讲过的那些话，但现在已经变成空虚，从我的嘴传入自己的耳中，时时疑心有一个隐形的坏孩子，在背后恶意地刻毒地学舌。

她还是点头答应着倾听，后来沉默了。我也就断续地说完了我的话，连余音都消失在虚空中了。

"是的。"她又沉默了一会，说，"但是，……涓生，我觉得你近来很两样了。可是的？你，——你老实告诉我。"

我觉得这似乎给了我当头一击，但也立即定了神，说出我的意见和主张来：新的路的开辟，新的生活的再造，为的是免得一同灭亡。

临末，我用了十分的决心，加上这几句话——

"……况且你已经可以无须顾虑，勇往直前了。你要我老实说；是的，人是不该虚伪的。我老实说罢：因为，因为我已经不爱你了！但这于你倒好得多，因为你更可以毫无挂念地做事……"

我同时预期着大的变故的到来，然而只有沉默。她脸色陡然变成灰黄，死了似的；瞬间便又苏生，眼里也发了稚气的闪闪的光泽。这眼光射向四处，正如孩子在饥渴中寻求着慈爱的母亲，但只在空中寻求，恐怖地回避着我的眼。

我不能看下去了，幸而是早晨，我冒着寒风径奔通俗图书馆。

在那里看见《自由之友》，我的小品文都登出了。这使我一惊，仿佛得了一点生气。我想，生活的路还很多，——但是，现在这样也还是不行的。

我开始去访问久已不相闻问的熟人，但这也不过一两次；他们的屋子自然是暖和的，我在骨髓中却觉得寒冽。夜间，便蜷伏在比冰还冷的冷屋中。

冰的针刺着我的灵魂，使我永远苦于麻木的疼痛。生活的路还很多，我也还没有忘却翅子的扇动，我想。——我突然想到她的死，然而立刻自责，忏悔了。

在通俗图书馆里往往瞥见一闪的光明，新的生路横在前面。她勇猛地觉悟了，毅然走出这冰冷的家，而且，——毫无怨恨的神色。我便轻如行云，漂浮[3]空际，上有蔚蓝的天，下是深山大海、广厦高楼、战场、摩托车、洋场、公馆、晴明的闹市、黑暗的夜……

而且，真的，我预感得这新生面便要来到了。

我们总算度过了极难忍受的冬天，这北京的冬天；就如蜻蜓

3　现代汉语常用"飘浮"。——编者注

落在恶作剧的坏孩子的手里一般，被系着细线，尽情玩弄、虐待，虽然幸而没有送掉性命，结果也还是躺在地上，只争着一个迟早之间。

写给《自由之友》的总编辑已经有三封信，这才得到回信，信封里只有两张书券：两角的和三角的。我却单是催，就用了九分的邮票，一天的饥饿，又都白挨给于己一无所得的空虚了。

然而觉得要来的事，却终于来到了。

这是冬春之交的事，风已没有这么冷，我也更久地在外面徘徊；待到回家，大概已经昏黑。就在这样一个昏黑的晚上，我照常没精打采地回来，一看见寓所的门，也照常更加丧气，使脚步放得更缓。但终于走进自己的屋子里了，没有灯火；摸火柴点起来时，是异样的寂寞和空虚！

正在错愕中，官太太便到窗外来叫我出去。

"今天子君的父亲来到这里，将她接回去了。"她很简单地说。

这似乎又不是意料中的事，我便如脑后受了一击，无言地站着。

"她去了么？"过了些时，我只问出这样一句话。

"她去了。"

"她，——她可说什么？"

"没说什么。单是托我见你回来时告诉你，说她去了。"

我不信；但是屋子里是异样的寂寞和空虚。我遍看各处，寻觅子君；只见几件破旧而黯淡的家具，都显得极其清疏，在证明着它们毫无隐匿一人一物的能力。我转念寻信或她留下的字迹，也没有；只是盐和干辣椒、面粉、半株白菜，却聚集在一处了，旁边还有几十枚铜元。这是我们两人生活材料的全副，现在她就郑重地将这留给我一个人，在不言中，教我借此去维持较久的生活。

　　我似乎被周围所排挤,奔到院子中间,有昏黑在我的周围;正屋的纸窗上映出明亮的灯光,他们正在逗着孩子玩笑。我的心也沉静下来,觉得在沉重的迫压中,渐渐隐约地现出脱走的路径;深山大泽,洋场,电灯下的盛筵、壕沟,最黑最黑的深夜,利刃的一击,毫无声响的脚步……

　　心地有些轻松、舒展了,想到旅费,并且嘘一口气。

　　躺着,在合着的眼前经过的预想的前途,不到半夜已经现尽;暗中忽然仿佛看见一堆食物,这之后,便浮出一个子君的灰黄的脸来,睁了孩子气的眼睛,恳托似的看着我。我一定神,什么也没有了。

　　但我的心却又觉得沉重。我为什么偏不忍耐几天,要这样急急地告诉她真话的呢?现在她知道,她以后所有的只是她父亲——儿女的债主——的烈日一般的严威和旁人的赛过冰霜的冷眼。此外便是虚空。负着虚空的重担,在严威和冷眼中走着所谓人生的路,这是怎么可怕的事呵!而况这路的尽头,又不过是——连墓碑也没有的坟墓。

　　我不应该将真实说给子君,我们相爱过,我应该永久奉献她我的说谎。如果真实可以宝贵,这在子君就不该是一个沉重的空虚。谎语当然也是一个空虚,然而临末,至多也不过这样地沉重。

　　我以为将真实说给子君,她便可以毫无顾虑,坚决地毅然前行,一如我们将要同居时那样。但这恐怕是我错误了。她当时的勇敢和无畏是因为爱。

　　我没有负着虚伪的重担的勇气,却将真实的重担卸给她了。她爱我之后,就要负了这重担,在严威和冷眼中走着所谓人生的路。

　　我想到她的死……我看见我是一个卑怯者,应该被摈于强有力的人们，无论是真实者、虚伪者。然而她却自始至终，还希望我维持较久的生活……

我要离开吉兆胡同，在这里是异样的空虚和寂寞。我想，只要离开这里，子君便如还在我的身边；至少，也如还在城中，有一天，将要出乎意表地访我，像住在会馆时候似的。

然而一切请托和书信，都是一无反响；我不得已，只好访问一个久不问候的世交去了。他是我伯父的幼年的同窗，以正经出名的拔贡，寓京很久，交游也广阔的。

大概因为衣服的破旧罢，一登门便很遭门房的白眼。好容易才相见，也还相识，但是很冷落。我们的往事，他全都知道了。

"自然，你也不能在这里了，"他听了我托他在别处觅事之后，冷冷地说，"但那里去呢？很难。——你那，什么呢，你的朋友罢，子君，你可知道，她死了。"

我惊得没有话。

"真的？"我终于不自觉地问。

"哈哈。自然真的。我家的王升的家，就和她家同村。"

"但是，——不知道是怎么死的？"

"谁知道呢。总之是死了就是了。"

我已经忘却了怎样辞别他，回到自己的寓所。我知道他是不说谎话的；子君总不会再来的了，像去年那样。她虽是想在严威和冷眼中负着虚空的重担来走所谓人生的路，也已经不能。她的命运，已经决定她在我所给与的真实——无爱的人间死灭了。

自然，我不能在这里了；但是，"那里去呢？"

四围是广大的空虚，还有死的寂静。死于无爱的人们的眼前的黑暗，我仿佛——看见，还听得一切苦闷和绝望的挣扎的声音。

我还期待着新的东西到来。无名的，意外的。但一天一天，无非是死的寂静。

我比先前已经不大出门，只坐卧在广大的空虚里，一任这死的寂静侵蚀着我的灵魂。死的寂静有时也自己战栗，自己退藏，于是在这绝续之交，便闪出无名的，意外的，新的期待。

一天是阴沉的上午，太阳还不能从云里面挣扎出来，连空气都疲乏着。耳中听到细碎的步声和咻咻的鼻息，使我睁开眼。大致一看，屋子里还是空虚；但偶然看到地面，却盘旋着一匹小小的动物，瘦弱的、半死的、满身灰土的……

我一细看，我的心就一停，接着便直跳起来。

那是阿随。它回来了。

我离开吉兆胡同[4]，也不单是为了房主人们和他家女工的冷眼，大半就为着这阿随。但是，"那里去呢？"新的生路自然还很多，我约略知道，也间或依稀看见，觉得就在我面前，然而我还没有知道跨进那里去的第一步的方法。

经过许多回的思量和比较，也还只有会馆是还能相容的地方。依然是这样的破屋，这样的板床，这样的半枯的槐树和紫藤，但那时使我希望、欢欣、爱、生活的，却全都逝去了，只有一个虚空，我用真实去换来的虚空存在。

新的生路还很多，我必须跨进去，因为我还活着。但我还不知道怎样跨出那第一步。有时，仿佛看见那生路就像一条灰白的长蛇，自己蜿蜒地向我奔来，我等着，等着，看看临近，但忽然便消失在黑暗里了。

4　此处原文为"我的离开吉兆胡同"，疑为原文多字，故更正。——编者注

初春的夜，还是那么长。长久的枯坐中记起上午在街头所见的葬式，前面是纸人、纸马，后面是唱歌一般的哭声。我现在已经知道他们的聪明了，这是多么轻松简截的事。

然而子君的葬式却又在我的眼前，是独自负着虚空的重担，在灰白的长路上前行，而又即刻消失在周围的严威和冷眼里了。

我愿意真有所谓鬼魂，真有所谓地狱，那么，即使在孽风怒吼之中，我也将寻觅子君，当面说出我的悔恨和悲哀，祈求她的饶恕；否则，地狱的毒焰将围绕我，猛烈地烧尽我的悔恨和悲哀。

我将在孽风和毒焰中拥抱子君，乞她宽容，或者使她快意……。

但是，这却更虚空于新的生路；现在所有的只是初春的夜，竟还是那么长。我活着，我总得向着新的生路跨出去，那第一步，——却不过是写下我的悔恨和悲哀，为子君，为自己。

我仍然只有唱歌一般的哭声，给子君送葬，葬在遗忘中。

我要遗忘；我为自己，并且要不再想到这用了遗忘给子君送葬。

我要向着新的生路跨进第一步去，我要将真实深深地藏在心的创伤中，默默地前行，用遗忘和说谎做我的前导……

一九二五年十月二十一日毕

弟兄

公益局一向无公可办，几个办事员在办公室里照例的谈家务。秦益堂捧着水烟筒咳得喘不过气来，大家也只得住口。久之，他抬起紫涨着的脸来了，还是气喘吁吁的，说：

"到昨天，他们又打起架来了，从堂屋一直打到门口。我怎么喝也喝不住。"他生着几根花白胡子的嘴唇还抖着。"老三说，老五折在公债票上的钱是不能开公账的，应该自己赔出来……"

"你看，还是为钱，"张沛君就慷慨地从破的躺椅上站起来，两眼在深眼眶里慈爱地闪烁，"我真不解自家的弟兄何必这样斤斤计较，岂不是横竖都一样？……"

"像你们的弟兄，那里有呢。"益堂说。

"我们就是不计较，彼此都一样。我们就将钱财两字不放在心上。这么一来，什么事也没有了。有谁家闹着要分的，我总是将我们的情形告诉他，劝他们不要计较。益翁也只要对令郎开导开导……"

"那——里……"益堂摇头说。

"这大概也怕不成。"汪月生说，于是恭敬地看着沛君的眼，"像你们的弟兄，实在是少有的；我没有遇见过。你们简直是谁也没有一点自私自利的心思，这就不容易……"

"他们一直从堂屋打到大门口……"益堂说。

"令弟仍然是忙？……"月生问。

"还是一礼拜十八点钟功课，外加九十三本作文，简直忙不过来。这几天可是请假了，身热，大概是受了一点寒……"

"我看这倒该小心些，"月生郑重地说："今天的报上就说，现在时症流行……"

"什么时症呢？"沛君吃惊了，赶忙地问。

"那我可说不清了。记得是什么热罢。"

沛君迈开步就奔向阅报室去。

"真是少有的，"月生目送他飞奔出去之后，向着秦益堂赞叹着。"他们两个人就像一个人。要是所有的弟兄都这样，家里那里还会闹乱子。我就学不来……"

"说是折在公债票上的钱不能开公账……"益堂将纸煤子插在纸煤管子里，恨恨地说。

办公室中暂时的寂静，不久就被沛君的步声和叫听差的声音震破了。他仿佛已经有什么大难临头似的，说话有些口吃了，声音也发着抖。他叫听差打电话给普悌思普大夫，请他即刻到同兴公寓张沛君那里去看病。

月生便知道他很着急，因为向来知道他虽然相信西医，而进款不多，平时也省，现在却请的是这里第一个有名而价贵的医生。于是迎了出去，只见他脸色青青的站在外面听听差打电话。

"怎么了？"

"报上说……说流行的是猩……猩红热。我我午后来局的时，靖甫就是满脸通红……已经出门了么？请……请他们打电话找，请他即刻来，同兴公寓，同兴公寓……"

他听听差打完电话，便奔进办公室，取了帽子。汪月生也代为着急，跟了进去。

"局长来时，请给我请假，说家里有病人，看医生……"他胡乱点着头，说。

"你去就是。局长也未必来。"月生说。

但是他似乎没有听到，已经奔出去了。

他到路上，已不再较量车价如平时一般，一看见一个稍微壮大，似乎能走的车夫，问过价钱，便一脚跨上车去，道："好。只要给我快走！"公寓却如平时一般，很平安、寂静；一个小伙计仍旧坐在门外拉胡琴。他走进他兄弟的卧室，觉得心跳得更利害，因为他脸上似乎见得更通红了，而且发喘。他伸手去一摸他的头，又热得炙手。

"不知道是什么病？不要紧罢？"靖甫问，眼里发出忧疑的光，显系他自己也觉得不寻常了。

"不要紧的……伤风罢了。"他支梧着回答说。

他平时是专爱破除迷信的，但此时却觉得靖甫的样子和说话都有些不祥，仿佛病人自己就有了什么预感。这思想更使他不安，立即走出，轻轻地叫了伙计，使他打电话去问医院：可曾找到了普大夫？

"就是啦，就是啦。还没有找到。"伙计在电话口边说。

沛君不但坐不稳，这时连立也不稳了；但他在焦急中，却忽而碰着了一条生路：也许并不是猩红热。然而普大夫没有找到……同寓的白问山虽然是中医，或者于病名倒还能断定的，但是他曾经对他说过好几回攻击中医的话：况且追请普大夫的电话，他也许已经听到了……

然而他终于去请白问山。

白问山却毫不介意，立刻戴起玳瑁边墨晶眼镜，同到靖甫的房里来。他诊过脉，在脸上端详一回，又翻开衣服看了胸部，便从从容容地告辞。沛君跟在后面，一直到他的房里。

他请沛君坐下，却是不开口。

"问山兄，舍弟究竟是……？"他忍不住发问了。

"红斑痧。你看他已经'见点'了。"

"那么，不是猩红热？"沛君有些高兴起来。

"他们西医叫猩红热，我们中医叫红斑痧。"

这立刻使他手脚觉得发冷。

"可以医么？"他愁苦地问。

"可以。不过这也要看你们府上的家运。"

他已经胡涂得连自己也不知道怎样竟请白问山开了药方，从他房里走出；但当经过电话机旁的时候，却又记起普大夫来了。他仍然去问医院，答说已经找到了，可是很忙，怕去得晚，须待明天早晨也说不定的。然而他还叮嘱他要今天一定到。

他走进房去点起灯来看，靖甫的脸更觉得通红了，的确还现出更红的点子，眼睑也浮肿起来。他坐着，却似乎所坐的是针毡；在夜的渐就寂静中，在他的翘望中，每一辆汽车的汽笛的呼啸声更使他听得分明，有时竟无端疑为普大夫的汽车，跳起来去迎接。但是他还未走到门口，那汽车却早经驶过去了；惘然地回身，经过院落时，见皓月已经西升，邻家的一株古槐，便投影地上，森森然更来加浓了他阴郁的心地。

突然一声乌鸦叫。这是他平日常常听到的；那古槐上就有三四个乌鸦窠。但他现在却吓得几乎站住了，心惊肉跳地轻轻地走进靖甫的房里时，见他闭了眼躺着，满脸仿佛都见得浮肿；但没有睡，大概是听到脚步声了，忽然张开眼来，那两道眼光在灯光中异样地凄怆地发闪。

"信么？"靖甫问。

"不，不。是我。"他吃惊，有些失措，吃吃地说，"是我。我想还是去请一个西医来，好得快一点。他还没有来……"

靖甫不答话，合了眼。他坐在窗前的书桌旁边，一切都静寂，只听得病人的急促的呼吸声，和闹钟的札札地作响。忽而远远地有汽车的汽笛发响了，使他的心立刻紧张起来，听它渐近，渐近，大概正到门口，要停下了罢，可是立刻听出，驶过去了。这样的许多回，他知道了汽笛声的各样：有如吹哨子的，有如击鼓的，有如放屁的，有如狗叫的，有如鸭叫的，有如牛吼的，有如母鸡惊啼的，有如呜咽的……他忽而怨愤自己：为什么早不留心，知道，那普大夫的汽笛是怎样的声音的呢？

对面的寓客还没有回来，照例是看戏，或是打茶围去了。但夜却已经很深了，连汽车也逐渐地减少。强烈的银白色的月光，照得纸窗发白。

他在等待的厌倦里，身心的紧张慢慢地弛缓下来了，至于不再去留心那些汽笛。但凌乱的思绪，却又乘机而起；他仿佛知道靖甫生的一定是猩红热，而且是不可救的。那么，家计怎么支持呢，靠自己一个？虽然住在小城里，可是百物也昂贵起来了……自己的三个孩子，他的两个，养活尚且难，还能进学校去读书么？只给一两个读书呢，那自然是自己的康儿最聪明，——然而大家一定要批评，说是薄待了兄弟的孩子……

后事怎么办呢，连买棺木的款子也不够，怎么能够运回家，只好暂时寄顿在义庄里……

忽然远远地有一阵脚步声进来，立刻使他跳起来了，走出房去，却知道是对面的寓客。

"先帝爷，在白帝城……"

他一听到这低微高兴的吟声，便失望、愤怒，几乎要奔上去叱骂他。但他接着又看见伙计提着风雨灯，灯光中照出后面跟着的皮鞋，上面的微明里是一个高大的人，白脸孔，黑的络腮胡子。这正是普悌思。

他像是得了宝贝一般，飞跑上去，将他领入病人的房中。两人都站在床面前，他擎了洋灯，照着。

"先生，他发烧……"沛君喘着说。

"什么时候，起的？"普悌思两手插在裤侧的袋子里，凝视着病人的脸，慢慢地问。

"前天。不，大……大大前天。"

普大夫不作声，略略按一按脉，又叫沛君擎高了洋灯，照着他在病人的脸上端详一回；又叫揭去被卧，解开衣服来给他看。看过之后，就伸出手指在肚子上去一摩。

"Measles……"普悌思低声自言自语似的说。

"疹子么？"他惊喜得声音也似乎发抖了。

"疹子。"

"就是疹子？……"

"疹子。"

"你原来没有出过疹子？……"

他高兴地刚在问靖甫时，普大夫已经走向书桌那边去了，于是也只得跟过去。只见他将一只脚踏在椅子上，拉过桌上的一张信笺，从衣袋里掏出一段很短的铅笔，就桌上飕飕地写了几个难以看清的字，这就是药方。

"怕药房已经关了罢？"沛君接了方，问。

"明天不要紧。明天吃。"

"明天再看？……"

"不要再看了。酸的，辣的，太咸的，不要吃。热退了之后，拿小便，送到我的，医院里来，查一查，就是了。装在，干净的，玻璃瓶；外面，写上名字。"

普大夫且说且走，一面接了一张五元的钞票塞入衣袋里，一径出去了。他送出去，看他上了车，开动了，然后转身，刚进店门，只听得背后 gö gö 的两声，他才知道普悌思的汽车的叫声原来是牛吼似的。但现在是知道也没有什么用了，他想。

房子里连灯光也显得愉悦；沛君仿佛万事都已做讫，周围都很平安，心里倒是空空洞洞的模样。他将钱和药方交给跟着进来的伙计，叫他明天一早到美亚药房去买药，因为这药房是普大夫指定的，说惟独这一家的药品最可靠。

"东城的美亚药房！一定得到那里去。记住：美亚药房！"他跟在出去的伙计后面，说。

院子里满是月色，白得如银；"在白帝城"的邻人已经睡觉了，一切都很幽静。只有桌上的闹钟愉快而平匀地札札地作响；虽然听到病人的呼吸，却是很调和。他坐下不多久，忽又高兴起来。

"你原来这么大了，竟还没有出过疹子？"他遇到了什么奇迹似的，惊奇地问。

"…………"

"你自己是不会记得的。须得问母亲才知道。"

"…………"

"母亲又不在这里，竟没有出过疹子。哈哈哈！"

沛君在床上醒来时，朝阳已从纸窗上射入，刺着他朦胧[1]的眼睛。但他却不能即刻动弹，只觉得四肢无力，而且背上冷冰冰的还有许多汗，而且看见床前站着一个满脸流血的孩子，自己正要去打她。

但这景象一刹那间便消失了，他还是独自睡在自己的房里，没有一个别的人。他解下枕衣来拭去胸前和背上的冷汗，穿好衣服，走向靖甫的房里去时，只见"在白帝城"的邻人正在院子里漱口，可见时候已经很不早了。

靖甫也醒着了，眼睁睁地躺在床上。

1　现代汉语常用"蒙眬"。"朦胧"今指月光不明，不清楚。

"今天怎样？"他立刻问。

"好些……"

"药还没有来么？"

"没有。"

他便在书桌旁坐下，正对着眠床；看靖甫的脸，已没有昨天那样通红了。但自己的头却还觉得昏昏的，梦的断片，也同时闪闪烁烁地浮出：

——靖甫也正是这样地躺着，但却是一个死尸。他忙着收殓，独自背了一口棺材，从大门外一径背到堂屋里去。地方仿佛是在家里，看见许多熟识的人们在旁边交口赞颂……

——他命令康儿和两个弟妹进学校去了；却还有两个孩子哭嚷着要跟去。他已经被哭嚷的声音缠得发烦，但同时也觉得自己有了最高的威权和极大的力。他看见自己的手掌比平常大了三四倍，铁铸似的，向荷生的脸上一掌批过去……

他因为这些梦迹的袭击，怕得想站起来，走出房外去，但终于没有动。也想将这些梦迹压下，忘却，但这些却像搅在水里的鹅毛一般，转了几个圈，终于非浮上来不可：

——荷生满脸是血，哭着进来了。他跳在神堂上……那孩子后面还跟着一群相识和不相识的人。他知道他们是都来攻击他的……

——"我决不至于昧了良心。你们不要受孩子的诳话的骗……"他听得自己这样说。

——荷生就在他身边，他又举起了手掌……

他忽而清醒了，觉得很疲劳，背上似乎还有些冷。靖甫静静地躺在对面，呼吸虽然急促，却是很调匀。桌上的闹钟似乎更用了大声札札地作响。

他旋转身子去，对了书桌，只见蒙着一层尘，再转脸去看纸窗，挂着的日历上，写着两个漆黑的隶书：廿七。

伙计送药进来了，还拿着一包书。

"什么？"靖甫睁开了眼睛，问。

"药。"他也从惝恍中觉醒，回答说。

"不，那一包。"

"先不管它。吃药罢。"他给靖甫服了药，这才拿起那包书来看，道，"索士寄来的。一定是你向他去借的那一本 *Sesame and Lilies*。"

靖甫伸手要过书去，但只将书面一看，书脊上的金字一摩，便放在枕边，默默地合上眼睛了。过了一会，高兴地低声说——

"等我好起来，译一点寄到文化书馆去卖几个钱，不知道他们可要……"

这一天，沛君到公益局比平日迟得多，将要下午了；办公室里已经充满了秦益堂的水烟的烟雾。汪月生远远地望见，便迎出来。

"嗄！来了。令弟全愈了罢？我想，这是不要紧的；时症年年有，没有什么要紧。我和益翁正惦记着呢；都说：怎么还不见来？现在来了，好了！但是，你看，你脸上的气色，多少……是的，和昨天多少两样。"

沛君也仿佛觉得这办公室和同事都和昨天有些两样，生疏了。虽然一切也还是他曾经看惯的东西：断了的衣钩，缺口的唾壶，杂乱而尘封的案卷，折足的破躺椅，坐在躺椅上捧着水烟筒咳嗽而且摇头叹气的秦益堂……

"他们也还是一直从堂屋打到大门口……"

"所以呀，"月生一面回答他，"我说你该将沛兄的事讲给他们，教他们学学他。要不然，真要把你老头儿气死了……"

"老三说，老五折在公债票上的钱是不能算公用的，应该……

应该……"益堂咳得弯下腰去了。

"真是'人心不同'……"月生说着，便转脸向了沛君，"那么，令弟没有什么？"

"没有什么。医生说是疹子。"

"疹子？是呵，现在外面孩子们正闹着疹子。我的同院住着的三个孩子也都出了疹子了。那是毫不要紧的。但你看，你昨天竟急得那么样，叫旁人看了也不能不感动，这真所谓'兄弟怡怡'。"

"昨天局长到局了没有？"

"还是'杳如黄鹤'。你去簿子上补画上一个'到'就是了。"

"说是应该自己赔。"益堂自言自语地说。"这公债票也真害人，我是一点也莫名其妙。你一沾手就上当。到昨天，到晚上，也还是从堂屋一直打到大门口。老三多两个孩子上学，老五也说他多用了公众的钱，气不过……"

"这真是愈加闹不清了！"月生失望似的说，"所以看见你们弟兄，沛君，我真是'五体投地'。是的，我敢说，这决不是当面恭维的话。"

沛君不开口，望见听差的送进一件公文来，便迎上去接在手里。月生也跟过去，就在他手里看着，念道——

"'公民郝上善等呈：东郊倒毙无名男尸一具请饬分局速行拨棺抬埋以资卫生而重公益由'。我来办。你还是早点回去罢，你一定惦记着令弟的病。你们真是'鹡鸰在原'……"

"不！"他不放手，"我来办。"

月生也就不再去抢着办了。沛君便十分安心似的沉静地走到自己的桌前，看着呈文，一面伸手去揭开了绿锈斑斓的墨盒盖。

一九二五年十一月三日

离婚

"阿阿，木叔！新年恭喜，发财发财！"

"你好，八三！恭喜恭喜！……"

"唉唉，恭喜！爱姑也在这里……"

"阿阿，木公公！……"

庄木三和他的女儿——爱姑——刚从木莲桥头跨下航船去，船里面就有许多声音一齐嗡的叫了起来，其中还有几个人捏着拳头打拱；同时，船旁的坐板也空出四人的坐位来了。庄木三一面招呼，一面就坐，将长烟管倚在船边；爱姑便坐在他左边，将两只钩刀样的脚正对着八三摆成一个"八"字。

"木公公上城去？"一个蟹壳脸的问。

"不上城，"木公公有些颓唐似的，但因为紫糖色脸上原有许多皱纹，所以倒也看不出什么大变化，"就是到庞庄去走一遭。"

合船都沉默了，只是看他们。

"也还是为了爱姑的事么？"好一会，八三质问了。

"还是为她。……这真是烦死我了，已经闹了整三年，打过多少回架，说过多少回和，总是不落局……"

"这回还是到慰老爷家里去？……"

"还是到他家。他给他们说和也不止一两回了，我都不依。这倒没有什么。这回是他家新年会亲，连城里的七大人也在……"

"七大人？"八三的眼睛睁大了。"他老人家也出来说话了么？……那是……其实呢，去年我们将他们的灶都拆掉了，总算已经出了一口恶气。况且爱姑回到那边去，其实呢，也没有什么味儿……"他于是顺下眼睛去。

"我倒并不贪图回到那边去,八三哥!"爱姑愤愤地昂起头,说,"我是赌气。你想,'小畜生'姘上了小寡妇,就不要我,事情有这么容易的?'老畜生'只知道帮儿子,也不要我,好容易呀!七大人怎样?难道和知县大老爷换帖,就不说人话了么?他不能像慰老爷似的不通,只说是'走散好走散好'。我倒要对他说说我这几年的艰难,且看七大人说谁不错!"

八三被说服了,再开不得口。

只有潺潺的船头激水声,船里很静寂。庄木三伸手去摸烟管,装上烟。

斜对面,挨八三坐着的一个胖子便从肚兜里掏出一柄打火刀,打着火绒,给他按在烟斗上。

"对对。"[1] 木三点头说。

"我们虽然是初会,木叔的名字却是早已知道的。"胖子恭敬地说。"是的,这里沿海三六十八村,谁不知道?施家的儿子姘上了寡妇,我们也早知道。去年木叔带了六位儿子去拆平了他家的灶,谁不说应该?……你老人家是高门大户都走得进的,脚步开阔,怕他们甚的!……"

"你这位阿叔真通气,"爱姑高兴地说,"我虽然不认识你这位阿叔是谁。"

"我叫汪得贵。"胖子连忙说。

"要撇掉我,是不行的。七大人也好,八大人也好。我总要闹得他们家败人亡!慰老爷不是劝过我四回么?连爹也看得赔贴的钱有点头昏眼热了……"

"你这妈的!"木三低声说。

---

1 "对对"是"对不起对不起"之略,或"得罪得罪"的合音;未详。——作者原注

"可是我听说去年年底施家送给慰老爷一桌酒席哩，八公公。"蟹壳脸道。

"那不碍事。"汪得贵说，"酒席能塞得人发昏么？酒席如果能塞得人发昏，送大菜又怎样？他们知书识理的人是专替人家讲公道话的，譬如，一个人受众人欺侮，他们就出来讲公道话，倒不在乎有没有酒喝。去年年底我们敝村的荣大爷从北京回来，他见过大场面的，不像我们乡下人一样。他就说，那边的第一个人物要算光太太，又硬……"

"汪家汇头的客人上岸哩！"船家大声叫着，船已经要停下来。

"有我有我！"胖子立刻一把取了烟管，从中舱一跳，随着前进的船走在岸上了。

"对对！"他还向船里面的人点头，说。

船便在新的静寂中继续前进；水声又很听得出了，潺潺的。八三开始打磕睡了，渐渐地向对面的钩刀式的脚张开了嘴。前舱中的两个老女人也低声哼起佛号来，她们撷着念珠，又都看爱姑，而且互视、努嘴、点头。

爱姑瞪着眼看定篷顶，大半正在悬想将来怎样闹得他们家败人亡；"老畜生""小畜生"，全都走投无路。慰老爷她是不放在眼里的，见过两回，不过一个团头团脑的矮子：这种人本村里就很多，无非脸色比他紫黑些。

庄木三的烟早已吸到底，火逼得斗底里的烟油吱吱地叫了，还吸着。他知道一过汪家汇头，就到庞庄；而且那村口的魁星阁也确乎已经望得见。庞庄，他到过许多回，不足道的，以及慰老爷。他还记得女儿的哭回来，他的亲家和女婿的可恶，后来给他们怎样地吃亏。想到这里，过去的情景便在眼前展开，一到惩治他亲家这一局，他向来是要冷冷地微笑的，但这回却不，不知怎的忽而横梗着一个胖胖的七大人，将他脑里的局面挤得摆不整齐了。

船在继续的寂静中继续前进；独有念佛声却宏大起来；此外一切，都似乎陪着木叔和爱姑一同浸在沉思里。

"木叔，你老上岸罢，庞庄到了。"

木三他们被船家的声音警觉时，面前已是魁星阁了。

他跳上岸，爱姑跟着，经过魁星阁下，向着慰老爷家走。朝南走过三十家门面，再转一个弯，就到了，早望见门口一列地泊着四只乌篷船。

他们跨进黑油大门时，便被邀进门房去；大门后已经坐满着两桌船夫和长年。爱姑不敢看他们，只是溜了一眼，倒也并不见有"老畜生"和"小畜生"的踪迹。

当工人搬出年糕汤来时，爱姑不由得越加局促不安起来了，连自己也不明白为什么。"难道和知县大老爷换帖，就不说人话么？"她想。"知书识理的人是讲公道话的。我要细细地对七大人说一说，从十五岁嫁过去做媳妇的时候起……"

她喝完年糕汤，知道时机将到。果然，不一会，她已经跟着一个长年，和她父亲经过大厅，又一弯，跨进客厅的门槛去了。

客厅里有许多东西，她不及细看；还有许多客，只见红青缎子马褂发闪。在这些中间第一眼就看见一个人，这一定是七大人了。虽然也是团头团脑，却比慰老爷们魁梧得多；大的圆脸上长着两条细眼和漆黑的细胡须，头顶是秃的，可是那脑壳和脸都很红润，油光光地发亮。爱姑很觉得稀奇，但也立刻自己解释明白了：那一定是擦着猪油的。

"这就是'屁塞'，就是古人大殓的时候塞在屁股眼里的。"七大人正拿着一条烂石似的东西，说着，又在自己的鼻子旁擦了两擦，接着道："可惜是'新坑'。倒也可以买得，至迟是汉。你看，这一点是'水银浸'……"

"水银浸"周围即刻聚集了几个头，一个自然是慰老爷；还有几位少爷们，因为被威光压得像瘪臭虫了，爱姑先前竟没有见。

她不懂后一段话；无意，而且也不敢去研究什么"水银浸"，便偷空向四处一看望，只见她后面，紧挨着门旁的墙壁，正站着"老畜生"和"小畜生"。虽然只一瞥，但较之半年前偶然看见的时候，分明都见得苍老了。

接着大家就都从"水银浸"周围散开；慰老爷接过"屁塞"，坐下，用指头摩挲着，转脸向庄木三说话。

"就是你们两个么？"

"是的。"

"你的儿子一个也没有来？"

"他们没有工夫。"

"本来新年正月又何必来劳动你们。但是，还是只为那件事……我想，你们也闹得够了。不是已经有两年多了么？我想，冤仇是宜解不宜结的。爱姑既然丈夫不对，公婆不喜欢……也还是照先前说过那样：走散的好。我没有这么大面子，说不通。七大人是最爱讲公道话的，你们也知道。现在七大人的意思也这样：和我一样。可是七大人说，两面都认点晦气罢，叫施家再添十块钱：九十元！"

"…………"

"九十元！你就是打官司打到皇帝伯伯跟前，也没有这么便宜。这话只有我们的七大人肯说。"

七大人睁起细眼，看着庄木三，点点头。

爱姑觉得事情有些危急了，她很怪平时沿海的居民对他都有几分惧怕的自己的父亲，为什么在这里竟说不出话。她以为这是大可不必的；她自从听到七大人的一段议论之后，虽不很懂，但不知怎的总觉得他其实是和蔼近人，并不如先前自己所揣想那样的可怕。

"七大人是知书识理，顶明白的；"她勇敢起来了，"不像我们乡下人。我是有冤无处诉；倒正要找七大人讲讲。自从我嫁过去，真是低头进，低头出，一礼不缺。他们就是专和我作对，一个个都像个'气杀钟馗'。那年的黄鼠狼咬死了那匹大公鸡，那里是我没有关好吗？那是那只杀头癞皮狗偷吃糠拌饭，拱开了鸡橱门。那'小畜生'不分青红皂白，就夹脸一嘴巴……"

七大人对她看了一眼。

"我知道那是有缘故的。这也逃不出七大人的明鉴；知书识理的人什么都知道。他就是着了那滥婊子的迷，要赶我出去。我是三茶六礼定来的，花轿抬来的呵！那么容易吗？……我一定要给他们一个颜色看，就是打官司也不要紧。县里不行，还有府里呢……"

"那些事是七大人都知道的。"慰老爷仰起脸来说，"爱姑，你要是不转头，没有什么便宜的。你就总是这模样。你看你的爹多少明白；你和你的弟兄都不像他。打官司打到府里，难道官府就不会问问七大人么？那时候是，'公事公办'，那是，……你简直……"

"那我就拼出一条命，大家家败人亡。"

"那倒并不是拼命的事，"七大人这才慢慢地说了，"年纪青青，一个人总要和气些：'和气生财'。对不对？我一添就是十块，那简直已经是'天外道理'了。要不然，公婆说'走'，就得走。莫说府里，就是上海、北京，就是外洋，都这样。你要不信，他就是刚从北京洋学堂里回来的，自己问他去。"于是转脸向着一个尖下巴的少爷道，"对不对？"

"的的确确。"尖下巴少爷赶忙挺直了身子，必恭必敬地低声说。

爱姑觉得自己是完全孤立了；爹不说话，弟兄不敢来，慰老爷是原本帮他们的，七大人又不可靠，连尖下巴少爷也低声下气地像一个瘪臭虫，还打"顺风锣"。但她在胡里胡涂的脑中，还仿佛决定要作一回最后的奋斗。

"怎么连七大人……"她满眼发了惊疑和失望的光，"是的……我知道，我们粗人，什么也不知道。就怨我爹连人情世故都不知道，老发昏了。就专凭他们'老畜生''小畜生'摆布；他们会报丧似的急急忙忙钻狗洞，巴结人……"

"七大人看看，"默默地站在她后面的"小畜生"忽然说话了，"她在大人面前还是这样。那在家里是，简直闹得六畜不安。叫我爹是'老畜生'，叫我是口口声声'小畜生''逃生子'[2]。"

"那个'娘滥十十万人生'的叫你'逃生子'？"爱姑回转脸去大声说，便又向着七大人道，"我还有话要当大众面前说说哩。他那里有好声好气呵，开口'贱胎'，闭口'娘杀'。自从结识了那婊子，连我的祖宗都入起来了。七大人，你给我批评批评，这……"

她打了一个寒噤，连忙住口，因为她看见七大人忽然两眼向上一翻，圆脸一仰，细长胡子围着的嘴里同时发出一种高大摇曳的声音来了。

"来～～～兮！"七大人说。

她觉得心脏一停，接着便突突地乱跳，似乎大势已去，局面都变了；仿佛失足掉在水里一般，但又知道这实在是自己错。

立刻进来一个蓝袍子黑背心的男人，对七大人站定，垂手挺腰，像一根木棍。

全客厅里是"鸦雀无声"。七大人将嘴一动，但谁也听不清说什么。然而那男人，却已经听到了，而且这命令的力量仿佛又已钻进了他的骨髓里，将身子牵了两牵，"毛骨耸然"似的；一面答

2　私生儿。——作者原注

应道：

"是。"他倒退了几步，才翻身走出去。

爱姑知道意外的事情就要到来，那事情是万料不到，也防不了的。她这时才又知道七大人实在威严，先前都是自己的误解，所以太放肆，太粗卤³了。她非常后悔，不由得自己说：

"我本来是专听七大人吩咐……"

全客厅里是"鸦雀无声"。她的话虽然微细得如丝，慰老爷却像听到霹雳似的了；他跳了起来。

"对呀！七大人也真公平，爱姑也真明白！"他夸赞着，便向庄木三，"老木，那你自然是没有什么说的了，她自己已经答应。我想你红绿帖是一定已经带来了的，我通知过你。那么，大家都拿出来……"

爱姑见她爹便伸手到肚兜里去掏东西；木棍似的那男人也进来了，将小乌龟模样的一个漆黑的扁的小东西递给七大人。爱姑怕事情有变故，连忙去看庄木三，见他已经在茶几上打开一个蓝布包裹，取出洋钱来。

七大人也将小乌龟头拔下，从那身子里面倒一点东西在掌心上；木棍似的男人便接了那扁东西去。七大人随即用那一只手的一个指头蘸着掌心，向自己的鼻孔里塞了两塞，鼻孔和人中立刻黄焦焦了。他皱着鼻子，似乎要打喷嚏。

庄木三正在数洋钱。慰老爷从那没有数过的一叠里取出一点来，交还了"老畜生"；又将两份红绿帖子互换了地方，推给两面，嘴里说道：

"你们都收好。老木，你要点清数目呀。这不是好当玩意儿的，银钱事情……"

---

3 现代汉语常用"粗鲁"。——编者注

"呃啾"的一声响，爱姑明知道是七大人打喷嚏了，但不由得转过眼去看。只见七大人张着嘴，仍旧在那里皱鼻子，一只手的两个指头却撮着一件东西，就是那"古人大殓的时候塞在屁股眼里的"，在鼻子旁边摩擦着。

好容易，庄木三点清了洋钱；两方面各将红绿帖子收起，大家的腰骨都似乎直得多，原先收紧着的脸相也宽懈下来，全客厅顿然见得一团和气了。

"好！事情是圆功了。"慰老爷看见他们两面都显出告别的神气，便吐一口气，说，"那么，嗡，再没有什么别的了。恭喜大吉，总算解了一个结。你们要走了么？不要走，在我们家里喝了新年喜酒去：这是难得的。"

"我们不喝了。存着，明年再来喝罢。"爱姑说。

"谢谢慰老爷。我们不喝了。我们还有事情……"庄木三，"老畜生"和"小畜生"，都说着，恭恭敬敬地退出去。

"唔？怎么？不喝一点去么？"慰老爷还注视着走在最后的爱姑，说。

"是的，不喝了。谢谢慰老爷。"

一九二五年十一月六日

朝花夕拾

小引

　　我常想在纷扰中寻出一点闲静来，然而委实不容易。目前是这么离奇，心里是这么芜杂。一个人做到只剩了回忆的时候，生涯大概总要算是无聊了罢，但有时竟会连回忆也没有。中国的做文章有轨范，世事也仍然是螺旋。前几天我离开中山大学的时候，便想起四个月以前的离开厦门大学；听到飞机在头上鸣叫，竟记得了一年前在北京城上日日旋绕的飞机。我那时还做了一篇短文，叫做《一觉》。现在是，连这"一觉"也没有了。

　　广州的天气热得真早，夕阳从西窗射入，逼得人只能勉强穿一件单衣。书桌上的一盆"水横枝"，是我先前没有见过的：就是一段树，只要浸在水中，枝叶便青葱得可爱。看看绿叶，编编旧稿，总算也在做一点事。做着这等事，真是虽生之日、犹死之年，很可以驱除炎热的。

　　前天，已将《野草》编定了，这回便轮到陆续载在《莽原》上的《旧事重提》，我还替他改了一个名称：《朝花夕拾》。带露折花，色香自然要好得多，但是我不能够。便是现在心目中的离奇和芜杂，我也还不能使他即刻幻化，转成离奇和芜杂的文章。或者，他日仰看流云时，会在我的眼前一闪烁罢。

　　我有一时，曾经屡次忆起儿时在故乡所吃的蔬果：菱角、罗汉豆、茭白、香瓜。凡这些，都是极其鲜美可口的；都曾是使我思乡的蛊惑。后来，我在久别之后尝到了，也不过如此；惟独在记忆上，还有旧来的意味留存。他们也许要哄骗我一生，使我时时反顾。

　　这十篇就是从记忆中抄出来的，与实际内容或有些不同，然而我现在只记得是这样。文体大概很杂乱，因为是或作或辍，经了九个月之多。环境也不一：前两篇写于北京寓所的东壁下；中三篇是流离中所作，地方是医院和木匠房；后五篇却在厦门大学的图书馆的楼上，已经是被学者们挤出集团之后了。

一九二七年五月一日，鲁迅于广州白云楼记。

狗·猫·鼠

　　从去年起，仿佛听得有人说我是仇猫的。那根据自然是在我的那一篇《兔和猫》；这是自画招供，当然无话可说，——但倒也毫不介意。一到今年，我可很有点担心了。我是常不免于弄弄笔墨的，写了下来，印了出去，对于有些人似乎总是搔着痒处的时候少，碰着痛处的时候多。万一不谨，甚而至于得罪了名人或名教授，或者更甚而至于得罪了"负有指导青年责任的前辈"之流，可就危险已极。为什么呢？因为这些大脚色[1]是"不好惹"的。怎地"不好惹"呢？就是怕要浑身发热之后，做一封信登在报纸上，广告道："看哪！狗不是仇猫的么？鲁迅先生却自己承认是仇猫的，而他还说要打'落水狗'！"这"逻辑"的奥义，即在用我的话，来证明我倒是狗，于是而凡有言说，全都根本推翻，即使我说二二得四，三三见九，也没有一字不错。这些既然都错，则绅士口头的二二得七，三三见千等等，自然就不错了。

　　我于是就间或留心着查考它们成仇的"动机"。这也并非敢妄学现下的学者以动机来褒贬作品的那些时髦，不过想给自己预先洗刷洗刷。据我想，这在动物心理学家，是用不着费什么力气的，可惜我没有这学问。后来，在覃哈特博士（Dr. O. Dähnhardt）的《自然史底国民童话》里，总算发见了那原因了。据说，是这么一回事：动物们因为要商议要事，开了一个会议，鸟、鱼、兽都齐集了，单是缺了象。大家议定，派伙计去迎接它，拈到了当这差使的阄的就是狗。"我怎么找到那象呢？我没有见过它，也和它不认识。"它问。

1　现代汉语常用"角色"。——编者注

"那容易，"大众说，"它是驼背的。"狗去了，遇见一匹猫，立刻弓起脊梁来，它便招待，同行，将弓着脊梁的猫介绍给大家道："象在这里！"但是大家都嗤笑它了。从此以后，狗和猫便成了仇家。

日耳曼人走出森林虽然还不很久，学术文艺却已经很可观，便是书籍的装潢，玩具的工致，也无不令人心爱。独有这一篇童话却实在不漂亮；结怨也结得没有意思。猫的弓起脊梁，并不是希图冒充，故意摆架子的，其咎却在狗的自己没眼力。然而原因也总可以算作一个原因。我的仇猫，是和这大大两样的。

其实人禽之辨，本不必这样严。在动物界，虽然并不如古人所幻想的那样舒适自由，可是噜苏做作的事总比人间少。它们适性任情，对就对，错就错，不说一句分辩话。虫蛆也许是不干净的，但它们并没有自鸣清高[2]；鸷禽猛兽以较弱的动物为饵，不妨说是凶残的罢，但它们从来就没有竖过"公理""正义"的旗子，使牺牲者直到被吃的时候为止，还是一味佩服赞叹它们。人呢，能直立了，自然是一大进步；能说话了，自然又是一大进步；能写字作文了，自然又是一大进步。然而也就堕落，因为那时也开始了说空话。说空话尚无不可，甚至于连自己也不知道说着违心之论，则对于只能嗥叫的动物，实在免不得"颜厚有忸怩"。假使真有一位一视同仁的造物主，高高在上，那么，对于人类的这些小聪明，也许倒以为多事，正如我们在万生园里，看见猴子翻筋斗，母象请安，虽然往往破颜一笑，但同时也觉得不舒服，甚至于感到悲哀，以为这些多余的聪明，倒不如没有的好罢。然而，既经为人，便也只好"党同伐异"，学着人们的说话，随俗来谈一谈，——辩一辩了。

现在说起我仇猫的原因来，自己觉得是理由充足，而且光明正大的。一，它的性情就和别的猛兽不同，凡捕食雀、鼠，总不肯一

2　现代汉语常用"自命清高"。——编者注

口咬死，定要尽情玩弄，放走，又捉住，捉住，又放走，直待自己玩厌了，这才吃下去，颇与人们的幸灾乐祸，慢慢地折磨弱者的坏脾气相同。二，它不是和狮虎同族的么？可是有这么一副媚态！但这也许是限于天分之故罢，假使它的身材比现在大十倍，那就真不知道它所取的是怎么一种态度。然而，这些口实，仿佛又是现在提起笔来的时候添出来的，虽然也像是当时涌上心来的理由。要说得可靠一点，或者倒不如说不过因为它们配合时候的嗥叫，手续竟有这么繁重，闹得别人心烦，尤其是夜间要看书，睡觉的时候。当这些时候，我便要用长竹竿去攻击它们。狗们在大道上配合时，常有闲汉拿了木棍痛打；我曾见勃鲁盖尔（P. Bruegel d. Ä）的一张铜版画 Allegorie der Wollust 上，也画着这回事，可见这样的举动，是中外古今一致的。自从那执拗的奥国学者弗洛伊德（S. Freud）提倡了精神分析说——Psychoanalysis，听说章士钊先生是译作"心解"的，虽然简古，可是实在难解得很——以来，我们的名人教授也颇有隐隐约约、检来应用的了，这些事便不免又要归宿到性欲上去。打狗的事我不管，至于我的打猫，却只因为它们嚷嚷，此外并无恶意，我自信我的嫉妒心还没有这么博大，当现下"动辄获咎"之秋，这是不可不预先声明的。例如人们当配合之前，也很有些手续，新的是写情书，少则一束，多则一捆；旧的是什么"问名""纳采"，磕头作揖，去年海昌蒋氏在北京举行婚礼，拜来拜去，就十足拜了三天，还印有一本红面子的《婚礼节文》，《序论》里大发议论道："平心论之，既名为礼，当必繁重。专图简易，何用礼为？……然则世之有志于礼者，可以兴矣！不可退居于礼所不下之庶人矣！"然而我毫不生气，这是因为无须我到场；因此也可见我的仇猫，理由实在简简单单，只为了它们在我的耳朵边尽嚷的缘故。人们的各种礼式，局外人可以不见不闻，我就满不管，但如果当我正要看书或睡觉的时候，有人来勒令朗诵情书，奉陪作揖，那是为自卫起见，还要用长竹竿来抵御的。还有，平素不大交往的人，忽而寄给我一个红帖子，上面印着"为舍妹出阁""小儿完姻""敬请观礼"或"阖第光临"这些含有"阴险的暗示"的句子，使我不化钱便总觉得有些过意不去的，我也不十分高兴。

但是，这都是近时的话。再一回忆，我的仇猫却远在能够说出这些理由之前，也许是还在十岁上下的时候了。至今还分明记得，那原因是极其简单的：只因为它吃老鼠，——吃了我饲养着的可爱的小小的隐鼠。

听说西洋是不很喜欢黑猫的，不知道可确；但 Edgar Allan Poe 的小说里的黑猫，却实在有点骇人。日本的猫善于成精，传说中的"猫婆"，那食人的惨酷[3]确是更可怕。中国古时候虽然曾有"猫鬼"，近来却很少听到猫的兴妖作怪，似乎古法已经失传，老实起来了。只是我在童年，总觉得它有点妖气，没有什么好感。那是一个我的幼时的夏夜，我躺在一株大桂树下的小板桌上乘凉，祖母摇着芭蕉扇坐在桌旁，给我猜谜，讲故事。忽然，桂树上沙沙地有趾爪的爬搔声，一对闪闪的眼睛在暗中随声而下，使我吃惊，也将祖母讲着的话打断，另讲猫的故事了——

"你知道么？猫是老虎的先生。"她说，"小孩子怎么会知道呢，猫是老虎的师父。老虎本来是什么也不会的，就投到猫的门下来。猫就教给它扑的方法，捉的方法，吃的方法，像自己的捉老鼠一样。这些教完了；老虎想，本领都学到了，谁也比不过它了，只有老师的猫还比自己强，要是杀掉猫，自己便是最强的脚色了。它打定主意，就上前去扑猫。猫是早知道它的来意的，一跳，便上了树，老虎却只能眼睁睁地在树下蹲着。它还没有将一切本领传授完，还没有教给它上树。"

3　现代汉语常用"残酷"。——编者注

这是侥幸的，我想，幸而老虎很性急，否则从桂树上就会爬下一匹老虎来。然而究竟很怕人，我要进屋子里睡觉去了。夜色更加黯然；桂叶瑟瑟地作响，微风也吹动了，想来草席定已微凉，躺着也不至于烦得翻来覆去了。

几百年的老屋中的豆油灯的微光下，是老鼠跳梁的世界，飘忽地走着，吱吱地叫着，那态度往往比"名人名教授"还轩昂。猫是饲养着的，然而吃饭不管事。祖母她们虽然常恨鼠子们啮破了箱柜，偷吃了东西，我却以为这也算不得什么大罪，也和我不相干，况且这类坏事大概是大个子的老鼠做的，决不能诬陷到我所爱的小鼠身上去。这类小鼠大抵在地上走动，只有拇指那么大，也不很畏惧人，我们那里叫它"隐鼠"，与专住在屋上的伟大者是两种。我的床前就帖着两张花纸，一是"八戒招赘"，满纸长嘴大耳，我以为不甚雅观；别的一张"老鼠成亲"却可爱，自新郎新妇以至傧相、宾客、执事，没有一个不是尖腮细腿，像煞读书人的，但穿的都是红衫绿裤。我想，能举办这样大仪式的，一定只有我所喜欢的那些隐鼠。现在是粗俗了，在路上遇见人类的迎娶仪仗，也不过当作性交的广告看，不甚留心；但那时的想看"老鼠成亲"的仪式，却极其神往，即使像海昌蒋氏似的连拜三夜，怕也未必会看得心烦。正月十四的夜，是我不肯轻易便睡，等候它们的仪仗从床下出来的夜。然而仍然只看见几个光着身子的隐鼠在地面游行，不像正在办着喜事。直到我熬不住了，快快睡去，一睁眼却已经天明，到了灯节了。也许鼠族的婚仪，不但不分请帖，来收罗贺礼，虽是真的"观礼"，也绝对不欢迎的罢，我想，这是它们向来的习惯，无法抗议的。

老鼠的大敌其实并不是猫。春后，你听到它"咋！咋咋咋咋！"地叫着，大家称为"老鼠数铜钱"的，便知道它的可怕的屠伯已经光降了。这声音是表现绝望的惊恐的，虽然遇见猫，还不至于这样叫。

猫自然也可怕，但老鼠只要窜进一个小洞去，它也就奈何不得，逃命的机会还很多。独有那可怕的屠伯——蛇，身体是细长的，圆径和鼠子差不多，凡鼠子能到的地方，它也能到，追逐的时间也格外长，而且万难幸免，当"数钱"的时候，大概是已经没有第二步办法的了。

有一回，我就听得一间空屋里有着这种"数钱"的声音，推门进去，一条蛇伏在横梁上，看地上，躺着一匹隐鼠，口角流血，但两胁还是一起一落的。取来给躺在一个纸盒子里，大半天，竟醒过来了，渐渐地能够饮食、行走，到第二日，似乎就复了原，但是不逃走。放在地上，也时时跑到人面前来，而且缘腿而上，一直爬到膝髁。给放在饭桌上，便检吃些菜渣，舐舐碗沿；放在我的书桌上，则从容地游行，看见砚台便舐吃了研着的墨汁。这使我非常惊喜了。我听父亲说过的，中国有一种墨猴，只有拇指一般大，全身的毛是漆黑而且发亮的。它睡在笔筒里，一听到磨墨，便跳出来，等着，等到人写完字，套上笔，就舐尽了砚上的余墨，仍旧跳进笔筒里去了。我就极愿意有这样的一个墨猴，可是得不到；问那里有，那里买的呢，谁也不知道。"慰情聊胜无"，这隐鼠总可以算是我的墨猴了罢，虽然它舐吃墨汁，并不一定肯等到我写完字。

现在已经记不分明，这样地大约有一两月；有一天，我忽然感到寂寞了，真所谓"若有所失"。我的隐鼠，是常在眼前游行的，或桌上，或地上。而这一日却大半天没有见，大家吃午饭了，也不见它走出来，平时，是一定出现的。我再等着，再等它一半天，然而仍然没有见。

长妈妈，一个一向带领着我的女工，也许是以为我等得太苦了罢，轻轻地来告诉我一句话。这即刻使我愤怒而且悲哀，决心和猫们为敌。她说：隐鼠是昨天晚上被猫吃去了！

当我失掉了所爱的，心中有着空虚时，我要充填以报仇的恶念！

　　我的报仇，就从家里饲养着的一匹花猫起手，逐渐推广，至于凡所遇见的诸猫。最先不过是追赶、袭击；后来却愈加巧妙了，能飞石击中它们的头，或诱入空屋里面，打得它垂头丧气。这作战继续得颇长久，此后似乎猫都不来近我了。但对于它们纵使怎样战胜，大约也算不得一个英雄；况且中国毕生和猫打仗的人也未必多，所以一切韬略、战绩，还是全都省略了罢。

　　但许多天之后，也许是已经经过了大半年，我竟偶然得到一个意外的消息：那隐鼠其实并非被猫所害，倒是它缘着长妈妈的腿要爬上去，被她一脚踏死了。

　　这确是先前所没有料想到的。现在我已经记不清当时是怎样一个感想，但和猫的感情却终于没有融和；到了北京，还因为它伤害了兔的儿女们，便旧隙夹新嫌，使出更辣的辣手。"仇猫"的话柄，也从此传扬开来。然而在现在，这些早已是过去的事了，我已经改变态度，对猫颇为客气，倘其万不得已，则赶走而已，决不打伤它们，更何况杀害。这是我近几年的进步。经验既多，一旦大悟，知道猫的偷鱼肉、拖小鸡，深夜大叫，人们自然十之九是憎恶的，而这憎恶是在猫身上。假如我出而为人们驱除这憎恶，打伤或杀害了它，它便立刻变为可怜，那憎恶倒移在我身上了。所以，目下的办法，是凡遇猫们捣乱，至于有人讨厌时，我便站出去，在门口大声叱曰："嘘！滚！"小小平静，即回书房，这样，就长保着御侮保家的资格。其实这方法，中国的官兵就常在实做的，他们总不肯扫清土匪或扑灭敌人，因为这么一来，就要不被重视，甚至于因失其用处而被裁汰。我想，如果能将这方法推广应用，我大概也总可望成为所谓"指导青年"的"前辈"的罢，但现下也还未决心实践，正在研究而且推敲。

一九二六年二月二十一日

阿长与《山海经》

　　长妈妈，已经说过，是一个一向带领着我的女工，说得阔气一点，就是我的保姆。我的母亲和许多别的人都这样称呼她，似乎略带些客气的意思。只有祖母叫她阿长。我平时叫她"阿妈"，连"长"字也不带；但到憎恶她的时候，——例如知道了谋死我那隐鼠的却是她的时候，就叫她阿长。

　　我们那里没有姓长的；她生得黄胖而矮，"长"也不是形容词。又不是她的名字，记得她自己说过，她的名字是叫作什么姑娘的。什么姑娘，我现在已经忘却了，总之不是长姑娘；也终于不知道她姓什么。记得她也曾告诉过我这个名称的来历：先前的先前，我家有一个女工，身材生得很高大，这就是真阿长。后来她回去了，我那什么姑娘才来补她的缺，然而大家因为叫惯了，没有再改口，于是她从此也就成为长妈妈了。

　　虽然背地里说人长短不是好事情，但倘使要我说句真心话，我可只得说：我实在不大佩服她。最讨厌的是常喜欢切切察察，向人们低声絮说些什么事。还竖起第二个手指，在空中上下摇动，或者点着对手或自己的鼻尖。我的家里一有些小风波，不知怎的我总疑心和这"切切察察"有些关系。又不许我走动，拔一株草，翻一块石头，就说我顽皮，要告诉我的母亲去了。一到夏天，睡觉时她又伸开两脚两手，在床中间摆成一个"大"字，挤得我没有余地翻身，久睡在一角的席子上，又已经烤得那么热。推她呢，不动；叫她呢，也不闻。

　　"长妈妈生得那么胖，一定很怕热罢？晚上的睡相，怕不见得很好罢？……"

母亲听到我多回诉苦之后，曾经这样地问过她。我也知道这意思是要她多给我一些空席。她不开口。但到夜里，我热得醒来的时候，却仍然看见满床摆着一个"大"字，一条臂膊还搁在我的颈子上。我想，这实在是无法可想了。

但是她懂得许多规矩；这些规矩，也大概是我所不耐烦的。一年中最高兴的时节，自然要数除夕了。辞岁之后，从长辈得到压岁钱，红纸包着，放在枕边，只要过一宵，便可以随意使用。睡在枕上，看着红包，想到明天买来的小鼓、刀枪、泥人、糖菩萨……然而她进来，又将一个福橘放在床头了。

"哥儿，你牢牢记住！"她极其郑重地说，"明天是正月初一，清早一睁开眼睛，第一句话就得对我说：'阿妈，恭喜恭喜！'记得么？你要记着，这是一年的运气的事情。不许说别的话！说过之后，还得吃一点福橘。"她又拿起那橘子来在我的眼前摇了两摇，"那么，一年到头，顺顺流流……"

梦里也记得元旦的，第二天醒得特别早，一醒，就要坐起来。她却立刻伸出臂膊，一把将我按住。我惊异地看她时，只见她惶急地看着我。

她又有所要求似的，摇着我的肩。我忽而记得了——

"阿妈，恭喜……"

"恭喜恭喜！大家恭喜！真聪明！恭喜恭喜！"她于是十分喜欢似的，笑将起来，同时将一点冰冷的东西，塞在我的嘴里。我大吃一惊之后，也就忽而记得，这就是所谓福橘，元旦辟头的磨难，总算已经受完，可以下床玩耍去了。

她教给我的道理还很多，例如说人死了，不该说死掉，必须说"老掉了"；死了人，生了孩子的屋子里，不应该走进去；饭粒落在地上，必须拣起来，最好是吃下去；晒裤子用的竹竿底下，是万不可钻过去的……此外，现在大抵忘却了，只有元旦的古怪仪式记得最清楚。总之，都是些烦琐之至，至今想起来还觉得非常麻烦的事情。

然而我有一时也对她发生过空前的敬意。她常常对我讲"长毛"。她之所谓"长毛"者，不但洪秀全军，似乎连后来一切土匪强盗都在内，但除却革命党，因为那时还没有。她说得长毛非常可怕，他们的话就听不懂。她说先前长毛进城的时候，我家全都逃到海边去了，只留一个门房和年老的煮饭老妈子看家。后来长毛果然进门来了，那老妈子便叫他们"大王"，——据说对长毛就应该这样叫，——诉说自己的饥饿。长毛笑道："那么，这东西就给你吃了罢！"将一个圆圆的东西掷了过来，还带着一条小辫子，正是那门房的头。煮饭老妈子从此就骇破了胆，后来一提起，还是立刻面如土色，自己轻轻地拍着胸脯道："阿呀，骇死我了，骇死我了……"

我那时似乎倒并不怕，因为我觉得这些事和我毫不相干的，我不是一个门房。但她大概也即觉到了，说道："像你似的小孩子，长毛也要掳的，掳去做小长毛。还有好看的姑娘，也要掳。"

"那么，你是不要紧的。"我以为她一定最安全了，既不做门房，又不是小孩子，也生得不好看，况且颈子上还有许多灸疮疤。

"那里的话？！"她严肃地说，"我们就没有用处？我们也要被掳去。城外有兵来攻的时候，长毛就叫我们脱下裤子，一排一排地站在城墙上，外面的大炮就放不出来；再要放，就炸了！"

这实在是出于我意想之外的，不能不惊异。我一向只以为她满肚子是麻烦的礼节罢了，却不料她还有这样伟大的神力。从此对于她就有了特别的敬意，似乎实在深不可测；夜间的伸开手脚，占领全床，那当然是情有可原的了，倒应该我退让。

这种敬意，虽然也逐渐淡薄起来，但完全消失，大概是在知道她谋害了我的隐鼠之后。那时就极严重地诘问，而且当面叫她阿长。我想我又不真做小长毛，不去攻城，也不放炮，更不怕炮炸，我惧惮她什么呢！

但当我哀悼隐鼠，给它复仇的时候，一面又在渴慕着绘图的《山海经》了。这渴慕是从一个远房的叔祖惹起来的。他是一个胖胖的、和蔼的老人，爱种一点花木，如珠兰、茉莉之类，还有极其少见的，据说从北边带回去的马缨花。他的太太却正相反，什么也莫名其妙，曾将晒衣服的竹竿搁在珠兰的枝条上，枝折了，还要愤愤地咒骂道："死尸！"这老人是个寂寞者，因为无人可谈，就很爱和孩子们往来，有时简直称我们为"小友"。在我们聚族而居的宅子里，只有他书多，而且特别。制艺和试帖诗，自然也是有的；但我却只在他的书斋里，看见过陆玑的《毛诗草木鸟兽虫鱼疏》，还有许多名目很生的书籍。我那时最爱看的是《花镜》，上面有许多图。他说给我听，曾经有过一部绘图的《山海经》，画着人面的兽、九头的蛇、三脚的鸟、生着翅膀的人、没有头而以两乳当作眼睛的怪物……可惜现在不知道放在那里了。

我很愿意看看这样的图画，但不好意思力逼他去寻找，他是很疏懒的。问别人呢，谁也不肯真实地回答我。压岁钱还有几百文，买罢，又没有好机会。有书买的大街离我家远得很，我一年中只能在正月间去玩一趟，那时候，两家书店都紧紧地关着门。

玩的时候倒是没有什么的，但一坐下，我就记得绘图的《山海经》。

大概是太过于念念不忘了，连阿长也来问《山海经》是怎么一回事。这是我向来没有和她说过的，我知道她并非学者，说了也无益；但既然来问，也就都对她说了。

过了十多天，或者一个月罢，我还很记得，是她告假回家以后的四五天，她穿着新的蓝布衫回来了，一见面，就将一包书递给我，高兴地说道：

"哥儿，有画儿的'三哼经'，我给你买来了！"

我似乎遇着了一个霹雳，全体都震悚起来；赶紧去接过来，打开纸包，是四本小小的书，略略一翻，人面的兽、九头的蛇……果然都在内。

这又使我发生新的敬意了，别人不肯做，或不能做的事，她却能够做成功。她确有伟大的神力。谋害隐鼠的怨恨，从此完全消灭了。

这四本书，乃是我最初得到，最为心爱的宝书。

书的模样，到现在还在眼前。可是从还在眼前的模样来说，却是一部刻印都十分粗拙的本子。纸张很黄；图像也很坏，甚至于几乎全用直线凑合，连动物的眼睛也都是长方形的。但那是我最为心爱的宝书，看起来，确是人面的兽，九头的蛇，一脚的牛，袋子似的帝江，没有头而"以乳为目，以脐为口"、还要"执干戚而舞"的刑天。

此后我就更其搜集绘图的书，于是有了石印的《尔雅音图》和《毛诗品物图考》，又有了《点石斋丛画》和《诗画舫》。《山海经》也另买了一部石印的，每卷都有图赞，绿色的画，字是红的，比那木刻的精致得多了。这一部直到前年还在，是缩印的郝懿行疏。木刻的却已经记不清是什么时候失掉了。

我的保姆，长妈妈即阿长，辞了这人世，大概也有了三十年了罢。我终于不知道她的姓名，她的经历；仅知道有一个过继的儿子，她大约是青年守寡的孤孀。

仁厚黑暗的地母呵，愿在你怀里永安她的魂灵！

三月十日

《二十四孝图》

我总要上下四方寻求，得到一种最黑、最黑、最黑的咒文，先来诅咒一切反对白话，妨害白话者。即使人死了真有灵魂，因这最恶的心，应该堕入地狱，也将决不改悔，总要先来诅咒一切反对白话，妨害白话者。

自从所谓"文学革命"以来，供给孩子的书籍，和欧、美、日本的一比较，虽然很可怜，但总算有图有说，只要能读下去，就可以懂得的了。可是一班别有心肠的人们，便竭力来阻遏它，要使孩子的世界中，没有一丝乐趣。北京现在常用"马虎子"这一句话来恐吓孩子们。或者说，那就是《开河记》上所载的，给隋炀帝开河，蒸死小儿的麻叔谋；正确地写起来，须是"麻胡子"。那么，这麻叔谋乃是胡人了。但无论他是甚么人，他的吃小孩究竟也还有限，不过尽他的一生。妨害白话者的流毒却甚于洪水猛兽，非常广大，也非常长久，能使全中国化成一个麻胡，凡有孩子都死在他肚子里。

只要对于白话来加以谋害者，都应该灭亡！

这些话，绅士们自然难免要掩住耳朵的，因为就是所谓"跳到半天空，骂得体无完肤，——还不肯罢休"。而且文士们一定也要骂，以为大悖于"文格"，亦即大损于"人格"。岂不是"言者心声也"么？"文"和"人"当然是相关的，虽然人间世本来千奇百怪，教授们中也有"不尊敬"作者的人格而不能"不说他的小说好"的特别种族。但这些我都不管，因为我幸而还没有爬上"象牙之塔"去，正无须怎样小心。倘若无意中竟已撞上了，那就即刻跌下来罢。然而在跌下来的中途，当还未到地之前，还要说一遍：

只要对于白话来加以谋害者，都应该灭亡！

每看见小学生欢天喜地地看着一本粗拙的《儿童世界》之类，另想到别国的儿童用书的精美，自然要觉得中国儿童的可怜。但回忆起我和我的同窗小友的童年，却不能不以为他幸福，给我们的永逝的韶光一个悲哀的吊唁。我们那时有什么可看呢，只要略有图画的本子，就要被塾师，就是当时的"引导青年的前辈"禁止、呵斥，甚而至于打手心。我的小同学因为专读"人之初性本善"读得要枯燥而死了，只好偷偷地翻开第一叶，看那题着"文星高照"四个字的恶鬼一般的魁星像，来满足他幼稚的爱美的天性。昨天看这个，今天也看这个，然而他们的眼睛里还闪出苏醒和欢喜的光辉来。

在书塾以外，禁令可比较的宽了，但这是说自己的事，各人大概不一样。我能在大众面前，冠冕堂皇地阅看的，是《文昌帝君阴骘文图说》和《玉历钞传》，都画着冥冥之中赏善罚恶的故事，雷公电母站在云中，牛头马面布满地下，不但"跳到半天空"是触犯天条的，即使半语不合，一念偶差，也都得受相当的报应。这所报的也并非"睚眦之怨"，因为那地方是鬼神为君，"公理"作宰，请酒下跪，全都无功，简直是无法可想。在中国的天地间，不但做人，便是做鬼，也艰难极了。然而究竟很有比阳间更好的处所：无所谓"绅士"，也没有"流言"。

阴间，倘要稳妥，是颂扬不得的。尤其是常常好弄笔墨的人，在现在的中国，流言的治下，而又大谈"言行一致"的时候。前车可鉴，听说阿尔志跋绥夫曾答一个少女的质问说："惟有在人生的事实这本身中寻出欢喜者，可以活下去。倘若在那里什么也不见，他们其实倒不如死。"于是乎有一个叫作密哈罗夫的，寄信嘲骂他道，"……所以我完全诚实地劝你自杀来祸福你自己的生命，因为这第一是合于逻辑，第二是你的言语和行为不至于背驰。"

其实这论法就是谋杀，他就这样地在他的人生中寻出欢喜来。

阿尔志跋绥夫只发了一大通牢骚，没有自杀。密哈罗夫先生后来不知道怎样，这一个欢喜失掉了，或者另外又寻到了"什么"了罢。诚然，"这些时候，勇敢，是安稳的；情热，是毫无危险的。"

然而，对于阴间，我终于已经颂扬过了，无法追改；虽有"言行不符"之嫌，但确没有受过阎王或小鬼的半文津贴，则差可以自解。总而言之，还是仍然写下去罢：

我所看的那些阴间的图画，都是家藏的老书，并非我所专有。我所收得的最先的画图本子，是一位长辈的赠品：《二十四孝图》。这虽然不过薄薄的一本书，但是下图上说，鬼少人多，又为我一人所独有，使我高兴极了。那里面的故事，似乎是谁都知道的；便是不识字的人，例如阿长，也只要一看图画便能够滔滔地讲出这一段的事迹。但是，我于高兴之余，接着就是扫兴，因为我请人讲完了二十四个故事之后，才知道"孝"有如此之难，对于先前痴心妄想，想做孝子的计划，完全绝望了。

"人之初，性本善"么？这并非现在要加研究的问题。但我还依稀记得，我幼小时候实未尝蓄意忤逆，对于父母，倒是极愿意孝顺的。不过年幼无知，只用了私见来解释"孝顺"的做法，以为无非是"听话"，"从命"，以及长大之后，给年老的父母好好地吃饭罢了。自从得了这一本孝子的教科书以后，才知道并不然，而且还要难到几十几百倍。其中自然也有可以勉力仿效的，如"子路负米""黄香扇枕"之类。"陆绩怀橘"也并不难，只要有阔人请我吃饭。"鲁迅先生作宾客而怀橘乎？"我便跪答云，"吾母性之所爱，欲归以遗母。"阔人大佩服，于是孝子就做稳了，也非常省事。"哭竹生笋"就可疑，怕我的精诚未必会这样感动天地。但是哭不出笋来，还不过抛脸而已，一到"卧冰求鲤"，可就有性命之虞了。我乡的天气是温和的，严冬中，水面也只结一层薄冰，即使孩子的重量怎样小，躺上去，也一定哗喇一声，冰破落水，鲤鱼还不及游过来。自然，必须不顾性命，这才孝感神明，会有出乎意料之外的奇迹，但那时我还小，实在不明白这些。

其中最使我不解，甚至于发生反感的，是"老莱娱亲"和"郭巨埋儿"两件事。

我至今还记得，一个躺在父母跟前的老头子，一个抱在母亲手上的小孩子，是怎样地使我发生不同的感想呵。他们一手都拿着"摇咕咚"。这玩意儿确是可爱的，北京称为小鼓，盖即鼗也，朱熹曰，"鼗，小鼓，两旁有耳；持其柄而摇之，则旁耳还自击"，咕咚咕咚地响起来。然而这东西是不该拿在老莱子手里的，他应该扶一枝拐杖。现在这模样，简直是装佯，侮辱了孩子。我没有再看第二回，一到这一叶，便急速地翻过去了。

那时的《二十四孝图》，早已不知去向了，目下所有的只是一本日本小田海僊所画的本子，叙老莱子事云："行年七十，言不称老，常著五色斑斓之衣，为婴儿戏于亲侧。又常取水上堂，诈跌仆地，作婴儿啼，以娱亲意。"大约旧本也差不多，而招我反感的便是"诈跌"。无论忤逆，无论孝顺，小孩子多不愿意"诈"作，听故事也不喜欢是谣言，这是凡有稍稍留心儿童心理的都知道的。

然而在较古的书上一查，却还不至于如此虚伪。师觉授《孝子传》云："老莱子……常著斑斓之衣，为亲取饮，上堂脚跌，恐伤父母之心，僵仆为婴儿啼。"（《太平御览》四百十三引）较之今说，似稍近于人情。不知怎地，后之君子却一定要改得他"诈"起来，心里才能舒服。邓伯道弃子救侄，想来也不过"弃"而已矣，昏妄人也必须说他将儿子捆在树上，使他追不上来才肯歇手。正如将"肉麻当作有趣"一般，以不情为伦纪，诬蔑了古人，教坏了后人。老莱子即是一例，道学先生以为他白璧无瑕时，他却已在孩子的心中死掉了。

　　至于玩着"摇咕咚"的郭巨的儿子，却实在值得同情。他被抱在他母亲的臂膊上，高高兴兴地笑着；他的父亲却正在掘窟窿，要将他埋掉了，说明云："汉郭巨家贫，有子三岁，母尝减食与之。巨谓妻曰，贫乏不能供母，子又分母之食。盍埋此子？"但是刘向《孝子传》所说，却又有些不同：巨家是富的，他都给了两弟；孩子是才生的，并没有到三岁。结末又大略相像了，"及掘坑二尺，得黄金一釜，上云：天赐郭巨，官不得取，民不得夺！"

　　我最初实在替这孩子捏一把汗，待到掘出黄金一釜，这才觉得轻松。然而我已经不但自己不敢再想做孝子，并且怕我父亲去做孝子了。家景正在坏下去，常听到父母愁柴米；祖母又老了，倘使我的父亲竟学了郭巨，那么，该埋的不正是我么？如果一丝不走样，也掘出一釜黄金来，那自然是如天之福，但是，那时我虽然年纪小，似乎也明白天下未必有这样的巧事。

　　现在想起来，实在很觉得傻气。这是因为现在已经知道了这些老玩意，本来谁也不实行。整饬伦纪的文电是常有的，却很少见绅士赤条条地躺在冰上面，将军跳下汽车去负米。何况现在早长大了，看过几部古书，买过几本新书，什么《太平御览》咧，《古孝子传》咧，《人口问题》咧，《节制生育》咧，《二十世纪是儿童的世界》咧，可以抵抗被埋的理由多得很。不过彼一时，此一时，彼时我委实有点害怕：掘好深坑，不见黄金，连"摇咕咚"一同埋下去，盖上土，踏得实实的，又有什么法子可想呢。我想，事情虽然未必实现，但我从此总怕听到我的父母愁穷，怕看见我的白发的祖母，总觉得她是和我不两立，至少，也是一个和我的生命有些妨碍的人。后来这印象日见其淡了，但总有一些留遗，一直到她去世——这大概是送给《二十四孝图》的儒者所万料不到的罢。

五月十日

五猖会

孩子们所盼望的，过年过节之外，大概要数迎神赛会的时候了。但我家的所在很偏僻，待到赛会的行列经过时，一定已在下午，仪仗之类，也减而又减，所剩的极其寥寥。往往伸着颈子等候多时，却只见十几个人抬着一个金脸或蓝脸红脸的神像匆匆地跑过去。于是，完了。

我常存着这样的一个希望：这一次所见的赛会，比前一次繁盛些。可是结果总是一个"差不多"；也总是只留下一个纪念品，就是当神像还未抬过之前，化一文钱买下的，用一点烂泥、一点颜色纸、一枝竹签和两三枝鸡毛所做的，吹起来会发出一种刺耳的声音的哨子，叫作"吹都都"的，吡吡地吹它两三天。

现在看看《陶庵梦忆》，觉得那时的赛会，真是豪奢极了，虽然明人的文章，怕难免有些夸大。因为祷雨而迎龙王，现在也还有的，但办法却已经很简单，不过是十多人盘旋着一条龙，以及村童们扮些海鬼。那时却还要扮故事，而且实在奇拔得可观。他记扮《水浒传》中人物云："……于是分头四出，寻黑矮汉，寻梢长大汉，寻头陀，寻胖大和尚，寻苗壮妇人，寻姣长妇人，寻青面，寻歪头，寻赤须，寻美髯，寻黑大汉，寻赤脸长须。大索城中：无，则之郭，之村，之山僻，之邻府州县。用重价聘之，得三十六人，梁山泊好汉，个个呵活，臻臻至至，人马称娖而行。……"这样的白描的活古人，谁能不动一看的雅兴呢？可惜这种盛举，早已和明社一同消灭了。

赛会虽然不像现在上海的旗袍，北京的谈国事，为当局所禁止，然而妇孺们是不许看的，读书人即所谓士子，也大抵不肯赶去看。只有游手好闲的闲人，这才跑到庙前或衙门前去看热闹；我关于赛会的知识，多半是从他们的叙述上得来的，并非考据家所贵重的"眼学"。然而记得有一回，也亲见过较盛的赛会。开首是一个孩子骑马先来，称为"塘报"；过了许久，"高照"到了，长竹竿揭起一条很长的旗，一个汗流浃背的胖大汉用两手托着；他高兴的时候，就肯将竿头放在头顶或牙齿上，甚而至于鼻尖。其次是所谓"高跷""抬阁""马头"了；还有扮犯人的，红衣枷锁，内中也有孩子。我那时觉得这些都是有光荣的事业，与闻其事的即全是大有运气的人，——大概羡慕他们的出风头罢。我想，我为什么不生一场重病，使我的母亲也好到庙里去许下一个"扮犯人"的心愿的呢？……然而我到现在终于没有和赛会发生关系过。

要到东关看五猖会去了。这是我儿时所罕逢的一件盛事。因为那会是全县中最盛的会，东关又是离我家很远的地方，出城还有六十多里水路，在那里有两座特别的庙。一是梅姑庙，就是《聊斋志异》所记，室女守节，死后成神，却篡取别人的丈夫的；现在神座上确塑着一对少年男女，眉开眼笑，殊与"礼教"有妨。其一便是五猖庙了，名目就奇特。据有考据癖的人说：这就是五通神，然而也并无确据。神像是五个男人，也不见有什么猖獗之状；后面列坐着五位太太，却并不"分坐"，远不及北京戏园里界限之谨严。其实呢，这也是殊与"礼教"有妨的，——但他们既然是五猖，便也无法可想，而且自然也就"又作别论"了。

因为东关离城远，大清早大家就起来。昨夜预定好的三道明瓦窗的大船，已经泊在河埠头，船椅、饭菜、茶炊、点心盒子，都在陆续搬下去了。我笑着跳着，催他们要搬得快。忽然，工人的脸色很谨肃了，我知道有些蹊跷，四面一看，父亲就站在我背后。

"去拿你的书来。"他慢慢地说。

这所谓"书",是指我开蒙时候所读的《鉴略》。因为我再没有第二本了。我们那里上学的岁数是多拣单数的,所以这使我记住我其时是七岁。

我忐忑着,拿了书来了。他使我同坐在堂中央的桌子前,教我一句一句地读下去。我担着心,一句一句地读下去。

两句一行,大约读了二三十行罢,他说:

"给我读熟。背不出,就不准去看会。"

他说完,便站起来,走进房里去了。

我似乎从头上浇了一盆冷水。但是,有什么法子呢? 自然是读着,读着,强记着,——而且要背出来。

　　　　粤自盘古,生于太荒,
　　　　首出御世,肇开混茫。

就是这样的书,我现在只记得前四句,别的都忘却了;那时所强记的二三十行,自然也一齐忘却在里面了。记得那时听人说,读《鉴略》比读《千字文》《百家姓》有用得多,因为可以知道从古到今的大概。知道从古到今的大概,那当然是很好的,然而我一字也不懂。"粤自盘古"就是"粤自盘古",读下去,记住它,"粤自盘古"呵!"生于太荒"呵! ……

应用的物件已经搬完,家中由忙乱转成静肃了。朝阳照着西墙,天气很清朗。母亲、工人、长妈妈即阿长,都无法营救,只默默地静候着我读熟,而且背出来。在百静中,我似乎头里要伸出许多铁钳,将什么"生于太荒"之流夹住;也听到自己急急诵读的声音发着抖,仿佛深秋的蟋蟀,在夜中鸣叫似的。

他们都等候着；太阳也升得更高了。

我忽然似乎已经很有把握，便即站了起来，拿书走进父亲的书房，一气背将下去，梦似的就背完了。

"不错，去罢。"父亲点着头，说。

大家同时活动起来，脸上都露出笑容，向河埠走去。工人将我高高地抱起，仿佛在祝贺我的成功一般，快步走在最前头。

我却并没有他们那么高兴。开船以后，水路中的风景，盒子里的点心，以及到了东关的五猖会的热闹，对于我似乎都没有什么大意思。

直到现在，别的完全忘却，不留一点痕迹了，只有背诵《鉴略》这一段，却还分明如昨日事。

我至今一想起，还诧异我的父亲何以要在那时候叫我来背书。

五月二十五日

无常

迎神赛会这一天出巡的神，如果是掌握生杀之权的，——不，这生杀之权四个字不大妥，凡是神，在中国仿佛都有些随意杀人的权柄似的，倒不如说是职掌人民的生死大事的罢，就如城隍和东岳大帝之类。那么，他的卤簿中间就另有一群特别的脚色：鬼卒、鬼王，还有活无常。

这些鬼物们，大概都是由粗人和乡下人扮演的。鬼卒和鬼王是红红绿绿的衣裳，赤着脚；蓝脸，上面又画些鱼鳞，也许是龙鳞或别的什么鳞罢，我不大清楚。鬼卒拿着钢叉，叉环振得琅琅地响，鬼王拿的是一块小小的虎头牌。据传说，鬼王是只用一只脚走路的；但他究竟是乡下人，虽然脸上已经画上些鱼鳞或者别的什么鳞，却仍然只得用了两只脚走路。所以看客对于他们不很敬畏，也不大留心，除了念佛老姬和她的孙子们为面面圆到起见，也照例给他们一个"不胜屏营待命之至"的仪节。

至于我们——我相信：我和许多人——所最愿意看的，却在活无常。他不但活泼而诙谐，单是那浑身雪白这一点，在红红绿绿中就有"鹤立鸡群"之概。只要望见一顶白纸的高帽子和他手里的破芭蕉扇的影子，大家就都有些紧张，而且高兴起来了。

人民之于鬼物，惟独与他最为稔熟，也最为亲密，平时也常常可以遇见他。譬如城隍庙或东岳庙中，大殿后面就有一间暗室，叫作"阴司间"，在才可辨色的昏暗中，塑着各种鬼：吊死鬼、跌死鬼、虎伤鬼、科场鬼……而一进门口所看见的长而白的东西就是他。我虽然也曾瞻仰过一回这"阴司间"，但那时胆子小，没有看明白。听说他一手还拿着铁索，因为他是勾摄生魂的使者。相传樊江东岳庙的"阴司间"的构造，本来是极其特别的：门口是一块活板，人一进门，踏着活板的这一端，塑在那一端的他便扑过来，铁索正套在你脖子上。后来吓死了一个人，钉实了，所以在我幼小的时候，这就已不能动。

倘使要看个分明，那么，《玉历钞传》上就画着他的像，不过《玉历钞传》也有繁简不同的本子的，倘是繁本，就一定有。身上穿的是斩衰凶服，腰间束的是草绳，脚穿草鞋，项挂纸锭；手上是破芭蕉扇、铁索、算盘；肩膀是耸起的，头发却披下来；眉眼的外梢都向下，像一个"八"字。头上一顶长方帽，下大顶小，按比例一算，该有二尺来高罢；在正面，就是遗老遗少们所戴瓜皮小帽的缀一粒珠子或一块宝石的地方，直写着四个字道："一见有喜"。有一种本子上，却写的是"你也来了"。这四个字，是有时也见于包公殿的匾额[1]上的，至于他的帽上是何人所写，他自己还是阎罗王，我可没有研究出。

《玉历钞传》上还有一种和活无常相对的鬼物，装束也相仿，叫作"死有分"。这在迎神时候也有的，但名称却讹作死无常了，黑脸、黑衣，谁也不爱看。在"阴司间"里也有的，胸口靠着墙壁，阴森森地站着；那才真真是"碰壁"。凡有进去烧香的人们，必须摩一摩他的脊梁，据说可以摆脱了晦气；我小时也曾摩过这脊梁来，然而晦气似乎终于没有脱，——也许那时不摩，现在的晦气还要重罢，这一节也还是没有研究出。

我也没有研究过小乘佛教的经典，但据耳食之谈，则在印度的佛经里，焰摩天是有的，牛首阿旁也有的，都在地狱里做主任。至于勾摄生魂的使者的这无常先生，却似乎于古无征，耳所习闻的只

---

1 现代汉语常用"匾额"。——编者注

有什么"人生无常"之类的话。大概这意思传到中国之后，人们便将他具象化了。这实在是我们中国人的创作。

然而人们一见他，为什么就都有些紧张，而且高兴起来呢？

凡有一处地方，如果出了文士学者或名流，他将笔头一扭，就很容易变成"模范县"。我的故乡，在汉末虽曾经虞仲翔先生揄扬过，但是那究竟太早了，后来到底免不了产生所谓"绍兴师爷"，不过也并非男女老小全是"绍兴师爷"，别的"下等人"也不少。这些"下等人"，要他们发什么"我们现在走的是一条狭窄险阻的小路，左面是一个广漠无际的泥潭，右面也是一片广漠无际的浮砂，前面是遥遥茫茫荫在薄雾的里面的目的地"那样热昏似的妙语，是办不到的，可是在无意中，看得往这"荫在薄雾的里面的目的地"的道路很明白：求婚，结婚，养孩子，死亡。但这自然是专就我的故乡而言，若是"模范县"里的人民，那当然又作别论。他们——敝同乡"下等人"——的许多，活着，苦着，被流言，被反噬，因了积久的经验，知道阳间维持"公理"的只有一个会，而且这会的本身就是"遥遥茫茫"，于是乎势不得不发生对于阴间的神往。人是大抵自以为衔些冤抑的；活的"正人君子"们只能骗鸟，若问愚民，他就可以不假思索地回答你：公正的裁判是在阴间！

想到生的乐趣，生固然可以留恋；但想到生的苦趣，无常也不一定是恶客。无论贵贱，无论贫富，其时都是"一双空手见阎王"，有冤的得伸，有罪的就得罚。然而虽说是"下等人"，也何尝没有反省？自己做了一世人，又怎么样呢？未曾"跳到半天空"么？没有"放冷箭"么？无常的手里就拿着大算盘，你摆尽臭架子也无益。对付别人要滴水不屡的公理，对自己总还不如虽在阴司里也还能够寻到一点私情。然而那又究竟是阴间，阎罗天子、牛首阿旁，还有中国人自己想出来的马面，都是并不兼差，真正主持公理的脚色，虽然他们并没有在报上发表过什么大文章。当还未做鬼之前，有时先不欺心的人们，遥想着将来，就又不能不想在整块的公理中，来寻一点情面的末屑，这时候，我们的活无常先生便见得可亲爱了，利中取大，害中取小，我们的古哲墨翟先生谓之"小取"云。

在庙里泥塑的，在书上墨印的模样上，是看不出他那可爱来的。最好是去看戏。但看普通的戏也不行，必须看"大戏"或者"目连戏"。目连戏的热闹，张岱在《陶庵梦忆》上也曾夸张过，说是要连演两三天。在我幼小时候可已经不然了，也如大戏一样，始于黄昏，到次日的天明便完结。这都是敬神禳灾的演剧，全本里一定有一个恶人，次日的将近天明便是这恶人的收场的时候，"恶贯满盈"，阎王出票来勾摄了，于是乎这活的活无常便在戏台上出现。

我还记得自己坐在这一种戏台下的船上的情形，看客的心情和普通是两样的。平常愈夜深愈懒散，这时却愈起劲。他所戴的纸糊的高帽子，本来是挂在台角上的，这时预先拿进去了；一种特别乐器，也准备使劲地吹。这乐器好像喇叭，细而长，可有七八尺，大约是鬼物所爱听的罢，和鬼无关的时候就不用；吹起来，Nhatu，nhatu，nhatututuu 地响，所以我们叫它"目连嗐头"。

在许多人期待着恶人的没落的凝望中，他出来了，服饰比画上还简单，不拿铁索，也不带算盘，就是雪白的一条莽汉，粉面朱唇，眉黑如漆，蹙着，不知道是在笑还是在哭。但他一出台就须打一百零八个嚏，同时也放一百零八个屁，这才自述他的履历。可惜我记不清楚了，其中有一段大概是这样：

…………

大王出了牌票，叫我去拿隔壁的癞子。
问了起来呢，原来是我堂房的阿侄。

生的是什么病？伤寒，还带痢疾。

看的是什么郎中？下方桥的陈念义 la 儿子。

开的是怎样的药方？附子、肉桂，外加牛膝。

第一煎吃下去，冷汗发出；

第二煎吃下去，两脚笔直。

我道 nga 阿嫂哭得悲伤，暂放他还阳半刻。

大王道我是得钱买放，就将我捆打四十！

这叙述里的"子"字都读作入声。陈念义是越中的名医，俞仲华曾将他写入《荡寇志》里，拟为神仙；可是一到他的令郎，似乎便不大高明了。la 者"的"也；"儿"读若"倪"，倒是古音罢；nga 者，"我的"或"我们的"之意也。

他口里的阎罗天子仿佛也不大高明，竟会误解他的人格，——不，鬼格。但连"还阳半刻"都知道，究竟还不失其"聪明正直之谓神"。不过这惩罚，却给了我们的活无常以不可磨灭的冤苦的印象，一提起，就使他更加蹙紧双眉，捏定破芭蕉扇，脸向着地，鸭子浮水似的跳舞起来了。

Nhatu, nhatu, nhatu-nhatu-nhatututuu! 目连嗐头也冤苦不堪似的吹着。他因此决定了：

难是弗放者个！

那怕你，铜墙铁壁！

那怕你，皇亲国戚！

…………

"难"者，"今"也；"者个"者"的了"之意，词之决也。"虽有伎心，不怨飘瓦"，他现在毫不留情了，然而这是受了阎罗老子的督责之故，不得已也。一切鬼众中，就是他有点人情；我们不变鬼则已，如果要变鬼，自然就只有他可以比较的相亲近。

我至今还确凿记得，在故乡时候，和"下等人"一同，常常这样高兴地正视过这鬼而人，理而情，可怖而可爱的无常；而且欣赏他脸上的哭或笑，口头的硬语与谐谈……

迎神时候的无常，可和演剧上的又有些不同了。他只有动作，没有言语，跟定了一个捧着一盘饭菜的小丑似的脚色走，他要去吃；他却不给他。另外还加添了两名脚色，就是"正人君子"之所谓"老婆儿女"。凡"下等人"，都有一种通病：常喜欢以己之所欲，施之于人。虽是对于鬼，也不肯给他孤寂，凡有鬼神，大概总要给他们一对一对地配起来。无常也不在例外。所以，一个是漂亮的女人，只是很有些村妇样，大家都称她无常嫂；这样看来，无常是和我们平辈的，无怪他不摆教授先生的架子。一个是小孩子，小高帽，小白衣；虽然小，两肩却已经耸起了，眉目的外梢也向下。这分明是无常少爷了，大家却叫他阿领，对于他似乎都不很表敬意；猜起来，仿佛是无常嫂的前夫之子似的。但不知何以相貌又和无常有这么像？吁！鬼神之事，难言之矣，只得姑且置之弗论。至于无常何以没有亲儿女，到今年可很容易解释了；鬼神能前知，他怕儿女一多，爱说闲话的就要旁敲侧击地锻成他拿卢布，所以不但研究，还早已实行了"节育"了。

这捧着饭菜的一幕，就是"送无常"。因为他是勾魂使者，所以民间凡有一个人死掉之后，就得用酒饭恭送他。至于不给他吃，那是赛会时候的开玩笑，实际上并不然。但是，和无常开玩笑，是大家都有此意的，因为他爽直，爱发议论，有人情，——要寻真实的朋友，倒还是他妥当。

　　有人说，他是生人走阴，就是原是人，梦中却入冥去当差的，所以很有些人情。我还记得住在离我家不远的小屋子里的一个男人，便自称是"走无常"，门外常常燃着香烛。但我看他脸上的鬼气反而多。莫非入冥做了鬼，倒会增加人气的么？吁！鬼神之事，难言之矣，这也只得姑且置之弗论了。

六月二十三日

从百草园到三味书屋

我家的后面有一个很大的园，相传叫作百草园。现在是早已并屋子一起卖给朱文公的子孙了，连那最末次的相见也已经隔了七八年，其中似乎确凿只有一些野草；但那时却是我的乐园。

不必说碧绿的菜畦，光滑的石井栏，高大的皂荚树，紫红的桑椹；也不必说鸣蝉在树叶里长吟，肥胖的黄蜂伏在菜花上，轻捷的叫天子（云雀）忽然从草间直窜向云霄里去了。单是周围的短短的泥墙根一带，就有无限趣味。油蛉在这里低唱，蟋蟀们在这里弹琴。翻开断砖来，有时会遇见蜈蚣；还有斑蝥，倘若用手指按住它的脊梁，便会拍的一声，从后窍喷出一阵烟雾。何首乌藤和木莲藤缠络着，木莲有莲房一般的果实，何首乌有拥肿[1]的根。有人说，何首乌根是有像人形的，吃了便可以成仙，我于是常常拔它起来，牵连不断地拔起来，也曾因此弄坏了泥墙，却从来没有见过有一块根像人样。如果不怕刺，还可以摘到覆盆子，像小珊瑚珠攒成的小球，又酸又甜，色味都比桑椹要好得远。

长的草里是不去的，因为相传这园里有一条很大的赤练蛇。

长妈妈曾经讲给我一个故事听：先前，有一个读书人住在古庙里用功，晚间，在院子里纳凉的时候，突然听到有人在叫他。答应着，四面看时，却见一个美女的脸露在墙头上，向他一笑，隐去了。他很高兴；但竟给那走来夜谈的老和尚识破了机关。说他脸上有些妖气，一定遇见"美女蛇"了；这是人首蛇身的怪物，能唤人名，倘一答应，夜间便要来吃这人的肉的。他自然吓得要死，而那老和尚

1　现代汉语常用"臃肿"。——编者注

却道无妨，给他一个小盒子，说只要放在枕边，便可高枕而卧。他虽然照样办，却总是睡不着，——当然睡不着的。到半夜，果然来了，沙沙沙！门外像是风雨声，他正抖作一团时，却听得豁的一声，一道金光从枕边飞出，外面便什么声音也没有了，那金光也就飞回来，敛在盒子里。后来呢？后来，老和尚说，这是飞蜈蚣，它能吸蛇的脑髓，美女蛇就被它治死了。

结末的教训是：所以倘有陌生的声音叫你的名字，你万不可答应他。

这故事很使我觉得做人之险，夏夜乘凉，往往有些担心，不敢去看墙上，而且极想得到一盒老和尚那样的飞蜈蚣。走到百草园的草丛旁边时，也常常这样想。但直到现在，总还是没有得到，但也没有遇见过赤练蛇和美女蛇。叫我名字的陌生声音自然是常有的，然而都不是美女蛇。

冬天的百草园比较的无味；雪一下，可就两样了。拍雪人（将自己的全形印在雪上）和塑雪罗汉需要人们鉴赏，这是荒园，人迹罕至，所以不相宜，只好来捕鸟。薄薄的雪，是不行的；总须积雪盖了地面一两天，鸟雀们久已无处觅食的时候才好。扫开一块雪，露出地面，用一枝短棒支起一面大的竹筛来，下面撒些秕谷，棒上系一条长绳，人远远地牵着，看鸟雀下来啄食，走到竹筛底下的时候，将绳子一拉，便罩住了。但所得的是麻雀居多，也有白颊的"张飞鸟"，性子很躁，养不过夜的。

这是闰土的父亲所传授的方法，我却不大能用。明明见它们进去了，拉了绳，跑去一看，却什么都没有，费了半天力，捉住的不过三四只。闰土的父亲是小半天便能捕获几十只，装在叉袋里叫着撞着的。我曾经问他得失的缘由，他只静静地笑道：你太性急，来不及等它走到中间去。

　　我不知道为什么家里的人要将我送进书塾里去了，而且还是全城中称为最严厉的书塾。也许是因为拔何首乌毁了泥墙罢，也许是因为将砖头抛到间壁的梁家去了罢，也许是因为站在石井栏上跳了下来罢……都无从知道。总而言之：我将不能常到百草园了。Ade，我的蟋蟀们！Ade，我的覆盆子们和木莲们！

　　出门向东，不上半里，走过一道石桥，便是我的先生的家了。从一扇黑油的竹门进去，第三间是书房。中间挂着一块扁道：三味书屋；扁下面是一幅画，画着一只很肥大的梅花鹿伏在古树下。没有孔子牌位，我们便对着那扁和鹿行礼。第一次算是拜孔子，第二次算是拜先生。

　　第二次行礼时，先生便和蔼地在一旁答礼。他是一个高而瘦的老人，须发都花白了，还戴着大眼镜。我对他很恭敬，因为我早听到，他是本城中极方正、质朴、博学的人。

　　不知从那里听来的，东方朔也很渊博，他认识一种虫，名曰"怪哉"，冤气所化，用酒一浇，就消释了。我很想详细地知道这故事，但阿长是不知道的，因为她毕竟不渊博。现在得到机会了，可以问先生。

　　"先生，'怪哉'这虫，是怎么一回事？……"我上了生书，将要退下来的时候，赶忙问。

　　"不知道！"他似乎很不高兴，脸上还有怒色了。

　　我才知道做学生是不应该问这些事的，只要读书，因为他是渊博的宿儒，决不至于不知道，所谓不知道者，乃是不愿意说。年纪比我大的人，往往如此，我遇见过好几回了。

　　我就只读书，正午习字，晚上对课。先生最初这几天对我很严厉，后来却好起来了，不过给我读的书渐渐加多，对课也渐渐地加上字去，从三言到五言，终于到七言。

三味书屋后面也有一个园，虽然小，但在那里也可以爬上花坛去折蜡梅花，在地上或桂花树上寻蝉蜕。最好的工作是捉了苍蝇喂蚂蚁，静悄悄地没有声音。然而同窗们到园里的太多，太久，可就不行了，先生在书房里便大叫起来：

"人都到那里去了?！"

人们便一个一个陆续走回去；一同回去，也不行的。他有一条戒尺，但是不常用，也有罚跪的规则，但也不常用，普通总不过瞪几眼，大声道：

"读书！"

于是大家放开喉咙读一阵书，真是人声鼎沸。有念"仁远乎哉我欲仁斯仁至矣"的，有念"笑人齿缺曰狗窦大开"的，有念"上九潜龙勿用"的，有念"厥土下上上错厥贡苞茅橘柚"的……。先生自己也念书。后来，我们的声音便低下去，静下去了，只有他还大声朗读着：

"铁如意，指挥倜傥，一坐皆惊呢～～～；金叵罗，颠倒淋漓噫，千杯未醉嗬～～～……。"

我疑心这是极好的文章，因为读到这里，他总是微笑起来，而且将头仰起，摇着，向后拗过去，拗过去。

先生读书入神的时候，于我们是很相宜的。有几个便用纸糊的盔甲套在指甲上做戏。我是画画儿，用一种叫作"荆川纸"的，蒙在小说的绣像上一个个描下来，像习字时候的影写一样。读的书多起来，画的画也多起来；书没有读成，画的成绩却不少了，最成片段的是《荡寇志》和《西游记》的绣像，都有一大本。后来，因为要钱用，卖给一个有钱的同窗了。他的父亲是开锡箔店的；听说现在自己已经做了店主，而且快要升到绅士的地位了。这东西早已没有了罢。

九月十八日

父亲的病

　　大约十多年前罢，S城中曾经盛传过一个名医的故事：

　　他出诊原来是一元四角，特拔十元，深夜加倍，出城又加倍。有一夜，一家城外人家的闺女生急病，来请他了，因为他其时已经阔得不耐烦，便非一百元不去。他们只得都依他。待去时，却只是草草地一看，说道"不要紧的"，开一张方，拿了一百元就走。那病家似乎很有钱，第二天又来请了。他一到门，只见主人笑面承迎，道："昨晚服了先生的药，好得多了，所以再请你来复诊一回。"仍旧引到房里，老妈子便将病人的手拉出帐外来。他一按，冷冰冰的，也没有脉，于是点点头道，"唔，这病我明白了。"从从容容走到桌前，取了药方纸，提笔写道：

　　"凭票付英洋壹百元正。"下面是署名，画押。

　　"先生，这病看来很不轻了，用药怕还得重一点罢。"主人在背后说。

　　"可以，"他说。于是另开了一张方：

　　"凭票付英洋贰百元正。"下面仍是署名，画押。

　　这样，主人就收了药方，很客气地送他出来了。

　　我曾经和这名医周旋过两整年，因为他隔日一回，来诊我的父亲的病。那时虽然已经很有名，但还不至于阔得这样不耐烦；可是诊金却已经是一元四角。现在的都市上，诊金一次十元并不算奇，可是那时是一元四角已是巨款，很不容易张罗的了；又何况是隔日一次。他大概的确有些特别，据舆论说，用药就与众不同。我不知道药品，所觉得的，就是"药引"的难得，新方一换，就得忙一大场。先买药，再寻药引。"生姜"两片，竹叶十片去尖，他是不用的了。起码是芦根，须到河边去掘；一到经霜三年的甘蔗，便至少也得搜寻两三天。可是说也奇怪，大约后来总没有购求不到的。

据舆论说，神妙就在这地方。先前有一个病人，百药无效；待到遇见了什么叶天士先生，只在旧方上加了一味药引：梧桐叶。只一服，便霍然而愈了。"医者，意也。"其时是秋天，而梧桐先知秋气。其先百药不投，今以秋气动之，以气感气，所以……我虽然并不了然，但也十分佩服，知道凡有灵药，一定是很不容易得到的，求仙的人，甚至于还是拼了性命，跑进深山里去采呢。

这样有两年，渐渐地熟识，几乎是朋友了。父亲的水肿是逐日利害，将要不能起床；我对于经霜三年的甘蔗之流也逐渐失了信仰，采办药引似乎再没有先前一般踊跃了。正在这时候，他有一天来诊，问过病状，便极其诚恳地说：

"我所有的学问，都用尽了。这里还有一位陈莲河先生，本领比我高。我荐他来看一看，我可以写一封信。可是，病是不要紧的，不过经他的手，可以格外好得快……"

这一天似乎大家都有些不欢，仍然由我恭敬地送他上轿。进来时，看见父亲的脸色很异样，和大家谈论，大意是说自己的病大概没有希望的了；他因为看了两年，毫无效验，脸又太熟了，未免有些难以为情，所以等到危急时候，便荐一个生手自代，和自己完全脱了干系。但另外有什么法子呢？本城的名医，除他之外，实在也只有一个陈莲河了。明天就请陈莲河。

陈莲河的诊金也是一元四角。但前回的名医的脸是圆而胖的，他却长而胖了：这一点颇不同，还有用药也不同。前回的名医是一个人还可以办的，这一回却是一个人有些办不妥帖了，因为他一张药方上，总兼有一种特别的丸散和一种奇特的药引。

芦根和经霜三年的甘蔗，他就从来没有用过。最平常的是"蟋蟀一对"，旁注小字道："要原配，即本在一窠中者。"似乎昆虫也要贞节，续弦或再醮，连做药资格也丧失了。但这差使在我并不为难，走进百草园，十对也容易得，将它们用线一缚，活活地掷入沸汤中完事。然而还有"平地木十株"呢，这可谁也不知道是什么东西了，问药店，问乡下人，问卖草药的，问老年人，问读书人，问木匠，都只是摇摇头，临末才记起了那远房的叔祖，爱种一点花木的老人，跑去一问，他果然知道，是生在山中树下的一种小树，能结红子如小珊瑚珠的，普通都称为"老弗大"。

"踏破铁鞋无觅处，得来全不费工夫。"药引寻到了，然而还有一种特别的丸药：败鼓皮丸。这"败鼓皮丸"就是用打破的旧鼓皮做成；水肿一名鼓胀，一用打破的鼓皮自然就可以克伏他。清朝的刚毅因为憎恨"洋鬼子"，预备打他们，练了些兵称作"虎神营"，取虎能食羊，神能伏鬼的意思，也就是这道理。可惜这一种神药，全城中只有一家出售的，离我家就有五里，但这却不像平地木那样，必须暗中摸索了，陈莲河先生开方之后，就恳切详细地给我们说明。

"我有一种丹，"有一回陈莲河先生说，"点在舌上，我想一定可以见效。因为舌乃心之灵苗……价钱也并不贵，只要两块钱一盒……"

我父亲沉思了一会，摇摇头。

"我这样用药还会不大见效，"有一回陈莲河先生又说，"我想，可以请人看一看，可有什么冤愆……医能医病，不能医命，对不对？自然，这也许是前世的事……"

我的父亲沉思了一会，摇摇头。

凡国手，都能够起死回生的，我们走过医生的门前，常可以看见这样的扁额。现在是让步一点了，连医生自己也说道："西医长于外科，中医长于内科。"但是 S 城那时不但没有西医，并且谁也还没有想到天下有所谓西医，因此无论什么，都只能由轩辕岐伯的嫡派门徒包办。轩辕时候是巫医不分的，所以直到现在，他的门徒就还见鬼，而且觉得"舌乃心之灵苗"。这就是中国人的"命"，连名医也无从医治的。

不肯用灵丹点在舌头上，又想不出"冤愆"来，自然，单吃了一百多天的"败鼓皮丸"有什么用呢？依然打不破水肿，父亲终于躺在床上喘气了。还请一回陈莲河先生，这回是特拔，大洋十元。他仍旧泰然的开了一张方，但已停止败鼓皮丸不用，药引也不很神妙了，所以只消半天，药就煎好，灌下去，却从口角上回了出来。

从此我便不再和陈莲河先生周旋，只在街上有时看见他坐在三名轿夫的快轿里飞一般抬过；听说他现在还康健，一面行医，一面还做中医什么学报，正在和只长于外科的西医奋斗哩。

中西的思想确乎有一点不同。听说中国的孝子们，一到将要"罪孽深重祸延父母"的时候，就买几斤人参，煎汤灌下去，希望父母多喘几天气，即使半天也好。我的一位教医学的先生却教给我医生的职务道：可医的应该给他医治，不可医的应该给他死得没有痛苦。——但这先生自然是西医。

父亲的喘气颇长久，连我也听得很吃力，然而谁也不能帮助他。我有时竟至于电光一闪似的想道："还是快一点喘完了罢……"立刻觉得这思想就不该，就是犯了罪；但同时又觉得这思想实在是正当的，我很爱我的父亲。便是现在，也还是这样想。

早晨，住在一门里的衍太太进来了。她是一个精通礼节的妇人，说我们不应该空等着。于是给他换衣服，又将纸锭和一种什么《高王经》烧成灰，用纸包了给他捏在拳头里……

"叫呀，你父亲要断气了。快叫呀！"衍太太说。

"父亲！父亲！"我就叫起来。

"大声！他听不见。还不快叫?！"

"父亲!!! 父亲!!!"

他已经平静下去的脸，忽然紧张了，将眼微微一睁，仿佛有一些苦痛。

"叫呀！快叫呀！"她催促说。

"父亲!!!"

"什么呢? ……不要嚷。……不……。"他低低地说，又较急地喘着气，好一会，这才复了原状，平静下去了。

"父亲!!!"我还叫他，一直到他咽了气。

我现在还听到那时的自己的这声音，每听到时，就觉得这却是我对于父亲的最大的错处。

十月七日

琐记

衍太太现在是早经做了祖母，也许竟做了曾祖母了；那时却还年青，只有一个儿子比我大三四岁。她对自己的儿子虽然狠，对别家的孩子却好的，无论闹出什么乱子来，也决不去告诉各人的父母，因此我们就最愿意在她家里或她家的四近玩。

举一个例说罢，冬天，水缸里结了薄冰的时候，我们大清早起一看见，便吃冰。有一回给沈四太太看到了，大声说道："莫吃呀，要肚子疼的呢！"这声音又给我母亲听到了，跑出来我们都挨了一顿骂，并且有大半天不准玩。我们推论祸首，认定是沈四太太，于是提起她就不用尊称了，给她另外起了一个绰号，叫作"肚子疼"。

衍太太却决不如此。假如她看见我们吃冰，一定和蔼地笑着说："好，再吃一块。我记着，看谁吃的多。"

但我对于她也有不满足的地方。一回是很早的时候了，我还很小，偶然走进她家去，她正在和她的男人看书。我走近去，她便将书塞在我的眼前道："你看，你知道这是什么？"我看那书上画着房屋，有两个人光着身子仿佛在打架，但又不很像。正迟疑问，他们便大笑起来了。这使我很不高兴，似乎受了一个极大的侮辱，不到那里去大约有十多天。一回是我已经十多岁了，和几个孩子比赛打旋子，看谁旋得多。她就从旁计着数，说道："好，八十二个了！再旋一个，八十三！好，八十四！……"但正在旋着的阿祥，忽然跌倒了，阿祥的婶母也恰恰走进来。她便接着说道："你看，不是跌了么？不听我的话。我叫你不要旋，不要旋……"

虽然如此，孩子们总还喜欢到她那里去。假如头上碰得肿了一大块的时候，去寻母亲去罢，好的是骂一通，再给擦一点药；坏的是没有药擦，还添几个栗凿和一通骂。衍太太却决不埋怨，立刻给你用烧酒调了水粉，搽在疙瘩上，说这不但止痛，将来还没有瘢痕。

父亲故去之后，我也还常到她家里去，不过已不是和孩子们玩耍了，却是和衍太太或她的男人谈闲天。我其时觉得很有许多东西要买，看的和吃的，只是没有钱。有一天谈到这里，她便说道，"母亲的钱，你拿来用就是了，还不就是你的么？"我说母亲没有钱，她就说可以拿首饰去变卖；我说没有首饰，她却道："也许你没有留心。到大厨的抽屉里，角角落落去寻去，总可以寻出一点珠子这类东西……"

这些话我听去似乎很异样，便又不到她那里去了，但有时又真想去打开大厨，细细地寻一寻。大约此后不到一月，就听到一种流言，说我已经偷了家里的东西去变卖了，这实在使我觉得有如掉在冷水里。流言的来源，我是明白的，倘是现在，只要有地方发表，我总要骂出流言家的狐狸尾巴来，但那时太年青，一遇流言，便连自己也仿佛觉得真是犯了罪，怕遇见人们的眼睛，怕受到母亲的爱抚。

好。那么，走罢！

但是，那里去呢？S 城人的脸早经看熟，如此而已，连心肝也似乎有些了然。总得寻别一类人们去，去寻为 S 城人所诟病的人们，无论其为畜生或魔鬼。那时为全城所笑骂的是一个开得不久的学校，叫作中西学堂，汉文之外，又教些洋文和算学。然而已经成为众矢之的了；熟读圣贤书的秀才们，还集了《四书》的句子，做一篇八股来嘲诮它，这名文便即传遍了全城，人人当作有趣的话柄。我只记得那"起讲"的开头是：

徐子以告夷子曰：吾闻用夏变夷者，未闻变于夷者也。今也不然：鴃舌之音，闻其声，皆雅言也。……

以后可忘却了，大概也和现今的国粹保存大家的议论差不多。但我对于这中西学堂，却也不满足，因为那里面只教汉文、算学、英文和法文。功课较为别致的，还有杭州的求是书院，然而学费贵。

无须学费的学校在南京，自然只好往南京去。第一个进去的学校，目下不知道称为什么了，光复以后，似乎有一时称为雷电学堂，很像《封神榜》上"太极阵""混元阵"一类的名目。总之，一进仪凤门，便可以看见它那二十丈高的桅杆和不知多高的烟通[1]。功课也简单，一星期中，几乎四整天是英文："It is a cat.""Is it a rat?"一整天是读汉文："君子曰，颍考叔可谓纯孝也已矣，爱其母，施及庄公。"一整天是做汉文：《知己知彼百战百胜论》《颍考叔论》《云从龙风从虎论》《咬得菜根则百事可做论》。

初进去当然只能做三班生，卧室里是一桌一凳一床，床板只有两块。头二班学生就不同了，二桌二凳或三凳一床，床板多至三块。不但上讲堂时挟着一堆厚而且大的洋书，气昂昂地走着，决非只有一本"泼赖妈"和四本《左传》的三班生所敢正视；便是空着手，也一定将肘弯撑开，像一只螃蟹，低一班的在后面总不能走出他之前。这一种螃蟹式的名公巨卿，现在都阔别得很久了，前四五年，竟在教育部的破脚躺椅上，发见了这姿势，然而这位老爷却并非雷电学堂出身的，可见螃蟹态度，在中国也颇普遍。

可爱的是桅杆。但并非如"东邻"的"支那[2]通"所说，因为它"挺然翘然"，又是什么的象征。乃是因为它高，乌鸦、喜鹊都只能停在它的半途的木盘上。人如果爬到顶，便可以近看狮子山，远眺莫愁湖，——但究竟是否真可以眺得那么远，我现在可委实有点记

---

1 现代汉语常用"烟筒"。——编者注

2 此为鲁迅原作，原文并无贬义。"支那"一词是古代印度梵文中支那（China）的音译，也是古代欧亚大陆诸国对中国最流行的称呼。一般认为，中日签订《马关条约》后，日本侵略者开始使用"支那"称呼中国，并带有蔑视和贬义。——编者注

不清楚了。而且不危险，下面张着网，即使跌下来，也不过如一条小鱼落在网子里；况且自从张网以后，听说也还没有人曾经跌下来。

原先还有一个池，给学生学游泳的，这里面却淹死了两个年幼的学生。当我进去时，早填平了，不但填平，上面还造了一所小小的关帝庙。庙旁是一座焚化字纸的砖炉，炉口上方横写着四个大字道："敬惜字纸"。只可惜那两个淹死鬼失了池子，难讨替代，总在左近徘徊，虽然已有"伏魔大帝关圣帝君"镇压着。办学的人大概是好心肠的，所以每年七月十五，总请一群和尚到雨天操场来放焰口，一个红鼻而胖的大和尚戴上毗卢帽，捏诀，念咒："回资罗[3]，普弥耶吽！唵耶吽！唵！耶！吽！！！"

我的前辈同学被关圣帝君镇压了一整年，就只在这时候得到一点好处，——虽然我并不深知是怎样的好处。所以当这些时，我每每想：做学生总得自己小心些。

总觉得不大合适，可是无法形容出这不合适来。现在是发见了大致相近的字眼了，"乌烟瘴气"，庶几乎其可也。只得走开。近来是单是走开也就不容易，"正人君子"者流会说你骂人骂到了聘书，或者是发"名士"脾气，给你几句正经的俏皮话。不过那时还不打紧，学生所得的津贴，第一年不过二两银子，最初三个月的试习期内是零用五百文。于是毫无问题，去考矿路学堂去了，也许是矿路学堂，已经有些记不真，文凭又不在手头，更无从查考。试验并不难，录取的。

这回不是 It is a cat 了，是 Der Mann, Das Weib, Das Kind。汉文仍旧是"颍考叔可谓纯孝也已矣"，但外加《小学集注》。论文题目也小有不同，譬如《工欲善其事必先利其器论》，是先前没有做过的。

此外还有所谓格致、地学、金石学……都非常新鲜。但是还得声明：后两项，就是现在之所谓地质学和矿物学，并非讲舆地和钟鼎

3　现代汉语常用"啰"。——编者注

碑版的。只是画铁轨横断面图却有些麻烦，平行线尤其讨厌。但第二年的总办是一个新党，他坐在马车上的时候大抵看着《时务报》，考汉文也自己出题目，和教员出的很不同。有一次是《华盛顿论》，汉文教员反而惴惴地来问我们道："华盛顿是什么东西呀？……"

看新书的风气便流行起来，我也知道了中国有一部书叫《天演论》。星期日跑到城南去买了来，白纸石印的一厚本，价五百文正。翻开一看，是写得很好的字，开首便道：

> 赫胥黎独处一室之中，在英伦之南，背山而面野，槛外诸境，历历如在机下。乃悬想二千年前，当罗马大将恺彻未到时，此间有何景物？计惟有天造草昧……

哦！原来世界上竟还有一个赫胥黎坐在书房里那么想，而且想得那么新鲜？一口气读下去，"物竞""天择"也出来了，苏格拉第、柏拉图也出来了，斯多葛也出来了。学堂里又设立了一个阅报处，《时务报》不待言，还有《译学汇编》，那书面上的张廉卿一流的四个字，就蓝得很可爱。

"你这孩子有点不对了，拿这篇文章去看去，抄下来去看去。"一位本家的老辈严肃地对我说，而且递过一张报纸来。接来看时，"臣许应骙跪奏……"，那文章现在是一句也不记得了，总之是参康有为变法的；也不记得可曾抄了没有。

仍然自己不觉得有什么"不对"，一有闲空，就照例地吃侉饼、花生米、辣椒，看《天演论》。

但我们也曾经有过一个很不平安的时期。那是第二年，听说学校就要裁撤了。这也无怪，这学堂的设立，原是因为两江总督（大约是刘坤一罢）听到青龙山的煤矿出息好，所以开手的。待到开学时，煤矿那面却已将原先的技师辞退，换了一个不甚了然的人了。理由是：一，先前的技师薪水太贵；二，他们觉得开煤矿并不难。于是不到一年，就连煤在那里也不甚了然起来，终于是所得的煤，只能供烧那两架抽水机之用，就是抽了水掘煤，掘出煤来抽水，结一笔出入两清的账。既然开矿无利，矿路学堂自然也就无须乎开了，但是不知怎的，却又并不裁撤。到第三年我们下矿洞去看的时候，情形实在颇凄凉，抽水机当然还在转动，矿洞里积水却有半尺深，上面也点滴而下，几个矿工便在这里面鬼一般工作着。

毕业自然大家都盼望的，但一到毕业，却又有些爽然若失：爬了几次桅，不消说不配做半个水兵；听了几年讲，下了几回矿洞，就能掘出金、银、铜、铁、锡来么？实在连自己也茫无把握，没有做《工欲善其事必先利其器论》的那么容易。爬上天空二十丈和钻下地面二十丈，结果还是一无所能，学问是"上穷碧落下黄泉，两处茫茫皆不见"了。所余的还只有一条路：到外国去。

留学的事，官僚也许可了，派定五名到日本去。其中的一个因为祖母哭得死去活来，不去了，只剩了四个。日本是同中国很两样的，我们应该如何准备呢？有一个前辈同学在，比我们早一年毕业，曾经游历过日本，应该知道些情形。跑去请教之后，他郑重地说：

"日本的袜是万不能穿的，要多带些中国袜。我看纸票也不好，你们带去的钱不如都换了他们的现银。"

四个人都说遵命。别人不知其详，我是将钱都在上海换了日本的银元，还带了十双中国袜——白袜。

后来呢？后来，要穿制服和皮鞋，中国袜完全无用；一元的银圆日本早已废置不用了，又赔钱换了半元的银圆和纸票。

十月八日

藤野先生

东京也无非是这样。上野的樱花烂漫的时节，望去确也像绯红的轻云，但花下也缺不了成群结队的"清国留学生"的速成班，头顶上盘着大辫子，顶得学生制帽的顶上高高耸起，形成一座富士山。也有解散辫子，盘得平的，除下帽来，油光可鉴，宛如小姑娘的发髻一般，还要将脖子扭几扭。实在标致极了。

中国留学生会馆的门房里有几本书买，有时还值得去一转；倘在上午，里面的几间洋房里倒也还可以坐坐的。但到傍晚，有一间的地板便常不免要咚咚咚地响得震天，兼以满房烟尘斗乱；问问精通时事的人，答道："那是在学跳舞。"

到别的地方去看看，如何呢？

我就往仙台的医学专门学校去。从东京出发，不久便到一处驿站，写道：日暮里。不知怎地，我到现在还记得这名目。其次却只记得水户了，这是明的遗民朱舜水先生客死的地方。仙台是一个市镇，并不大；冬天冷得利害；还没有中国的学生。

大概是物以希为贵罢。北京的白菜运往浙江，便用红头绳系住菜根，倒挂在水果店头，尊为"胶菜"；福建野生着的芦荟，一到北京就请进温室，且美其名曰"龙舌兰"。我到仙台也颇受了这样的优待，不但学校不收学费，几个职员还为我的食宿操心。我先是住在监狱旁边一个客店里的，初冬已经颇冷，蚊子却还多，后来用被盖了全身，用衣服包了头脸，只留两个鼻孔出气。在这呼吸不息的地方，蚊子竟无从插嘴，居然睡安稳了。饭食也不坏。但一位先生却以为这客店也包办囚人的饭食，我住在那里不相宜，几次三番，几次三番地说。我虽然觉得客店兼办囚人的饭食和我不相干，然而好意难却，也只得别寻相宜的住处了。于是搬到别一家，离监狱也很远，可惜每天总要喝难以下咽的芋梗汤。

从此就看见许多陌生的先生，听到许多新鲜的讲义。解剖学是两个教授分任的。最初是骨学。其时进来的是一个黑瘦的先生，八字须，戴着眼镜，挟着一叠大大小小的书。一将书放在讲台上，便用了缓慢而很有顿挫的声调，向学生介绍自己道：

"我就是叫作藤野严九郎的……"

后面有几个人笑起来了。他接着便讲述解剖学在日本发达的历史，那些大大小小的书，便是从最初到现今关于这一门学问的著作。起初有几本是线装的；还有翻刻中国译本的。他们的翻译和研究新的医学，并不比中国早。

那坐在后面发笑的是上学年不及格的留级学生，在校已经一年，掌故颇为熟悉的了。他们便给新生讲演每个教授的历史。这藤野先生，据说是穿衣服太模胡了，有时竟会忘记带领结；冬天是一件旧外套，寒颤颤的，有一回上火车去，致使管车的疑心他是扒手，叫车里的客人大家小心些。

他们的话大概是真的，我就亲见他有一次上讲堂没有带领结。

过了一星期，大约是星期六，他使助手来叫我了。到得研究室，见他坐在人骨和许多单独的头骨中间，——他其时正在研究着头骨，后来有一篇论文在本校的杂志上发表出来。

"我的讲义，你能抄下来么？"他问。

"可以抄一点。"

"拿来我看！"

我交出所抄的讲义去，他收下了，第二三天便还我，并且说，此后每一星期要送给他看一回。我拿下来打开看时，很吃了一惊，同时也感到一种不安和感激。原来我的讲义已经从头到末，都用红笔添改过了，不但增加了许多脱漏的地方，连文法的错误，也都一一订正。这样一直继续到教完了他所担任的功课：骨学、血管学、神经学。

可惜我那时太不用功，有时也很任性。还记得有一回藤野先生将我叫到他的研究室里去，翻出我那讲义上的一个图来，是下臂的血管，指着，向我和蔼的说道：

"你看，你将这条血管移了一点位置了。——自然，这样一移，的确比较的好看些，然而解剖图不是美术，实物是那么样的，我们没法改换它。现在我给你改好了，以后你要全照着黑板上那样的画。"

但是我还不服气，口头答应着，心里却想道：

"图还是我画的不错；至于实在的情形，我心里自然记得的。"

学年试验完毕之后，我便到东京玩了一夏天，秋初再回学校，成绩早已发表了，同学一百余人之中，我在中间，不过是没有落第。这回藤野先生所担任的功课，是解剖实习和局部解剖学。

解剖实习了大概一星期，他又叫我去了，很高兴地，仍用了极有抑扬的声调对我说道：

"我因为听说中国人是很敬重鬼的，所以很担心，怕你不肯解剖尸体。现在总算放心了，没有这回事。"

但他也偶有使我很为难的时候。他听说中国的女人是裹脚的，但不知道详细，所以要问我怎么裹法，足骨变成怎样的畸形，还叹息道："总要看一看才知道，究竟是怎么一回事呢？"

有一天，本级的学生会干事到我寓里来了，要借我的讲义看。我检出来交给他们，却只翻检了一通，并没有带走。但他们一走，邮差就送到一封很厚的信，拆开看时，第一句是：

"你改悔罢！"

这是《新约》上的句子罢，但经托尔斯泰新近引用过的。其时正值日俄战争，托老先生便写了一封给俄国和日本的皇帝的信，开首便是这一句。日本报纸上很斥责他的不逊，爱国青年也愤然，然而暗地里却早受了他的影响了。其次的话，大略是说上年解剖学试验的题目，是藤野先生在讲义上做了记号，我预先知道的，所以能有这样的成绩。末尾是匿名。

我这才回忆到前几天的一件事。因为要开同级会，干事便在黑板上写广告，末一句是"请全数到会勿漏为要"，而且在"漏"字旁边加了一个圈。我当时虽然觉到圈得可笑，但是毫不介意，这回才悟出那字也在讥刺我了，犹言我得了教员漏泄出来的题目。

我便将这事告知了藤野先生；有几个和我熟识的同学也很不平，一同去诘责干事托辞检查的无礼，并且要求他们将检查的结果，发表出来。终于这流言消灭了，干事却又竭力运动，要收回那一封匿名信去。结末是我便将这托尔斯泰式的信退还了他们。

中国是弱国，所以中国人当然是低能儿，分数在六十分以上，便不是自己的能力了：也无怪他们疑惑。但我接着便有参观枪毙中国人的命运了。第二年添教霉菌学，细菌的形状是全用电影来显示的，一段落已完而还没有到下课的时候，便影几片时事的片子，自然都是日本战胜俄国的情形。但偏有中国人夹在里边：给俄国人做侦探，被日本军捕获，要枪毙了，围着看的也是一群中国人；在讲堂里的还有一个我。

"万岁！"他们都拍掌欢呼起来。

这种欢呼，是每看一片都有的，但在我，这一声却特别听得刺耳。此后回到中国来，我看见那些闲看枪毙犯人的人们，他们也何尝不酒醉似的喝采，——呜呼，无法可想！但在那时那地，我的意见却变化了。

到第二学年的终结，我便去寻藤野先生，告诉他我将不学医学，并且离开这仙台。他的脸色仿佛有些悲哀，似乎想说话，但竟没有说。

"我想去学生物学，先生教给我的学问，也还有用的。"其实我并没有决意要学生物学，因为看得他有些凄然，便说了一个慰安他的谎话。

"为医学而教的解剖学之类，怕于生物学也没有什么大帮助。"他叹息说。

将走的前几天，他叫我到他家里去，交给我一张照相，后面写着两个字道："惜别"，还说希望将我的也送他。但我这时适值没有照相了；他便叮嘱我将来照了寄给他，并且时时通信告诉他此后的状况。

我离开仙台之后，就多年没有照过相，又因为状况也无聊，说起来无非使他失望，便连信也怕敢写了。经过的年月一多，话更无从说起，所以虽然有时想写信，却又难以下笔，这样的一直到现在，竟没有寄过一封信和一张照片。从他那一面看起来，是一去之后，杳无消息了。

但不知怎地，我总还时时记起他，在我所认为我师的之中，他是最使我感激，给我鼓励的一个。有时我常常想：他的对于我的热心的希望，不倦的教诲，小而言之，是为中国，就是希望中国有新的医学；大而言之，是为学术，就是希望新的医学传到中国去。他的性格，在我的眼里和心里是伟大的，虽然他的姓名并不为许多人所知道。

他所改正的讲义，我曾经订成三厚本，收藏着的，将作为永久的纪念。不幸七年前迁居的时候，中途毁坏了一口书箱，失去半箱书，恰巧这讲义也遗失在内了。责成运送局去找寻，寂无回信。只有他的照相至今还挂在我北京寓居的东墙上、书桌对面。每当夜间疲倦，正想偷懒时，仰面在灯光中瞥见他黑瘦的面貌，似乎正要说出抑扬顿挫的话来，便使我忽又良心发现，而且增加勇气了，于是点上一枝烟，再继续写些为"正人君子"之流所深恶痛疾的文字。

十月十二日

范爱农

在东京的客店里，我们大抵一起来就看报。学生所看的多是《朝日新闻》和《读卖新闻》，专爱打听社会上琐事的就看《二六新闻》。一天早晨，辟头就看见一条从中国来的电报，大概是：

"安徽巡抚恩铭被 Jo Shiki Rin 刺杀，刺客就擒。"

大家一怔之后，便容光焕发地互相告语，并且研究这刺客是谁，汉字是怎样三个字。但只要是绍兴人，又不专看教科书的，却早已明白了。这是徐锡麟，他留学回国之后，在做安徽候补道，办着巡警事务，正合于刺杀巡抚的地位。

大家接着就预测他将被极刑，家族将被连累。不久，秋瑾姑娘在绍兴被杀的消息也传来了，徐锡麟是被挖了心，给恩铭的亲兵炒食净尽。人心很愤怒。有几个人便秘密地开一个会，筹集川资；这时用得着日本浪人了，撕乌贼鱼下酒，慷慨一通之后，他便登程去接徐伯荪的家属去。

照例还有一个同乡会，吊烈士，骂满洲[1]；此后便有人主张打电报到北京，痛斥满政府的无人道。会众即刻分成两派：一派要发电，一派不要发。我是主张发电的，但当我说出之后，即有一种钝滞的声音跟着起来：

"杀的杀掉了，死的死掉了，还发什么屁电报呢。"

这是一个高大身材、长头发、眼球白多黑少的人，看人总像在渺视。他蹲在席子上，我发言大抵就反对；我早觉得奇怪，注意着

---

1 该词的使用并无贬义，共有两种含义。一是满族的旧称。1635 年，皇太极改女真为满洲，辛亥革命后称满族。二是旧时指我国东北一带，清末日俄势力入侵，称东三省为满洲。——编者注

他的了，到这时才打听别人：说这话的是谁呢，有那么冷？认识的人告诉我说：他叫范爱农，是徐伯荪的学生。

我非常愤怒了，觉得他简直不是人，自己的先生被杀了，连打一个电报还害怕，于是便坚执地主张要发电，同他争起来。结果是主张发电的居多数，他屈服了。其次要推出人来拟电稿。

"何必推举呢？自然是主张发电的人罗～～。"他说。

我觉得他的话又在针对我，无理倒也并非无理的。但我便主张这一篇悲壮的文章必须深知烈士生平的人做，因为他比别人关系更密切，心里更悲愤，做出来就一定更动人，于是又争起来。结果是他不做，我也不做，不知谁承认做去；其次是大家走散，只留下一个拟稿的和一两个干事，等候做好之后去拍发。

从此我总觉得这范爱农离奇，而且很可恶。天下可恶的人，当初以为是满人，这时才知道还在其次；第一倒是范爱农。中国不革命则已，要革命，首先就必须将范爱农除去。

然而这意见后来似乎逐渐淡薄，到底忘却了，我们从此也没有再见面。直到革命的前一年，我在故乡做教员，大概是春末时候罢，忽然在熟人的客座上看见了一个人，互相熟视了不过两三秒钟，我们便同时说：

"哦哦，你是范爱农！"

"哦哦，你是鲁迅！"

不知怎地我们便都笑了起来，是互相的嘲笑和悲哀。他眼睛还是那样，然而奇怪，只这几年，头上却有了白发了，但也许本来就有，我先前没有留心到。他穿着很旧的布马褂、破布鞋，显得很寒素。谈起自己的经历来，他说他后来没有了学费，不能再留学，便回来了。回到故乡之后，又受着轻蔑、排斥、迫害，几乎无地可容。现在是躲在乡下，教着几个小学生糊口。但因为有时觉得很气闷，所以也趁了航船进城来。

他又告诉我现在爱喝酒，于是我们便喝酒。从此他每一进城，必定来访我，非常相熟了。我们醉后常谈些愚不可及的疯话，连母亲偶然听到了也发笑。一天我忽而记起在东京开同乡会时的旧事，便问他：

"那一天你专门反对我，而且故意似的，究竟是什么缘故呢？"

"你还不知道？我一向就讨厌你的，——不但我，我们。"

"你那时之前，早知道我是谁么？"

"怎么不知道。我们到横滨，来接的不就是子英和你么？你看不起我们，摇摇头，你自己还记得么？"

我略略一想，记得的，虽然是七八年前的事。那时是子英来约我的，说到横滨去接新来留学的同乡。汽船一到，看见一大堆，大概一共有十多人，一上岸便将行李放到税关上去候查检，关吏在衣箱中翻来翻去，忽然翻出一双绣花的弓鞋来，便放下公事，拿着子细[2]地看。我很不满，心里想，这些鸟男人，怎么带这东西来呢。自己不注意，那时也许就摇了摇头。检验完毕，在客店小坐之后，即须上火车。不料这一群读书人又在客车上让起坐位来了，甲要乙坐在这位上，乙要丙去坐，揖让未终，火车已开，车身一摇，即刻跌倒了三四个。我那时也很不满，暗地里想：连火车上的坐位，他们也要分出尊卑来……自己不注意，也许又摇了摇头。然而那群雍容揖让的人物中就有范爱农，却直到这一天才想到。岂但他呢，说起来也惭愧，这一群里，还有后来在安徽战死的陈伯平烈士，被害的马宗汉烈士；被囚在黑狱里，到革命后才见天日而身上永带着匪刑的伤痕的也还有一两人。而我都茫无所知，摇着头将他们一并运上东京了。徐伯荪虽然和他们同船来，却不在这车上，因为他在神户就

2　现代汉语常用"仔细"。——编者注

和他的夫人坐车走了陆路了。

我想我那时摇头大约有两回，他们看见的不知道是那一回。让坐时喧闹，检查时幽静，一定是在税关上的那一回了，试问爱农，果然是的。

"我真不懂你们带这东西做什么？是谁的？"

"还不是我们师母的？"他瞪着他多白的眼。

"到东京就要假装大脚，又何必带这东西呢？"

"谁知道呢？你问她去。"

到冬初，我们的景况更拮据了，然而还喝酒，讲笑话。忽然是武昌起义，接着是绍兴光复。第二天爱农就上城来，戴着农夫常用的毡帽，那笑容是从来没有见过的。

"老迅，我们今天不喝酒了。我要去看看光复的绍兴。我们同去。"

我们便到街上去走了一通，满眼是白旗。然而貌虽如此，内骨子是依旧的，因为还是几个旧乡绅所组织的军政府，什么铁路股东是行政司长，钱店掌柜是军械司长……这军政府也到底不长久，几个少年一嚷，王金发带兵从杭州进来了，但即使不嚷或者也会来。他进来以后，也就被许多闲汉和新进的革命党所包围，大做王都督。在衙门里的人物，穿布衣来的，不上十天也大概换上皮袍子了，天气还并不冷。

我被摆在师范学校校长的饭碗旁边，王都督给了我校款二百元。爱农做监学，还是那件布袍子，但不大喝酒了，也很少有工夫谈闲天。他办事，兼教书，实在勤快得可以。

"情形还是不行，王金发他们。"一个去年听过我的讲义的少年来访问我，慷慨地说，"我们要办一种报来监督他们，不过发起人要借用先生的名字，还有一个是子英先生，一个是德清先生。为社会，我们知道你决不推却的。"

我答应他了。两天后便看见出报的传单，发起人诚然是三个。五天后便见报，开首便骂军政府和那里面的人员；此后是骂都督，都督的亲戚、同乡、姨太太……

这样地骂了十多天，就有一种消息传到我的家里来，说都督因为你们诈取了他的钱，还骂他，要派人用手枪来打死你们了。

别人倒还不打紧，第一个着急的是我的母亲，叮嘱我不要再出去。但我还是照常走，并且说明，王金发是不来打死我们的，他虽然绿林大学出身，而杀人却不很轻易。况且我拿的是校款，这一点他还能明白的，不过说说罢了。

果然没有来杀。写信去要经费，又取了二百元，但仿佛有些怒意，同时传令道：再来要，没有了！

不过爱农得到了一种新消息，却使我很为难。原来所谓"诈取"者，并非指学校经费而言，是指另有送给报馆的一笔款。报纸上骂了几天之后，王金发便叫人送去了五百元。于是乎我们的少年们便开起会议来，第一个问题是：收不收？决议曰：收。第二个问题是：收了之后骂不骂？决议曰：骂。理由是：收钱之后，他是股东；股东不好，自然要骂。

我即刻到报馆去问这事的真假。都是真的。略说了几句不该收他钱的话，一个名为会计的便不高兴了，质问我道：

"报馆为什么不收股本？"

"还不是股本……"

"不是股本是什么？"

我就不再说下去了，这一点世故是早已知道的，倘我再说出连累我们的话来，他就会面斥我太爱惜不值钱的生命，不肯为社会牺牲，或者明天在报上就可以看见我怎样怕死发抖的记载。

然而事情很凑巧，季弗写信来催我往南京了。爱农也很赞成，但颇凄凉，说：

"这里又是那样，住不得。你快去罢……"

我懂得他无声的话，决计往南京。先到都督府去辞职，自然照准，派来了一个拖鼻涕的接收员，我交出账目和余款一角又两铜元，不是校长了。后任是孔教会会长傅力臣。

报馆案是我到南京后两三个星期了结的，被一群兵们捣毁。子英在乡下，没有事；德清适值在城里，大腿上被刺了一尖刀。他大怒了。自然，这是很有些痛的，怪他不得。他大怒之后，脱下衣服，照了一张照片，以显示一寸来宽的刀伤，并且做一篇文章叙述情形，向各处分送，宣传军政府的横暴。我想，这种照片现在是大约未必还有人收藏着了，尺寸太小，刀伤缩小到几乎等于无，如果不加说明，看见的人一定以为是带些疯气的风流人物的裸体照片，倘遇见孙传芳大帅，还怕要被禁止的。

我从南京移到北京的时候，爱农的学监也被孔教会会长的校长设法去掉了。他又成了革命前的爱农。我想为他在北京寻一点小事做，这是他非常希望的，然而没有机会。他后来便到一个熟人的家里去寄食，也时时给我信，景况愈困穷，言辞也愈凄苦。终于又非走出这熟人的家不可，便在各处飘浮。不久，忽然从同乡那里得到一个消息，说他已经掉在水里，淹死了。

我疑心他是自杀。因为他是浮水的好手，不容易淹死的。

夜间独坐在会馆里，十分悲凉，又疑心这消息并不确，但无端又觉得这是极其可靠的，虽然并无证据。一点法子都没有，只做了四首诗，后来曾在一种日报上发表，现在是将要忘记完了。只记得一首里的六句，起首四句是："把酒论天下，先生小酒人。大圜犹酩酊，微醉合沉沦。"中间忘掉两句，末了是"旧朋云散尽，余亦等轻尘"。

后来我回故乡去，才知道一些较为详细的事。爱农先是什么事也没得做，因为大家讨厌他。他很困难，但还喝酒，是朋友请他的。他已经很少和人们来往，常见的只剩下几个后来认识的较为年青的人了，然而他们似乎也不愿意多听他的牢骚，以为不如讲笑话有趣。

"也许明天就收到一个电报，拆开来一看，是鲁迅来叫我的。"他时常这样说。

一天，几个新的朋友约他坐船去看戏，回来已过夜半，又是大风雨，他醉着，却偏要到船舷上去小解。大家劝阻他，也不听，自己说是不会掉下去的。但他掉下去了，虽然能浮水，却从此不起来。

第二天打捞尸体，是在菱荡里找到的，直立着。

我至今不明白他究竟是失足还是自杀。

他死后一无所有，遗下一个幼女和他的夫人。有几个人想集一点钱作他女孩将来的学费的基金，因为一经提议，即有族人来争这笔款的保管权，——其实还没有这笔款，大家觉得无聊，便无形消散了。

现在不知他唯一的女儿景况如何？倘在上学，中学已该毕业了罢。

十一月十八日

后记

　　我在第三篇讲《二十四孝》的开头，说北京恐吓小孩的"马虎子"应作"麻胡子"，是指麻叔谋，而且以他为胡人。现在知道是错了，"胡"应作"祜"，是叔谋之名，见唐人李济翁做的《资暇集》卷下，题云《非麻胡》。原文如次：

　　俗怖婴儿曰：麻胡来！不知其源者，以为多髯之神而验刺者，非也。隋将军麻祜，性酷虐，炀帝令开汴河，威棱既盛，至稚童望风而畏，互相恐吓曰：麻祜来！稚童语不正，转祜为胡。只如宪宗朝泾将郝玭，蕃中皆畏惮，其国婴儿啼者，以玭怖之则止。又，武宗朝，闾阎孩孺相胁云：薛尹来！咸类此也。况《魏志》载张文远辽来之明证乎？（原注：麻祜庙在睢阳。郎方节度李丕即其后。丕为重建碑。）

　　原来我的识见[1]，就正和唐朝的"不知其源者"相同，贻讥于千载之前，真是咎有应得，只好苦笑。但又不知麻祜庙碑或碑文，现今尚在睢阳或存于方志中否？倘在，我们当可以看见和小说《开河记》所载相反的他的功业。

　　因为想寻几张插画，常维钧兄给我在北京搜集了许多材料，有几种是为我所未曾见过的。如光绪己卯（1879）肃州胡文炳作的《二百卌孝图》——原书有注云："卌读如习。"我真不解他何以不直称四十，而必须如此麻烦——即其一。我所反对的"郭巨埋儿"，他

1　现代汉语常用"见识"。——编者注

于我还未出世的前几年，已经删去了。序有云：

> ……坊间所刻《二十四孝》，善矣。然其中郭巨埋儿一事，揆之天理人情，殊不可以训。……炳窃不自量，妄为编辑。凡矫枉过正而刻意求名者，概从割爱；惟择其事之不诡于正，而人人可为者，类为六门。……

这位肃州胡老先生的勇决，委实令我佩服了。但这种意见，恐怕是怀抱者不乏其人，而且由来已久的，不过大抵不敢毅然删改，笔之于书。如同治十一年（1872）刻的《百孝图》，前有纪常郑绩序，就说：

> ……况迩来世风日下，沿习浇漓，不知孝出天性自然，反以孝作另成一事。且择古人投炉埋儿为忍心害理，指割股抽肠为损亲遗体。殊未审孝只在乎心，不在乎迹。尽孝无定形，行孝无定事。古之孝者非在今所宜，今之孝者难泥古之事。因此时此地不同，而其人其事各异，求其所以尽孝之心则一也。子夏曰：事父母能竭其力。故孔门问孝，所答何尝有同然乎？……

则同治年间就有人以埋儿等事为"忍心害理"，灼然可知。至于这一位"纪常郑绩"先生的意思，我却还是不大懂，或者像是说：这些事现在可以不必学，但也不必说他错。

这部《百孝图》的起源有点特别，是因为见了"粤东颜子"的《百美新咏》而作的。人重色而己重孝，卫道之盛心可谓至矣。虽然是"会稽俞葆真兰浦编辑"，与不佞有同乡之谊，——但我还只得老实说：不大高明。例如木兰从军的出典，他注云："隋史。"这样名目的书，现今是没有的；倘是《隋书》，那里面又没有木兰从军的事。

而中华民国九年（1920），上海的书店却偏偏将它用石印翻印了，书名的前后各添了两个字：《男女百孝图全传》。第一叶上还有一行小字道：家庭教育的好模范。又加了一篇"吴下大错王鼎谨识"的序，开首先发同治年间"纪常郑绩"先生一流的感慨：

> 慨自欧化东渐，海内承学之士，嚣嚣然侈谈自由平等之说，致道德日就沦胥，人心日益浇漓，寡廉鲜耻，无所不为，侥幸行险，人思幸进，求所谓砥砺廉隅，束身自爱者，世不多睹焉。……起观斯世之忍心害理，几全如陈叔宝之无心肝。长此滔滔，伊何底止？……

其实陈叔宝模胡到好像"全无心肝"，或者有之，若拉他来配"忍心害理"，却未免有些冤枉。这是有几个人以评"郭巨埋儿"和"李娥投炉"的事的。

至于人心，有几点确也似乎正在浇漓起来。自从《男女之秘密》《男女交合新论》出现后，上海就很有些书名喜欢用"男女"二字冠首。现在是连"以正人心而厚风俗"的《百孝图》上也加上了。这大概为因不满于《百美新咏》而教孝的"会稽俞葆真兰浦"先生所不及料的罢。

从说"百行之先"的孝而忽然拉到"男女"上去，仿佛也近乎不庄重，——浇漓。但我总还想趁便说几句，——自然竭力来减省。

我们中国人即使对于"百行之先"，我敢说，也未必就不想到男女上去的。太平无事，闲人很多，偶有"杀身成仁舍生取义"的，本人也许忙得不暇检点，而活着的旁观者总会加以绵密的研究。曹娥的投江觅父，淹死后抱父尸出，是载在正史，很有许多人知道的。但这一个"抱"字却发生过问题。

我幼小时候，在故乡曾经听到老年人这样讲：

……死了的曹娥，和她父亲的尸体，最初是面对面抱着浮
上来的。然而过往行人看见的都发笑了，说：哈哈！这么一个
年青姑娘抱着这么一个老头子！于是那两个死尸又沉下去了；
停了一刻又浮起来，这回是背对背的负着。

好！在礼义之邦里，连一个年幼——呜呼，"娥年十四"而
已——的死孝女要和死父亲一同浮出，也有这么艰难！

我检查《百孝图》和《二百卅孝图》，画师都很聪明，所画的是
曹娥还未跳入江中，只在江干啼哭。但吴友如画的《女二十四孝
图》（1892）却正是两尸一同浮出的这一幕，而且也正画作"背对
背"，如第一图的上方。我想，他大约也知道我所听到的那故事的。
还有《后二十四孝图说》，也是吴友如画，也有曹娥，则画作正在投
江的情状，如第一图下。

就我现今所见的教孝的图说而言，古今颇有许多遇盗、遇虎、
遇火、遇风的孝子，那应付的方法，十之九是"哭"和"拜"。

中国的哭和拜，什么时候才完呢？

至于画法，我以为最简古的倒要算日本的小田海僊本，这本子
早已印入《点石斋丛画》里，变成国货，很容易入手的了。吴友如
画的最细巧，也最能引动人。但他于历史画其实是不大相宜的；他
久居上海的租界里，耳濡目染，最擅长的倒在作"恶鸨虐妓""流氓
拆梢"一类的时事画，那真是勃勃有生气，令人在纸上看出上海的
洋场来。但影响殊不佳，近来许多小说和儿童读物的插画中，往往
将一切女性画成妓女样，一切孩童都画得像一个小流氓，大半就因
为太看了他的画本的缘故。

而孝子的事迹也比较地更难画，因为总是惨苦的多。譬如"郭
巨埋儿"，无论如何总难以画到引得孩子眉飞色舞，自愿躺到坑里
去。还有"尝粪心忧"，也不容易引人入胜。还有老莱子的"戏彩娱

第一图

亲",题诗上虽说"喜色满庭帏",而图画上却绝少有有趣的家庭的气息。

我现在选取了三种不同的标本,合成第二图。上方的是《百孝图》中的一部分,"陈村何云梯"画的,画的是"取水上堂诈跌卧地作婴儿啼"这一段。也带出"双亲开口笑"来。中间的一小块是我从"直北李锡彤"画的《二十四孝图诗合刊》上描下来的,画的是"著五色斑斓之衣为婴儿戏于亲侧"这一段;手里捏着"摇咕咚",就是"婴儿戏"这三个字的点题。但大约李先生觉得一个高大的老头子玩这样的把戏究竟不像样,将他的身子竭力收缩,画成一个有胡子的小孩子了。然而仍然无趣。至于线的错误和缺少,那是不能怪作者的,也不能埋怨我,只能去骂刻工。查这刻工当前清同治十二年(1873)时,是在"山东省布政司街南首路西鸿文堂刻字处"。下方的是"民国壬戌"(1922)慎独山房刻本,无画人姓名,但是双料画法,一面"诈跌卧地",一面"为婴儿戏",将两件事合起来,而将"斑斓之衣"忘却了。吴友如画的一本,也合两事为一,也忘了斑斓之衣,只是老莱子比较的胖一些,且缩着双丫髻,——不过还是无趣味。

人说,讽刺和冷嘲只隔一张纸,我以为有趣和肉麻也一样。孩子对父母撒娇可以看得有趣,若是成人,便未免有些不顺眼。放达的夫妻在人面前的互相爱怜的态度,有时略一跨出有趣的界线,也容易变为肉麻。老莱子的作态的图,正无怪谁也画不好。像这些图画上似的家庭里,我是一天也住不舒服的,你看这样一位七十多岁的老太爷整年假惺惺地玩着一个"摇咕咚"。

汉朝人在宫殿和墓前的石室里,多喜欢绘画或雕刻古来的帝王、孔子弟子、列士[2]、列女[3]、孝子之类的图。宫殿当然一椽不存了;

2　现代汉语常用"烈士"。——编者注
3　现代汉语常用"烈女"。——编者注

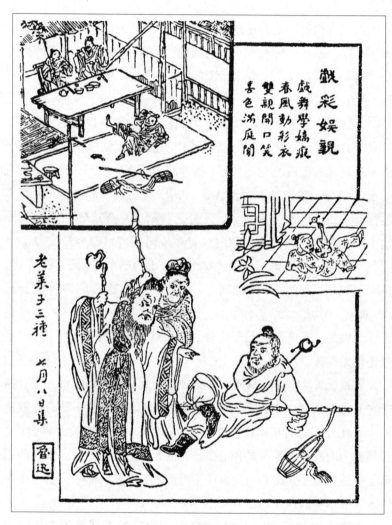

第二图

石室却偶然还有，而最完全的是山东嘉祥县的武氏石室。我仿佛记得那上面就刻着老莱子的故事。但现在手头既没有拓本，也没有《金石萃编》，不能查考了；否则，将现时的和约一千八百年前的图画比较起来，也是一种颇有趣味的事。

关于老莱子的，《百孝图》上还有这样的一段：

……莱子又有弄雏娱亲之事：尝弄雏于双亲之侧，欲亲之喜。（原注：《高士传》）

谁做的《高士传》呢？嵇康的，还是皇甫谧的？也还是手头没有书，无从查考。只在新近因为白得了一个月的薪水，这才发狠买来的《太平御览》上查了一通，到底查不着，倘不是我粗心，那就是出于别的唐宋人的类书里的了，但这也没有什么大关系。我所觉得特别的，是文中的那"雏"字。

我想，这"雏"未必一定是小禽鸟。孩子们喜欢弄来玩耍的，用泥和绸或布做成的人形，日本也叫 Hina，写作"雏"。他们那里往往存留中国的古语；而老莱子在父母面前弄孩子的玩具，也比弄小禽鸟更自然。所以英语的 Doll，即我们现在称为"洋囡囡"或"泥人儿"，而文字上只好写作"傀儡"的，说不定古人就称"雏"，后来中绝，便只残存于日本了。但这不过是我一时的臆测，此外也并无什么坚实的凭证。

这弄雏的事，似乎也还没有人画过图。

我所搜集的另一批，是内有"无常"的画像的书籍。一曰《玉历钞传警世》（或无下二字），一曰《玉历至宝钞》（或作编）。其实是两种都差不多的。关于搜集的事，我首先仍要感谢常维钧兄，他寄给我北京龙光斋本，又鉴光斋本；天津思过斋本，又石印局本；南京李光明庄本。其次是章矛尘兄，给我杭州玛瑙经房本，绍兴许广记本，最近石印本。又其次是我自己，得到广州宝经阁本，又翰元楼本。

这些《玉历》，有繁简两种，是和我的前言相符的，但我调查了一切无常的画像之后，却恐慌起来了。因为书上的"活无常"是花袍、纱帽、背后插刀，而拿算盘，戴高帽子的却是"死有分"！虽然面貌有凶恶和和善之别，脚下有草鞋和布（？）鞋之殊，也不过画工偶然的随便，而最关紧要的题字，则全体一致，曰："死有分"。呜呼，这明明是专在和我为难。

然而我还不能心服。一者因为这些书都不是我幼小时候所见的那部，二者因为我还确信我的记忆并没有错。不过撕下一叶来做插画的企图，却被无声无臭地打得粉碎了。只得选取标本各一——南京本的死有分和广州本的活无常——之外，还自己动手，添画一个我所记得的目连戏或迎神赛会中的"活无常"来塞责，如第三图上方。好在我并非画家，虽然太不高明，读者也许不至于嗔责罢。先前想不到后来，曾经对于吴友如先生辈颇说过几句蹊跷话，不料曾几何时，即须自己出丑了，现在就预先辩解几句在这里存案。但是，如果无效，那也只好直抄徐（印世昌）大总统的哲学：听其自然。

还有不能心服的事，是我觉得虽是宣传《玉历》的诸公，于阴间的事情其实也不大了然。例如一个人初死时的情状，那图像就分成两派。一派是只来一位手执钢叉的鬼卒，叫作"勾魂使者"，此外什么都没有；一派是一个马面，两个无常——阳无常和阴无常——而并非活无常和死有分。倘说，那两个就是活无常和死有分罢，则和单的画像又不一致。如第四图版上的 A，阳无常何尝是花袍纱帽？只有阴无常却和单画的死有分颇相像的，但也放下算盘拿了扇。这还可以说大约因为其时是夏天，然而怎么又长了那么长的络腮胡子了呢？难道夏天时疫多，他竟忙得连修刮的工夫都没有了

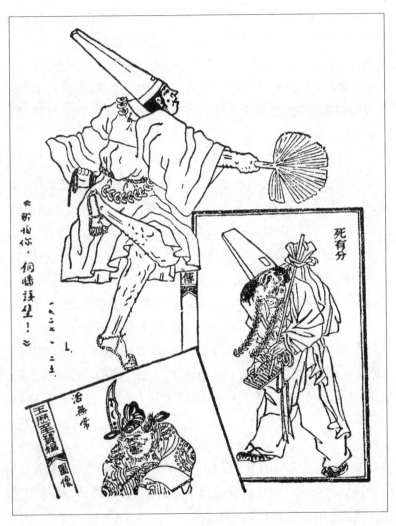

第三图

么？这图的来源是天津思过斋的本子，合并声明；还有北京和广州本上的，也相差无几。

B是从南京的李光明庄刻本上取来的，图画和A相同，而题字则正相反了：天津本指为阴无常者，它却道是阳无常。但和我的主张是一致的。那么，倘有一个素衣高帽的东西，不问他胡子之有无，北京人、天津人、广州人只管去称为阴无常或死有分，我和南京人则叫他活无常，各随自己的便罢。"名者，实之宾也"，不关什么紧要的。

不过我还要添上一点C图，是绍兴许广记刻本中的一部分，上面并无题字，不知宣传者于意云何。我幼小时常常走过许广记的门前，也闲看他们刻图画，是专爱用弧线和直线，不大肯作曲线的，所以无常先生的真相，在这里也难以判然。只是他身边另有一个小高帽，却还能分明看出，为别的本子上所无。这就是我所说过的在赛会时候出现的阿领。他连办公时间也带着儿子（？）走，我想，大概是在叫他跟随学习，预备长大之后，可以"无改于父之道"的。

除勾摄人魂外，十殿阎罗王中第四殿五官王的案桌旁边，也什九站着个高帽脚色。如D图，1取自天津的思过斋本，模样颇漂亮；2是南京本，舌头拖出来了，不知何故；3是广州的宝经阁本，扇子破了；4是北京龙光斋本，无扇，下巴之下一条黑，我看不透它是胡子还是舌头；5是天津石印局本，也颇漂亮，然而站到第七殿泰山王的公案桌边去了：这是很特别的。

又，老虎噬人的图上，也一定画有一个高帽的脚色，拿着纸扇子暗地里在指挥。不知道这也就是无常呢，还是所谓"伥鬼"？但我乡戏文上的伥鬼都不戴高帽子。

研究这一类三魂渺渺，七魄茫茫，"死无对证"的学问，是很新颖，也极占便宜的。假使征集材料，开始讨论，将各种往来的信

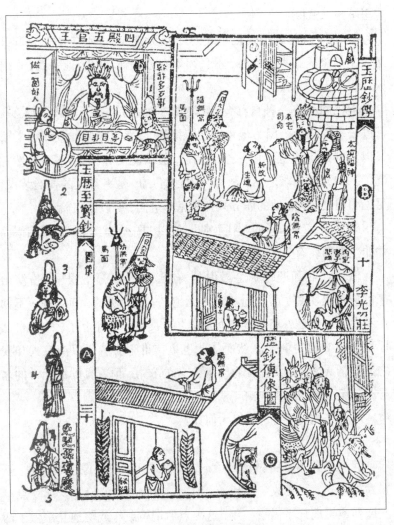

第四图

件都编印起来，恐怕也可以出三四本颇厚的书，并且因此升为"学者"。但是，"活无常学者"，名称不大冠冕，我不想干下去了，只在这里下一个武断：

《玉历》式的思想是很粗浅的："活无常"和"死有分"，合起来是人生的象征。人将死时，本只须死有分来到。因为他一到，这时候，也就可见"活无常"。

但民间又有一种自称"走阴"或"阴差"的，是生人暂时入冥，帮办公事的脚色。因为他帮同勾魂摄魄，大家也就称之为"无常"；又以其本是生魂也，则别之曰"阳"，但从此便和"活无常"隐然相混了。如第四图版之 A，题为"阳无常"的，是平常人的普通装束，足见明明是阴差，他的职务只在领鬼卒进门，所以站在阶下。

既有了生魂入冥的"阳无常"，便以"阴无常"来称职务相似而并非生魂的死有分了。

做目连戏和迎神赛会虽说是祷祈，同时也等于娱乐，扮演出来的应该是阴差，而普通状态太无趣，——无所谓扮演，——不如奇特些好，于是就将"那一个无常"的衣装给他穿上了；——自然原也没有知道得清楚。然而从此也更传讹下去。所以南京人和我之所谓活无常，是阴差而穿着死有分的衣冠，顶着真的活无常的名号，大背经典，荒谬得很的。

不知海内博雅君子，以为何如？

我本来并不准备做什么后记，只想寻几张旧画像来做插图，不料目的不达，便变成一面比较，剪贴，一面乱发议论了。那一点本文或作或辍地几乎做了一年，这一点后记也或作或辍地几乎做了两个月。天热如此，汗流浃背，是亦不可以已乎：爰为结。

一九二七年七月十一日，写完于广州东堤寓楼之西窗下。

故事新编

序言

　　这一本很小的集子，从开手写起到编成，经过的日子却可以算得很长久了：足足有十三年。

　　第一篇《补天》——原先题作《不周山》——还是一九二二年的冬天写成的。那时的意见，是想从古代和现代都采取题材，来做短篇小说，《不周山》便是取了"女娲炼石补天"的神话，动手试作的第一篇。首先，是很认真的，虽然也不过取了佛洛伊特说，来解释创造——人和文学的——的缘起。不记得怎么一来，中途停了笔，去看日报了，不幸正看见了谁——现在忘记了名字——的对于汪静之君的《蕙的风》的批评，他说要含泪哀求，请青年不要再写这样的文字。这可怜的阴险使我感到滑稽，当再写小说时，就无论如何，止不住有一个古衣冠的小丈夫，在女娲的两腿之间出现了。这就是从认真陷入了油滑的开端。油滑是创作的大敌，我对于自己很不满。

　　我决计不再写这样的小说，当编印《呐喊》时，便将它附在卷末，算是一个开始，也就是一个收场。

　　这时我们的批评家成仿吾先生正在创造社门口的"灵魂的冒险"的旗子底下抡板斧。他以"庸俗"的罪名，几斧砍杀了《呐喊》，只推《不周山》为佳作，——自然也仍有不好的地方。坦白的说罢，这就是使我不但不能心服，而且还轻视了这位勇士的原因。我是不薄"庸俗"，也自甘"庸俗"的；对于历史小说，则以为博考文献，言必有据者，纵使有人讥为"教授小说"，其实是很难组织之作，至于只取一点因由，随意点染，铺成一篇，倒无需怎样的手腕；况且"如鱼饮水，冷暖自知"，用庸俗的话来说，就是"自家有病自家知"罢：《不周山》的后半是很草率的，决不能称为佳作。倘使读者相信了这冒险家的话，一定自误，而我也成了误人，于是当《呐喊》印行第二版时，即将这一篇删除；向这位"魂灵"回敬了当头一棒——我的集子里，只剩着"庸俗"在跋扈了。

直到一九二六年的秋天，一个人住在厦门的石屋里，对着大海，翻着古书，四近无生人气，心里空空洞洞。而北京的未名社，却不绝的来信，催促杂志的文章。这时我不愿意想到目前；于是回忆在心里出土了，写了十篇《朝花夕拾》；并且仍旧拾取古代的传说之类，预备足成八则《故事新编》。但刚写了《奔月》和《铸剑》——发表的那时题为《眉间尺》，——我便奔向广州，这事就又完全搁起了。后来虽然偶尔得到一点题材，作一段速写，却一向不加整理。

现在才总算编成了一本书。其中也还是速写居多，不足称为"文学概论"之所谓小说。叙事有时也有一点旧书上的根据，有时却不过信口开河。而且因为自己的对于古人，不及对于今人的诚敬，所以仍不免时有油滑之处。过了十三年，依然并无长进，看起来真也是"无非《不周山》之流"；不过并没有将古人写得更死，却也许暂时还有存在的余地的罢。

一九三五年十二月二十六日，鲁迅。

补天

一

女娲忽然醒来了。

伊似乎是从梦中惊醒的，然而已经记不清做了什么梦；只是很懊恼，觉得有什么不足，又觉得有什么太多了。煽动的和风，暖嬹的将伊的气力吹得弥漫在宇宙里。

伊揉一揉自己的眼睛。

粉红的天空中，曲曲折折的漂着许多条石绿色的浮云，星便在那后面忽明忽灭的眻眼。天边的血红的云彩里有一个光芒四射的太阳，如流动的金球包在荒古的熔岩中；那一边，却是一个生铁一般的冷而且白的月亮。然而伊并不理会谁是下去，和谁是上来。

地上都嫩绿了，便是不很换叶的松柏也显得格外的娇嫩。桃红和青白色的斗大的杂花，在眼前还分明，到远处可就成为斑斓的烟霭了。

"唉唉，我从来没有这样的无聊过！"伊想着，猛然间站立起来了，擎上那非常圆满而精力洋溢的臂膊，向天打一个欠伸，天空便突然失了色，化为神异的肉红，暂时再也辨不出伊所在的处所。

伊在这肉红色的天地间走到海边，全身的曲线都消融在淡玫瑰似的光海里，直到身中央才浓成一段纯白。波涛都惊异，起伏得很有秩序了，然而浪花溅在伊身上。这纯白的影子在海水里动摇，仿佛全体都正在四面八方的迸散。但伊自己并没有见，只是不由的跪下一足，伸手掬起带水的软泥来，同时又揉捏几回，便有一个和自已差不多的小东西在两手里。

"阿，阿！"伊固然以为是自己做的，但也疑心这东西就白薯似的原在泥土里，禁不住很诧异了。

然而这诧异使伊喜欢，以未曾有的勇往和愉快继续着伊的事业，呼吸吹嘘着，汗混和着……

"Nga! nga！"那些小东西可是叫起来了。

"阿，阿！"伊又吃了惊，觉得全身的毛孔中无不有什么东西飞散，于是地上便罩满了乳白色的烟云，伊才定了神，那些小东西也住了口。

"Akon, Agon！"有些东西向伊说。

"阿阿，可爱的宝贝。"伊看定他们，伸出带着泥土的手指去拨他肥白的脸。

"Uvu, Ahaha！"他们笑了。这是伊第一回在天地间看见的笑，于是自己也第一回笑得合不上嘴唇来。

伊一面抚弄他们，一面还是做，被做的都在伊的身边打圈，但他们渐渐的走得远，说得多了，伊也渐渐的懂不得，只觉得耳朵边满是嘈杂的嚷，嚷得颇有些头昏。

伊在长久的欢喜中，早已带着疲乏了。几乎吹完了呼吸，流完了汗，而况又头昏，两眼便蒙胧起来，两颊也渐渐的发了热，自己觉得无所谓了，而且不耐烦。然而伊还是照旧的不歇手，不自觉的只是做。

终于，腰腿的酸痛逼得伊站立起来，倚在一座较为光滑的高山上，仰面一看，满天是鱼鳞样的白云，下面则是黑压压的浓绿。伊自己也不知道怎样，总觉得左右不如意了，便焦躁的伸出手去，信手一拉，拔起一株从山上长到天边的紫藤，一房一房的刚开着大不可言的紫花，伊一挥，那藤便横搭在地面上，遍地散满了半紫半白的花瓣。

伊接着一摆手，紫藤便在泥和水里一翻身，同时也溅出拌着水的泥土来，待到落在地上，就成了许多伊先前做了一般的小东西，只是大半呆头呆脑，獐头鼠目的有些讨厌。然而伊不暇理会这等事了，单是有趣而且烦躁，夹着恶作剧的将手只是抡，愈抡愈飞速了，那藤便拖泥带水的在地上滚，像一条给沸水烫伤了的赤练蛇。泥点也就暴雨似的从藤身上飞溅开来，还在空中便成了哇哇地啼哭的小东西，爬来爬去的撒得满地。

伊近于失神了，更其抡，但是不独腰腿痛，连两条臂膊也都乏了力，伊于是不由的蹲下身子去，将头靠着高山，头发漆黑的搭在山顶上，喘息一回之后，叹一口气，两眼就合上了。紫藤从伊的手里落了下来，也困顿不堪似的懒洋洋的躺在地面上。

二

轰！！！

在这天崩地塌价的声音中，女娲猛然醒来，同时也就向东南方直溜下去了。伊伸了脚想踏住，然而什么也踹不到，连忙一舒臂揪住了山峰，这才没有再向下滑的形势。

但伊又觉得水和沙石都从背后向伊头上和身边滚泼过去了，略一回头，便灌了一口和两耳朵的水，伊赶紧低了头，又只见地面不住的动摇。幸而这动摇也似乎平静下去了，伊向后一移，坐稳了身子，这才挪出手来拭去额角上和眼睛边的水，细看是怎样的情形。

情形很不清楚，遍地是瀑布般的流水；大概是海里罢，有几处更站起很尖的波浪来。伊只得呆呆的等着。

可是终于大平静了，大波不过高如从前的山，像是陆地的处所便露出棱棱的石骨。伊正向海上看，只见几座山奔流过来，一面又在波浪堆里打旋子。伊恐怕那些山碰了自己的脚，便伸手将他们撮住，望那山坳里，还伏着许多未曾见过的东西。

伊将手一缩，拉近山来仔细的看，只见那些东西旁边的地上吐得很狼藉，似乎是金玉的粉末，又夹杂些嚼碎的松柏叶和鱼肉。他们也慢慢的陆续抬起头来了，女娲圆睁了眼睛，好容易才省悟到这便是自己先前所做的小东西，只是怪模怪样的已经都用什么包了身子，有几个还在脸的下半截长着雪白的毛毛了，虽然被海水粘得像一片尖尖的白杨叶。

"阿，阿！"伊诧异而且害怕的叫，皮肤上都起栗，就像触着一只毛刺虫。

"上真救命……"一个脸的下半截长着白毛的昂了头，一面呕吐，一面断断续续的说，"救命……臣等……是学仙的。谁料坏劫到来，天地分崩了……现在幸而……遇到上真，……请救蚁命，……并赐仙……仙药……"他于是将头一起一落的做出异样的举动。

伊都茫然，只得又说："什么？"

他们中的许多也都开口了，一样的是一面呕吐，一面"上真上真"的只是嚷，接着又都做出异样的举动。伊被他们闹得心烦，颇后悔这一拉，竟至于惹了莫名其妙的祸。伊无法可想的向四处看，便看见有一队巨鳌正在海面上游玩，伊不由的喜出望外了，立刻将那些山都搁在他们的脊梁上，嘱咐道："给我驮到平稳点的地方去罢！"巨鳌们似乎点一点头，成群结队的驮远了。可是先前拉得过于猛，以致从山上摔下一个脸有白毛的来，此时赶不上，又不会凫水，便伏在海边自己打嘴巴。这倒使女娲觉得可怜了，然而也不管，因为伊实在也没有工夫来管这些事。

伊嘘一口气，心地较为轻松了，再转过眼光来看自己的身边，流水已经退得不少，处处也露出广阔的土石，石缝里又嵌着许多东西，有的是直挺挺的了，有的却还在动。伊瞥见有一个正在白着眼睛呆看伊；那是遍身多用铁片包起来的，脸上的神情似乎很失望而且害怕。

"那是怎么一回事呢？"伊顺便的问。

"呜呼，天降丧。"那一个便凄凉可怜的说，"颛顼不道，抗我后，我后躬行天讨，战于郊，天不祐德，我师反走……"

"什么？"伊向来没有听过这类话，非常诧异了。

"我师反走，我后爰以厥首触不周之山，折天柱，绝地维，我后亦殂落。呜呼，是实惟……"

"够了够了，我不懂你的意思。"伊转过脸去了，却又看见一个高兴而且骄傲的脸，也多用铁片包了全身的。

"那是怎么一回事呢？"伊到此时才知道这些小东西竟会变这么花样不同的脸，所以也想问出别样的可懂的答话来。

"人心不古，康回实有豕心，觑天位，我后躬行天讨，战于郊，天实祐德，我师攻战无敌，殛康回于不周之山。"

"什么？"伊大约仍然没有懂。

"人心不古……"

"够了够了，又是这一套！"伊气得从两颊立刻红到耳根，火速背转头，另外去寻觅，好容易才看见一个不包铁片的东西，身子精光，带着伤痕还在流血，只是腰间却也围着一块破布片。他正从别一个直挺挺的东西的腰间解下那破布来，慌忙系上自己的腰，但神色倒也很平淡。

伊料想他和包铁片的那些是别一种，应该可以探出一些头绪了，便问道：

"那是怎么一回事呢？"

"那是怎么一回事呵。"他略一抬头，说。

"那刚才闹出来的是？……"

"那刚才闹出来的么？"

"是打仗罢？"伊没有法，只好自己来猜测了。

"打仗罢？"然而他也问。

女娲倒抽了一口冷气，同时也仰了脸去看天。天上一条大裂纹，非常深，也非常阔。伊站起来，用指甲去一弹，一点不清脆，竟和破碗的声音相差无几了。伊皱着眉心，向四面察看一番，又想了一会，便拧去头发里的水，分开了搭在左右肩膀上，打起精神来向各处拔芦柴：伊已经打定了"修补起来再说"的主意了。

伊从此日日夜夜堆芦柴，柴堆高多少，伊也就瘦多少，因为情形不比先前，——仰面是歪斜开裂的天，低头是齷齷破烂的地，毫没有一些可以赏心悦目的东西了。

芦柴堆到裂口，伊才去寻青石头。当初本想用和天一色的纯青石的，然而地上没有这么多，大山又舍不得用，有时到热闹处所去寻些零碎，看见的又冷笑、痛骂，或者抢回去，甚而至于还咬伊的手。伊于是只好搀[1]些白石，再不够，便凑上些红黄的和灰黑的，后来总算将就的填满了裂口，止要一点火，一熔化，事情便完成，然而伊也累得眼花耳响，支持不住了。

"唉唉，我从来没有这样的无聊过。"伊坐在一座山顶上，两手捧着头，上气不接下气的说。

这时昆仑山上的古森林的大火还没有熄，西边的天际都通红。伊向西一瞟，决计从那里拿过一株带火的大树来点芦柴积，正要伸手，又觉得脚趾上有什么东西刺着了。

1　现代汉语常用"掺"。——编者注

伊顺下眼去看，照例是先前所做的小东西，然而更异样了，累累坠坠的用什么布似的东西挂了一身，腰间又格外挂上十几条布，头上也罩着些不知什么，顶上是一块乌黑的小小的长方板，手里拿着一片物件，刺伊脚趾的便是这东西。

那顶着长方板的却偏站在女娲的两腿之间向上看，见伊一顺眼，便仓皇的将那小片递上来了。伊接过来看时，是一条很光滑的青竹片，上面还有两行黑色的细点，比槲树叶上的黑斑小得多。伊倒也很佩服这手段的细巧。

"这是什么？"伊还不免于好奇，又忍不住要问了。

顶长方板的便指着竹片，背诵如流的说道："裸裎淫佚，失德蔑礼败度，禽兽行。国有常刑，惟禁！"

女娲对那小方板瞪了一眼，倒暗笑自己问得太悖了，伊本已知道和这类东西扳谈，照例是说不通的，于是不再开口，随手将竹片搁在那头顶上面的方板上，回手便从火树林里抽出一株烧着的大树来，要向芦柴堆上去点火。

忽而听到呜呜咽咽的声音了，可也是闻所未闻的玩艺，伊姑且向下再一瞟，却见方板底下的小眼睛里含着两粒比芥子还小的眼泪。因为这和伊先前听惯的"nga nga"的哭声大不同了，所以竟不知道这也是一种哭。

伊就去点上火，而且不止一地方。

火势并不旺，那芦柴是没有干透的，但居然也烘烘的响，很久很久，终于伸出无数火焰的舌头来，一伸一缩的向上舔，又很久，便合成火焰的重台花，又成了火焰的柱，赫赫的压倒了昆仑山上的红光。大风忽地起来，火柱旋转着发吼，青的和杂色的石块都一色通红了，饴糖似的流布在裂缝中间，像一条不灭的闪电。

风和火势卷得伊的头发都四散而且旋转，汗水如瀑布一般奔流，大光焰烘托了伊的身躯，使宇宙间现出最后的肉红色。

火柱逐渐上升了，只留下一堆芦柴灰。伊待到天上一色青碧的时候，才伸手去一摸，指面上却觉得还很有些参差。

"养回了力气，再来罢……"伊自己想。

伊于是弯腰去捧芦灰了，一捧一捧的填在地上的大水里，芦灰还未冷透，蒸得水渐渐的沸涌，灰水泼满了伊的周身。大风又不肯停，夹着灰扑来，使伊成了灰土的颜色。

"吁！……"伊吐出最后的呼吸来。

天边的血红的云彩里有一个光芒四射的太阳，如流动的金球包在荒古的熔岩中；那一边，却是一个生铁一般的冷而且白的月亮。但不知道谁是下去和谁是上来。这时候，伊的以自己用尽了自己一切的躯壳，便在这中间躺倒，而且不再呼吸了。

上下四方是死灭以上的寂静。

三

有一日，天气很寒冷，却听到一点喧嚣，那是禁军终于杀到了，因为他们等候着望不见火光和烟尘的时候，所以到得迟。他们左边一柄黄斧头，右边一柄黑斧头，后面一柄极大极古的大纛，躲躲闪闪的攻到女娲死尸的旁边，却并不见有什么动静。他们就在死尸的肚皮上扎了寨，因为这一处最膏腴，他们检选这些事是很伶俐的。然而他们却突然变了口风，说惟有他们是女娲的嫡派，同时也就改换了大纛旗上的蝌蚪字，写道"女娲氏之肠"。

落在海岸上的老道士也传了无数代了。他临死的时候，才将仙山被巨鳌背到海上这一件要闻传授徒弟，徒弟又传给徒孙，后来一个方士想讨好，竟去奏闻了秦始皇，秦始皇便教方士去寻去。

　　方士寻不到仙山，秦始皇终于死掉了；汉武帝又教寻，也一样的没有影。

　　大约巨鳌们是并没有懂得女娲的话的，那时不过偶而凑巧的点了点头。模模胡胡的背了一程之后，大家便走散去睡觉，仙山也就跟着沉下了，所以直到现在，总没有人看见半座神仙山，至多也不外乎发见了若干野蛮岛。

一九二二年十一月作

奔月

一

聪明的牲口确乎知道人意，刚刚望见宅门，那马便立刻放缓脚步了，并且和它背上的主人同时垂了头，一步一顿，像捣米一样。

暮霭笼罩了大宅，邻屋上都腾起浓黑的炊烟，已经是晚饭时候。家将们听得马蹄声，早已迎了出来，都在宅门外垂着手直挺挺地站着。羿在垃圾堆边懒懒地下了马，家将们便接过缰绳和鞭子去。他刚要跨进大门，低头看看挂在腰间的满壶的簇新的箭和网里的三匹乌老鸦和一匹射碎了的小麻雀，心里就非常踌躇。但到底硬着头皮，大踏步走进去了；箭在壶里豁朗豁朗地响着。

刚到内院，他便见嫦娥在圆窗里探了一探头。他知道她眼睛快，一定早瞧见那几匹乌鸦的了，不觉一吓，脚步登时也一停，——但只得往里走。使女们都迎出来，给他卸了弓箭，解下网兜。他仿佛觉得她们都在苦笑。

"太太……"他擦过手脸，走进内房去，一面叫。

嫦娥正在看着圆窗外的暮天，慢慢回过头来，似理不理的向他看了一眼，没有答应。

这种情形，羿倒久已习惯的了，至少已有一年多。他仍旧走近去，坐在对面的铺着脱毛的旧豹皮的木榻上，搔着头皮，支支梧梧地说——

"今天的运气仍旧不见佳，还是只有乌鸦……"

"哼！"嫦娥将柳眉一扬，忽然站起来，风似的往外走，嘴里咕噜着，"又是乌鸦的炸酱面，又是乌鸦的炸酱面！你去问问去，谁家是一年到头只吃乌鸦肉的炸酱面的？我真不知道是走了什么运，竟嫁到这里来，整年的就吃乌鸦的炸酱面！"

"太太，"羿赶紧也站起，跟在后面，低声说，"不过今天倒还好，另外还射了一匹¹麻雀，可以给你做菜的。女辛！"他大声地叫使女："你把那一匹麻雀拿过来请太太看！"

野味已经拿到厨房里去了，女辛便跑去挑出来，两手捧着，送在嫦娥的眼前。

"哼！"她瞥了一眼，慢慢地伸手一捏，不高兴地说，"一团糟！不是全都粉碎了么？肉在那里？"

"是的，"羿很惶恐，"射碎的。我的弓太强，箭头太大了。"

"你不能用小一点的箭头的么？"

"我没有小的。自从我射封豕长蛇……"

"这是封豕长蛇么？"她说着，一面回转头去对着女辛道，"放一碗汤罢！"便又退回房里去了。

只有羿呆呆地留在堂屋里，靠壁坐下，听着厨房里柴草爆炸的声音。他回忆当年的封豕是多么大，远远望去就像一坐²小土冈，如果那时不去射杀它，留到现在，足可以吃半年，又何用天天愁饭菜，还有长蛇，也可以做羹喝……

女乙来点灯了，对面墙上挂着的彤弓、彤矢、卢弓、卢矢、弩机、长剑、短剑，便都在昏暗的灯光中出现。羿看了一眼，就低了头，叹一口气；只见女辛搬进夜饭来，放在中间的案上，左边是五大碗白面；右边两大碗，一碗汤；中央是一大碗乌鸦肉做的炸酱。

羿吃着炸酱面，自己觉得确也不好吃；偷眼去看嫦娥，她炸酱

1　现代汉语常用"只"。——编者注
2　现代汉语常用"座"。——编者注

是看也不看，只用汤泡了面，吃了半碗，又放下了。他觉得她脸上仿佛比往常黄瘦些，生怕她生了病。

到二更时，她似乎和气一些了，默坐在床沿上喝水。羿就坐在旁边的木榻上，手摩着脱毛的旧豹皮。

"唉，"他和蔼地说，"这西山的文豹，还是我们结婚以前射得的，那时多么好看，全体黄金光。"他于是回想当年的食物，熊是只吃四个掌，驼留峰，其余的就都赏给使女和家将们。后来大动物射完了，就吃野猪、兔、山鸡；射法又高强，要多少有多少。"唉，"他不觉叹息，"我的箭法真太巧妙了，竟射得遍地精光。那时谁料到只剩下乌鸦做菜……"

"哼。"嫦娥微微一笑。

"今天总还要算运气的，"羿也高兴起来，"居然猎到一只麻雀。这是远绕了三十里路才找到的。"

"你不能走得更远一点的么?!"

"对，太太。我也这样想。明天我想起得早些。倘若你醒得早，那就叫醒我。我准备再远走五十里，看看可有些麃子、兔子……但是，怕也难。当我射封豕长蛇的时候，野兽是那么多。你还该记得罢，丈母的门前就常有黑熊走过，叫我去射了好几回……"

"是么?"嫦娥似乎不大记得。

"谁料到现在竟至于精光的呢。想起来，真不知道将来怎么过日子。我呢，倒不要紧，只要将那道士送给我的金丹吃下去，就会飞升。但是我第一先得替你打算……所以我决计明天再走得远一点……"

"哼。"嫦娥已经喝完水，慢慢躺下，合上眼睛了。

残膏的灯火照着残妆，粉有些褪了，眼圈显得微黄，眉毛的黛色也仿佛两边不一样。但嘴唇依然红得如火；虽然并不笑，颊上也还有浅浅的酒窝。

"唉唉，这样的人，我就整年地只给她吃乌鸦的炸酱面……"羿想着，觉得惭愧，两颊连耳根都热起来。

<h2 style="text-align:center">二</h2>

过了一夜就是第二天。

羿忽然睁开眼睛，只见一道阳光斜射在西壁上，知道时候不早了；看看嫦娥，兀自摊开了四肢沉睡着。他悄悄地披上衣服，爬下豹皮榻，蹩出堂前，一面洗脸，一面叫女庚去吩咐王升备马。

他因为事情忙，是早就废止了朝食的；女乙将五个炊饼，五株葱和一包辣酱都放在网兜里，并弓箭一齐替他系在腰间。他将腰带紧了一紧，轻轻地跨出堂外面，一面告诉那正从对面进来的女庚道——

"我今天打算到远地方去寻食物去，回来也许晚一些。看太太醒后，用过早点心，有些高兴的时候，你便去禀告，说晚饭请她等一等，对不起得很。记得么？你说：对不起得很。"

他快步出门，跨上马，将站班的家将们扔在脑后，不一会便跑出村庄了。前面是天天走熟的高粱田，他毫不注意，早知道什么也没有的。加上两鞭，一径飞奔前去，一气就跑了六十里上下，望见前面有一簇很茂盛的树林，马也喘气不迭，浑身流汗，自然慢下去了。大约又走了十多里，这才接近树林，然而满眼是胡蜂、粉蝶、蚂蚁、蚱蜢，那里有一点禽兽的踪迹。他望见这一块新地方时，本以为至少总可以有一两匹狐儿、兔儿的，现在才知道又是梦想。他只得绕出树林，看那后面却又是碧绿的高粱田，远处散点着几间小小的土屋。风和日暖，鸦雀无声。

"倒楣[3]！"他尽量地大叫了一声，出出闷气。

3　现代汉语常用"倒霉"。——编者注

但再前行了十多步，他即刻心花怒放了，远远地望见一间土屋外面的平地上，的确停着一匹飞禽，一步一啄，像是很大的鸽子。他慌忙拈弓搭箭，引满弦，将手一放，那箭便流星般出去了。

这是无须迟疑的，向来有发必中；他只要策马跟着箭路飞跑前去，便可以拾得猎物。谁知道他将要临近，却已有一个老婆子捧着带箭的大鸽子，大声嚷着，正对着他的马头抢过来。

"你是谁哪？怎么把我家的顶好的黑母鸡射死了？你的手怎的有这么闲哪？……"

羿的心不觉跳了一跳，赶紧勒住马。

"阿呀！鸡么？我只道是一只鹁鸪。"他惶恐地说。

"瞎了你的眼睛！看你也有四十多岁了罢。"

"是的，老太太。我去年就有四十五岁了。"

"你真是枉长白大！连母鸡也不认识，会当作鹁鸪！你究竟是谁哪？"

"我就是夷羿。"他说着，看看自己所射的箭，是正贯了母鸡的心，当然死了，末后的两个字便说得不大响亮；一面从马上跨下来。

"夷羿？……谁呢？我不知道。"她看着他的脸，说。

"有些人是一听就知道的。尧爷的时候，我曾经射死过几匹野猪，几条蛇……"

"哈哈，骗子！那是逢蒙老爷和别人合伙射死的。也许有你在内罢；但你倒说是你自己了，好不识羞！"

"阿阿，老太太。逢蒙那人，不过近几年时常到我那里来走走，我并没有和他合伙，全不相干的。"

"说谎。近来常有人说，我一月就听到四五回。"

"那也好。我们且谈正经事罢。这鸡怎么办呢？"

"赔。这是我家最好的母鸡，天天生蛋。你得赔我两柄锄头，三个纺锤。"

"老太太，你瞧我这模样，是不耕不织的，那里来的锄头和纺锤。我身边又没有钱，只有五个炊饼，倒是白面做的，就拿来赔了你的鸡，还添上五株葱和一包甜辣酱。你以为怎样？……"他一只手去网兜里掏炊饼，伸出那一只手去取鸡。

老婆子看见白面的炊饼，倒有些愿意了，但是定要十五个。磋商的结果，好容易才定为十个，约好至迟明天正午送到，就用那射鸡的箭作抵押。羿这时才放了心，将死鸡塞进网兜里，跨上鞍鞯，回马就走，虽然肚饿，心里却很喜欢，他们不喝鸡汤实在已经有一年多了。

他绕出树林时，还是下午，于是赶紧加鞭向家里走；但是马力乏了，刚到走惯的高粱田近旁，已是黄昏时候。只见对面远处有人影子一闪，接着就有一枝箭忽地向他飞来。

羿并不勒住马，任它跑着，一面却也拈弓搭箭，只一发，只听得铮的一声，箭尖正触着箭尖，在空中发出几点火花，两枝箭便向上挤成一个"人"字，又翻身落在地上了。第一箭刚刚相触，两面立刻又来了第二箭，还是铮的一声，相触在半空中。那样地射了九箭，羿的箭都用尽；但他这时已经看清逢蒙得意地站在对面，却还有一枝箭搭在弦上正在瞄准他的咽喉。

"哈哈，我以为他早到海边摸鱼去了，原来还在这些地方干这些勾当，怪不得那老婆子有那些话……"羿想。

那时快，对面是弓如满月，箭似流星。飕的一声，径向羿的咽喉飞过来。也许是瞄准差了一点了，却正中了他的嘴；一个筋斗，他带箭掉下马去了，马也就站住。

逢蒙见羿已死，便慢慢地蹩过来，微笑着去看他的死脸，当作喝一杯胜利的白干。

刚在定睛看时，只见羿张开眼，忽然直坐起来。

"你真是白来了一百多回。"他吐出箭,笑着说,"难道连我的'啮镞法'都没有知道么?这怎么行。你闹这些小玩艺儿是不行的,偷去的拳头打不死本人,要自己练练才好。"

"即以其人之道,反诸其人之身……"胜者低声说。

"哈哈哈!"他一面大笑,一面站了起来,"又是引经据典,但这些话你只可以哄哄老婆子,本人面前捣什么鬼?俺向来就只是打猎,没有弄过你似的剪径的玩艺儿……"他说着,又看看网兜里的母鸡,倒并没有压坏,便跨上马,径自走了。

"……你打了丧钟!……"远远地还送来叫骂。

"真不料有这样没出息。青青年纪,倒学会了诅咒,怪不得那老婆子会那么相信他。"羿想着,不觉在马上绝望地摇了摇头。

三

还没有走完高粱田,天色已经昏黑;蓝的空中现出明星来,长庚在西方格外灿烂。马只能认着白色的田塍⁴走,而且早已筋疲力竭,自然走得更慢了。幸而月亮却在天际渐渐吐出银白的清辉。

"讨厌!"羿听到自己的肚子里骨碌骨碌地响了一阵,便在马上焦躁了起来。"偏是谋生忙,便偏是多碰到些无聊事,白费工夫!"他将两腿在马肚子上一磕,催它快走,但马却只将后半身一扭,照旧地慢腾腾。

"嫦娥一定生气了,你看今天多么晚。"他想,"说不定要装怎样的脸给我看哩,但幸而有这一只小母鸡,可以引她高兴。我只要说:太太,这是我来回跑了二百里路才找来的。不,不好,这话似乎太逞能。"

---

4 现代汉语常用"田埂"。——编者注

他望见人家的灯火已在前面，一高兴便不再想下去了。马也不待鞭策，自然飞奔。圆的雪白的月亮照着前途，凉风吹脸，真是比大猎回来时还有趣。

马自然而然地停在垃圾堆边；羿一看，仿佛觉得异样，不知怎地似乎家里乱毿毿。迎出来的也只有一个赵富。

"怎的？王升呢？"他奇怪地问。

"王升到姚家找太太去了。"

"什么？太太到姚家去了么？"羿还呆坐在马上，问。

"喳……"他一面答应着，一面去接马缰和马鞭。

羿这才爬下马来，跨进门，想了一想，又回过头去问道——

"不是等不迭了，自己上饭馆去了么？"

"喳。三个饭馆，小的都去问过了，没有在。"

羿低了头，想着，往里面走，三个使女都惶惑地聚在堂前。他便很诧异，大声的问道——

"你们都在家么？姚家，太太一个人不是向来不去的么？"

她们不回答，只看看他的脸，便来给他解下弓袋和箭壶和装着小母鸡的网兜。羿忽然心惊肉跳起来，觉得嫦娥是因为气忿寻了短见了，便叫女庚去叫赵富来，要他到后园的池里树上去看一遍。但他一跨进房，便知道这推测是不确的了：房里也很乱，衣箱是开着，向床里一看，首先就看出失少了首饰箱。他这时正如头上淋了一盆冷水，金珠自然不算什么，然而那道士送给他的仙药，也就放在这首饰箱里的。

羿转了两个圆圈，才看见王升站在门外面。

"回老爷，"王升说，"太太没有到姚家去；他们今天也不打牌。"

羿看了他一眼，不开口。王升就退出去了。

"老爷叫？……"赵富上来，问。

羿将头一摇，又用手一挥，叫他也退出去。

羿又在房里转了几个圈子，走到堂前，坐下，仰头看着对面壁上的彤弓、彤矢、卢弓、卢矢、弩机、长剑、短剑，想了些时，才问那呆立在下面的使女们道——

"太太是什么时候不见的？"

"掌灯时候就不看见了，"女乙说，"可是谁也没见她走出去。"

"你们可见太太吃了那箱里的药没有？"

"那倒没有见。但她下午要我倒水喝是有的。"

羿急得站了起来，他似乎觉得，自己一个人被留在地上了。

"你们看见有什么向天上飞升的么？"他问。

"哦！"女辛想了一想，大悟似的说，"我点了灯出去的时候，的确看见一个黑影向这边飞去的，但我那时万想不到是太太……"于是她的脸色苍白了。

"一定是了！"羿在膝上一拍，即刻站起，走出屋外去，回头问着女辛道，"那边？"

女辛用手一指，他跟着看去时，只见那边是一轮雪白的圆月，挂在空中，其中还隐约现出楼台，树木；当他还是孩子时候祖母讲给他听的月宫中的美景，他依稀记得起来了。他对着浮游在碧海里似的月亮，觉得自己的身子非常沉重。

他忽然愤怒了。从愤怒里又发了杀机，圆睁着眼睛，大声向使女们叱咤道——

"拿我的射日弓来！和三枝箭！"

女乙和女庚从堂屋中央取下那强大的弓，拂去尘埃，并三枝长箭都交在他手里。

他一手拈弓，一手捏着三枝箭，都搭上去，拉了一个满弓，正对着月亮。身子是岩石一般挺立着，眼光直射，闪闪如岩下电，须发开张飘动，像黑色火，这一瞬息，使人仿佛想见他当年射日的雄姿。

飕的一声，——只一声，已经连发了三枝箭，刚发便搭，一搭又发，眼睛不及看清那手法，耳朵也不及分别那声音。本来对面是虽然受了三枝箭，应该都聚在一处的，因为箭箭相衔，不差丝发。但他为必中起见，这时却将手微微一动，使箭到时分成三点，有三个伤。

使女们发一声喊，大家都看见月亮只一抖，以为要掉下来了，——但却还是安然地悬着，发出和悦的更大的光辉，似乎毫无伤损。

"呔！"羿仰天大喝一声，看了片刻；然而月亮不理他。他前进三步，月亮便退了三步；他退三步，月亮却又照数前进了。

他们都默着，各人看各人的脸。

羿懒懒地将射日弓靠在堂门上，走进屋里去。使女们也一齐跟着他。

"唉，"羿坐下，叹一口气，"那么，你们的太太就永远一个人快乐了。她竟忍心撇了我独自飞升？莫非看得我老起来了？但她上月还说：并不算老，若以老人自居，是思想的堕落。"

"这一定不是的。"女乙说，"有人说老爷还是一个战士。"

"有时看去简直好像艺术家。"女辛说。

"放屁！——不过乌老鸦的炸酱面确也不好吃，难怪她忍不住……"

"那豹皮裤子脱毛的地方，我去剪一点靠墙的脚上的皮来补一补罢，怪不好看的。"女辛就往房里去。

"且慢，"羿说道，想了一想，"那倒不忙。我实在饿极了，还是赶快去做一盘辣子鸡，烙五斤饼来，给我吃了好睡觉。明天再去找那道士要一服仙药，吃了追上去罢。女庚，你去吩咐王升，叫他量四升白豆喂马！"

一九二六年十二月作

理水

一

这时候是"汤汤洪水方割,浩浩怀山襄陵";舜爷的百姓,倒并不都挤在露出水面的山顶上,有的捆在树顶,有的坐着木排,有些木排上还搭有小小的板棚,从岸上看起来,很富于诗趣。

远地里的消息,是从木排上传过来的。大家终于知道鲧大人因为治了九整年的水,什么效验也没有,上头龙心震怒,把他充军到羽山去了,接任的好像就是他的儿子文命少爷,乳名叫作阿禹。

灾荒得久了,大学早已解散,连幼稚园也没有地方开,所以百姓们都有些混混沌沌。只在文化山上,还聚集着许多学者,他们的食粮,是都从奇肱国用飞车运来的,因此不怕缺乏,因此也能够研究学问。然而他们里面,大抵是反对禹的,或者简直不相信世界上真有这个禹。

每月一次,照例的半空中要簌簌的发响,愈响愈厉害,飞车看得清楚了,车上插一张旗,画着一个黄圆圈在发毫光。离地五尺,就挂下几只篮子来,别人可不知道里面装的是什么,只听得上下在讲话:

"古貌林!"

"好杜有图!"

"古鲁几哩……"

"O. K!"

飞车向奇肱国疾飞而去,天空中不再留下微声,学者们也静悄悄,这是大家在吃饭。独有山周围的水波,撞着石头,不住的澎湃的在发响。午觉醒来,精神百倍,于是学说也就压倒了涛声了。

"禹来治水,一定不成功,如果他是鲧的儿子的话,"一个拿拄杖的学者说,"我曾经搜集了许多王公大臣和豪富人家的家谱,很下过一番研究工夫,得到一个结论:阔人的子孙都是阔人,坏人的子孙都是坏人——这就叫作'遗传'。所以,鲧不成功,他的儿子禹一定也不会成功,因为愚人是生不出聪明人来的!"

"O. K!"一个不拿拄杖的学者说。

"不过您要想想咱们的太上皇。"别一个不拿拄杖的学者道。

"他先前虽然有些'顽',现在可是改好了。倘是愚人,就永远不会改好……"

"O. K!"

"这这些些都是费话,"又一个学者吃吃的说,立刻把鼻尖胀得通红。"你们是受了谣言的骗的。其实并没有所谓禹,'禹'是一条虫,虫虫会治水的吗?我看鲧也没有的,'鲧'是一条鱼,鱼鱼会治水水水的吗?"他说到这里,把两脚一蹬,显得非常用劲。

"不过鲧却的确是有的,七年以前,我还亲眼看见他到昆仑山脚下去赏梅花的。"

"那么,他的名字弄错了,他大概不叫'鲧',他的名字应该叫'人'!至于禹,那可一定是一条虫,我有许多证据,可以证明他的乌有,叫大家来公评……"

于是他勇猛的站了起来,摸出削刀,刮去了五株大松树皮,用吃剩的面包末屑和水研成浆,调了炭粉,在树身上用很小的蝌蚪文写上抹杀阿禹的考据,足足化掉了三九廿七天工夫。但是凡有要看的人,得拿出十片嫩榆叶,如果住在木排上,就改给一贝壳鲜水苔。

横竖到处都是水,猎也不能打,地也不能种,只要还活着,所有的是闲工夫，来看的人倒也很不少。松树下挨挤了三天，到处都发出叹息的声音，有的是佩服，有的是疲劳。但到第四天的正午，一个乡下人终于说话了，这时那学者正在吃炒面。

"人里面，是有叫作阿禹的，"乡下人说。"况且'禹'也不是虫，这是我们乡下人的简笔字，老爷们都写作'禹'，是大猴子……"

"人有叫作大大猴子的吗？……"学者跳起来了，连忙咽下没有嚼烂的一口面，鼻子红到发紫，吆喝道。

"有的呀，连叫阿狗、阿猫的也有。"

"鸟头先生，您不要和他去辩论了，"拿拄杖的学者放下面包，拦在中间，说，"乡下人都是愚人。拿你的家谱来，"他又转向乡下人，大声道："我一定会发见你的上代都是愚人……"

"我就从来没有过家谱……"

"呸，使我的研究不能精密，就是你们这些东西可恶！"

"不过这这也用不着家谱，我的学说是不会错的。"鸟头先生更加愤愤的说，"先前，许多学者都写信来赞成我的学说，那些信我都带在这里……"

"不不，那可应该查家谱……"

"但是我竟没有家谱，"那"愚人"说，"现在又是这么的人荒马乱，交通不方便，要等您的朋友们来信赞成，当作证据，真也比螺蛳壳里做道场还难。证据就在眼前：您叫鸟头先生，莫非真的是一个鸟儿的头，并不是人吗？"

"哼！"鸟头先生气忿到连耳轮都发紫了，"你竟这样的侮辱我！说我不是人！我要和你到皋陶大人那里去法律解决！如果我真的不是人，我情愿大辟——就是杀头呀，你懂了没有？要不然，你是应该反坐的。你等着罢，不要动，等我吃完了炒面。"

"先生，"乡下人麻木而平静的回答道，"您是学者，总该知道现在已是午后，别人也要肚子饿的。可恨的是愚人的肚子却和聪明人的一样：也要饿。真是对不起得很，我要捞青苔去了，等您上了呈子之后，我再来投案罢。"于是他跳上木排，拿起网兜，捞着水草，泛泛的远开去了。看客也渐渐的走散，鸟头先生就红着耳轮和鼻尖从新吃炒面，拿拄杖的学者在摇头。

然而"禹"究竟是一条虫，还是一个人呢，却仍然是一个大疑问。

二

禹也真好像是一条虫。

大半年过去了，奇肱国的飞车已经来过八回，读过松树身上的文字的木排居民，十个里面有九个生了脚气病，治水的新官却还没有消息。直到第十回飞车来过之后，这才传来了新闻，说禹是确有这么一个人的，正是鲧的儿子，也确是简放了水利大臣，三年之前，已从冀州启节，不久就要到这里了。

大家略有一点兴奋，但又很淡漠，不大相信，因为这一类不甚可靠的传闻，是谁都听得耳朵起茧了的。

然而这一回却又像消息很可靠，十多天之后，几乎谁都说大臣的确要到了，因为有人出去捞浮草，亲眼看见过官船；他还指着头上一块乌青的疙瘩，说是为了回避得太慢一点了，吃了一下官兵的飞石：这就是大臣确已到来的证据。这人从此就很有名，也很忙碌，大家都争先恐后的来看他头上的疙瘩，几乎把木排踏沉；后来还经学者们召了他去，细心研究，决定了他的疙瘩确是真疙瘩，于是使鸟头先生也不能再执成见，只好把考据学让给别人，自己另去搜集民间的曲子了。

一大阵独木大舟的到来，是在头上打出疙瘩的大约二十多天之后，每只船上，有二十名官兵打桨，三十名官兵持矛，前后都是旗帜；刚靠山顶，绅士们和学者们已在岸上列队恭迎，过了大半天，这才从最大的船里，有两位中年的胖胖的大员出现，约略二十个穿虎皮的武士簇拥着，和迎接的人们一同到最高巅的石屋里去了。

大家在水陆两面，探头探脑的悉心打听，才明白原来那两位只是考察的专员，却并非禹自己。

大员坐在石屋的中央，吃过面包，就开始考察。

"灾情倒并不算重，粮食也还可敷衍，"一位学者们的代表，苗民言语学专家说，"面包是每月会从半空中掉下来的；鱼也不缺，虽然未免有些泥土气，可是很肥，大人。至于那些下民，他们有的是榆叶和海苔，他们'饱食终日，无所用心'，——就是并不劳心，原只要吃这些就够。我们也尝过了，味道倒并不坏，特别得很……"

"况且，"别一位研究《神农本草》的学者抢着说，"榆叶里面是含有维他命W的；海苔里有碘质，可医瘰疬病，两样都极合于卫生。"

"O. K!"又一个学者说。大员们瞪了他一眼。

"饮料呢，"那《神农本草》学者接下去道，"他们要多少有多少，一万代也喝不完。可惜含一点黄土，饮用之前，应该蒸馏一下的。敝人指导过许多次了，然而他们冥顽不灵，绝对的不肯照办，于是弄出数不清的病人来……"

"就是洪水，也还不是他们弄出来的吗？"一位五绺长须，身穿酱色长袍的绅士又抢着说，"水还没来的时候，他们懒着不肯填，洪水来了的时候，他们又懒着不肯戽……"

"是之谓失其性灵，"坐在后一排，八字胡子的伏羲朝小品文学家笑道，"吾尝登帕米尔之原，天风浩然，梅花开矣，白云飞矣，金价涨矣，耗子眠矣，见一少年，口衔雪茄，面有蚩尤氏之雾……哈哈哈！没有法子……"

"O. K! "

这样的谈了小半天。大员们都十分用心的听着，临末是叫他们合拟一个公呈，最好还有一种条陈，沥述着善后的方法。

于是大员们下船去了。第二天，说是因为路上劳顿，不办公，也不见客；第三天是学者们公请在最高峰上赏偃盖古松，下半天又同往山背后钓黄鳝，一直玩到黄昏。第四天，说是因为考察劳顿了，不办公，也不见客；第五天的午后，就传见下民的代表。

下民的代表，是四天以前就在开始推举的，然而谁也不肯去，说是向没有见过官。于是大多数就推定了头有疙瘩的那一个，以为他曾有见过官的经验。已经平复下去的疙瘩，这时忽然针刺似的痛起来了，他就哭着一口咬定：做代表，毋宁死！大家把他围起来，连日连夜的责以大义，说他不顾公益，是利己的个人主义者，将为华夏所不容；激烈点的，还至于捏起拳头，伸在他的鼻子跟前，要他负这回的水灾的责任。他渴睡[1]得要命，心想与其逼死在木排上，还不如冒险去做公益的牺牲，便下了绝大的决心，到第四天，答应了。

大家就都称赞他，但几个勇士，却又有些妒忌。

就是这第五天的早晨，大家一早就把他拖起来，站在岸上听呼唤。果然，大员们呼唤了。他两腿立刻发抖，然而又立刻下了绝大的决心，决心之后，就又打了两个大呵欠，肿着眼眶，自己觉得好像脚不点地，浮在空中似的走到官船上去了。

奇怪得很，持矛的官兵，虎皮的武士，都没有打骂他，一直放进了中舱。舱里铺着熊皮、豹皮，还挂着几副弩箭，摆着许多瓶罐，弄得他眼花缭乱。定神一看，才看见在上面，就是自己的对面，坐

1　现代汉语常用"瞌睡"。——编者注

着两位胖大的官员。什么相貌，他不敢看清楚。

"你是百姓的代表吗？"大员中的一个问道。

"他们叫我上来的。"他眼睛看着铺在舱底上的豹皮的艾叶一般的花纹，回答说。

"你们怎么样？"

"……"他不懂意思，没有答。

"你们过得还好么？"

"托大人的鸿福，还好……"他又想了一想，低低的说道，"敷敷衍衍……混混……"

"吃的呢？"

"有，叶子呀，水苔呀……"

"都还吃得来吗？"

"吃得来的。我们是什么都弄惯了的，吃得来的。只有些小畜生还要嚷，人心在坏下去哩，妈的，我们就揍他。"

大人们笑起来了，有一个对别一个说道："这家伙倒老实。"

这家伙一听到称赞，非常高兴，胆子也大了，滔滔的讲述道：

"我们总有法子想。比如水苔，顶好是做滑溜翡翠汤，榆叶就做一品当朝羹。剥树皮不可剥光，要留下一道，那么，明年春天树枝梢还是长叶子，有收成。如果托大人的福，钓到了黄鳝……"

然而大人好像不大爱听了，有一位也接连打了两个大呵欠，打断他的讲演道："你们还是合具一个公呈来罢，最好是还带一个贡献善后方法的条陈。"

"我们可是谁也不会写……"他惴惴的说。

"你们不识字吗？这真叫作不求上进！没有法子，把你们吃的东西拣一份来就是！"

他又恐惧又高兴的退了出来，摸一摸疙瘩疤，立刻把大人的吩咐传给岸上，树上和排上的居民，并且大声叮嘱道："这是送到上头去的呵！要做得干净、细致、体面呀！……"

所有居民就同时忙碌起来，洗叶子，切树皮，捞青苔，乱作一团。他自己是锯木版[2]，来做进呈的盒子。有两片磨得特别光，连夜跑到山顶上请学者去写字，一片是做盒子盖的，求写"寿山福海"，一片是给自己的木排上做扁额，以志荣幸的，求写"老实堂"。但学者却只肯写了"寿山福海"的一块。

三

当两位大员回到京都的时候，别的考察员也大抵陆续回来了，只有禹还在外。他们在家里休息了几天，水利局的同事们就在局里大排筵宴，替他们接风，份子分福、禄、寿三种，最少也得出五十枚大贝壳。这一天真是车水马龙，不到黄昏时候，主客就全都到齐了，院子里却已经点起庭燎来，鼎中的牛肉香，一直透到门外虎贲的鼻子跟前，大家就一齐咽口水。酒过三巡，大员们就讲了一些水乡沿途的风景，芦花似雪，泥水如金，黄鳝膏腴，青苔滑溜……等等。微醺之后，才取出大家采集了来的民食来，都装着细巧的木匣子，盖上写着文字，有的是伏羲八卦体，有的是仓颉鬼哭体，大家就先来赏鉴这些字，争论得几乎打架之后，才决定以写着"国泰民安"的一块为第一，因为不但文字质朴难识，有上古淳厚之风，而且立言也很得体，可以宣付史馆的。

评定了中国特有的艺术之后，文化问题总算告一段落，于是来考察盒子的内容了：大家一致称赞着饼样的精巧。然而大约酒也喝得太多了，便议论纷纷：有的咬一口松皮饼，极口叹赏它的清香，

---

2 现代汉语常用"木板"。——编者注

说自己明天就要挂冠归隐,去享这样的清福;咬了柏叶糕的,却道质粗味苦,伤了他的舌头,要这样与下民共患难,可见为君难,为臣亦不易。有几个又扑上去,想抢下他们咬过的糕饼来,说不久就要开展览会募捐,这些都得去陈列,咬得太多是很不雅观的。

局外面也起了一阵喧嚷。一群乞丐似的大汉,面目黧黑,衣服破旧,竟冲破了断绝交通的界线,闯到局里来了。卫兵们大喝一声,连忙左右交叉了明晃晃的戈,挡住他们的去路。

"什么?——看明白!"当头是一条瘦长的莽汉,粗手粗脚的,怔了一下,大声说。

卫兵们在昏黄中定睛一看,就恭恭敬敬的立正,举戈,放他们进去了,只拦住了气喘吁吁的从后面追来的一个身穿深蓝土布袍子,手抱孩子的妇女。

"怎么?你们不认识我了吗?"她用拳头揩着额上的汗,诧异的问。

"禹太太,我们怎会不认识您家呢?"

"那么,为什么不放我进去的?"

"禹太太,这个年头儿,不大好,从今年起,要端风俗而正人心,男女有别了。现在那一个衙门里也不放娘儿们进去,不但这里,不但您。这是上头的命令,怪不着我们的。"

禹太太呆了一会,就把双眉一扬,一面回转身,一面嚷叫道:

"这杀千刀的!奔什么丧!走过自家的门口,看也不进来看一下,就奔你的丧!做官做官,做官有什么好处,仔细像你的老子,做到充军,还掉在池子里变大忘八!这没良心的杀千刀!……"

这时候,局里的大厅上也早发生了扰乱。大家一望见一群莽汉们奔来,纷纷都想躲避,但看不见耀眼的兵器,就又硬着头皮,定睛去看。奔来的也临近了,头一个虽然面貌黑瘦,但从神情上,也就认识他正是禹；其余的自然是他的随员。

这一吓，把大家的酒意都吓退了，沙沙的一阵衣裳声，立刻都退在下面。禹便一径跨到席上，在上面坐下，大约是大模大样，或者生了鹤膝风罢，并不屈膝而坐，却伸开了两脚，把大脚底对着大员们，又不穿袜子，满脚底都是栗子一般的老茧。随员们就分坐在他的左右。

"大人是今天回京的？"一位大胆的属员，膝行而前了一点，恭敬的问。

"你们坐近一点来！"禹不答他的询问，只对大家说，"查的怎么样？"

大员们一面膝行而前，一面面面相觑，列坐在残筵的下面，看见咬过的松皮饼和啃光的牛骨头，非常不自在——却又不敢叫膳夫来收去。

"禀大人，"一位大员终于说，"倒还像个样子——印象甚佳。松皮水草，出产不少；饮料呢，那可丰富得很。百姓都很老实，他们是过惯了的。禀大人，他们都是以善于吃苦，驰名世界的人们。"

"卑职可是已经拟好了募捐的计画，"又一位大员说，"准备开一个奇异食品展览会，另请女隗小姐来做时装表演。只卖票，并且声明会里不再募捐，那么，来看的可以多一点。"

"这很好。"禹说着，向他弯一弯腰。

"不过第一要紧的是赶快派一批大木筏去，把学者们接上高原来。"第三位大员说，"一面派人去通知奇肱国，使他们知道我们的尊崇文化，接济也只要每月送到这边来就好。学者们有一个公呈在这里，说的倒也很有意思，他们以为文化是一国的命脉，学者是文化的灵魂，只要文化存在，华夏也就存在，别的一切，倒还在其次……"

"他们以为华夏的人口太多了，"第一位大员道，"减少一些倒也是致太平之道。况且那些不过是愚民，那喜怒哀乐，也决没有智者所推想的那么精微的。知人论事，第一要凭主观。例如莎士比亚……"

"放他妈的屁！"禹心里想，但嘴上却大声的说道，"我经过查考，知道先前的方法：'湮'，确是错误了。以后应该用'导'！不知道诸位的意见怎么样？"

静得好像坟山；大员们的脸上也显出死色，许多人还觉得自己生了病，明天恐怕要请病假了。

"这是蚩尤的法子！"一个勇敢的青年官员悄悄的愤激着。

"卑职的愚见，窃以为大人是似乎应该收回成命的。"一位白须白发的大员，这时觉得天下兴亡，系在他的嘴上了，便把心一横，置死生于度外，坚决的抗议道，"湮是老大人的成法。'三年无改于父之道，可谓孝矣。'——老大人升天还不到三年。"

禹一声也不响。

"况且老大人化过多少心力呢。借了上帝的息壤，来湮洪水，虽然触了上帝的恼怒，洪水的深度可也浅了一点了。这似乎还是照例的治下去。"另一位花白须发的大员说，他是禹的母舅的干儿子。

禹一声也不响。

"我看大人还不如'干父之蛊'，"一位胖大官员看得禹不作声，以为他就要折服了，便带些轻薄的大声说，不过脸上还流出着一层油汗，"照着家法，挽回家声。大人大约未必知道人们在怎么讲说老大人罢……"

"要而言之，'湮'是世界上已有定评的好法子，"白须发的老官恐怕胖子闹出岔子来，就抢着说道，"别的种种，所谓'摩登'者也，昔者蚩尤氏就坏在这一点上。"

禹微微一笑："我知道的。有人说我的爸爸变了黄熊，也有人说他变了三足鳖，也有人说我在求名，图利。说就是了。我要说的是我查了山泽的情形，征了百姓的意见，已经看透实情，打定主意，无论如何，非'导'不可！这些同事，也都和我同意的。"

他举手向两旁一指。白须发的，花须发的，小白脸的，胖而流着油汗的，胖而不流油汗的官员们，跟着他的指头看过去，只见一排黑瘦的乞丐似的东西，不动，不言，不笑，像铁铸的一样。

四

禹爷走后，时光也过得真快，不知不觉间，京师的景况日见其繁盛了。首先是阔人们有些穿了茧绸袍，后来就看见大水果铺里卖着橘子和柚子，大绸缎店里挂着华丝葛；富翁的筵席上有了好酱油，清炖鱼翅，凉拌海参；再后来他们竟有熊皮褥子、狐皮褂，那太太也戴上赤金耳环、银手镯了。

只要站在大门口，也总有什么新鲜的物事看：今天来一车竹箭，明天来一批松板，有时抬过了做假山的怪石，有时提过了做鱼生的鲜鱼；有时是一大群一尺二寸长的大乌龟，都缩了头装着竹笼，载在车子上，拉向皇城那面去。

"妈妈，你瞧呀，好大的乌龟！"孩子们一看见，就嚷起来，跑上去，围住了车子。

"小鬼，快滚开！这是万岁爷的宝贝，当心杀头！"

然而关于禹爷的新闻，也和珍宝的入京一同多起来了。百姓的檐前，路旁的树下，大家都在谈他的故事；最多的是他怎样夜里化为黄熊，用嘴和爪子，一拱一拱的疏通了九河，以及怎样请了天兵天将，捉住兴风作浪的妖怪无支祁，镇在龟山的脚下。皇上舜爷的事情，可是谁也不再提起了，至多，也不过谈谈丹朱太子的没出息。

禹要回京的消息，原已传布得很久了，每天总有一群人站在关口，看可有他的仪仗的到来。并没有。然而消息却愈传愈紧，也好像愈真。一个半阴半晴的上午，他终于在百姓们的万头攒动之间，进了冀州的帝都了。前面并没有仪仗，不过一大批乞丐似的随员。临末是一个粗手粗脚的大汉，黑脸黄须，腿弯微曲，双手捧着一片乌黑的尖顶的大石头——舜爷所赐的"玄圭"，连声说道"借光，借光，让一让，让一让"，从人丛中挤进皇宫里去了。

百姓们就在宫门外欢呼、议论，声音正好像浙水的涛声一样。

舜爷坐在龙位上，原已有了年纪，不免觉得疲劳，这时又似乎有些惊骇。禹一到，就连忙客气的站起来，行过礼，皋陶先去应酬了几句，舜才说道：

"你也讲几句好话我听呀。"

"哼，我有什么说呢？"禹简截的回答道，"我就是想，每天孳孳！"

"什么叫作'孳孳'？"皋陶问。

"洪水滔天，"禹说，"浩浩怀山襄陵，下民都浸在水里。我走旱路坐车，走水路坐船，走泥路坐橇，走山路坐轿。到一座山，砍一通树，和益俩给大家有饭吃，有肉吃。放田水入川，放川水入海，和稷俩给大家有难得的东西吃。东西不够，就调有余，补不足。搬家。大家这才静下来了，各地方成了个样子。"

"对啦对啦，这些话可真好！"皋陶称赞道。

"唉！"禹说，"做皇帝要小心，安静。对天有良心，天才会仍旧给你好处！"

舜爷叹一口气，就托他管理国家大事，有意见当面讲，不要背后说坏话。看见禹都答应了，又叹一口气，道："莫像丹朱的不听话，只喜欢游荡，旱地上要撑船，在家里又捣乱，弄得过不了日子，这我可真看的不顺眼！"

"我讨过老婆，四天就走，"禹回答说，"生了阿启，也不当他儿子看，所以能够治了水，分作五圈，简直有五千里，计十二州，直到海边，立了五个头领，都很好。只是有苗可不行，你得留心点！"

"我的天下，真是全仗的你的功劳弄好的！"舜爷也称赞道。

于是皋陶也和舜爷一同肃然起敬，低了头；退朝之后，他就赶紧下一道特别的命令，叫百姓都要学禹的行为，倘不然，立刻就算是犯了罪。

这使商家首先起了大恐慌。但幸而禹爷自从回京以后，态度也改变一点了：吃喝不考究，但做起祭祀和法事来，是阔绰的；衣服很随便，但上朝和拜客时候的穿著，是要漂亮的，所以市面仍旧不很受影响。不多久，商人们就又说禹爷的行为真该学，皋爷的新法令也很不错，终于太平到连百兽都会跳舞，凤凰也飞来凑热闹了。

一九三五年十一月作

采薇

一

这半年来，不知怎的连养老堂里也不大平静了，一部分的老头子，也都交头接耳，跑进跑出的很起劲。只有伯夷最不留心闲事，秋凉到了，他又老的很怕冷，就整天的坐在阶沿上晒太阳，纵使听到匆忙的脚步声，也决不抬起头来看。

"大哥！"

一听声音自然就知道是叔齐。伯夷是向来最讲礼让的，便在抬头之前，先站起身，把手一摆，意思是请兄弟在阶沿上坐下。

"大哥，时局好像不大好！"叔齐一面并排坐下去，一面气喘吁吁的说，声音有些发抖。

"怎么了呀？"伯夷这才转过脸去看，只见叔齐的原是苍白的脸色，好像更加苍白了。

"您听到过从商王那里，逃来两个瞎子的事了罢。"

"唔，前几天，散宜生好像提起过。我没有留心。"

"我今天去拜访过了。一个是太师疵，一个是少师强，还带来许多乐器。听说前几时还开过一个展览会，参观者都'啧啧称美'，——不过好像这边就要动兵了。"

"为了乐器动兵，是不合先王之道的。"伯夷慢吞吞的说。

"也不单为了乐器。您不早听到过商王无道，砍早上渡河不怕水冷的人的脚骨，看看他的骨髓，挖出比干王爷的心来，看它可有七窍吗？先前还是传闻，瞎子一到，可就证实了。况且还切切实实的证明了商王的变乱旧章。变乱旧章，原是应该征伐的。不过我想，以下犯上，究竟也不合先王之道……"

"近来的烙饼，一天一天的小下去了，看来确也像要出事情，"伯夷想了一想，说，"但我看你还是少出门，少说话，仍旧每天练你的太极拳的好！"

"是……"叔齐是很悌的，应了半声。

"你想想看，"伯夷知道他心里其实并不服气，便接着说，"我们是客人，因为西伯肯养老，呆在这里的。烙饼小下去了，固然不该说什么，就是事情闹起来了，也不该说什么的。"

"那么，我们可就成了为养老而养老了。"

"最好是少说话。我也没有力气来听这些事。"

伯夷咳了起来，叔齐也不再开口。咳嗽一止，万籁寂然，秋末的夕阳，照着两部白胡子，都在闪闪的发亮。

二

然而这不平静，却总是滋长起来，烙饼不但小下去，粉也粗起来了。养老堂的人们更加交头接耳，外面只听得车马行走声，叔齐更加喜欢出门，虽然回来也不说什么话，但那不安的神色，却惹得伯夷也很难闲适了：他似乎觉得这碗平稳饭快要吃不稳。

十一月下旬，叔齐照例一早起了床，要练太极拳，但他走到院子里，听了一听，却开开堂门，跑出去了。约摸有烙十张饼的时候，这才气急败坏的跑回来，鼻子冻得通红，嘴里一阵一阵的喷着白蒸气。

"大哥！你起来！出兵了！"他恭敬的垂手站在伯夷的床前，大声说，声音有些比平常粗。

伯夷怕冷，很不愿意这么早就起身，但他是非常友爱的，看见兄弟着急，只好把牙齿一咬，坐了起来，披上皮袍，在被窝里慢吞吞的穿裤子。

"我刚要练拳，"叔齐等着，一面说，"却听得外面有人马走动，连忙跑到大路上去看时——果然，来了。首先是一乘白彩的大轿，总该有八十一人抬着罢，里面一座木主，写的是'大周文王之灵位'；后面跟的都是兵。我想：这一定是要去伐纣了。现在的周王是孝子，他要做大事，一定是把文王抬在前面的。看了一会，我就跑回来，不料我们养老堂的墙外就贴着告示……"

伯夷的衣服穿好了，弟兄俩走出屋子，就觉得一阵冷气，赶紧缩紧了身子。伯夷向来不大走动，一出大门，很看得有些新鲜。不几步，叔齐就伸手向墙上一指，可真的贴着一张大告示：

> 照得今殷王纣，乃用其妇人之言，自绝于天，毁坏其三正，离逷其王父母弟。乃断弃其先祖之乐；乃为淫声，用变乱正声，怡说妇人。故今予发，维共行天罚。勉哉夫子，不可再，不可三！此示。

两人看完之后，都不作声，径向大路走去。只见路边都挤满了民众，站得水泄不通。两人在后面说一声"借光"，民众回头一看，见是两位白须老者，便照文王敬老的上谕，赶忙闪开，让他们走到前面。这时打头的木主早已望不见了，走过去的都是一排一排的甲士，约有烙三百五十二张大饼的工夫，这才见别有许多兵丁，肩着九旒云罕旗，仿佛五色云一样。接着又是甲士，后面一大队骑着高头大马的文武官员，簇拥着一位王爷，紫糖色脸，络腮胡子，左捏黄斧头，右拿白牛尾，威风凛凛：这正是"恭行天罚"的周王发。

大路两旁的民众，个个肃然起敬，没有人动一下，没有人响一声。在百静中，不提防叔齐却拖着伯夷直扑上去，钻过几个马头，拉住了周王的马嚼子，直着脖子嚷起来道：

"老子死了不葬，倒来动兵，说得上'孝'吗？臣子想要杀主子，说得上'仁'吗？……"

开初，是路旁的民众，驾前的武将，都吓得呆了；连周王手里的白牛尾巴也歪了过去。但叔齐刚说了四句话，却就听得一片哗啷声响，有好几把大刀从他们的头上砍下来。

"且住！"

谁都知道这是姜太公的声音，岂敢不听，便连忙停了刀，看着这也是白须白发，然而胖得圆圆的脸。

"义士呢。放他们去罢！"

武将们立刻把刀收回，插在腰带上。一面是走上四个甲士来，恭敬的向伯夷和叔齐立正，举手，之后就两个挟一个，开正步向路旁走过去。民众们也赶紧让开道，放他们走到自己的背后去。

到得背后，甲士们便又恭敬的立正，放了手，用力在他们俩的脊梁上一推。两人只叫得一声"阿呀"，跄跄踉踉的颠了周尺一丈路远近，这才扑通的倒在地面上。叔齐还好，用手支着，只印了一脸泥；伯夷究竟比较的有了年纪，脑袋又恰巧磕在石头上，便晕过去了。

三

大军过去之后，什么也不再望得见，大家便换了方向，把躺着的伯夷和坐着的叔齐围起来。有几个是认识他们的，当场告诉人们，说这原是辽西的孤竹君的两位世子，因为让位，这才一同逃到这里，进了先王所设的养老堂。这报告引得众人连声赞叹，几个人便蹲下身子，歪着头去看叔齐的脸，几个人回家去烧姜汤，几个人去通知养老堂，叫他们快抬门板来接了。

大约过了烙好一百零三四张大饼的工夫，现状并无变化，看客也渐渐的走散；又好久，才有两个老头子抬着一扇门板，一拐一拐的走来，板上面还铺着一层稻草：这还是文王定下来的敬老的老规矩。板在地上一放，哐啷一声，震得伯夷突然张开了眼睛：他苏醒了。叔齐惊喜的发一声喊，帮那两个人一同轻轻的把伯夷扛上门板，抬向养老堂里去；自己是在旁边跟定，扶住了挂着门板的麻绳。

走了六七十步路，听得远远地有人在叫喊：

"您哪！等一下！姜汤来哩！"望去是一位年青的太太，手里端着一个瓦罐子，向这面跑来了，大约怕姜汤泼出罢，她跑得不很快。

大家只得停住，等候她的到来。叔齐谢了她的好意。她看见伯夷已经自己醒来了，似乎很有些失望，但想了一想，就劝他仍旧喝下去，可以暖暖胃。然而伯夷怕辣，一定不肯喝。

"这怎么办好呢？还是八年陈的老姜熬的呀。别人家还拿不出这样的东西来呢。我们的家里又没有爱吃辣的人……"她显然有点不高兴。

叔齐只得接了瓦罐，做好做歹的硬劝伯夷喝了一口半，余下的还很多，便说自己也正在胃气痛，统统喝掉了。眼圈通红的，恭敬的夸赞了姜汤的力量，谢了那太太的好意之后，这才解决了这一场大纠纷。

他们回到养老堂里，倒也并没有什么余病，到第三天，伯夷就能够起床了，虽然前额上肿着一大块——然而胃口坏。

官民们都不肯给他们超然，时时送来些搅扰他们的消息，或者是官报，或者是新闻。十二月底，就听说大军已经渡了盟津，诸侯无一不到。不久也送了武王的《太誓》的钞本来。这是特别钞给养老堂看的，怕他们眼睛花，每个字都写得有核桃一般大。不过伯夷还是懒得看，只听叔齐朗诵了一遍，别的倒也并没有什么，但是"自弃其先祖肆祀不答，昏弃其家国……"这几句，断章取义，却好像很伤了自己的心。

传说也不少：有的说，周师到了牧野，和纣王的兵大战，杀得他们尸横遍野，血流成河，连木棍也浮起来，仿佛水上的草梗一样；有的却道纣王的兵虽然有七十万，其实并没有战，一望见姜太公带着大军前来，便回转身，反替武王开路了。

这两种传说，固然略有些不同，但打了胜仗，却似乎确实的。此后又时时听到运来了鹿台的宝贝，巨桥的白米，就更加证明了得胜的确实。伤兵也陆陆续续的回来了，又好像还是打过大仗似的。凡是能够勉强走动的伤兵，大抵在茶馆、酒店、理发铺，以及人家的檐前或门口闲坐，讲述战争的故事，无论那里，总有一群人眉飞色舞的在听他。春天到了，露天下也不再觉得怎么凉，往往到夜里还讲得很起劲。

伯夷和叔齐都消化不良，每顿总是吃不完应得的烙饼；睡觉还照先前一样，天一暗就上床，然而总是睡不着。伯夷只在翻来复去，叔齐听了，又烦躁，又心酸，这时候，他常是重行起来，穿好衣服，到院子里去走走，或者练一套太极拳。

有一夜，是有星无月的夜。大家都睡得静静的了，门口却还有人在谈天。叔齐是向来不偷听人家谈话的，这一回可不知怎的，竟停了脚步，同时也侧着耳朵。

"妈的纣王，一败，就奔上鹿台去了，"说话的大约是回来的伤兵，"妈的，他堆好宝贝，自己坐在中央，就点起火来。"

"阿唷，这可多么可惜呀！"这分明是管门人的声音。

"不慌! 只烧死了自己, 宝贝可没有烧哩。咱们大王就带着诸侯, 进了商国。他们的百姓都在效外迎接, 大王叫大人们招呼他们道:'纳福呀!'他们就都磕头。一直进去, 但见门上都贴着两个大字道'顺民'。大王的车子一径走向鹿台, 找到纣王自寻短见的处所, 射了三箭……"

"为什么呀? 怕他没有死吗? "别一人问道。

"谁知道呢。可是射了三箭, 又拔出轻剑来, 一砍, 这才拿了黄斧头, 嚓! 砍下他的脑袋来, 挂在大白旗上。"

叔齐吃了一惊。

"之后就去找纣王的两个小老婆。哼, 早已统统吊死了。大王就又射了三箭, 拔出剑来, 一砍, 这才拿了黑斧头, 割下她们的脑袋, 挂在小白旗上。这么一来……"

"那两个姨太太真的漂亮吗? "管门人打断了他的话。

"知不清。旗杆子高, 看的人又多, 我那时金创还很疼, 没有挤近去看。"

"他们说那一个叫作妲己的是狐狸精, 只有两只脚变不成人样, 便用布条子裹起来: 真的? "

"谁知道呢。我也没有看见她的脚。可是那边的娘儿们却真有许多把脚弄得好像猪蹄子的。"

叔齐是正经人, 一听到他们从皇帝的头, 谈到女人的脚上去了, 便双眉一皱, 连忙掩住耳朵, 返身跑进房里去。伯夷也还没有睡着, 轻轻的问道:

"你又去练拳了么? "

叔齐不回答, 慢慢的走过去, 坐在伯夷的床沿上, 弯下腰, 告诉了他刚才听来的一些话。这之后, 两人都沉默了许多时, 终于是叔齐很困难的叹一口气, 悄悄的说道:

"不料竟全改了文王的规矩……你瞧罢，不但不孝，也不仁……这样看来，这里的饭是吃不得了。"

"那么，怎么好呢？"伯夷问。

"我看还是走……"

于是两人商量了几句，就决定明天一早离开这养老堂，不再吃周家的大饼；东西是什么也不带。兄弟俩一同走到华山去，吃些野果和树叶来送自己的残年。况且"天道无亲，常与善人"，或者竟会有苍术和茯苓之类也说不定。

打定主意之后，心地倒十分轻松了。叔齐重复解衣躺下，不多久，就听到伯夷讲梦话；自己也觉得很有兴致，而且仿佛闻到茯苓的清香，接着也就在这茯苓的清香中，沉沉睡去了。

四

第二天，兄弟俩都比平常醒得早，梳洗完毕，毫不带什么东西，其实也并无东西可带，只有一件老羊皮长袍舍不得，仍旧穿在身上，拿了拄杖，和留下的烙饼，推称散步，一径走出养老堂的大门；心里想，从此要长别了，便似乎还不免有些留恋似的，回过头来看了几眼。

街道上行人还不多；所遇见的不过是睡眼惺忪的女人，在井边打水。将近郊外，太阳已经高升，走路的也多起来了，虽然大抵昂着头，得意洋洋的，但一看见他们，却还是照例的让路。树木也多起来了，不知名的落叶树上，已经吐着新芽，一望好像灰绿的轻烟，其间夹着松柏，在朦胧中仍然显得很苍翠。

满眼是阔大、自由、好看，伯夷和叔齐觉得仿佛年青起来，脚步轻松，心里也很舒畅了。

到第二天的午后，迎面遇见了几条岔路，他们决不定走那一条路近，便检了一个对面走来的老头子，很和气的去问他。

"阿呀，可惜，"那老头子说，"您要是早一点，跟先前过去的那队马跑就好了。现在可只得先走这条路。前面岔路还多，再问罢。"

叔齐就记得了正午时分，他们的确遇见过几个废兵，赶着一大批老马、瘦马、跛脚马、癞皮马，从背后冲上来，几乎把他们踏死，这时就趁便问那老人，这些马是赶去做什么的。

"您还不知道吗？"那人答道，"我们大王已经'恭行天罚'，用不着再来兴师动众，所以把马放到华山脚下去的。这就是'归马于华山之阳'呀，您懂了没有？我们还在'放牛于桃林之野'哩！吓，这回可真是大家要吃太平饭了。"

然而这竟是兜头一桶冷水，使两个人同时打了一个寒噤，但仍然不动声色，谢过老人，向着他所指示的路前行。无奈这"归马于华山之阳"，竟踏坏了他们的梦境，使两个人的心里，从此都有些七上八下起来。

心里忐忑，嘴里不说，仍是走，到得傍晚，临近了一座并不很高的黄土冈，上面有一些树林，几间土屋，他们便在途中议定，到这里去借宿。

离土冈脚还有十几步，林子里便窜出五个彪形大汉来，头包白布，身穿破衣，为首的拿一把大刀，另外四个都是木棍。一到冈下，便一字排开，拦住去路，一同恭敬的点头，大声吆喝道：

"老先生，您好哇！"

他们俩都吓得倒退了几步，伯夷竟发起抖来。还是叔齐能干，索性走上前，问他们是什么人，有什么事。

"小人就是华山大王小穷奇，"那拿刀的说，"带了兄弟们在这里，要请您老赏一点买路钱！"

"我们那里有钱呢，大王。"叔齐很客气的说，"我们是从养老堂里出来的。"

"阿呀！"小穷奇吃了一惊，立刻肃然起敬，"那么，您两位一定是'天下之大老也'了。小人们也遵先王遗教，非常敬老，所以要请您老留下一点纪念品……"他看见叔齐没有回答，便将大刀一挥，提高了声音道，"如果您老还要谦让，那可小人们只好恭行天搜，瞻仰一下您老的贵体了！"

伯夷叔齐立刻擎起了两只手；一个拿木棍的就来解开他们的皮袍、棉袄、小衫，细细搜检了一遍。

"两个穷光蛋，真的什么也没有！"他满脸显出失望的颜色，转过头去，对小穷奇说。

小穷奇看出了伯夷在发抖，便上前去，恭敬的拍拍他肩膀，说道：

"老先生，请您不要怕。海派会'剥猪猡'，我们是文明人，不干这玩意儿的。什么纪念品也没有，只好算我们自己晦气。现在您只要滚您的蛋就是了！"

伯夷没有话好回答，连衣服也来不及穿好，和叔齐迈开大步，眼看着地，向前便跑。这时五个人都已经站在旁边，让出路来了。看见他们在面前走过，便恭敬的垂下双手，同声问道：

"您走了？您不喝茶了么？"

"不喝了，不喝了……"伯夷和叔齐且走且说，一面不住的点着头。

五

"归马于华山之阳"和华山大王小穷奇，都使两位义士对华山害怕，于是从新商量，转身向北，讨着饭，晓行夜宿，终于到了首阳山。

　　这确是一座好山。既不高，又不深，没有大树林，不愁虎狼，也不必防强盗：是理想的幽栖之所。两人到山脚下一看，只见新叶嫩碧，土地金黄，野草里开着些红红白白的小花，真是连看看也赏心悦目。他们就满心高兴，用拄杖点着山径，一步一步的挨上去，找到上面突出一片石头，好像岩洞的处所，坐了下来，一面擦着汗，一面喘着气。

　　这时候，太阳已经西沉，倦鸟归林，啾啾唧唧的叫着，没有上山时候那么清静了，但他们倒觉得也还新鲜、有趣。在铺好羊皮袍，准备就睡之前，叔齐取出两个大饭团，和伯夷吃了一饱。这是沿路讨来的残饭，因为两人曾经议定，"不食周粟"，只好进了首阳山之后开始实行，所以当晚把它吃完，从明天起，就要坚守主义，绝不通融了。

　　他们一早就被乌老鸦闹醒，后来重又睡去，醒来却已是上午时分。伯夷说腰痛腿酸，简直站不起；叔齐只得独自去走走，看可有可吃的东西。他走了一些时，竟发见这山的不高不深，没有虎狼盗贼，固然是其所长，然而因此也有了缺点：下面就是首阳村，所以不但常有砍柴的老人或女人，并且有进来玩耍的孩子，可吃的野果子之类，一颗也找不出，大约早被他们摘去了。

　　他自然就想到茯苓。但山上虽然有松树，却不是古松，都好像根上未必有茯苓；即使有，自己也不带锄头，没有法子想。接着又想到苍术，然而他只见过苍术的根，毫不知道那叶子的形状，又不能把满山的草都拔起来看一看，即使苍术生在眼前，也不能认识。心里一暴躁，满脸发热，就乱抓了一通头皮。

　　但是他立刻平静了，似乎有了主意，接着就走到松树旁边，摘了一衣兜的松针，又往溪边寻了两块石头，砸下松针外面的青皮，洗过，又细细的砸得好像面饼，另寻一片很薄的石片，拿着回到石洞去了。

"三弟，有什么捞儿没有？我是肚子饿的咕噜咕噜响了好半天了。"伯夷一望见他，就问。

"大哥，什么也没有。试试这玩意儿罢。"

他就近拾了两块石头，支起石片来，放上松针面，聚些枯枝，在下面生了火。实在是许多工夫，才听得湿的松针面有些吱吱作响，可也发出一点清香，引得他们俩咽口水。叔齐高兴得微笑起来了，这是姜太公做八十五岁生日的时候，他去拜寿，在寿筵上听来的方法。

发香之后，就发泡，眼见它渐渐的干下去，正是一块糕。叔齐用皮袍袖子裹着手，把石片笑嘻嘻的端到伯夷的面前。伯夷一面吹，一面拗，终于拗下一角来，连忙塞进嘴里去。

他愈嚼，就愈皱眉，直着脖子咽了几咽，倒哇的一声吐出来了，诉苦似的看着叔齐道：

"苦……粗……"

这时候，叔齐真好像落在深潭里，什么希望也没有了。抖抖的也拗了一角，咀嚼起来，可真也毫没有可吃的样子：苦……粗……

叔齐一下子失了锐气，坐倒了，垂了头。然而还在想，挣扎的想，仿佛是在爬出一个深潭去。爬着爬着，只向前。终于似乎自己变了孩子，还是孤竹君的世子，坐在保姆的膝上了。这保姆是乡下人，在和他讲故事：黄帝打蚩尤，大禹捉无支祁，还有乡下人荒年吃薇菜。

他又记得了自己问过薇菜的样子，而且山上正见过这东西。他忽然觉得有了气力，立刻站起身，跨进草丛，一路寻过去。

果然，这东西倒不算少，走不到一里路，就摘了半衣兜。

他还是在溪水里洗了一洗，这才拿回来；还是用那烙过松针面的石片，来烤薇菜。叶子变成暗绿，熟了。但这回再不敢先去敬他的大哥了，撮起一株来，放在自己的嘴里，闭着眼睛，只是嚼。

"怎么样？"伯夷焦急的问。

"鲜的！"

两人就笑嘻嘻的来尝烤薇菜；伯夷多吃了两撮，因为他是大哥。

他们从此天天采薇菜。先前是叔齐一个人去采，伯夷煮；后来伯夷觉得身体健壮了一些，也出去采了。做法也多起来：薇汤、薇羹、薇酱、清炖薇、原汤焖薇芽、生晒嫩薇叶……

然而近地的薇菜，却渐渐的采完，虽然留着根，一时也很难生长，每天非走远路不可了。搬了几回家，后来还是一样的结果。而且新住处也逐渐的难找了起来，因为既要薇菜多，又要溪水近，这样的便当之处，在首阳山上实在也不可多得的。叔齐怕伯夷年纪太大了，一不小心会中风，便竭力劝他安坐在家里，仍旧单是担任煮，让自己独自去采薇。

伯夷逊让了一番之后，倒也应允了，从此就较为安闲自在。然而首阳山上是有人迹的，他没事做，脾气又有些改变，从沉默成了多话，便不免和孩子去搭讪，和樵夫去扳谈。也许是因为一时高兴，或者有人叫他老乞丐的缘故罢，他竟说出了他们俩原是辽西的孤竹君的儿子，他老大，那一个是老三。父亲在日原是说要传位给老三的，一到死后，老三却一定向他让。他遵父命，省得麻烦，逃走了。不料老三也逃走了。两人在路上遇见，便一同来找西伯——文王，进了养老堂。又不料现在的周王竟"以臣弑君"起来，所以只好不食周粟，逃上首阳山，吃野菜活命……等到叔齐知道，怪他多嘴的时候，已经传播开去，没法挽救了。但也不敢怎么埋怨他，只在心里想：父亲不肯把位传给他，可也不能不说很有些眼力。

叔齐的预料也并不错。这结果坏得很，不但村里时常讲到他们的事，也常有特地上山来看他们的人。有的当他们名人，有的当他们怪物，有的当他们古董。甚至于跟着看怎样采，围着看怎样吃，指手画脚，问长问短，令人头昏。而且对付还须谦虚，倘使略不小心，皱一皱眉，就难免有人说是"发脾气"。

不过舆论还是好的方面多。后来连小姐、太太，也有几个人来看了，回家去都摇头，说是"不好看"，上了一个大当。

终于还引动了首阳村的第一等高人小丙君。他原是妲己的舅公的干女婿，做着祭酒，因为知道天命有归，便带着五十车行李和八百个奴婢，来投明主了。可惜已在会师盟津的前几天，兵马事忙，来不及好好的安插，便留下他四十车货物和七百五十个奴婢，另外给予两顷首阳山下的肥田，叫他在村里研究八卦学。他也喜欢弄文学，村中都是文盲，不懂得文学概论，气闷已久，便叫家丁打轿，找那两个老头子，谈谈文学去了；尤其是诗歌，因为他也是诗人，已经做好一本诗集子。

然而谈过之后，他一上轿就摇头，回了家，竟至于很有些气愤。他以为那两个家伙是谈不来诗歌的。第一，是穷：谋生之不暇，怎么做得出好诗？第二，是"有所为"，失了诗的"敦厚"；第三，是有议论，失了诗的"温柔"。尤其可议的是他们的品格，通体都是矛盾。于是他大义凛然的斩钉截铁的说道：

"'普天之下，莫非王土'，难道他们在吃的薇，不是我们圣上的吗！"

这时候，伯夷和叔齐也在一天一天的瘦下去了。这并非为了忙于应酬，因为参观者倒在逐渐的减少。所苦的是薇菜也已经逐渐的减少，每天要找一捧，总得费许多力，走许多路。

然而祸不单行。掉在井里面的时候，上面偏又来了一块大石头。

有一天，他们俩正在吃烤薇菜，不容易找，所以这午餐已在下午了。忽然走来了一个二十来岁的女人，先前是没有见过的，看她模样，好像是阔人家里的婢女。

"您吃饭吗？"她问。

叔齐仰起脸来，连忙陪笑[1]，点点头。

"这是什么玩意儿呀？"她又问。

"薇。"伯夷说。

"怎么吃着这样的玩意儿的呀？"

"因为我们是不食周粟……"

伯夷刚刚说出口，叔齐赶紧使一个眼色，但那女人好像聪明得很，已经懂得了。她冷笑了一下，于是大义凛然的斩钉截铁的说道：

"'普天之下，莫非王土'，你们在吃的薇，难道不是我们圣上的吗！"

伯夷和叔齐听得清清楚楚，到了末一句，就好像一个大霹雳，震得他们发昏；待到清醒过来，那鸦头已经不见了。薇，自然是不吃，也吃不下去了，而且连看看也害羞，连要去搬开它，也抬不起手来，觉得仿佛有好几百斤重。

六

樵夫偶然发见了伯夷和叔齐都缩做一团，死在山背后的石洞里，是大约这之后的二十天。并没有烂，虽然因为瘦，但也可见死

1　现代汉语常用"赔笑""赔笑脸"。——编者注

的并不久；老羊皮袍却没有垫着，不知道弄到那里去了。这消息一传到村子里，又哄动了一大批来看的人，来来往往，一直闹到夜。结果是有几个多事的人，就地用黄土把他们埋起来，还商量立一块石碑，刻上几个字，给后来好做古迹。

然而合村里没有人能写字，只好去求小丙君。

然而小丙君不肯写。

"他们不配我来写，"他说，"都是昏蛋[2]。跑到养老堂里来，倒也罢了，可又不肯超然；跑到首阳山里来，倒也罢了，可是还要做诗；做诗倒也罢了，可是还要发感慨，不肯安分守己，'为艺术而艺术'。你瞧，这样的诗，可是有永久性的：

> 上那西山呀采它的薇菜，
> 强盗来代强盗呀不知道这的不对。
> 神农、虞、夏一下子过去了，我又那里去呢？
> 唉唉死罢，命里注定的晦气！

"你瞧，这是什么话？温柔敦厚的才是诗。他们的东西，却不但'怨'，简直'骂'了。没有花，只有刺，尚且不可，何况只有骂。即使放开文学不谈，他们撇下祖业，也不是什么孝子，到这里又讥讪朝政，更不像一个良民……我不写！……"

文盲们不大懂得他的议论，但看见声势汹汹，知道一定是反对的意思，也只好作罢了。伯夷和叔齐的丧事，就这样的算是告了一段落。

然而夏夜纳凉的时候，有时还谈起他们的事情来。有人说是老死的，有人说是病死的，有人说是给抢羊皮袍子的强盗杀死的。后

---

2 现代汉语常用"浑蛋"。——编者注

来又有人说其实恐怕是故意饿死的，因为他从小丙君府上的鸦头阿金姐那里听来：这之前的十多天，她曾经上山去奚落他们了几句，傻瓜总是脾气大，大约就生气了，绝了食撒赖，可是撒赖只落得一个自己死。

于是许多人就非常佩服阿金姐，说她很聪明，但也有些人怪她太刻薄。

阿金姐却并不以为伯夷、叔齐的死掉，是和她有关系的。自然，她上山去开了几句玩笑，是事实，不过这仅仅是玩笑。那两个傻瓜发脾气，因此不吃薇菜了，也是事实，不过并没有死，倒招来了很大的运气。

"老天爷的心肠是顶好的，"她说，"他看见他们的撒赖，快要饿死了，就吩咐母鹿，用它的奶去喂他们。您瞧，这不是顶好的福气吗？用不着种地，用不着砍柴，只要坐着，就天天有鹿奶自己送到你嘴里来。可是贱骨头不识抬举，那老三，他叫什么呀，得步进步。喝鹿奶还不够了。他喝着鹿奶，心里想，'这鹿有这么胖，杀它来吃，味道一定是不坏的。'一面就慢慢的伸开臂膊，要去拿石片。可不知道鹿是通灵的东西，它已经知道了人的心思，立刻一溜烟逃走了。老天爷也讨厌他们的贪嘴，叫母鹿从此不要去。您瞧，他们还不只好饿死吗？那里是为了我的话，倒是为了自己的贪心，贪嘴呵！……"

听到这故事的人们，临末都深深的叹一口气，不知怎的，连自己的肩膀也觉得轻松不少了。即使有时还会想起伯夷、叔齐来，但恍恍忽忽，好像看见他们蹲在石壁下，正在张开白胡子的大口，拼命的吃鹿肉。

一九三五年十二月作

铸剑

一

眉间尺刚和他的母亲睡下，老鼠便出来咬锅盖，使他听得发烦。他轻轻地叱了几声，最初还有些效验，后来是简直不理他了，格支格支地径自咬。他又不敢大声赶，怕惊醒了白天做得劳乏，晚上一躺就睡着了的母亲。

许多时光之后，平静了；他也想睡去。忽然，扑通一声，惊得他又睁开眼。同时听到沙沙地响，是爪子抓着瓦器的声音。

"好！该死！"他想着，心里非常高兴，一面就轻轻地坐起来。

他跨下床，借着月光走向门背后，摸到钻火家伙，点上松明，向水瓮一照。果然，一匹很大的老鼠落在那里面了；但是，存水已经不多，爬不出来，只沿着水瓮内壁，抓着，团团地转圈子。

"活该！"他一想到夜夜咬家具，闹得他不能安稳睡觉的便是它们，很觉得畅快。他将松明插在土墙的小孔里，赏玩着；然而那圆睁的小眼睛，又使他发生了憎恨，伸手抽出一根芦柴，将它直按到水底去。过了一会，才放手，那老鼠也随着浮了上来，还是抓着瓮壁转圈子。只是抓劲已经没有先前似的有力，眼睛也淹在水里面，单露出一点尖尖的通红的小鼻子，咻咻地急促地喘气。

他近来很有点不大喜欢红鼻子的人。但这回见了这尖尖的小红鼻子，却忽然觉得它可怜了，就又用那芦柴，伸到它的肚下去。老鼠抓着，歇了回力，便沿着芦干爬了上来。待到他看见全身，——湿淋淋的黑毛，大的肚子，蚯蚓似的尾巴，——便又觉得可恨可憎得很，慌忙将芦柴一抖，扑通一声，老鼠又落在水瓮里，他接着就用芦柴在它头上捣了几下，叫它赶快沉下去。

换了六回松明之后，那老鼠已经不能动弹，不过沉浮在水中间，有时还向水面微微一跳。眉间尺又觉得很可怜，随即折断芦柴，好容易将它夹了出来，放在地面上。老鼠先是丝毫不动，后来才有一点呼吸；又许多时，四只脚运动了，一翻身，似乎要站起来逃走。这使眉间尺大吃一惊，不觉提起左脚，一脚踏下去。只听得吱的一声，他蹲下去仔细看时，只见口角上微有鲜血，大概是死掉了。

他又觉得很可怜，仿佛自己作了大恶似的，非常难受。他蹲着，呆看着，站不起来。

"尺儿，你在做什么？"他的母亲已经醒来了，在床上问。

"老鼠……"他慌忙站起，回转身去，却只答了两个字。

"是的，老鼠。这我知道。可是你在做什么？杀它呢，还是在救它？"

他没有回答。松明烧尽了；他默默地立在暗中，渐看见月光的皎洁。

"唉！"他的母亲叹息说，"一交子时，你就是十六岁了，性情还是那样，不冷不热地，一点也不变。看来，你的父亲的仇是没有人报的了。"

他看见他的母亲坐在灰白色的月影中，仿佛身体都在颤动；低微的声音里，含着无限的悲哀，使他冷得毛骨悚然，而一转眼间，又觉得热血在全身中忽然腾沸。

"父亲的仇？父亲有什么仇呢？"他前进几步，惊急地问。

"有的，还要你去报。我早想告诉你的了；只因为你太小，没有说。现在你已经成人了，却还是那样的性情。这教我怎么办呢？你似的性情，能行大事的么？"

"能。说罢,母亲。我要改过……"

"自然。我也只得说。你必须改过……那么,走过来罢。"

他走过去;他的母亲端坐在床上,在暗白的月影里,两眼发出闪闪的光芒。

"听哪!"她严肃地说,"你的父亲原是一个铸剑的名工,天下第一。他的工具,我早已都卖掉了来救了穷了,你已经看不见一点遗迹;但他是一个世上无二的铸剑的名工。二十年前,王妃生下了一块铁,听说是抱了回铁柱之后受孕的,是一块纯青透明的铁。大王知道是异宝,便决计用来铸一把剑,想用它保国,用它杀敌,用它防身。不幸你的父亲那时偏偏入了选,便将铁捧回家里来,日日夜夜地锻炼,费了整三年的精神,炼成两把剑。

"当最末次开炉的那一日,是怎样地骇人的景象呵!哗拉拉[1]地腾上一道白气的时候,地面也觉得动摇。那白气到天半便变成白云,罩住了这处所,渐渐现出绯红颜色,映得一切都如桃花。我家的漆黑的炉子里,是躺着通红的两把剑。你父亲用井华水慢慢地滴下去,那剑嘶嘶地吼着,慢慢转成青色了。这样地七日七夜,就看不见了剑,仔细看时,却还在炉底里,纯青的,透明的,正像两条冰。

"大欢喜的光采[2],便从你父亲的眼睛里四射出来;他取起剑,拂拭着,拂拭着。然而悲惨的皱纹,却也从他的眉头和嘴角出现了。他将那两把剑分装在两个匣子里。

"'你只要看这几天的景象,就明白无论是谁,都知道剑已炼就的了。'他悄悄地对我说。'一到明天,我必须去献给大王。但献剑的一天,也就是我命尽的日子。怕我们从此要长别了。'

1　现代汉语常用"哗啦啦"。——编者注
2　现代汉语常用"光彩"。——编者注

"'你……'我很骇异，猜不透他的意思，不知怎么说的好。我只是这样地说：'你这回有了这么大的功劳……'

"'唉！你怎么知道呢！'他说，'大王是向来善于猜疑，又极残忍的。这回我给他炼成了世间无二的剑，他一定要杀掉我，免得我再去给别人炼剑，来和他匹敌，或者超过他。'

"我掉泪了。

"'你不要悲哀。这是无法逃避的。眼泪决不能洗掉运命。我可是早已有准备在这里了！'他的眼里忽然发出电火似的光芒，将一个剑匣放在我膝上。'这是雄剑。'他说，'你收着。明天，我只将这雌剑献给大王去。倘若我一去竟不回来了呢，那是我一定不再在人间了。你不是怀孕已经五六个月了么？不要悲哀；待生了孩子，好好地抚养。一到成人之后，你便交给他这雄剑，教他砍在大王的颈子上，给我报仇！'"

"那天父亲回来了没有呢？"眉间尺赶紧问。

"没有回来！"她冷静地说，"我四处打听，也杳无消息。后来听得人说，第一个用血来饲你父亲自己炼成的剑的人，就是他自己——你的父亲。还怕他鬼魂作怪，将他的身首分埋在前门和后苑了！"

眉间尺忽然全身都如烧着猛火，自己觉得每一枝毛发上都仿佛闪出火星来。他的双拳，在暗中捏得格格地作响。

他的母亲站起了，揭去床头的木板，下床点了松明，到门背后取过把锄，交给眉间尺道："掘下去！"

眉间尺心跳着，但很沉静的一锄一锄轻轻地掘下去。掘出来的都是黄土，约到五尺多深，土色有些不同了，似乎是烂掉的材木。

"看罢！要小心！"他的母亲说。

眉间尺伏在掘开的洞穴旁边，伸手下去，谨慎小心地撮开烂树，待到指尖一冷，有如触着冰雪的时候，那纯青透明的剑也出现了。他看清了剑靶，捏着，提了出来。

窗外的星月和屋里的松明似乎都骤然失了光辉，惟有青光充塞宇内。那剑便溶在这青光中，看去好像一无所有。眉间尺凝神细视，这才仿佛看见长五尺余，却并不见得怎样锋利，剑口反而有些浑圆，正如一片韭叶。

"你从此要改变你的优柔的性情，用这剑报仇去！"他的母亲说。

"我已经改变了我的优柔的性情，要用这剑报仇去！"

"但愿如此。你穿了青衣，背上这剑，衣剑一色，谁也看不分明的。衣服我已经做在这里，明天就上你的路去罢。不要记念我！"她向床后的破衣箱一指，说。

眉间尺取出新衣，试去一穿，长短正很合式。他便重行叠好，裹了剑，放在枕边，沉静地躺下。他觉得自己已经改变了优柔的性情；他决心要并无心事一般，倒头便睡，清晨醒来，毫不改变常态，从容地去寻他不共戴天的仇雠。

但他醒着。他翻来复去，总想坐起来。他听到他母亲的失望的轻轻的长叹。他听到最初的鸡鸣；他知道已交子时，自己是上了十六岁了。

二

当眉间尺肿着眼眶，头也不回的跨出门外，穿着青衣，背着青剑，迈开大步，径奔城中的时候，东方还没有露出阳光。杉树林的每一片叶尖，都挂着露珠，其中隐藏着夜气。但是，待到走到树林的那一头，露珠里却闪出各样的光辉，渐渐幻成晓色了。远望前面，便依稀看见灰黑色的城墙和雉堞。

　　和挑葱卖菜的一同混入城里，街市上已经很热闹。男人们一排一排的呆站着；女人们也时时从门里探出头来。她们大半也肿着眼眶；蓬着头；黄黄的脸，连脂粉也不及涂抹。

　　眉间尺预觉到将有巨变降临，他们便都是焦躁而忍耐地等候着这巨变的。

　　他径自向前走；一个孩子突然跑过来，几乎碰着他背上的剑尖，使他吓出了一身汗。转出北方，离王宫不远，人们就挤得密密层层，都伸着脖子。人丛中还有女人和孩子哭嚷的声音，他怕那看不见的雄剑伤了人，不敢挤进去；然而人们却又在背后拥上来。他只得宛转[3]地退避；面前只看见人们的背脊和伸长的脖子。

　　忽然，前面的人们都陆续跪倒了；远远地有两匹马并着跑过来。此后是拿着木棍、戈、刀、弓、弩、旌旗的武人，走得满路黄尘滚滚。又来了一辆四匹马拉的大车，上面坐着一队人，有的打钟击鼓，有的嘴上吹着不知道叫什么名目的劳什子。此后又是车，里面的人都穿画衣，不是老头子，便是矮胖子，个个满脸油汗。接着又是一队拿刀、枪、剑、戟的骑士。跪着的人们便都伏下去了。这时眉间尺正看见一辆黄盖的大车驰来，正中坐着一个画衣的胖子，花白胡子，小脑袋；腰间还依稀看见佩着和他背上一样的青剑。

　　他不觉全身一冷，但立刻又灼热起来，像是猛火焚烧着。他一面伸手向肩头捏住剑柄，一面提起脚，便从伏着的人们的脖子的空处跨出去。

　　但他只走得五六步，就跌了一个倒栽葱，因为有人突然捏住了他的一只脚。这一跌又正压在一个干瘪脸的少年身上；他正怕剑尖伤了他，吃惊地起来看的时候，肋下就挨了很重的两拳。他也不暇计较，再望路上，不但黄盖车已经走过，连拥护的骑士也过去了一

3　现代汉语常用"婉转"。——编者注

大阵了。

路旁的一切人们也都爬起来。干瘪脸的少年却还扭住了眉间尺的衣领,不肯放手,说被他压坏了贵重的丹田,必须保险,倘若不到八十岁便死掉了,就得抵命。闲人们又即刻围上来,呆看着,但谁也不开口;后来有人从旁笑骂了几句,却全是附和干瘪脸少年的。眉间尺遇到了这样的敌人,真是怒不得,笑不得,只觉得无聊,却又脱身不得。这样地经过了煮熟一锅小米的时光,眉间尺早已焦躁得浑身发火,看的人却仍不见减,还是津津有味似的。

前面的人圈子动摇了,挤进一个黑色的人来,黑须黑眼睛,瘦得如铁。他并不言语,只向眉间尺冷冷地一笑,一面举手轻轻地一拨干瘪脸少年的下巴,并且看定了他的脸。那少年也向他看了一会,不觉慢慢地松了手,溜走了;那人也就溜走了;看的人们也都无聊地走散。只有几个人还来问眉间尺的年纪,住址,家里可有姊姊。眉间尺都不理他们。

他向南走着;心里想,城市中这么热闹,容易误伤,还不如在南门外等候他回来,给父亲报仇罢,那地方是地旷人稀,实在很便于施展。这时满城都议论着国王的游山、仪仗、威严,自己得见国王的荣耀,以及俯伏得有怎么低,应该采作国民的模范等等,很像蜜蜂的排衙。直至将近南门,这才渐渐地冷静。

他走出城外,坐在一株大桑树下,取出两个馒头来充了饥;吃着的时候忽然记起母亲来,不觉眼鼻一酸,然而此后倒也没有什么。周围是一步一步地静下去了,他至于很分明地听到自己的呼吸。

天色愈暗,他也愈不安,尽目力望着前方,毫不见有国王回来的影子。上城卖菜的村人,一个个挑着空担出城回家去了。

人迹绝了许久之后,忽然从城里闪出那一个黑色的人来。

"走罢,眉间尺!国王在捉你了!"他说,声音好像鸱鸮。

　　眉间尺浑身一颤，中了魔似的，立即跟着他走；后来是飞奔。他站定了喘息许多时，才明白已经到了杉树林边。后面远处有银白的条纹，是月亮已从那边出现；前面却仅有两点磷火一般的那黑色人的眼光。

　　"你怎么认识我？……"他极其惶骇地问。

　　"哈哈！我一向认识你。"那人的声音说，"我知道你背着雄剑，要给你的父亲报仇，我也知道你报不成。岂但报不成；今天已经有人告密，你的仇人早从东门还宫，下令捕拿你了。"

　　眉间尺不觉伤心起来。

　　"唉唉，母亲的叹息是无怪的。"他低声说。

　　"但她只知道一半。她不知道我要给你报仇。"

　　"你么？你肯给我报仇么，义士？"

　　"阿，你不要用这称呼来冤枉我。"

　　"那么，你同情于我们孤儿寡妇？"

　　"唉，孩子，你再不要提这些受了污辱的名称。"他严冷地说，"仗义，同情，那些东西，先前曾经干净过，现在却都成了放鬼债的资本。我的心里全没有你所谓的那些。我只不过要给你报仇！"

　　"好。但你怎么给我报仇呢？"

　　"只要你给我两件东西。"两粒燐火下的声音说。"那两件么？你听着：一是你的剑，二是你的头！"

　　眉间尺虽然觉得奇怪，有些狐疑，却并不吃惊。他一时开不得口。

　　"你不要疑心我将骗取你的性命和宝贝。"暗中的声音又严冷地说，"这事全由你。你信我，我便去；你不信，我便住。"

　　"但你为什么给我去报仇的呢？你认识我的父亲么？"

　　"我一向认识你的父亲，也如一向认识你一样。但我要报仇，却并不为此。聪明的孩子，告诉你罢。你还不知道么，我怎么地善于报仇。你的就是我的；他也就是我。我的魂灵上是有这么多的，人我所加的伤，我已经憎恶了我自己！"

暗中的声音刚刚停止，眉间尺便举手向肩头抽取青色的剑，顺手从后项窝向前一削，头颅坠在地面的青苔上，一面将剑交给黑色人。

"呵呵！"他一手接剑，一手捏着头发，提起眉间尺的头来，对着那热的死掉的嘴唇，接吻两次，并且冷冷地尖利地笑。

笑声即刻散布在杉树林中，深处随着有一群燐火似的眼光闪动，倏忽临近，听到咻咻的饿狼的喘息。第一口撕尽了眉间尺的青衣，第二口便身体全都不见了，血痕也顷刻舐尽，只微微听得咀嚼骨头的声音。

最先头的一匹大狼就向黑色人扑过来。他用青剑一挥，狼头便坠在地面的青苔上，别的狼们第一口撕尽了它的皮，第二口便身体全都不见了，血痕也顷刻舐尽，只微微听得咀嚼骨头的声音。

他已经擎起地上的青衣，包了眉间尺的头，和青剑都背在背脊上，回转身，在暗中向王城扬长地走去。

狼们站定了，耸着肩，伸出舌头，咻咻地喘着，放着绿的眼光看他扬长地走。

他在暗中向王城扬长地走去，发出尖利的声音唱着歌：

> 哈哈爱兮爱乎爱乎！
> 爱青剑兮一个仇人自屠。
> 夥颐连翩兮多少一夫。
> 一夫爱青剑兮呜呼不孤。
> 头换头兮两个仇人自屠。
> 一夫则无兮爱乎呜呼！

爱乎呜呼兮呜呼阿呼,

阿呼呜呼兮呜呼呜呼!

三

　　游山并不能使国王觉得有趣;加上了路上将有刺客的密报,更使他扫兴而还。那夜他很生气,说是连第九个妃子的头发,也没有昨天那样的黑得好看了。幸而她撒娇坐在他的御膝上,特别扭了七十多回,这才使龙眉之间的皱纹渐渐地舒展。

　　午后,国王一起身,就又有些不高兴,待到用过午膳,简直现出怒容来。

　　"唉唉!无聊!"他打一个大呵欠之后,高声说。

　　上自王后,下至弄臣,看见这情形,都不觉手足无措。白须老臣的讲道,矮胖侏儒的打诨,王是早已听厌的了;近来便是走索、缘竿、抛丸、倒立、吞刀、吐火等等奇妙的把戏,也都看得毫无意味。他常常要发怒;一发怒,便按着青剑,总想寻点小错处,杀掉几个人。

　　偷空在宫外闲游的两个小宦官,刚刚回来,一看见宫里面大家的愁苦的情形,便知道又是照例的祸事临头了,一个吓得面如土色;一个却像是大有把握一般,不慌不忙,跑到国王的面前,俯伏着,说道:

　　"奴才刚才访得一个异人,很有异术,可以给大王解闷,因此特来奏闻。"

　　"什么?!"王说。他的话是一向很短的。

　　"那是一个黑瘦的,乞丐似的男子。穿一身青衣,背着一个圆圆的青包裹;嘴里唱着胡诌的歌。人问他。他说善于玩把戏,空前绝后,举世无双,人们从来就没有看见过;一见之后,便即解烦释闷，天下太平。但大家要他玩，他却又不肯。说是第一须有一条金龙，第二须有一个金鼎。……"

"金龙？我是的。金鼎？我有。"

"奴才也正是这样想。……"

"传进来！"

话声未绝，四个武士便跟着那小宦官疾趋而出。上自王后，下至弄臣，个个喜形于色。他们都愿意这把戏玩得解愁释闷，天下太平；即使玩不成，这回也有了那乞丐似的黑瘦男子来受祸，他们只要能挨到传了进来的时候就好了。

并不要许多工夫，就望见六个人向金阶趋进。先头是宦官，后面是四个武士，中间夹着一个黑色人。待到近来时，那人的衣服却是青的，须眉、头发都黑；瘦得颧骨、眼圈骨、眉棱骨都高高地突出来。他恭敬地跪着俯伏下去时，果然看见背上有一个圆圆的小包袱，青色布，上面还画上一些暗红色的花纹。

"奏来！"王暴躁地说。他见他家伙简单，以为他未必会玩什么好把戏。

"臣名叫宴之敖者，生长汶汶乡，少无职业，晚遇明师，教臣把戏，是一个孩子的头。这把戏一个人玩不起来，必须在金龙之前，摆一个金鼎，注满清水，用兽炭煎熬。于是放下孩子的头去，一到水沸，这头便随波上下，跳舞百端，且发妙音，欢喜歌唱。这歌舞为一人所见，便解愁释闷，为万民所见，便天下太平。"

"玩来！"王大声命令说。

并不要许多工夫，一个煮牛的大金鼎便摆在殿外，注满水，下面堆了兽炭，点起火来。那黑色人站在旁边，见炭火一红，便解下包袱，打开，两手捧出孩子的头来，高高举起。那头是秀眉长眼，皓齿红唇；脸带笑容；头发蓬松，正如青烟一阵。黑色人捧着向四面转了一圈，便伸手擎到鼎上，动着嘴唇说了几句不知什么话，随即将手一松，只听得扑通一声，坠入水中去了。水花同时溅起，足有五尺多高，此后是一切平静。

许多工夫，还无动静。国王首先暴躁起来，接着是王后和妃子、大臣、宦官们也都有些焦急，矮胖的侏儒们则已经开始冷笑了。王一见他们的冷笑，便觉自己受愚，回顾武士，想命令他们就将那欺君的莠民掷入牛鼎里去煮杀。

但同时就听得水沸声；炭火也正旺，映着那黑色人变成红黑，如铁的烧到微红。王刚又回过脸来，他也已经伸起两手向天，眼光向着无物，舞蹈着，忽地发出尖利的声音唱起歌来：

> 哈哈爱兮爱乎爱乎！
> 爱兮血兮兮谁乎独无。
> 民萌冥行兮一夫壶卢。
> 彼用百头颅，千头颅兮用万头颅！
> 我用一头颅兮而无万夫。
> 爱一头颅兮血乎呜呼！
> 血乎呜呼兮呜呼阿呼，
> 阿呼呜呼兮呜呼呜呼！

随着歌声，水就从鼎口涌起，上尖下广，像一座小山，但自水尖至鼎底，不住地回旋运动。那头即随水上上下下，转着圈子，一面又滴溜溜自己翻筋斗，人们还可以隐约看见他玩得高兴的笑容。过了些时，突然变了逆水的游泳，打旋子夹着穿梭，激得水花向四面飞溅，满庭洒下一阵热雨来。一个侏儒忽然叫了一声，用手摸着自己的鼻子。他不幸被热水烫了一下，又不耐痛，终于免不得出声叫苦了。

黑色人的歌声才停，那头也就在水中央停住，面向王殿，颜色转成端庄。这样的有十余瞬息之久，才慢慢地上下抖动；从抖动加速而为起伏的游泳，但不很快，态度很雍容。绕着水边一高一低地游了三匝，忽然睁大眼睛，漆黑的眼珠显得格外精采，同时也开口唱起歌来：

> 王泽流兮浩洋洋；
>
> 克服怨敌，怨敌克服兮，赫兮强！
>
> 宇宙有穷止兮万寿无疆。
>
> 幸我来也兮青其光！
>
> 青其光兮永不相忘。
>
> 异处异处兮堂哉皇！
>
> 堂哉皇哉兮嗳嗳唷，
>
> 嗟来归来，嗟来陪来兮青其光！

头忽然升到水的尖端停住；翻了几个筋斗之后，上下升降起来，眼珠向着左右瞥视，十分秀媚，嘴里仍然唱着歌：

> 阿呼呜呼兮呜呼呜呼，
>
> 爱乎呜呼兮呜呼阿呼！
>
> 血一头颅兮爱乎呜呼。
>
> 我用一头颅兮而无万夫！
>
> 彼用百头颅，千头颅……

唱到这里，是沉下去的时候，但不再浮上来了；歌词也不能辨别。涌起的水，也随着歌声的微弱，渐渐低落，像退潮一般，终至到鼎口以下，在远处什么也看不见。

"怎了？"等了一会，王不耐烦地问。

"大王，"那黑色人半跪着说，"他正在鼎底里作最神奇的团圆舞，不临近是看不见的。臣也没有法术使他上来，因为作团圆舞必须在鼎底里。"

王站起身，跨下金阶，冒着炎热立在鼎边，探头去看。只见水平如镜，那头仰面躺在水中间，两眼正看着他的脸。待到王的眼光射到他脸上时，他便嫣然一笑。这一笑使王觉得似曾相识，却又一时记不起是谁来。刚在惊疑，黑色人已经掣出了背着的青色的剑，只一挥，闪电般从后项窝直劈下去，扑通一声，王的头就落在鼎里了。

仇人相见，本来格外眼明，况且是相逢狭路。王头刚到水面，眉间尺的头便迎上来，狠命在他耳轮上咬了一口。鼎水即刻沸涌，澎湃有声；两头即在水中死战。约有二十回合，王头受了五个伤，眉间尺的头上却有七处。王又狡猾，总是设法绕到他的敌人的后面去。眉间尺偶一疏忽，终于被他咬住了后项窝，无法转身。这一回王的头可是咬定不放了，他只是连连蚕食进去；连鼎外面也仿佛听到孩子的失声叫痛的声音。

上自王后，下至弄臣，骇得凝结着的神色也应声活动起来，似乎感到暗无天日的悲哀，皮肤上都一粒一粒地起粟；然而又夹着秘密的欢喜，瞪了眼，像是等候着什么似的。

黑色人也仿佛有些惊慌，但是面不改色。他从从容容地伸开那捏着看不见的青剑的臂膊，如一段枯枝；伸长颈子，如在细看鼎底。臂膊忽然一弯，青剑便蓦地从他后面劈下，剑到头落，坠入鼎中，溯的一声，雪白的水花向着空中同时四射。

他的头一入水，即刻直奔王头，一口咬住了王的鼻子，几乎要咬下来。王忍不住叫一声"阿唷"，将嘴一张，眉间尺的头就乘机挣脱

了，一转脸倒将王的下巴下死劲咬住。他们不但都不放，还用全力上
下一撕，撕得王头再也合不上嘴。于是他们就如饿鸡啄米一般，一顿
乱咬，咬得王头眼歪鼻塌、满脸鳞伤。先前还会在鼎里面四处乱滚，
后来只能躺着呻吟，到底是一声不响，只有出气，没有进气了。

　　黑色人和眉间尺的头也慢慢地住了嘴，离开王头，沿鼎壁游了
一匝，看他可是装死还是真死。待到知道了王头确已断气，便四目
相视，微微笑，随即合上眼睛，仰面向天，沉到水底里去了。

四

　　烟消火灭，水波不兴。特别的寂静倒使殿上殿下的人们警醒。
他们中的一个首先叫了一声，大家也立刻迭连惊叫起来；一个迈开
腿向金鼎走去，大家便争先恐后地拥上去了。有挤在后面的，只能
从人脖子的空隙间向里面窥探。

　　热气还炙得人脸上发烧。鼎里的水却一平如镜，上面浮着一层
油，照出许多人脸孔：王后、王妃、武士、老臣、侏儒、太监……

　　"阿呀，天哪！咱们大王的头还在里面哪，嚷嚷嚷！"第六个妃
子忽然发狂似的哭嚷起来。

　　上自王后，下至弄臣，也都恍然大悟，仓皇散开，急得手足无
措，各自转了四五个圈子。一个最有谋略的老臣独又上前，伸手向
鼎边一摸，然而浑身一抖，立刻缩了回来，伸出两个指头，放在口
边吹个不住。

　　大家定了定神，便在殿门外商议打捞办法。约略费去了煮熟三
锅小米的工夫，总算得到一种结果，是：到大厨房去调集了铁丝勺
子，命武士协力捞起来。

　　器具不久就调集了，铁丝勺、漏勺、金盘、擦桌布，都放在鼎旁

边。武士们便揎起衣袖,有用铁丝勺的,有用漏勺的,一齐恭行打捞。有勺子相触的声音,有勺子刮着金鼎的声音;水是随着勺子的搅动而旋绕着。好一会,一个武士的脸色忽而很端庄了,极小心地两手慢慢举起了勺子,水滴从勺孔中珠子一般漏下,勺里面便显出雪白的头骨来。大家惊叫了一声;他便将头骨倒在金盘里。

"阿呀!我的大王呀!"王后、妃子、老臣,以至太监之类,都放声哭起来,但不久就陆续停止了,因为武士又捞起了一个同样的头骨。

他们泪眼模胡地四顾,只见武士们满脸油汗,还在打捞。此后捞出来的是一团糟的白头发和黑头发;还有几勺很短的东西,似乎是白胡须和黑胡须。此后又是一个头骨。此后是三枝簪。

直到鼎里面只剩下清汤,才始住手;将捞出的物件分盛了三金盘:一盘头骨,一盘须发,一盘簪。

"咱们大王只有一个头。那一个是咱们大王的呢?"第九个妃子焦急地问。

"是呵……"老臣们都面面相觑。

"如果皮肉没有煮烂,那就容易辨别了。"一个侏儒跪着说。

大家只得平心静气,去细看那头骨,但是黑白大小,都差不多,连那孩子的头,也无从分辨。王后说王的右额上有一个疤,是做太子时候跌伤的,怕骨上也有痕迹。果然,侏儒在一个头骨上发现了:大家正在欢喜的时候,另外的一个侏儒却又在较黄的头骨的右额上看出相仿的瘢痕来。

"我有法子。"第三个王妃得意地说,"咱们大王的龙准是很高的。"

太监们即刻动手研究鼻准骨,有一个确也似乎比较地高,但究竟相差无几;最可惜的是右额上却并无跌伤的瘢痕。

"况且,"老臣们向太监说,"大王的后枕骨是这么尖的么?"

"奴才们向来就没有留心看过大王的后枕骨……"

王后和妃子们也各自回想起来，有的说是尖的，有的说是平的。叫梳头太监来问的时候，却一句话也不说。

当夜便开了一个王公大臣会议，想决定那一个是王的头，但结果还同白天一样。并且连须、发也发生了问题。白的自然是王的，然而因为花白，所以黑的也很难处置。讨论了小半夜，只将几根红色的胡子选出；接着因为第九个王妃抗议，说她确曾看见王有几根通黄的胡子，现在怎么能知道决没有一根红的呢。于是也只好重行归并，作为疑案了。

到后半夜，还是毫无结果。大家却居然一面打呵欠，一面继续讨论，直到第二次鸡鸣，这才决定了一个最慎重妥善的办法，是：只能将三个头骨都和王的身体放在金棺里落葬。

七天之后是落葬的日期，合城很热闹。城里的人民，远处的人民，都奔来瞻仰国王的"大出丧"。天一亮，道上已经挤满了男男女女；中间还夹着许多祭桌。待到上午，清道的骑士才缓辔而来。又过了不少工夫，才看见仪仗，什么旌旗、木棍、戈戟、弓弩、黄钺之类；此后是四辆鼓吹车。再后面是黄盖随着路的不平而起伏着，并且渐渐近来了，于是现出灵车，上载金棺，棺里面藏着三个头和一个身体。

百姓都跪下去，祭桌便一列一列地在人丛中出现。几个义民很忠愤，咽着泪，怕那两个大逆不道的逆贼的魂灵，此时也和王一同享受祭礼，然而也无法可施。

此后是王后和许多王妃的车。百姓看她们，她们也看百姓，但哭着。此后是大臣、太监、侏儒等辈，都装着哀戚的颜色。只是百姓已经不看他们，连行列也挤得乱七八糟，不成样子了。

一九二六年十月作

出关

老子毫无动静的坐着，好像一段呆木头。

"先生，孔丘又来了！"他的学生庚桑楚，不耐烦似的走进来，轻轻的说。

"请……"

"先生，您好吗？"孔子极恭敬的行着礼，一面说。

"我总是这样子，"老子答道，"您怎么样？所有这里的藏书，都看过了罢？"

"都看过了，不过……"孔子很有些焦躁模样，这是他从来所没有的。"我研究《诗》《书》《礼》《乐》《易》《春秋》六经，自以为很长久了，够熟透了。去拜见了七十二位主子，谁也不采用。人可真是难得说明白呵。还是'道'的难以说明白呢？"

"你还算运气的哩，"老子说，"没有遇着能干的主子。六经这玩艺儿，只是先王的陈迹呀。那里是弄出迹来的东西呢？你的话，可是和迹一样的。迹是鞋子踏成的，但迹难道就是鞋子吗？"停了一会，又接着说道："白鹨们只要瞧着，眼珠子动也不动，然而自然有孕；虫呢，雄的在上风叫，雌的在下风应，自然有孕；类是一身上兼具雌雄的，所以自然有孕。性，是不能改的；命，是不能换的；时，是不能留的；道，是不能塞的。只要得了道，什么都行，可是如果失掉了，那就什么都不行。"

孔子好像受了当头一棒，亡魂失魄的坐着，恰如一段呆木头。

大约过了八分钟，他深深的倒抽了一口气，就起身要告辞，一面照例很客气的致谢着老子的教训。

老子也并不挽留他，站起来扶着拄杖，一直送他到图书馆的大门外。孔子就要上车了，他才留声机似的说道：

"您走了？您不喝点儿茶去吗？……"

孔子答应着"是是"，上了车，拱着两只手极恭敬的靠在横板上；再有把鞭子在空中一挥，嘴里喊一声"都"，车子就走动了。待到车子离开了大门十几步，老子才回进自己的屋里去。

"先生今天好像很高兴，"庚桑楚看老子坐定了，才站在旁边，垂着手，说，"话说的很不少……"

"你说的对。"老子微微的叹一口气，有些颓唐似的回答道。"我的话真也说的太多了。"他又仿佛突然记起一件事情来，"哦，孔丘送我的一只雁鹅，不是晒了腊鹅了吗？你蒸蒸吃去罢。我横竖没有牙齿，咬不动。"

庚桑楚出去了。老子就又静下来，合了眼。图书馆里很寂静。只听得竹竿子碰着屋檐响，这是庚桑楚在取挂在檐下的腊鹅。

一过就是三个月。老子仍旧毫无动静的坐着，好像一段呆木头。

"先生，孔丘来了哩！"他的学生庚桑楚，诧异似的走进来，轻轻的说，"他不是长久没来了吗？这回的来，不知道是怎的？……"

"请……"老子照例只说了这一个字。

"先生，您好吗？"孔子极恭敬的行着礼，一面说。

"我总是这样子，"老子答道，"长久不看见了，一定是躲在寓里用功罢？"

"那里那里，"孔子谦虚的说，"没有出门，在想着。想通了一点：鸦鹊亲嘴；鱼儿涂口水；细腰蜂儿化别个；怀了弟弟，做哥哥的就哭。我自己久不投在变化里了，这怎么能够变化别人呢！……"

"对对!"老子道,"您想通了!"

大家都从此没有话,好像两段呆木头。

大约过了八分钟,孔子这才深深的呼出了一口气,就起身要告辞,一面照例很客气的致谢着老子的教训。

老子也并不挽留他。站起来扶着拄杖,一直送他到图书馆的大门外。孔子就要上车了,他才留声机似的说道:

"您走了?您不喝点儿茶去吗?……"

孔子答应着"是是",上了车,拱着两只手极恭敬的靠在横板上;冉有把鞭子在空中一挥,嘴里喊一声"都",车子就走动了。待到车子离开了大门十几步,老子才回进自己的屋里去。

"先生今天好像不大高兴,"庚桑楚看老子坐定了,才站在旁边,垂着手,说,"话说的很少……"

"你说的对。"老子微微的叹一口气,有些颓唐的回答道,"可是你不知道:我看我应该走了。"

"这为什么呢?"庚桑楚大吃一惊,好像遇着了晴天的霹雳。

"孔丘已经懂得了我的意思。他知道能够明白他的底细的,只有我,一定放心不下。我不走,是不大方便的……"

"那么,不正是同道了吗?还走什么呢?"

"不,"老子摆一摆手,"我们还是道不同。譬如同是一双鞋子罢,我的是走流沙,他的是上朝廷的。"

"但您究竟是他的先生呵!"

"你在我这里学了这许多年,还是这么老实,"老子笑了起来,"这真是性不能改,命不能换了。你要知道孔丘和你不同:他以后就不再来,也再不叫我先生,只叫我老头子,背地里还要玩花样了呀。"

"我真想不到。但先生的看人是不会错的……"

"不,开头也常常看错。"

"那么,"庚桑楚想了一想,"我们就和他干一下……"

老子又笑了起来,向庚桑楚张开嘴:

"你看,我牙齿还有吗?"他问。

"没有了。"庚桑楚回答说。

"舌头还在吗?"

"在的。"

"懂了没有?"

"先生的意思是说:硬的早掉,软的却在吗?"

"你说的对。我看你也还不如收拾收拾,回家看看你的老婆去罢。但先给我的那匹青牛刷一下,鞍鞯晒一下。我明天一早就要骑的。"

老子到了函谷关,没有直走通到关口的大道,却把青牛一勒,转入岔路,在城根下慢慢的绕着。他想爬城。城墙倒并不高,只要站在牛背上,将身一耸,是勉强爬得上的;但是青牛留在城里,却没法搬出城外去。倘要搬,得用起重机,无奈这时鲁般和墨翟还都没有出世,老子自己也想不到会有这玩意。总而言之:他用尽哲学的脑筋,只是一个没有法。

然而他更料不到当他弯进岔路的时候,已经给探子望见,立刻去报告了关官。所以绕不到七八丈路,一群人马就从后面追来了。那个探子跃马当先,其次是关官,就是关尹喜,还带着四个巡警和两个签子手。

"站住!"几个人大叫着。

老子连忙勒住青牛,自己是一动也不动,好像一段呆木头。

"啊呀!"关官一冲上前,看见了老子的脸,就惊叫了一声,即刻滚鞍下马,打着拱,说道,"我道是谁,原来是老聃馆长。这真是万想不到的。"

老子也赶紧爬下牛背来，细着眼睛，看了那人一看，含含胡胡的说："我记性坏……"

"自然，自然，先生是忘记了的。我是关尹喜，先前因为上图书馆去查《税收精义》，曾经拜访过先生……"

这时签子手便翻了一通青牛上的鞍鞯，又用签子刺一个洞，伸进指头去掏了一下，一声不响，橛着嘴¹走开了。

"先生在城圈边溜溜？"关尹喜问。

"不，我想出去，换换新鲜空气……"

"那很好！那好极了！现在谁都讲卫生，卫生是顶要紧的。不过机会难得，我们要请先生到关上去住几天，听听先生的教训……"

老子还没有回答，四个巡警就一拥上前，把他扛在牛背上，签子手用签子在牛屁股上刺了一下，牛把尾巴一卷，就放开脚步，一同向关口跑去了。

到得关上，立刻开了大厅来招待他。这大厅就是城楼的中一间，临窗望，只见外面全是黄土的平原，愈远愈低；天色苍苍，真是好空气。这雄关就高踞峻坂之上，门外左右全是土坡，中间一条车道，好像在峭壁之间。实在是只要一丸泥就可以封住的。

大家喝过开水，再吃饽饽。让老子休息一会之后，关尹喜就提议要他讲学了。老子早知道这是免不掉的，就满口答应。于是轰轰了一阵，屋里逐渐坐满了听讲的人们。同来的八人之外，还有四个巡警，两个签子手，五个探子，一个书记，账房和厨房。有几个还带着笔、刀、木札，预备抄讲义。

老子像一段呆木头似的坐在中央，沉默了一会，这才咳嗽几声，白胡子里面的嘴唇在动起来了。大家即刻屏住呼吸，侧着耳朵

---

1 现代汉语常用"噘嘴"。——编者注

听。只听得他慢慢的说道：

"道可道，非常道；名可名，非常名。无名，天地之始；有名，万物之母……"

大家彼此面面相觑，没有抄。

"故常无欲以观其妙，"老子接着说，"常有欲以观其窍。此两者，同出而异名。同，谓之玄，玄之又玄，众妙之门……"

大家显出苦脸来了，有些人还似乎手足失措。一个签子手打了一个大呵欠，书记先生竟打起磕睡来，哗啷一声，刀、笔、木札，都从手里落在席子上面了。

老子仿佛并没有觉得，但仿佛又有些觉得似的，因为他从此讲得详细了一点。然而他没有牙齿，发音不清，打着陕西腔，夹上湖南音，"哩""呢"不分，又爱说什么"啊"：大家还是听不懂。可是时间加长了，来听他讲学的人，倒格外的受苦。

为面子起见，人们只好熬着，但后来总不免七倒八歪斜，各人想着自己的事，待到讲到"圣人之道，为而不争"，住了口了，还是谁也不动弹。老子等了一会，就加上一句道：

"啊，完了！"

大家这才如大梦初醒，虽然因为坐得太久，两腿都麻木了，一时站不起身，但心里又惊又喜，恰如遇到大赦的一样。

于是老子也被送到厢房里，请他去休息。他喝过几口白开水，就毫无动静的坐着，好像一段呆木头。

人们却还在外面纷纷议论。过不多久，就有四个代表进来见老子，大意是说他的话讲的太快了，加上国语不大纯粹，所以谁也不能笔记。没有记录，可惜非常，所以要请他补发些讲义。

"来笃话啥西，俺实直头听弗懂！"账房说。

"还是耐自家写子出来末哉。写子出来末，总算弗白嚼蛆一场哉哇。阿是?"书记先生道。

老子也不十分听得懂,但看见别的两个把笔、刀、木札,都摆在自己的面前了,就料是一定要他编讲义。他知道这是免不掉的,于是满口答应;不过今天太晚了,要明天才开手。

代表们认这结果为满意,退出去了。

第二天早晨,天气有些阴沉沉,老子觉得心里不舒适,不过仍须编讲义,因为他急于要出关,而出关,却须把讲义交卷。他看一眼面前的一大堆木札,似乎觉得更加不舒适了。

然而他还是不动声色,静静的坐下去,写起来。回忆着昨天的话,想一想,写一句。那时眼镜还没有发明,他的老花眼睛细得好像一条线,很费力;除去喝白开水和吃饽饽的时间,写了整整一天半,也不过五千个大字。

"为了出关,我看这也敷衍得过去了。"他想。

于是取了绳子,穿起木札来,计两串,扶着拄杖,到关尹喜的公事房里去交稿,并且声明他立刻要走的意思。

关尹喜非常高兴,非常感谢,又非常惋惜,坚留他多住一些时,但看见留不住,便换了一副悲哀的脸相,答应了,命令巡警给青牛加鞍。一面自己亲手从架子上挑出一包盐、一包胡麻、十五个饽饽来,装在一个充公的白布口袋里送给老子做路上的粮食。并且声明:这是因为他是老作家,所以非常优待,假如他年纪青,饽饽就只能有十个了。

老子再三称谢,收了口袋,和大家走下城楼,到得关口,还要牵着青牛走路;关尹喜竭力劝他上牛,逊让一番之后,终于也骑上去了。作过别,拨转牛头,便向峻坂的大路上慢慢的走去。

不多久,牛就放开了脚步。大家在关口目送着,去了两三丈远,还辨得出白发、黄袍、青牛、白口袋,接着就尘头逐步而起,罩着人和牛,一律变成灰色,再一会,已只有黄尘滚滚,什么也看不见了。

大家回到关上,好像卸下了一副担子,伸一伸腰,又好像得了什么货色似的,咂一咂嘴,好些人跟着关尹喜走进公事房里去。

"这就是稿子?"账房先生提起一串木札来,翻着,说,"字倒写得还干净。我看到市上去卖起来,一定会有人要的。"

书记先生也凑上去,看着第一片,念道:

"'道可道,非常道'……哼,还是这些老套。真教人听得头痛,讨厌……"

"医头痛最好是打打盹。"账房放下了木札,说。

"哈哈哈!……我真只好打盹了。老实说,我是猜他要讲自己的恋爱故事,这才去听的。要是早知道他不过这么胡说八道,我就压根儿不去坐这么大半天受罪……"

"这可只能怪您自己看错了人,"关尹喜笑道,"他那里会有恋爱故事呢?他压根儿就没有过恋爱。"

"您怎么知道?"书记诧异的问。

"这也只能怪您自己打了磕睡,没有听到他说'无为而无不为'。这家伙真是'心高于天,命薄如纸',想'无不为',就只好'无为'。一有所爱,就不能无不爱,那里还能恋爱,敢恋爱?您看看您自己就是:现在只要看见一个大姑娘,不论好丑,就眼睛甜腻腻的都像是你自己的老婆。将来娶了太太,恐怕就要像我们的账房先生一样,规矩一些了。"

窗外起了一阵风,大家都觉得有些冷。

"这老头子究竟是到那里去,去干什么的?"书记先生趁势岔开了关尹喜的话。

"自说是上流沙去的,"关尹喜冷冷的说,"看他走得到。外面不但没有盐、面，连水也难得。肚子饿起来，我看是后来还要回到我们这里来的。"

"那么，我们再叫他著书。"账房先生高兴了起来，"不过馍馍真也太费。那时候，我们只要说宗旨已经改为提拔新作家，两串稿子，给他五个馍馍也足够了。"

"那可不见得行。要发牢骚，闹脾气的。"

"饿过了肚子，还要闹脾气？"

"我倒怕这种东西，没有人要看。"书记摇着手，说，"连五个馍馍的本钱也捞不回。譬如罢，倘使他的话是对的，那么，我们的头儿就得放下关官不做，这才是无不做，是一个了不起的大人……"

"那倒不要紧，"账房先生说，"总有人看的。交卸了的关官和还没有做关官的隐士，不是多得很吗？……"

窗外起了一阵风，括上黄尘来，遮得半天暗。这时关尹喜向门外一看，只见还站着许多巡警和探子，在呆听他们的闲谈。

"呆站在这里干什么？"他吆喝道。"黄昏了，不正是私贩子爬城偷税的时候了吗？巡逻去！"

门外的人们，一溜烟跑下去了。屋里的人们，也不再说什么话，账房和书记都走出去了。关尹喜才用袍袖子把案上的灰尘拂了一拂，提起两串木札来，放在堆着充公的盐、胡麻、布、大豆、馍馍等类的架子上。

一九三五年十二月作

非攻

一

子夏的徒弟公孙高来找墨子，已经好几回了，总是不在家，见不着。大约是第四或者第五回罢，这才恰巧在门口遇见，因为公孙高刚一到，墨子也适值回家来。他们一同走进屋子里。

公孙高辞让了一通之后，眼睛看着席子的破洞，和气的问道：

"先生是主张非战的？"

"不错！"墨子说。

"那么，君子就不斗么？"

"是的！"墨子说。

"猪、狗尚且要斗，何况人……"

"唉唉，你们儒者，说话称着尧舜，做事却要学猪狗，可怜，可怜！"墨子说着，站了起来，匆匆的跑到厨下去了，一面说，"你不懂我的意思……"

他穿过厨下，到得后门外的井边，绞着辘轳，汲起半瓶井水来，捧着吸了十多口，于是放下瓦瓶，抹一抹嘴，忽然望着园角上叫了起来道：

"阿廉，你怎么回来了？"

阿廉也已经看见，正在跑过来，一到面前，就规规矩矩的站定，垂着手，叫一声"先生"，于是略有些气愤似的接着说：

"我不干了。他们言行不一致。说定给我一千盆粟米的，却只给了我五百盆。我只得走了。"

"如果给你一千多盆，你走么？"

"不。"阿廉答。

"那么，就并非因为他们言行不一致，倒是因为少了呀！"

墨子一面说，一面又跑进厨房里，叫道：

"耕柱子！给我和起玉米粉来！"

耕柱子恰恰从堂屋里走到，是一个很精神的青年。

"先生，是做十多天的干粮罢？"他问。

"对咧。"墨子说。"公孙高走了罢？"

"走了，"耕柱子笑道，"他很生气，说我们兼爱无父，像禽兽一样。"

墨子也笑了一笑。

"先生到楚国去？"

"是的。你也知道了？"墨子让耕柱子用水和着玉米粉，自己却取火石和艾绒打了火，点起枯枝来沸水，眼睛看火焰，慢慢的说道："我们的老乡公输般，他总是倚恃着自己的一点小聪明，兴风作浪的。造了钩拒，教楚王和越人打仗还不够，这回是又想出了什么云梯，要耸恿楚王攻宋去了。宋是小国，怎禁得这么一攻。我去按他一下罢。"

他看得耕柱子已经把窝窝头上了蒸笼，便回到自己的房里，在壁厨里摸出一把盐渍藜菜干，一柄破铜刀，另外找了一张破包袱，等耕柱子端进蒸熟的窝窝头来，就一起打成一个包裹。衣服却不打点，也不带洗脸的手巾，只把皮带紧了一紧，走到堂下，穿好草鞋，背上包裹，头也不回的走了。从包裹里，还一阵一阵的冒着热蒸气。

"先生什么时候回来呢？"耕柱子在后面叫喊道。

"总得二十来天罢，"墨子答着，只是走。

二

墨子走进宋国的国界的时候,草鞋带已经断了三四回,觉得脚底上很发热,停下来一看,鞋底也磨成了大窟窿,脚上有些地方起茧,有些地方起泡了。他毫不在意,仍然走;沿路看看情形,人口倒很不少,然而历来的水灾和兵灾的痕迹,却到处存留,没有人民的变换得飞快。走了三天,看不见一所大屋,看不见一棵大树,看不见一个活泼的人,看不见一片肥沃的田地,就这样的到了都城。

城墙也很破旧,但有几处添了新石头;护城沟边看见烂泥堆,像是有人淘掘过,但只见有几个闲人坐在沟沿上似乎钓着鱼。

"他们大约也听到消息了。"墨子想。细看那些钓鱼人,却没有自己的学生在里面。

他决计穿城而过,于是走近北关,顺着中央的一条街,一径向南走。城里面也很萧条,但也很平静;店铺都贴着减价的条子,然而并不见买主,可是店里也并无怎样的货色;街道上满积着又细又粘的黄尘。

"这模样了,还要来攻它!"墨子想。

他在大街上前行,除看见了贫弱而外,也没有什么异样。楚国要来进攻的消息,是也许已经听到了的,然而大家被攻得习惯了,自认是活该受攻的了,竟并不觉得特别,况且谁都只剩了一条性命,无衣无食,所以也没有什么人想搬家。待到望见南关的城楼了,这才看见街角上聚着十多个人,好像在听一个人讲故事。

当墨子走得临近时,只见那人的手在空中一挥,大叫道:

"我们给他们看看宋国的民气!我们都去死!"

墨子知道,这是自己的学生曹公子的声音。

然而，他并不挤进去招呼他，匆匆的出了南关，只赶自己的路。又走了一天和大半夜，歇下来，在一个农家的檐下睡到黎明，起来仍复走。草鞋已经碎成一片一片，穿不住了，包袱里还有窝窝头，不能用，便只好撕下一块布裳来，包了脚。

不过布片薄，不平的村路梗着他的脚底，走起来就更艰难。到得下午，他坐在一株小小的槐树下，打开包裹来吃午餐，也算是歇歇脚。远远的望见一个大汉，推着很重的小车，向这边走过来了。到得临近，那人就歇下车子，走到墨子面前，叫了一声"先生"，一面撩起衣角来揩脸上的汗，喘着气。

"这是沙么？"墨子认识他是自己的学生管黔敖，便问。

"是的，防云梯的。"

"别的准备怎么样？"

"也已经募集了一些麻、灰、铁。不过难得很：有的不肯，肯的没有。还是讲空话的多……"

"昨天在城里听见曹公子在讲演，又在玩一股什么'气'，嚷什么'死'了。你去告诉他：不要弄玄虚；死并不坏，也很难，但要死得于民有利！"

"和他很难说，"管黔敖怅怅的答道，"他在这里做了两年官，不大愿意和我们说话了……"

"禽滑厘呢？"

"他可是很忙。刚刚试验过连弩；现在恐怕在西关外看地势，所以遇不着先生。先生是到楚国去找公输般的罢？"

"不错，"墨子说，"不过他听不听我，还是料不定的。你们仍然准备着，不要只望着口舌的成功。"

管黔敖点点头，看墨子上了路，目送了一会，便推着小车，吱吱嘎嘎的进城去了。

三

楚国的郢城可是不比宋国：街道宽阔，房屋也整齐，大店铺里陈列着许多好东西，雪白的麻布，通红的辣椒，斑斓的鹿皮，肥大的莲子。走路的人，虽然身体比北方短小些，却都活泼精悍，衣服也很干净，墨子在这里一比，旧衣破裳，布包着两只脚，真好像一个老牌的乞丐了。

再向中央走是一大块广场，摆着许多摊子，拥挤着许多人，这是闹市，也是十字路交叉之处。墨子便找着一个好像士人的老头子，打听公输般的寓所，可惜言语不通，缠不明白，正在手掌心上写字给他看，只听得轰的一声，大家都唱了起来，原来是有名的赛湘灵已经开始在唱她的《下里巴人》，所以引得全国中许多人，同声应和了。不一会，连那老士人也在嘴里发出哼哼声，墨子知道他决不会再来看他手心上的字，便只写了半个"公"字，拔步再往远处跑。然而到处都在唱，无隙可乘，许多工夫，大约是那边已经唱完了，这才逐渐显得安静。他找到一家木匠店，去探问公输般的住址。

"那位山东老，造钩拒的公输先生么？"店主是一个黄脸黑须的胖子，果然很知道。"并不远。你回转去，走过十字街，从右手第二条小道上朝东向南，再往北转角，第三家就是他。"

墨子在手心上写着字，请他看了有无听错之后，这才牢牢的记在心里，谢过主人，迈开大步，径奔他所指点的处所。果然也不错的：第三家的大门上，钉着一块雕镂极工的楠木牌，上刻六个大篆道："鲁国公输般寓"。

墨子拍着红铜的兽环，当当的敲了几下，不料开门出来的却是一个横眉怒目的门丁。他一看见，便大声的喝道：

"先生不见客！你们同乡来告帮的太多了！"

墨子刚看了他一眼，他已经关了门，再敲时，就什么声息也没有。然而这目光的一射，却使那门丁安静不下来，他总觉得有些不舒服，只得进去禀他的主人。公输般正捏着曲尺，在量云梯的模型。

"先生，又有一个你的同乡来告帮了……这人可是有些古怪……"门丁轻轻的说。

"他姓什么？"

"那可还没有问……"门丁惶恐着。

"什么样子的？"

"像一个乞丐。三十来岁。高个子，乌黑的脸……"

"阿呀！那一定是墨翟了！"

公输般吃了一惊，大叫起来，放下云梯的模型和曲尺，跑到阶下去。门丁也吃了一惊，赶紧跑在他前面，开了门。墨子和公输般，便在院子里见了面。

"果然是你。"公输般高兴的说，一面让他进到堂屋去，"你一向好么？还是忙？"

"是的。总是这样……"

"可是先生这么远来，有什么见教呢？"

"北方有人侮辱了我，"墨子很沉静的说。"想托你去杀掉他……"

公输般不高兴了。

"我送你十块钱！"墨子又接着说。

这一句话，主人可真是忍不住发怒了；他沉了脸，冷冷的回答道：

"我是义不杀人的！"

"那好极了!"墨子很感动的直起身来,拜了两拜,又很沉静的说道,"可是我有几句话。我在北方,听说你造了云梯,要去攻宋。宋有什么罪过呢?楚国有余的是地,缺少的是民。杀缺少的来争有余的,不能说是智;宋没有罪,却要攻他,不能说是仁;知道着,却不争,不能说是忠;争了,而不得,不能说是强;义不杀少,然而杀多,不能说是知类。先生以为怎样?……"

"那是……"公输般想着,"先生说得很对的。"

"那么,不可以歇手了么?"

"这可不成,"公输般怅怅的说,"我已经对王说过了。"

"那么,带我见王去就是。"

"好的。不过时候不早了,还是吃了饭去罢。"

然而墨子不肯听,欠着身子,总想站起来,他是向来坐不住的。公输般知道拗不过,便答应立刻引他去见王;一面到自己的房里,拿出一套衣裳和鞋子来,诚恳的说道:

"不过这要请先生换一下。因为这里是和俺家乡不同,什么都讲阔绰的。还是换一换便当……"

"可以可以,"墨子也诚恳的说,"我其实也并非爱穿破衣服的……只因为实在没有工夫换……"

四

楚王早知道墨翟是北方的圣贤,一经公输般绍介,立刻接见了,用不着费力。

墨子穿着太短的衣裳,高脚鹭鸶似的,跟公输般走到便殿里,向楚王行过礼,从从容容的开口道:

"现在有一个人,不要轿车,却想偷邻家的破车子;不要锦绣,却想偷邻家的短毡袄；不要米、肉，却想偷邻家的糠屑饭：这是怎样的人呢？”

“那一定是生了偷摸病了。”楚王率直的说。

“楚的地面，”墨子道，“方五千里，宋的却只方五百里，这就像轿车的和破车子；楚有云梦，满是犀、兕、麋、鹿，江汉里的鱼、鳖、鼋、鼍之多，那里都赛不过，宋却是所谓连雉、兔、鲫鱼也没有的，这就象米、肉的和糠屑饭；楚有长松、文梓、楠木、豫章，宋却没有大树，这就像锦绣的和短毡袄。所以据臣看来，王吏的攻宋，和这是同类的。”

“确也不错！”楚王点头说，“不过公输般已经给我在造云梯，总得去攻的了。”

“不过成败也还是说不定的。”墨子道，“只要有木片，现在就可以试一试。”

楚王是一位爱好新奇的王，非常高兴，便教侍臣赶快去拿木片来。墨子却解下自己的皮带，弯作弧形，向着公输子，算是城；把几十片木片分作两份，一份留下，一份交与公输子，便是攻和守的器具。

于是他们俩各各拿着木片，像下棋一般，开始斗起来了，攻的木片一进，守的就一架，这边一退，那边就一招。不过楚王和侍臣，却一点也看不懂。

只见这样的一进一退，一共有九回，大约是攻守各换了九种的花样。这之后，公输般歇手了。墨子就把皮带的弧形改向了自己，好像这回是由他来进攻。也还是一进一退的支架着，然而到第三回，墨子的木片就进了皮带的弧线里面了。

楚王和侍臣虽然莫明其妙，但看见公输般首先放下木片，脸上露出扫兴的神色，就知道他攻守两面，全都失败了。

楚王也觉得有些扫兴。

"我知道怎么赢你的，"停了一会，公输般讪讪的说，"但是我不说。"

"我也知道你怎么赢我的，"墨子却镇静的说，"但是我不说。"

"你们说的是些什么呀？"楚王惊讶着问道。

"公输子的意思，"墨子旋转身去，回答道，"不过想杀掉我，以为杀掉我，宋就没有人守，可以攻了。然而我的学生禽滑厘等三百人，已经拿了我的守御的器械，在宋城上，等候着楚国来的敌人。就是杀掉我，也还是攻不下的！"

"真好法子！"楚王感动的说，"那么，我也就不去攻宋罢。"

五

墨子说停了攻宋之后，原想即刻回往鲁国的，但因为应该换还公输般借他的衣裳，就只好再到他的寓里去。时候已是下午，主客都很觉得肚子饿，主人自然坚留他吃午饭——或者已经是夜饭，还劝他宿一宵。

"走是总得今天就走的，"墨子说，"明年再来，拿我的书来请楚王看一看。"

"你还不是讲些行义么？"公输般道，"劳形苦心，扶危济急，是贱人的东西，大人们不取的。他可是君王呀，老乡！"

"那倒也不。丝、麻、米、谷，都是贱人做出来的东西，大人们就都要。何况行义呢。"

"那可也是的，"公输般高兴的说，"我没有见你的时候，想取宋；一见你，即使白送我宋国，如果不义，我也不要了……"

"那可是我真送了你宋国了。"墨子也高兴的说，"你如果一味行义，我还是送你天下哩！"

当主客谈笑之间，午餐也摆好了，有鱼，有肉，有酒。墨子不喝酒，也不吃鱼，只吃了一点肉。公输般独自喝着酒，看见客人不大动刀匕，过意不去，只好劝他吃辣椒：

"请呀请呀！"他指着辣椒酱和大饼，恳切的说，"你尝尝，这还不坏。大葱可不及我们那里的肥……"

公输般喝过几杯酒，更加高兴了起来。

"我舟战有钩拒，你的义也有钩拒么？"他问道。

"我这义的钩拒，比你那舟战的钩拒好。"墨子坚决的回答说，"我用爱来钩，用恭来拒。不用爱钩，是不相亲的，不用恭拒，是要油滑的，不相亲而又油滑，马上就离散。所以互相爱，互相恭，就等于互相利。现在你用钩去钩人，人也用钩来钩你，你用拒去拒人，人也用拒来拒你，互相钩，互相拒，也就等于互相害了。所以我这义的钩拒，比你那舟战的钩拒好。"

"但是，老乡，你一行义，可真几乎把我的饭碗敲碎了！"公输般碰了一个钉子之后，改口说，但也大约很有了一些酒意：他其实是不会喝酒的。

"但也比敲碎宋国的所有饭碗好。"

"可是我以后只好做玩具了。老乡，你等一等，我请你看一点玩意儿。"

他说着就跳起来，跑进后房去，好像是在翻箱子。不一会，又出来了，手里拿着一只木头和竹片做成的喜鹊，交给墨子，口里说道：

"只要一开，可以飞三天。这倒还可以说是极巧的。"

"可是还不及木匠的做车轮，"墨子看了一看，就放在席子上，说，"他削三寸的木头，就可以载重五十石。有利于人的，就是巧，就是好，不利于人的，就是拙，也就是坏的。"

"哦，我忘记了，"公输般又碰了一个钉子，这才醒过来，"早该知道这正是你的话。"

"所以你还是一味的行义，"墨子看着他的眼睛，诚恳的说，"不但巧，连天下也是你的了。真是打扰了你大半天。我们明年再见罢。"

墨子说着，便取了小包裹，向主人告辞；公输般知道他是留不住的，只得放他走。送他出了大门之后，回进屋里来，想了一想，便将云梯的模型和木鹊都塞在后房的箱子里。

墨子在归途上，是走得较慢了，一则力乏，二则脚痛，三则干粮已经吃完，难免觉得肚子饿，四则事情已经办妥，不像来时的匆忙。然而比来时更晦气：一进宋国界，就被搜检了两回；走近都城，又遇到募捐救国队，募去了破包袱；到得南关外，又遭着大雨，到城门下想避避雨，被两个执戈的巡兵赶开了，淋得一身湿，从此鼻子塞了十多天。

一九三四年八月作

起死

（一大片荒地。处处有些土冈，最高的不过六七尺。没有树木。遍地都是杂乱的蓬草；草间有一条人马踏成的路径。离路不远，有一个水溜。远处望见房屋。）

庄子——（黑瘦面皮，花白的络腮胡子，道冠，布袍，拿着马鞭，上。）出门没有水喝，一下子就觉得口渴。口渴可不是玩意儿呀，真不如化为蝴蝶。可是这里也没有花儿呀……哦！海子在这里了，运气，运气！（他跑到水溜旁边，拨开浮萍，用手掬起水来，喝了十几口。）唔，好了。慢慢的上路。（走着，向四处看，）阿呀！一个髑髅。这是怎的？（用马鞭在蓬草间拨了一拨，敲着，说：）

您是贪生怕死，倒行逆施，成了这样的呢？（橐橐。）还是失掉地盘，吃着板刀，成了这样的呢？（橐橐。）还是闹得一榻胡涂[1]，对不起父母妻子，成了这样的呢？（橐橐。）您不知道自杀是弱者的行为吗？（橐橐橐！）还是您没有饭吃，没有衣穿，成了这样的呢？（橐橐。）还是年纪老了，活该死掉，成了这样的呢？（橐橐。）还是……唉，这倒是我胡涂，好像在做戏了。那里会回答。好在离楚国已经不远，用不着忙，还是请司命大神复他的形，生他的肉，和他谈谈闲天，再给他重回家乡，骨肉团聚罢。（放下马鞭，朝着东方，拱两手向天，提高了喉咙，大叫起来：）

至心朝礼，司命大天尊！……

1　现代汉语常用"一塌糊涂"。——编者注

（一阵阴风，许多蓬头的、秃头的、瘦的、胖的、男的、女的、老的、少的鬼魂出现。）

鬼魂——庄周，你这胡涂虫！花白了胡子，还是想不通。死了没有四季，也没有主人公。天地就是春秋，做皇帝也没有这么轻松。还是莫管闲事罢，快到楚国去干你自家的运动。……

庄子——你们才是胡涂鬼，死了也还是想不通。要知道活就是死，死就是活呀，奴才也就是主人公。我是达性命之源的，可不受你们小鬼的运动。

鬼魂——那么，就给你当场出丑……

庄子——楚王的圣旨在我头上，更不怕你们小鬼的起哄！（又拱两手向天，提高了喉咙，大叫起来：）

至心朝礼，司命大天尊！

天地玄黄，宇宙洪荒。日月盈昃，辰宿列张。

赵钱孙李，周吴郑王。冯秦褚卫，姜沈韩杨。

太上老君急急如律令！敕！敕！敕！

（一阵清风，司命大神道冠布袍，黑瘦面皮，花白的络腮胡子，手执马鞭，在东方的朦胧中出现。鬼魂全都隐去。）

司命——庄周，你找我，又要闹什么玩意儿了？喝够了水，不安分起来了吗？

庄子——臣是见楚王去的，路经此地，看见一个空髑髅，却还存着头样子。该有父母妻子的罢，死在这里了，真是呜呼哀哉，可怜得很。所以恳请大神复他的形，还他的肉，给他活转来，好回家乡去。

司命——哈哈！这也不是真心话，你是肚子还没饱就找闲事做。认真不像认真，玩耍又不像玩耍。还是走你的路罢，不要和我来打岔。要知道"死生有命"，我也碍难随便安排。

庄子——大神错矣。其实那里有什么死生。我庄周曾经做梦变了蝴蝶，是一只飘飘荡荡的蝴蝶，醒来成了庄周，是一个忙忙碌碌的庄周。究竟是庄周做梦变了蝴蝶呢，还是蝴蝶做梦变了庄周呢，可是到现在还没有弄明白。这样看来，又安知道这髑髅不是现在正活着，所谓活了转来之后，倒是死掉了呢？请大神随随便便，通融一点罢。做人要圆滑，做神也不必迂腐的。

司命——（微笑，）你也还是能说不能行，是人而非神……那么，也好，给你试试罢。

（司命用马鞭向蓬中一指。同时消失了。所指的地方，发出一道火光，跳起一个汉子来。）

汉子——（大约三十岁左右，体格高大，紫色脸，像是乡下人，全身赤条条的一丝不挂。用拳头揉了一通眼睛之后，定一定神，看见了庄子，）唉？

庄子——唉？（微笑着走近去，看定他，）你是怎么的？

汉子——唉唉，睡着了。你是怎么的？（向两边看，叫了起来，）阿呀，我的包裹和伞子呢？（向自己的身上看，）阿呀呀，我的衣服呢？（蹲了下去。）

庄子——你静一静，不要着慌罢。你是刚刚活过来的。你的东西，我看是早已烂掉，或者给人拾去了。

汉子——你说什么？

庄子——我且问你：你姓甚名谁，那里人？

汉子——我是杨家庄的杨大呀。学名叫必恭。

庄子——那么，你到这里是来干什么的呢？

汉子——探亲去的呀。不提防在这里睡着了。（着急起来，）我的衣
　　　　服呢？我的包裹和伞子呢？

庄子——你静一静，不要着慌罢——我且问你：你是什么时候的人？

汉子——（诧异，）什么？……什么叫作"什么时候的人"？……我
　　　　的衣服呢？……

庄子——啧啧，你这人真是胡涂得要死的角儿——专管自己的衣
　　　　服，真是一个澈底的利己主义者。你这"人"尚且没有弄
　　　　明白，那里谈得到你的衣服呢？所以我首先要问你：你是
　　　　什么时候的人？唉唉，你不懂。……那么，（想了一想，）
　　　　我且问你：你先前活着的时候，村子里出了什么故事？

汉子——故事吗？有的。昨天，阿二嫂就和七太婆吵嘴。

庄子——还欠大！

汉子——还欠大？……那么，杨小三旌表了孝子……

庄子——旌表了孝子，确也是一件大事情……不过还是很难查
　　　　考……（想了一想，）再没有什么更大的事情，使大家因此
　　　　闹了起来的了吗？

汉子——闹了起来？……（想着，）哦，有有！那还是三四个月前
　　　　头，因为孩子们的魂灵，要摄去垫鹿台脚了，真吓得大家
　　　　鸡飞狗走，赶忙做起符袋来，给孩子们带上……

庄子——（出惊，）鹿台？什么时候的鹿台？

汉子——就是三四个月前头动工的鹿台。

庄子——那么，你是纣王的时候死的？这真了不得，你已经死了
　　　　五百多年了。

汉子——（有点发怒，）先生，我和你还是初会，不要开玩笑罢。我
　　　　不过在这儿睡了一忽，什么死了五百多年。我是有正经
　　　　事，探亲去的。快还我的衣服、包裹和伞子。我没有陪你

玩笑的工夫。

庄子——慢慢的,慢慢的,且让我来研究一下。你是怎么睡着的呀?

汉子——怎么睡着的吗?(想着,)我早上走到这地方,好像头顶上
　　　　轰的一声,眼前一黑,就睡着了。

庄子——疼吗?

汉子——好像没有疼。

庄子——哦……(想了一想,)哦……我明白了。一定是你在商朝
　　　　的纣王的时候,独个儿走到这地方,却遇着了断路强盗,
　　　　从背后给你一闷棍,把你打死,什么都抢走了。现在我们
　　　　是周朝,已经隔了五百多年,还那里去寻衣服。你懂了
　　　　没有?

汉子——(瞪了眼睛,看着庄子,)我一点也不懂。先生,你还是不
　　　　要胡闹,还我衣服、包裹和伞子罢。我是有正经事,探亲
　　　　去的,没有陪你玩笑的工夫!

庄子——你这人真是不明道理……

汉子——谁不明道理?我不见了东西,当场捉住了你,不问你要,
　　　　问谁要?(站起来。)

庄子——(着急,)你再听我讲:你原是一个髑髅,是我看得可怜,
　　　　请司命大神给你活转来的。你想想看:你死了这许多年,
　　　　那里还有衣服呢!我现在并不要你的谢礼,你且坐下,和
　　　　我讲讲纣王那时候……

汉子——胡说!这话,就是三岁小孩子也不会相信的。我可是
　　　　三十三岁了!(走开来,)你……

庄子——我可真有这本领。你该知道漆园的庄周的罢。

汉子——我不知道。就是你真有这本领,又值什么鸟?你把我弄得
　　　　精赤条条的,活转来又有什么用?叫我怎么去探亲?包裹

也没有了……（有些要哭，跑开来拉住了庄子的袖子，）我不相信你的胡说。这里只有你，我当然问你要！我扭你见保甲去！

庄子——慢慢的，慢慢的，我的衣服旧了，很脆，拉不得。你且听我几句话：你先不要专想衣服罢，衣服是可有可无的，也许是有衣服对，也许是没有衣服对。鸟有羽，兽有毛，然而王瓜茄子赤条条。此所谓"彼亦一是非，此亦一是非"，你固然不能说没有衣服对，然而你又怎么能说有衣服对呢？……

汉子——（发怒，）放你妈的屁！不还我的东西，我先揍死你！（一手捏了拳头，举起来，一手去揪庄子。）

庄子——（窘急，招架着，）你敢动粗！放手！要不然，我就请司命大神来还你一个死！

汉子——（冷笑着退开，）好，你还我一个死罢。要不然，我就要你还我的衣服、伞子和包裹，里面是五十二个圆钱、斤半[2]白糖、二斤南枣……

庄子——（严正地，）你不反悔？

汉子——小舅子才反悔！

庄子——（决绝地，）那就是了。既然这么胡涂，还是送你还原罢。

（转脸朝着东方，拱两手向天，提高了喉咙，大叫起来：）

至心朝礼，司命大天尊！

天地玄黄，宇宙洪荒。日月盈昃，辰宿列张。

赵钱孙李，周吴郑王。冯秦褚卫，姜沈韩杨。

太上老君急急如律令！敕！敕！敕！

（毫无影响，好一会。）

2　现代汉语常用"半斤"。——编者注

天地玄黄！

太上老君！救！救！救！……救！

（毫无影响，好一会。）

（庄子向周围四顾，慢慢的垂下手来。）

汉子——死了没有呀？

庄子——（颓唐地，）不知怎的，这回可不灵……

汉子——（扑上前，）那么，不要再胡说了。赔我的衣服！

庄子——（退后，）你敢动手？这不懂哲理的野蛮！

汉子——（揪住他，）你这贼骨头！你这强盗军师！我先剥你的道
　　　　袍，拿你的马，赔我……

　　　　（庄子一面支撑着，一面赶紧从道袍的袖子里摸出警
　　　笛来，狂吹了三声。汉子愕然，放慢了动作。不多久，从
　　　远处跑来一个巡士。）

巡士——（且跑且喊，）带住他！不要放！（他跑近来，是一个鲁国
　　　　大汉，身材高大，制服、制帽，手执警棍，面赤无须。）带
　　　　住他！这舅子！……

汉子——（又揪紧了庄子，）带住他！这舅子！……

　　　　（巡士跑到，抓住庄子的衣领，一手举起警棍来。汉
　　　子放手，微弯了身子，两手掩着小肚。）

庄子——（托住警棍，歪着头，）这算什么？

巡士——这算什么？哼！你自己还不明白？

庄子——（愤怒，）怎么叫了你来，你倒来抓我？

巡士——什么？

庄子——我吹了警笛……

巡士——你抢了人家的衣服，还自己吹警笛，这昏蛋！

庄子——我是过路的，见他死在这里，救了他，他倒缠住我，说我

拿了他的东西了。你看看我的样子，可是抢人东西的？

巡士——（收回警棍，）"知人知面不知心"，谁知道。到局里去罢。

庄子——那可不成。我得赶路，见楚王去。

巡士——（吃惊，松手，细看了庄子的脸，）那么，您是漆……

庄子——（高兴起来，）不错！我正是漆园吏庄周。您怎么知道的？

巡士——咱们的局长这几天就常常提起您老，说您老要上楚国发财去了，也许从这里经过的。敝局长也是一位隐士，带便兼办一点差使，很爱读您老的文章，读《齐物论》，什么"方生方死，方死方生，方可方不可，方不可方可"，真写得有劲，真是上流的文章，真好！您老还是到敝局里去歇歇罢。

（汉子吃惊，退进蓬草丛中，蹲下去。）

庄子——今天已经不早，我要赶路，不能耽搁了。还是回来的时候，再去拜访贵局长罢。

（庄子且说且走，爬在马上，正想加鞭，那汉子突然跳出草丛，跑上去拉住了马嚼子。巡士也追上去，拉住汉子的臂膊。）

庄子——你还缠什么？

汉子——你走了，我什么也没有，叫我怎么办？（看着巡士，）您瞧，巡士先生……

巡士——（搔着耳朵背后，）这模样，可真难办……但是，先生……我看起来（看着庄子，）还是您老富裕一点，赏他一件衣服，给他遮遮羞……

庄子——那自然可以的，衣服本来并非我有。不过我这回要去见楚王，不穿袍子，不行，脱了小衫，光穿一件袍子，也不行……

巡士——对啦，这实在少不得。（向汉子，）放手！

汉子——我要去探亲……

巡士——胡说！再麻烦，看我带你到局里去！（举起警棍，）滚开！

    （汉子退走，巡士追着，一直到乱蓬里。）

庄子——再见再见。

巡士——再见再见。您老走好哪！

    （庄子在马上打了一鞭，走动了。巡士反背着手，看
他渐跑渐远，没入尘头中，这才慢慢的回转身，向原来的
路上踱去。）

    （汉子突然从草丛中跳出来，拉住巡士的衣角。）

巡士——干吗？

汉子——我怎么办呢？

巡士——这我怎么知道。

汉子——我要去探亲……

巡士——你探去就是了。

汉子——我没有衣服呀。

巡士——没有衣服就不能探亲吗？

汉子——你放走了他。现在你又想溜走了，我只好找你想法子。不
问你问谁呢？你瞧，这叫我怎么活下去！

巡士——可是我告诉你：自杀是弱者的行为呀！

汉子——那么，你给我想法子！

巡士——（摆脱着衣角，）我没有法子想！

汉子——（绁住巡士的袖子，）那么，你带我到局里去！

巡士——（摆脱着袖子，）这怎么成。赤条条的，街上怎么走。放手！

汉子——那么，你借我一条裤子！

巡士——我只有这一条裤子，借给了你，自己不成样子了。（竭力的
摆脱着，）不要胡闹！放手！

汉子——（揪住巡士的颈子，）我一定要跟你去！

巡士——（窘急，）不成！

汉子——那么，我不放你走！

巡士——你要怎么样呢？

汉子——我要你带我到局里去！

巡士——这真是……带你去做什么用呢？不要捣乱了。放手！要
　　　　不然……（竭力的挣扎。）

汉子——（揪得更紧，）要不然，我不能探亲，也不能做人了。二斤
　　　　南枣、斤半白糖……你放走了他，我和你拼命……

巡士——（挣扎着，）不要捣乱了！放手！要不然……要不然……
　　　　　　（说着，一面摸出警笛，狂吹起来。）

一九三五年十二月作